中国专业作家
小说典藏文库

中国专业作家小说典藏文库

天下警察

王鸿达 著

中国文史出版社

图书在版编目(CIP)数据

天下警察 / 王鸿达著. — 北京：中国文史出版社，
2019.3

（中国专业作家小说典藏文库·王鸿达卷）

ISBN 978 - 7 - 5205 - 0891 - 9

Ⅰ. ①天… Ⅱ. ①王… Ⅲ. ①长篇小说 - 中国 - 当代
Ⅳ. ①I247.5

中国版本图书馆 CIP 数据核字（2018）第 271674 号

责任编辑：马合省　薛未未

出版发行 **中国文史出版社**

社　　址：北京市海淀区西八里庄 69 号院　邮编：100142

电　　话：010 - 81136606　81136602　81136603（发行部）

传　　真：010 - 81136655

印　　装：廊坊市海涛印刷有限公司

经　　销：全国新华书店

开　　本：720×1020　1/16

印　　张：19　　　　字数：273 千字

版　　次：2019 年 3 月第 1 版

印　　次：2019 年 3 月第 1 次印刷

定　　价：68.00 元

1

刘家友领着新分配来的民警王文生从分局回到所里来的时候，第一场冬雪就下来了，飘飘扬扬的。烟气蒙蒙的车站广场上空天色阴霾。正是下午傍下班的时候，从天桥上走下来，热热闹闹的雪花直往行人脸上撞。穿过广场来到东侧两幢古旧的黄砖房前，院子里影影绰绰立着两个人在说话，走近了才看清是副所长林恒和内勤孙雪云。两个人的肩上都扛了一肩的雪，站在那里也不知多久了。

"回来啦，刘指导员。"两个人打雪幕里探过头来。

刘家友便把王文生给两个人介绍："这是新分到咱所来的警校生王文生。"

两个人听了隔着雪向他伸过手来。

王文生则规规矩矩给两个人敬了礼。

刘家友叫内勤孙雪云去库房拿一套新行李放在宿舍里，孙雪云照着去做了，转身走进了对面的一间铁皮板房里。

天色模模糊糊地黑了。

林恒站在那里跟刘家友说了一句："我有点儿事，先走了。"

"你去吧。"刘家友头也没抬地说。

林恒转身走了两步，想起来什么似的又回过身来瞅着王文生说："警校的校长还是杨子善吗？"

王文生依然规规矩矩地回答他："是。"

林恒眨了眨眼睛，说："这个杨瘸子，干得还挺长久的。"说完就掉头匆匆走去了。

王文生站在房檐下的雪幕里有点儿发愣，没明白走去的这人说的是什么意思。后来在晚上跟刘家友去吃饭时，才从他嘴里知道，林恒和孙雪云两个人也是从王文生毕业的那所警校出来的，只不过比他早毕业五年，想想还是校友哩。而这个小个子刘指导员则是部队转业出身，老家是城郊乡下农村的，老婆至今还在乡下，他一个人在所里住单身宿舍。

已过了下班时间，派出所里的人都已走光了。刘家友和王文生站在门口房檐下等了一会儿，听见院子里派出所那间暗室兼库房的铁皮板房里传出来异样的响声。刘家友就问刚才从那里面走出来骑车要离去的孙雪云："是谁在里面？"孙雪云说："是分局刑警队的王队长和小梁子。他俩刚才在车站抓了一个洗皮子的（指偷钱包的）。"刘家友听了想到离开的林恒，林恒是不愿见王国田才说有事先走的。林恒以前在分局刑警队干时和王国田同为刑警队副队长，王国田提升队长后，他因为与王国田闹不和才被调到站前治安派出所来。

刘家友朝铁皮板房走去，王文生也跟了过去。不过没等走到铁皮板房门前，就听到紧闭的门里传来了很粗野的喝骂声和沉闷的拳击声，叫王文生想起了在警校练习拳击用的沙袋。他突然有点儿惶惑不安地瞅瞅刘指导员。刘家友像什么也没听到，摸出了钥匙，打开了暗锁反锁着的门。

门打开了，黑漆漆的屋子里面，门边有人气咻咻地问了一句："谁？"

"是我。"

"噢，是刘指导员……"

那人听出是刘家友，口气缓和了下来，叫把门关上。

雪花扑扇着从门缝跟了进来，刘家友关严了门，顺手打开了头上吊着的一盏十瓦小红灯泡，里面的人影慢慢显出来。坐在门边一把椅子上的这个人就是王国田，国字脸，浓黑眉，笔直的鼻子，着一身哔叽中山便装。隔着一张桌子，在里边挨着蹲在地下那团身影站着的是一个精精瘦瘦的年轻人，剃着平头，脸上透着一股文静之气。他不太自然地与王国田对视了一下，又把目光朝刘家友身后的王文生望过来。刘家友给他俩介绍："这是我们所新分配来的民警王文生。"小梁子移去了目光。

2

王文生在分局帮忙时是见过王队长的，只不过从来没说过话，也不能算正式认识，而小梁子这个人他好像没见过。

屋里一时沉默了下来。听风声在铁皮房顶吱吱刮过，板房里有些冰冷。

"有什么事叫我一声。"刘家友瞅瞅王国田又瞅瞅小梁子，说了一句，和王文生退了出来。

刘家友带王文生过铁路公寓食堂去吃饭。铁路公寓在车站的东南角上，是一幢老式的黄色二层砖楼。在这里吃饭的都是倒班的铁路职工和一些住在公寓里的单身职工。有和刘家友认识的就同他打招呼，还有人朝王文生身上看。食堂伙食还不错，除了几样炒菜外，还有热鸡蛋菠菜汤喝。热鸡蛋菠菜汤喝下肚去后，冰凉的身子就暖和了起来。

吃完饭回来，王队长和小梁子还没有将那人审完，从那间板房里传来断断续续的问话声，和白铁皮房檐上模糊不清的风雪声混合在一起……

他俩回到宿舍，刘家友又过去了两趟。快到夜里十点钟时，刘家友有些困倦地打着哈欠回来，瞅瞅他说："睡吧。"

两个人刚刚要脱衣服躺下，小梁子进来了，说王队长要刘指导员过去一起出去吃点儿夜宵。刘指导员心下明白王国田知道他们所在站前饭店里有点儿账，不好不去。他故意岔开了话题："那人呢?"小梁子瞅了瞅王文生，很客气地说："请你们这位新来的小同志给看着点儿。"

王文生赶紧穿好衣服，走进了铁皮板房。

先前进屋时，那个人一直背对着门蹲在靠墙角的地上，手腕被一副冰凉的铜铐子铐在了那张堆放着杂物的铁床上，再加上屋里光线暗，并没有看清他的脸。现在他则转过脸来，战战兢兢地望着王文生。他头发弄得像一团蓬乱的草，脸上灰一道土一道的，看起来他有十七八岁的年纪，身上穿着一件黑色造革夹克衫，后背上划破了一道口子。

王文生坐在了门口刚才王国田坐过的那把椅子上。外面的风声小了。

屋子里泛着静寂的凉意。

过了一会儿，他抬起头来说要上厕所，王文生就将他铐在铁腿上的那只铐环打开了，牵着他往外走。他一拐一拐地跟着，看来打得不轻。

板房后面有一个简易厕所，里面四个木方桩用篱笆竹席子围着。不远处是一个施工工地，那里正在建这个城市的公共汽车总站。走进里边去，又听他说道："政府，你不嫌臭吗？"

王文生也觉得和他蹲站在茅坑边上有些不舒服，就将牵在手里的铜铐打开了一只环扣，铐在了木桩子上。他走出来，站在外面等着。

雪，还在无声地下着，浸到脸上凉丝丝的。看来今冬这场雪会下得很大，王文生想。从车站里传来老式蒸汽机车车头的启动声，"咣嚓……咣嚓……"车轮碾动铁轨的声音清晰地传过来。有零零星星下夜车的旅客从那座暗旧的黄色票房子里走出来，匆匆离去。灯光处，除了夜归的旅客身影外，还能看到一两个穿铁路制服去站上上夜班的铁路工人。他们大都哈欠连天，显然是刚刚从热被窝里爬出来的。迷迷乱乱的雪花渐渐遮住了匆匆闪过的人影……不远处的施工工地上，传来吊塔机的轰鸣声，那里还灯火通明。

刘家友陪王队长和小梁子吃完饭回来了，看见黑影里站着的王文生，一愣，问："王文生，人呢？"他一指竹席厕所："在里面屙屎呢。"

小梁子警觉地看了他一眼，灵巧地闪身进到里面去，很快就出来说："他跑了。"几个人走进去看，果然只有那只铜铐子还锁在木桩子上，一只铐环打开了，像个问号吊在那里当啷着。

王文生一下子傻了眼，他茫然四顾地往雪幕中的夜空望了一眼，乱舞的雪花齐刷刷嘲弄地落到他的脸上，一阵沁凉让他心底里也跟着发凉，刚才还积存的一点儿对那嫌疑犯的同情心转眼间荡然无存，如果这个时候能抓住他，他真恨不得狠揍他一顿才解恨。

"怎么办？要不你俩去工地那边，我俩去车站里找找看。"刘家友也显得难为情，不安地说。

"早跑没影了他孙子。"王队长说。

"要是跑没影了倒好了，就怕……"小梁子说了半句，看了王文生一眼住了口。

王文生像被人打了个耳光，站在那里，脸上火辣辣的。这毕竟是自己的失职，而且是刚分到派出所来当警察的第一天。因此在王队长和小梁子他们骑摩托车走后，他又主动要求到车站票房子里找找看。刘家友就同他一道去了。可是票房子里除了几个常在那里过夜的盲流子外，半个面熟的人影都没有。

两个人重新回到宿舍里已经是下半夜两点来钟了，刘家友脱掉衣服就躺下睡了，睡下之前还安慰他一句："睡吧，别多想什么了，看跑个人也是常有的事……"刘家友很快就睡着了，并且还打起了呼噜。

而王文生则躺在床上翻来覆去怎么也睡不着……窗外的风还时断时续地裹挟着雪花吹到窗户的玻璃上，偶尔从黑沉沉的夜里传来一两声蒸汽机车头通过时的汽笛声，在这么一个陌生的夜里，显得那么悠远、孤独、惆怅……

2

第二天早晨，派出所里的人陆陆续续来上班了，昨夜的雪将外面的院子里、房顶上都盖了厚厚的一层白。一早开早会时，刘指导员把王文生介绍给大家，说："这是咱们所新分配来的警校生王文生。"王文生规规矩矩站起身来给大家敬了礼。刘家友说时看了王文生一眼，王文生明白那一眼是什么意思，脸微微有些发红。可能是碍于他刚来，刘指导员没有提昨晚跑人的事，只是讲以后上级来所里办案子，大家都要主动配合一下。

刘指导员这话是说给林恒听的。王文生有点儿感动，散了会他主动抢着拿扫帚去扫院子里的积雪。扫了一会儿，才见治安组的大李和内勤孙雪云拿着扫帚走出来扫雪，扫除了半个院子时，大李瞅了瞅院子，走过来对王文生说："不用扫了。"王文生一愣，指着剩下的那半片院子雪说："为什么？"大李说："那一半是铁路派出所的卫生分担区，铁路警察各管一段嘛。"大李扯着嗓子好像故意让人听着似的说了一句，拎着扫帚回去了。王文生愣了愣，又接着挥起手里的扫帚扫下去。他的脸蛋冻得发红，可头上却冒汗了，有热腾腾的白雾从棉帽檐底下冒了出来，萦萦绕绕的。

扫着扫着，就遇见铁路警察踩着雪从侧面的黄砖房里走出来，看见王文生低头在扫雪，就有人问孙雪云："这个人是谁？"孙雪云说："是我们所新分来的民警王文生。"问的老警察"哦哦"了两声，跳着脚走过去说："嗯，小伙子不错。"

铁路派出所和站前地方治安派出所同在一个院子里，铁路派出所是朝东开门的一幢黄砖房，站前派出所是朝南开门的一幢黄砖房，两幢黄砖房呈拐角形状连在一起，中间走廊上是后砌的一道隔墙。站前派出所刚一成立时，两家曾为房子的事扯过皮。那会儿这幢面朝南的黄砖房原也是车站铁路上的。站前派出所成立后经过地方和铁路方面协商，为了工作方便，决定住进这幢黄房子，等以后建了新车站后，地方部门再出资盖派出所房子，可当时占着这幢黄砖房的铁路派出所说什么也不给倒。后来通过地方公安分局找他们的铁路公安分处协调，这才给倒了。不过为了房子的事两家像结了怨，刚开始办案子互不来往。按规定，车站五十米以内，铁路沿线五米之内发生的案子归铁路派出所管，车站五十米以外，铁路沿线五米之外发生的案子归地方派出所管。可双方工作总得有个配合的问题啊。今年春天时，铁路上集中整顿站、车秩序，林恒带人抓了几个缞窃犯，一问都是铁路沿线"蹬大轮"（指在火车上缞窃作案）过来的。林恒就把人交给铁路派出所了。春季严打结束时，铁路派出所捧回了他们公安分处奖励的一面大挂钟和一面锦旗。两家这才有了走动，有了一团和气。至少表面是这个样子的。五一节时，铁路派出所在站前饭店会餐，车所长还特意把林恒和刘家友他们两位所领导找了去……孙雪云一边扫雪，一边向王文生介绍着两家的情况。孙雪云的脸蛋冻得红红的，哈出的雾气把她的眉毛都染白了，白雪中那身深蓝警服、红国徽、领章让她显得很爽气。

清理完院子里的积雪，外勤组组长老蔡就带着王文生到站上去了。

刚才在安排王文生的工作时，刘指导员对老蔡说："王文生就分在你们外勤组干吧。"老蔡就先带王文生到站里去熟悉一下环境。老蔡在路上自我介绍说自己是从部队转业到庆城来干警察的，原来在别的派出所干过户籍警，是前年被抽调到这个所里来的。老蔡说到这里来就不用背户口了，老蔡说他一背什么东西就头痛。站前派出所由于新成立，还没有接管户籍，所里只分成两个组，一个是治安组，一个是外勤执勤组。执勤组除了老蔡外，还有一个叫刘铁北的民警。

他们走进候车室执勤室里时，值了一夜班的刘铁北，正哈欠连天地坐在一张桌子后面往一个黑壳本子上写交接班记录。看见他们进来头也没抬。老蔡吭吭咳嗽了两声说："这是新分咱所来的王文生，以后他和咱们一个组。"刘铁北抬起头来瞪着一双红血丝的眼睛问他："你是警校毕业的?"王文生点点头。刘铁北把手里的笔递给他："油漆的漆字怎么写?"王文生有点儿发愣，看看他，接过笔来，在黑壳本的那页纸的背面写下一个"漆"字。刘铁北看他漂亮的钢笔字，咂咂嘴："不愧是大学生。"王文生就脸红了，他高考时的分数离大学录取分数就差五分。去看刘铁北本上的字，潦草得歪歪斜斜，跟他这个人似的。他身材矮小，窄长脸尖下巴，硬硬的刮得不太干净的胡楂覆盖了他半张脸。他把油漆的"漆"字写成了"柒"。他坐着的铁床下面放着几桶油漆，那是从旅客随身携带的物品中查出来没收的。屋子里散发出一股浓烈的油漆味儿。

刘铁北把执勤袖标和身上背着的枪套、皮带摘下来交给老蔡，又从腰里掏出一把五四式手枪来，枪身烤漆已磨光。军人出身的老蔡很认真地验了验枪，把枪口朝下，拉开枪膛看了看，把弹夹退下，又"咔"的一声推上了。

刘铁北交完班，并没有走，而是眼睛眨巴眨巴地看着老蔡。

老蔡说："刘铁北，你还不回去睡觉，还在这儿磨蹭什么？"

刘铁北说："来新人了，中午咱还不去撮一顿？"

老蔡就虎起脸来："你小子是不是又馋猫尿了？要喝回去喝你老婆的尿去。别净给我上眼药，所里的头儿们都不张罗，你在这儿扯什么淡！"

刘铁北嘻嘻一笑说："你看我这不是为领导分忧解难嘛。"

说着，刘铁北冲王文生做了个鬼脸，转身离开了执勤室。门外候车室里的旅客多了起来，像苍蝇一样的嗡嗡声涌了进来。

老蔡冲着那个离去的矮个子身影摇摇头："这个刘铁北什么都好，就是好这口猫尿。"

从老蔡嘴里知道，其貌不扬的刘铁北曾在分局刑警队反扒分队干过，就是因为喝酒老误事被贬到站前派出所来。刘铁北家是铁路上的，父亲和爷爷都是铁路司机出身，刘铁北是从铁路上招到地方上来当警察的。

王文生觉得这个刘铁北有点儿意思。在老蔡核对床下被扣留物品的时候，王文生翻看了一下那个黑壳本执勤工作日记。老蔡的每一篇执勤日记都写得一丝不苟，整整一页。而刘铁北每日的记录则寥寥几笔，像他的人一样简单。昨晚的执勤日记是这样写的：扣留油柒（漆）四桶，有两桶是半桶。昨夜十点钟在南货场路口发现一"冻倒"，验证是一酒鬼，送路旁一小旅店醒酒云云。老蔡的字工整得像一中学生写的，大概是做户籍警时练的。

白天有十对上行、下行的旅客列车经过本站，夜里有五对。老蔡说他们虽然不用像车站派出所执勤民警一样每趟车都出去站到安全白线上接车，但在旅客进站时还是要跟到站台上去检查的。他们这个正在建设中的油田城市，许多油田上和建筑工地上的物资流失很严重，从旅客随身携带的行李包中，常常能翻到一些公家的物品，诸如油漆呀，阀门水嘴呀，电缆线呀，甚至连成捆的丝绵、手套都有。特别是那些外地来的

8

农民外包工，现在正是他们干完活返回去的季节，他们总是喜欢顺手牵羊拿回去一些公家的东西，好像公家的东西不拿白不拿。这样才肯心情愉快地回去和家里人团聚。

王文生有些笨拙地挪动着身子跟着老蔡在人群里穿行，走过检票闸口时，老蔡瞅了一眼跟在身后的王文生，对检票口上穿制服的姑娘说："他是我们所里新来的。"检票员姑娘好奇地看了他一眼，放他过去了。

站台上立着一个精精神神戴袖标的警察。老蔡走过去给王文生介绍："这是申警长。"

王文生规规矩矩给申警长敬了个礼。

"新来的。"

"嗯。"

王文生忽然觉得他有点儿眼熟，好像在哪里见过。

列车进站了，申警长朝安全白线上走去，戴着白手套的五指并拢放到裤线中间，身体笔直像钉子一样立在那里，车轮带起的雪尘扑面袭来也纹丝不动……

出出进进站台、候车室，一天下来，老蔡问他："怎么样？"

王文生就故意挺了挺腰板，打起精神说："还行。"

其实他已经感到头晕眼花、腰酸腿疼了。这一天见到的晃动的面孔，比他长到二十岁见到的所有生面孔还多。他倒真有点儿佩服那个铁路警察了，身板还板得那样笔直，而且还不厌其烦地回答从车上走下来的旅客提出的各种询问。

3

他想起来这个申警长他是见过的，那是两年前他刚到这个城市来上警校报到。当时的情景他还记得很清楚，一走下火车，不知怎么搞的，车票不见了，他翻遍了所有的口袋也没有找到。也许是光顾得和在车上新结识的同学吴兴天说话了，把车票落在车厢里了。他无助地望着从霏霏秋雨中溜走的火车和像潮水一样向闸口上涌去的人群，不知如何是好。吴兴天是他在省城中转上车后认识的，也是来庆城警校报到的一名新生。吴兴天一拍胸脯说他会为他证明的。可是到了出站闸口上，任凭他俩怎么说，那个男检票员也不肯放他过去。吴兴天就同男检票员吵了起来，那个不耐烦的男检票员就喊来了在站内执勤的警察。

执勤的警察把他们俩带到补票室去。吴兴天进了屋试图还要争辩什么，警察表情严肃地叫他住口。吴兴天就情绪有些不平地住了声。

他叫他再找一遍。王文生又重新翻了一遍口袋，还是没有。

他满脸狐疑地盯着王文生，他看上去顶多比他们大两三岁的样子，目光却十分老练。

"你是从始发站哪里上的车？通票是多少次车？在哪里中转的？"

"伊春，车次是……301次普快……在省城中转……"王文生不知所措地看着他，尽力在大脑里搜索可以证明的东西，说他是来这里上学的学生，并不是那个男检票员说的逃票者。说着他把入学通知书从提包里找了出来拿给他看。

他接在手里翻弄着，随意问了一句："你们上的是警校？"

"是的。"王文生点点头。

他把入学通知书还给了王文生，跟那个男检票员说了句什么放他们走了。不过在他们走出那间屋子时，他说了一句至今叫王文生记忆犹新的话："不过当警察可不能这么马虎，更不能这么沉不住气。"说时又很不客气地看了吴兴天一眼。

出了出站口，吴兴天嘴里还嘟哝出一句："有什么了不起的，不就是铁路狗子吗？等老子出来肯定比你强。"

冥冥之中好像真让吴兴天这个乌鸦嘴给说中了，王文生真的成了这个站上的一名执勤民警，而且干的还是通常让人开包检查的活，常常遭到旅客的白眼。这叫他很尴尬，一米八的个头，再戴上执勤的红袖标，往人前一站是很扎眼的。这和当初来上警校幻想将来当一名刑警的想法相去甚远。在警校临毕业前，他们在俱乐部礼堂看了一部反映旧警察生活的电影《我这一辈子》，看过之后，同学之间在私下议论，他们可都不希望将来当个只会在街头巡逻执勤的警察，窝窝囊囊的一辈子，那还不如不当这个警察呢。

王文生在警校里公安应用文成绩最好，每回考试都是班里头一名。中区分局那个去警校接毕业生的政工科长曾在教务处考察过他们各方面的情况，因此把他们几名分到中区分局来的毕业生接回来，就把他留在分局办公室帮忙了，并暗示他刑警队正缺个会写材料的内勤。让他有机会接触接触刑警队的王队长。在帮忙的那些天，他还按捺不住把这一情况写信告诉了家里，说他有可能会留在分局做内勤工作。可是就在前几天下午分局刑警队分去了一名女内勤，是他们这一届的警校生丁陶洁。丁陶洁是他们这一届警校生女生中的校花，还是在警校里，他们就私下里听说丁陶洁的父亲是区政法委副书记……他没有想到丁陶洁会到刑警队来当内勤，刑警队是清一色的男生，而丁陶洁在他们在分局帮忙那些天一听到男刑警审讯犯人时说脏话都要脸红的，更没有想到丁陶洁会顶替他的位置。

站台上的风冷飕飕地吹着扫成馒头状的积雪堆，新鲜的雪堆暄腾腾的，卷起的雪尘在光滑的水泥格子地面流沙一样奔跑着……站台南侧有两棵很粗的老榆树，龟裂的树皮落着厚厚的煤烟尘，黑黑的树干弯曲着伸向天空。

刚一见到申警长时，王文生很想向他提起两年前那件事，他毕竟没有罚他重新补票。可是一看他一本正经的严肃面孔，王文生就打消了这个念头，他没认出来自己吗？或许他早忘记了这件事。

倒是他们所站内执勤的老白，自来熟地与他套近乎。

"你知道这个车站原来叫什么名字吗？"

王文生摇摇头。

"叫萨尔图车站，原来只是个四等小站。"

"萨尔图？什么意思？"

老白卖弄地用戴着白手套的手指在雪堆上写下了"萨尔图"三个字，又用鞋底擦去了。

"萨尔图车站是俄国人修中东铁路时起的站名，满语的意思是多风沙的地方。不过还有一种解释，蒙语的意思是月亮升起的地方。"

"月亮升起的地方？"

"是的，你不会想到这么寒冷荒凉的地方会有这么浪漫的站名吧？"

老白有五十岁左右的年纪，头发有一半都白了，中等的胖身躯，腹部略略前凸。不过警服领口上的风纪扣却扣得一丝不苟。老白说他是铁路上的老人了，这个站成立车站派出所之前他就在这里做铁路警察了。老白的家在邻站的安达铁路家属区，白天坐火车来，晚上再坐火车回去。他说他刚来站上当站警那会儿，连站长加上道班员再加上他总共才四个人。站内那两棵老榆树估计是老毛子建这个小站时飘落的树种子长出来的，差不多有八九十年的年轮了。这里的每一颗道钉他都十分熟悉。老白说这话时鼓着一双缺少睡眠的眼泡望着王文生，显然有点儿倚老卖老的意思。老白现在的职务是车站派出所的副所长。

老白领着他朝站里各处转转。站内的北头是机务段的圆形黄信号楼，翻过一站台的两道铁轨，穿过两个红绿信号灯，往西边走去，在两道掰开的道岔弯道处，停着一辆黑色老式蒸汽机车头，车头前边的红牌子上写着"东方红号"，大灯下是一幅毛泽东的头像，已经很旧了，红色的漆掉了不少。

远远地看，一个人影蹲在那儿，走近才看清是一位老人，他正俯身弓腰在那两只巨大的车轮之间，手里拿着一把笤帚在打扫车身上的积雪。听见脚步声他也没有回过头来，他的动作有些迟缓，从背影上看去，他瘦瘦的身躯，背已经驼了，稀疏的头发都花白了。

"老刘头，我一看就是你。"老白走近了，大声地说道。

老人缓缓地转过头来，看了走近前来的人一眼。这是一张古铜色的脸，脸上的皱纹深深地延伸到他脖子上的领口处，他穿着一件黑旧劳动布面条杠棉工服，上衣兜处还能辨清"齐铁"字样。不过他的目光还很明亮，有着这样一双明亮眼睛的老人让王文生很少见。

"它已经报废退役了，你还弄它干什么？"

一丝微微的抖动从老人脸上两道皱纹间轻轻掠过，他好像没有听见老白在说什么，默默地转回身去，又爬到车身上去清扫起来。

"我要是你，就老老实实待在家里抱孙子去。"

老白摇摇头，他们走开了。

一声汽笛声，一列油罐车开进了站内 4 号铁道线内，缓缓地停下了。机车底下放出一阵白白的水汽来，弥漫了机车头。"哧"的一声停了，司机从白汽笼罩的车头上跳下来，这是一个高个子有些水蛇腰的司机，三十四五岁，四方脸膛，密实的络腮胡子有几天没刮了，他脸上和身上被煤灰和机油蹭得黑黑的，肩上背着一个帆布兜子，带着一身的疲惫和倦意从枕木间走过来。

"郭大胡子，跑车回来啦。"老白同他打招呼。

他一从驾驶室下来，就看见了老白，走近了大咧咧说道："一起去喝一杯怎么样？"

"我白班。"老白说。

他有点儿失望："他是谁？"

"站前派出所新来的小王。"

他看了王文生一眼，然后跳过一个枕木，轻声哼唱了一句什么，走上了月台去。看起来跑完车回来好像让这个火车司机释放完什么轻松下来。

他俩在月台上碰上了刘铁北，他休白班，正着便装站在那里同车站计划调度员温金山说着话。温金山看见郭司机走过去，朝他背影盯看了一会儿。这个人有三十岁左右，嘴里叼着烟，眼睛细眯着。

在车站上除了站长就是调度员最有权了，什么调拨车皮啦，做转运计划啦，批卧铺硬座票号啦。因此每天来找他办事的人挺多。刘铁北常找他要票号。

老白迈上月台，看见刘铁北站在那儿，对他说了一句："你家老爷子在那边呢，你应该劝劝他别再到站上来了，大冷的天待在家里干点儿什么不好……"

"我也这么跟他说过，可他从来没有听过我的，他每天不来看它一眼，会浑身不舒服的。"

月台上那几个这两天刚刚认识的检票员姑娘，检完票就扎在一堆，嘴里"嘻嘻哈哈"跺着脚，看见他俩走过来，有个高个子姑娘还朝王文生这边指指点点。老白就走过去挥舞着手喝道："看什么看，没看见人家比大姑娘还腼腆吗?"

检票口那边哄地爆发出一阵笑声来，喷出几朵白白的哈气来。

王文生听到，脸更红了，不敢抬头朝那边看去。

那几个姑娘当中有一个漂亮出众的，叫吕巧荔，高挑的个头儿，一双水汪汪的大眼睛，一笑白皙的面颊上还露出两个酒窝。每次他从她守着的闸口走过去，她都故意拦住他："喂，你是新来的吗?"抬头，她正歪着头调皮地看着他，直到他脸红了才放他过去。刘铁北告诉他，她还有个姐姐叫吕巧美，也在车站上工作，是售票窗口里的售票员。那也是个美人儿。

1

执勤室由于来了王文生，三个人就分成了三班倒。交接班验枪时，老蔡依旧做得认真，他先把弹夹退出来，从花孔弹夹里挤出那三发蹭得发亮的子弹，再把枪口冲地下拉开枪膛看了一下，然后把弹夹子弹装上，锁好保险。老蔡做得一丝不苟。刘铁北却不这么讲究，交班接过枪，连枪套都懒得脱，随意往桌子上一放，既不验枪，也不往身上背。老刘长着五短身材，以前在刑警队打现行，不习惯着装和背枪，他来上班穿的警服也总是皱巴巴的。看王文生挺奇怪地瞅他，老刘就说："谁知道这破玩意儿能不能打响呢！"又说，"王文生，你愿意带就再带一天吧。"王文生巴不得他这样说呢。回到后屋寝室，他朝老白要了一点儿枪油，把枪卸开来，一件一件仔细擦了一遍，再装上。刘指导员看见了，沉了一下脸没说什么。他晚上过去到前边去交枪，老蔡见了就说："以后不值勤时不要带枪，万一……"他就脸红了。

他知道老蔡说的万一是什么。

……

王文生第一次单独值夜勤，老蔡把那支五四式手枪摘下来交给他时叮嘱了又叮嘱：夜里带枪一个人千万要小心，车站这种地方人多眼杂，人员成分复杂，说不定人群里就混杂着图谋不轨的歹人。王文生点点头。"枪里最好不要上子弹。"王文生又点点头，把枪弹夹里的三发子弹退出来，插在了枪套外边。老蔡这才交了白班走了。

和白天候车室里的嘈杂比起来，晚上清静了许多。可这个季节正是南方外包工陆续返乡的季节，那些没有买上当日火车票的民工就待在候车室里过夜。他们横七竖八地或躺或坐在长椅子上，等待着明天返回去的火车。他们的脸上无一例外地透着一种等待长途旅行后回家和家人团聚的兴奋和激动……有的三五一伙凑在一起打牌，有的则吸着烟挨头在唠嗑，渴了就去水房的自来水管接上一搪瓷缸子水，饿了就掏出随身携带的馒头就着咸萝卜条啃几口。弄得整个候车室里烟雾腾腾的，嗡嗡声闹哄哄成一片，到处充斥着浓烈的汗酸味儿、劣质烟草味儿，到了晚上也没有消停下来。

坐在执勤室里关上门，还能听到门外嗡嗡像苍蝇一样的声音。

执勤室里冲南面的那扇窗户外面，呼呼刮着的风吹在落满灰尘的玻璃镜上。窗外是一个通向站里的临时闸口，那是邮局邮政车进出站台用的，一到有列车进站就能听到邮政车咣当、咣当的进站声。夜幕渐渐在窗外暗了下来。空空的屋子里静悄悄的，王文生忽然感到一个人有些寂寞，就打开一本小说来读。这本《福尔摩斯探案集》是他怕夜里自己犯困，从箱子里翻出来带到前边站上来的。这本书他在警校里就看过无数遍了。那年秋天，还是在家乡上高中时，山上一个林场着火了，他们全体男生去那个叫克林的林场打山火，他们刚满十六岁，都是第一次离开家。夜里就躺在深山老林中白天用桦树皮搭盖的窝棚里，只能和衣入睡，他们怕火蛇，也怕走投无路的黑熊，就听那个带队的体育老师给他们讲故事。体育老师乒乓球打得漂亮，没想到他的故事也讲得漂亮，瞌睡虫完全被驱跑了，恐惧和寒冷也一扫而光。那个小兴安岭最北部的林场一到九月末就下雪了，他们都穿着笨重的棉衣棉裤，听呼啸的夹杂烟气的山风在耳朵边呼呼作响地刮过。他们竟然一夜没睡，头发根和耳朵一直竖着，倒是那个三角鼻孔很大的体育老师在天快亮时打着鼾睡着了。

后来他才知道，那个夜晚那个体育老师所讲的神秘的故事都是从柯南·道尔那儿搬来的，而那时他们连柯南·道尔是哪国人都不知道。他不知道体育老师现在怎么样了，他当年是从省城体工队下放到那个偏远的山区中学教学的，落实政策后他就返回省城了。

如果不是高考差了那五分，他还会当警察吗？他的作文在高中时常常被语文老师当作范文在课堂上讲，他在中学时的理想是报考大学中文系。

列车通过时震动得墙壁和窗框微微发抖。在灯火通明的站台上，夜间上车的旅客少了许多，闸口上的检票员和站台里边手执红绿旗的值班员也显得无精打采。夜晚外面寒冷了许多，候车室里也渐渐凉了下来。

听到门响，王文生抬起头来，门开了，一身便装的林恒走了进来。

"林所……"

"有什么情况吗？"林恒回头扫了一眼身后的候车室。

"没、没有。"

"这么多的返乡民工，容易有遛皮子的。"

王文生明白他今晚为什么赶到站上来了。

"你看的是什么书？"林恒走到桌子前来，翻了翻他倒扣在桌子上的书皮。

"我听说你来派出所之前想留在分局刑警队。"林恒看了他一眼说。

王文生不好意思地脸红了。

林恒走了后，王文生又出去了两趟。候车室里除了民工外，在旮旯里的长椅子上还躺着那几个常来候车室里过夜的乞丐盲流子，没等走近，就能闻到从他们脏兮兮的衣服上散发出的一股难闻的气味，他们的头发乱七八糟的，脸灰一道土一道的。王文生从他们身边走过去，大多数民工也身子蜷缩在大衣棉袄里睡着了，只有两伙民工还坐在那里打着牌。有两个民工看见他走过来，目光不太自然地闪烁了一下。这当然没有逃过他的眼睛。

"请把你们的行李打开。"

四个大行李卷分别坐在他们四个人的屁股底下，每个行李卷都捆扎得圆鼓鼓的，显得挺笨重。听见他的问话，四个人停住了手里的牌，怔怔地望着他。

"干啥？为什么要俺们打开？"这是四个河南人。

听到这边的问话，旁边椅子上的民工就睁开了眼睛，把目光纷纷朝这边围拢了过来。

"例行检查。"

"你有搜查证吗？"反问他的是四个人当中的一个年轻后生，他不太友好的目光一直倔强地看着他，他的话让王文生觉出了一种愠怒。

"打开。"王文生再次命令道。

一个老头儿挡在了那个年轻后生的身前，仰脸讨好地笑了笑，刚想说什么，王文生就挥手不耐烦地打断他："打开。"见这个警察执意这么命令，老头儿只好乖乖地不太情愿地蹲下身去，把屁股底下的行李卷挪开，慢吞吞地打开了，里面露出了一桶油漆来。一些坐在椅子上的民工围拢了过来，看见那三个民工还立在那里迟迟没有动手，王文生就说："走，带上你们的东西跟我到执勤室里去一趟。"

他们跟他走了，到执勤室里，他让他们动手把另外三个行李卷打开，两个行李卷里也包着两桶油漆，那个后生的行李卷里包着一捆崭新的黑电线。

"哪儿来的？"

"俺们……买的。"其中一个农民工赔着笑说了一句。

"买的？"他冷冷地斜了他一眼，板起了面孔，"发票呢？"

那个后生想说什么，被那个年纪大的老头儿扯住了，把他挡在了身后，老头儿羞愧地低下了头去："小兄弟，俺们错了，俺们不该拿工地上的东西……原谅俺们一回吧。"

"东西没收，还要罚款。"王文生坐到桌子后面去，找出没收清单本子来。

"罚款？罚多少钱？"那个老头儿和另外两个汉子互相对看了一眼，哆嗦着嘴角问。

"罚款二百元。"

"俺们没、没钱……俺们干活后工地上还没给俺发钱，连买车票的钱都是借的，不信你翻翻。"

那老头儿和那两个汉子把兜里的东西掏出来了，除了各自一张去河南信阳的火车票外，再就是几张脏分分的零钱，一共才十几块钱。

王文生叫老头儿和那两个汉子把手腕上的手表摘下来押在这里，连夜回工地去要回工钱交罚款来。

"小兄弟，你行行好，工地说好明年开春再来时给俺们钱，现在去也白去，况且俺们已买好了明天上午的火车票一起回家呢。"老头儿和两个汉子一起哀求起来，只有那个年轻人冷冷地瞧着没再说什么。

"不行。"王文生虎起了脸，三个人噤了声，乖乖摘下手表来。

王文生给他们开具了扣押清单，就让他们出去了。自始至终，那个冷着脸的年轻人没有再说话，不过他那道冷冷的目光让王文生觉得有点儿不舒服。他和那个老头儿是父子俩。

他们走出去后，已是下半夜了。下半夜客车少，王文生就扣上门锁和衣在床上躺一会儿。躺在床上，他脑子里还在这样想，他做得是不是有点儿过分？不过按照规定，油漆超过三桶是要罚款的，何况还有一捆新电线。是该给那个叫他难堪的家伙一点儿教训的，他是个高中生吗？为什么不老老实实待在家里念书？他们能去工地要到钱吗？模模糊糊想着想着就迷糊了一觉。

一觉醒来，天刚蒙蒙亮，他起来走到候车室去巡视，果然看见那四个河南民工并没有离开候车室，蔫头耷脑地仍坐在那边的椅子上。那个老头儿把脑袋埋在两腿中间，那两个汉子则两眼血丝红红的，低头坐在那里吸烟，看来一宿没睡。只有那个青年人头一下一下点着在打盹儿。

看见他出来，他们眼睛一亮，站起身来，朝他迎过来。

"同志，您行行好……"

"罚款要来了吗？"他明知故问，扫了他们一眼。

"同志，这个时候您叫俺们到哪里去要罚款的钱呢？俺们还要赶火车呢，您行行好……"

王文生走了一圈回来，他们又跟了过来。还在一个劲哀求着，王文生不想再去听他们啰唆，走到执勤室就反身将门关上了。他想他们不会不要这三块上海手表的。

过了一会儿，门外又响起敲门声，他以为又是他们几个。不耐烦地把门打开了——是老蔡。老蔡走进来问这是怎么回事，王文生就把昨夜里没收他们油漆并要他们交罚款的事说了一遍。

他们几个跟在老蔡身后从门缝挤了进来，团团把老蔡围住了，向他哀求别罚他们的款了，他们干了一年的活，还没有见到现钱，让他们上哪里去弄罚款的钱哪。家里去年遭了旱灾，也没打下多少粮食可卖……

老蔡听他们诉求完，问他们几个是哪里的人。

老头儿说他们几个是河南信阳乡下人。他们又把车票掏出来给老蔡看。只有那个青年人还冷着脸倚在门框上没说什么，仿佛事情与他无关。

老蔡瞅瞅王文生，又瞅瞅那三个河南汉子。最后示意王文生跟他出来一下，王文生就跟他走到门外去。

"你给他们开罚款单了吗?"关上门后,老蔡问。

王文生摇摇头,说没有。

老蔡想了想就说:"把他们放了吧。"

王文生就看看老蔡。

老蔡眼睛落在别处,说:"罚他们款,他们身上也没钱,他们是不可能去工地要钱的,如果要让工地上知道了这件事,他们一年的活就算白干了,再说他们上午要坐的那趟列车马上就要到了。"

王文生和老蔡重新走进屋去,老蔡替他把扣下的手表还给他们。

几个人见状先是一愣,而后弓下腰来千恩万谢着老蔡和王文生,那个老头儿更是用手背抹了两下眼睛,擦去了眼角涌出来的泪迹。

老蔡则严厉地警告他们以后不许再这么干了,如果再抓住他们私拿工地上的东西,没收、罚款不说,还会通报给工地的。

"俺们不敢了,俺们再不敢了……"几个人又是头像鸡叨米似的冲老蔡点头称是,退出了执勤室。

执勤室门外传来候车民工的喧哗声,打破了早晨的宁静。

老蔡问昨晚有谁看见了他没收油漆的事。

王文生摇摇头,他没提林副所长来过的事。

王文生交完班,走出来的时候想起,老蔡原籍也是河南,刚才老蔡在训斥那几人时,口音里就带出了河南腔。

5

王文生没有想到他刚刚分到站前派出所来,见到的第一个警校同学竟会是张亚文。张亚文一从那列市郊车破旧的车门里跳下来,就在站台上看见了他:"王文生,王文生!"王文生转过身来,就看见了从人群中奔跑过来的张亚文,他掀开的棉警帽檐里额上渗着热汗,红红的圆脸一脸灿烂的笑。

"你在这里？"

"是。"王文生也打量着突然冒出来的他。这趟市郊车只早晚两趟，从车上下来的都是些庆城周边县镇进城来的旅客，有来办事的，有来做小买卖的，大包小裹的，挎着篮子倒卖鸡蛋的妇女，扛着糖葫芦草扎子的老头儿……闹闹哄哄的人流朝闸口涌去。

"你分在哪儿了？"

"三肇分局刑警队。"张亚文似乎有些不好意思，憨厚地笑笑，他一笑又露出两颗带黄渍的门牙来。

"干什么？"

"内勤。"

王文生没有想到张亚文会分在刑警队，一丝忌妒掠过他的心头。在警校里只有他俩的军体科目不好，每次都排在全班后两名，所以什么事他都愿拿他做靶子，没想到这个家伙会比自己走运。

"吴兴天呢？"他知道离校那天他俩是坐一辆汽车走的，贴在墙上的红纸名单上写着他俩的名字，都分到了三肇县公安分局。

"他分到了分局下边的一个乡派出所里……"张亚文说。

这又是王文生没有想到的。吴兴天在班级里军体科目最好，是班里的军体委员，射击曾拿过全年级第一名。谁都以为包括区队长蔺宝武都认为他将来会分到市局刑警队去的，可谁知竟分到了那个最偏远的分局，还分到了派出所去……

王文生问张亚文到城里干啥来了，张亚文挥了挥手里的一个黑色公文包，说他到市局来送一份鉴定材料。王文生就说中午到他这里来吃饭吧。张亚文说他中午怕办不完事。王文生说那就晚上吧，晚上吃完饭再赶回去也不迟。晚上返回去那趟市郊车是六点三十分发车。张亚文想了想就同意了。

王文生送他走出站台，张亚文一边走一边好奇地打量着他身上斜背的皮枪套，说："你都配枪啦？"

"执勤公用的枪……"王文生不自然地扭动了一下身子。

他们新分配的警校生见面的第一句话就是问配没配枪。

"你们呢?"

"还没有呢。"

不过,王文生那会儿想,在刑警队会很快配枪的。

送出了站口,王文生呆呆地站在出站口上,望着那个渐渐远去的背影,心里还在想,这个家伙还真有点儿运气哩。

在警校时,王文生和吴兴天、张亚文一个寝室。这个土里土气的家伙,报到的第一天见到谁都憨憨地一笑,抢着帮别人搬行李。区队长布置搞卫生,寝室原来住的是平砖房,地面是用红砖铺的,由于年头久了,地面已看不出砖的颜色来了。张亚文就从院子里找来一块半截砖头,蹲在地上吭哧吭哧蹭起来,不一会儿就露出一片鲜红的砖面来。蔺区队长看见了,在全班做了推广,并让张亚文做了寝室长。寝室长负责寝室的开灯闭灯,晚上九点整熄灯哨一响,三班二寝室总是第一个黑灯的,分秒不差。时间长了就有人喊他"老×灯的"!这个字与"闭"是谐音,在北方这一带是骂人的俚语。张亚文听了还见怪不怪地冲人家憨憨地傻笑。

寝室长是没人愿意干的苦差事,寝室长除了负责开灯闭灯外,还负责寝室的内务管理,这内务卫生管理在警校要求是非常严格的,完全是军事化内务管理标准,什么毛巾一条线哪,脸盆一条线哪,牙缸牙刷一条线哪,等等。张亚文是从农村出来的,做这些自然是赶鸭子上架。不过他能做到让那个黑脸包公一样挑剔的区队长蔺宝武满意真是件挺不容易的事,否则就不会让他做寝室长了。王文生就这样投机取巧过,到商店里去偷着弄来一个装烟的空纸壳箱子,拆去一面纸壳子,把罩被子的白布包在纸壳箱外面,早晨起床把被子卷成个方形,扣在纸壳箱里面,棱是棱角是角。不料没几天被区队长蔺宝武察觉了,狠狠教训了他一顿,并扣掉了他十分。十分就是十元助学金呢,他有点儿心疼。曾有人看见张亚文在早起起床哨声吹响之前一小时就摸黑起来,摸索着在自己床上叠被子，而别的同学这会儿还睡得正香，整日被军训科目练得腰酸腿疼，困乏得连一分钟都懒得早起来呢。同寝的人起来时，张亚文的被子已叠得板板正正的，四个角像刀削的一样笔直。有人被罚，也是要扣寝室分的。张亚文就帮被子叠不好的同学叠被子。时间长了，又有人喊："张亚文，你咋像个大姑娘呢，小心将来会娶个懒婆娘的。"张亚文听了，脸红脖子粗地与人争辩："你才像个大姑娘呢！"看到一向温顺的张亚文同人家急，不知道他为什么不愿人家说他像个大姑娘。其实大家只是在同他开玩笑，并没谁去当真。

张亚文家在市郊三肇县乡下，每回从家里返校，都会给他们几个外地生带来一些解馋的东西，比如嫩苞米、香瓜、葡萄什么的。当然别的同学也会交换给他一些东西，如巧克力和小镜子之类的。他收到巧克力、小镜子，从来没见他吃过用过，大家就知道他带回家去了。有时他还会从他的黄书兜里翻出一双新做的圆口黑布鞋来，那针脚密实均匀。警校发衣服、发帽子，就是不发鞋，所以同学们依家里情况而定，有穿皮鞋的，有穿黄胶鞋的。那时穿这种农家布做的布鞋并不多见，看得出张亚文家在乡下生活很不宽裕。不过这种黑口布鞋上军训课练擒拿格斗很实用，腿脚轻便不容易伤人。就有人问张亚文是谁给他做的。他遮遮掩掩说是他娘。再问，他就拿香瓜和苞米堵住了问的人的嘴。王文生和吴兴天就曾私下里猜测过，会不会是他的对象。乡下人定亲早，张亚文比他俩大一岁，这个年龄在乡下定亲也不是件奇怪的事，只是警校里严格规定禁止谈恋爱，更别说是有未婚妻了，所以一提到谁谁有女朋友，大家都是谈虎色变。所以这件事上他俩也从没问过张亚文。

只是有一回吴兴天私下跟王文生说，张亚文家里好像有对象。王文生一愣："你怎么知道的？"那天晚饭后寝室里没人，大家都聚在操场上打篮球，只有张亚文一个人在寝室里洗衣服。吴兴天中途跑回来换一件球衣，一进门看见张亚文正对着自己放在床上的钱夹发呆。他以为他的饭票又花不到月末了，刚要问他需不需要把自己的饭票借给他些。哪知张亚文一看他进来就神色慌张地匆忙收起了钱夹。他装作什么也没看见，拿了一件球衣就走了。吴兴天把这件事跟王文生说了。他说他看见张亚文收起的钱夹里夹着一张姑娘的照片。"你真的看清楚了吗？"王文生问。"是的，一点儿没错，那姑娘挺俊秀的。"这让王文生也觉得挺惊讶的，不过他还是叮嘱吴兴天，这件事该为他保密，不能向任何人去说，包括他本人。吴兴天点点头，说："我明白啦……"以后他俩有意无意再没有在张亚文的钱夹里看到过那张照片，这事也就渐渐淡忘了。

他们三个人中最受蔺区队长器重的就是吴兴天了，吴兴天的家是佳木斯的，他睡在张亚文的上铺。小伙子人长得精神不说，标准的一米七八的个头，方圆脸，大眼睛，正步走得极其标准，所以入校不久蔺区队长就让他做了军体委员。蔺宝武是年级军体教官。

他往队前一站，三班也跟着帅气了不少。嚓、嚓……无论是走正步，还是做擒拿格斗分列式，他总是第一个挺着步子走出去。引得操场上鸦雀无声，别的班的同学纷纷把目光向这边投过来。

而这时倒霉的就是张亚文和王文生了，他俩怎么练也走不好正步，走着走着就顺拐了，引得围观的学生一阵哧哧笑。蔺区队长就叫队列停了下来，喝令他俩出列，单兵训练。越这样他俩越四肢僵硬，大脑也不听使唤了。大概是作为惩罚，蔺教官叫他俩孤零零站在队列前听他发口令："向右——转！向左——转！向后——转！"他喊向右转时张亚文转成了左面，鼻尖和王文生的鼻尖对在了一起，他喊向左转时张亚文转成了右面，脑门又和王文生脑门碰在了一起。一分钟转十次，最后他俩转晕了。从操场上不绝的笑声中，他俩知道自己成了滑稽的小丑。终于，蔺教官泄了气，他说："你反应这样迟钝，将来能做个好警察吗？嗯？"

张亚文曾在寝室里跟他俩讲过，他不指望将来能当刑警，能分回到他们乡下那个乡派出所去当个乡村警察就知足了。而王文生呢，他的理想是当个作家或者记者什么的，他参加高考报的第一志愿是大学中文系，如果不是差五分没过录取分数线，他就会被大学录取走了。他是属于大学漏子，被筛到警校来的。对于当警察，他毫无思想准备，除了满足一点儿神秘的虚荣心和小时候就想得到一把枪外，再没有别的了。和许多那个时候的男孩子一样，他想有一把枪，一把不再是牛皮纸做的不再是泥捏的不再是木头削的或艾蒿秆儿编的枪，一把实实在在挎在腰里的枪，瓦蓝的漆，沉甸甸的感觉！所以他没有再回到林区那所中学重读，被警校录取对他来讲并不是件绝望的事情，只是走正步叫他感到了绝望！

他俩都很羡慕吴兴天，认为他毕业后一定会分到市局刑警队的。

所以离校的那天中午，他们聚完餐跑到教导处楼前去看刚贴出来的分配名单，一看到吴兴天被分到那个偏远的三肇县分局，王文生愣了一下，他回头去找吴兴天的身影，他已不在人群当中了，已经一个人收拾好行李孤独地坐在那辆卡车上了。而他们的区队长蔺宝武还不太识趣地站在车厢旁边一遍一遍跟他说："是好钢放在哪里都会派上用场的……这件事我会向上面反映的。"他是指传说分配过程中有的毕业生或家里找人说了情的事。吴兴天则什么也没说，一脸阴翳地望着远处……

与吴兴天比起来，王文生或许应该感到一些安慰，自己毕竟留在了城里派出所。

下午四点多钟，张亚文从市局办完事过来了。王文生带着张亚文去铁路公寓食堂吃饭，在窗口他让灶上师傅多炒了两个菜，并把坐在一边吃的指导员刘家友叫过来一起吃。王文生给他们介绍："这是我们所的刘指导员，这是我的警校同学张亚文。"张亚文就慌忙站起来给刘家友敬礼。"坐，坐吧。"刘家友问张亚文老家是哪里的，张亚文说是三肇县葡萄花乡的。刘家友又问三肇县是不是有个高台子镇。张亚文说有。刘家友说他有一个亲戚在那里。这样一说，张亚文就少了些拘束。在食堂里他们又看见了老白来吃饭，王文生刚把他的同学给老白介绍，老白就问他老家是不是三肇的。王文生挺奇怪，问："你咋知道?"老白就说，从三肇到安达一口大黄牙。看老白的门牙果然也带着黄渍，这是长年喝含碱的水造成的。王文生心下明白了。张亚文的饭量还和在警校时一样大，食堂里的人快走光了，他们才吃完。

刘家友剔着牙先回所里宿舍去了。王文生带着张亚文往车站上走。外面阴着天,像是要下雪的样子,有点儿阴冷,他俩抄起手来。刚刚走过站前饭店门口,就听到有一个人从里面出来喊他的名字。王文生回头一看是刘铁北。今晚是他的夜班。刘铁北问和他一起的那个人是谁,王文生说是他的一个同学,到市局来办事。刘铁北就说:"进来,进来一起喝两杯。"王文生说刚刚在公寓食堂里吃过了。"吃过了就不兴再喝两杯?你有同学来也不告诉我一声。"刘铁北说着就把他俩往里面拽。王文生想想不进去也不好了。走进里面才看见靠窗的桌子还坐着一个人,是车站上的调度员温金山。看来他俩已喝一会儿了。

刘铁北朝服务员要来了两个杯子,给王文生和张亚文倒上酒。王文生刚要说不能喝白酒,刘铁北就白瞪了他一眼:"人家大老远过来看你,总得喝点儿白酒吧。"王文生就无话可说了。他知道张亚文是有些酒量的。晚上他之所以没带他出来喝酒,一来是自己还在班上,怕出来到饭店里吃叫刘指导员看见了不好,二来张亚文还急着回去。

喝了一会儿,张亚文不断看表。王文生就对他俩说:"我这个同学还要坐六点三十分的市郊车赶回去。"刘铁北就瞅了瞅张亚文的红脸膛说:"那好,等改日你这个同学再来,我好好安排喝喝。"就有些脸红着送他俩到门外,王文生对刘铁北说他会替他多顶会儿岗的。

由于喝了点儿酒,再出来到外面果然感觉到暖和了许多。走进了站里,张亚文说:"你们所里的人还挺热情的。"看着他走上了车,王文生说:"等见着了吴兴天,代我向他问好。"

"嗯哪,我会的。"张亚文回过头来,又冲他憨憨地一笑说。

6

不知是不是张亚文带的口信,告诉吴兴天他在庆城车站站前派出所里。这天晚上他刚刚下了班回到所里宿舍，就听内勤孙雪云喊有他的电话。他跑到内勤室里去接听，黑色的电话筒里先是传来一阵沙沙啦啦的声音，像是野外的风吹动电话线的声响，接着一个遥远的声音断断续续从听筒里传过来："……喂、喂……喂……你是王……文生吗……"他说："我是。"继而又大声问道，"你是谁？"对方声音弱得刚能听得清："我是……吴兴天……""啊——是吴兴天！"他的胸口激动地跳了两下，"……你在哪里打的电话？""在、在我们乡下……派出所……""你好吗？你们那里怎么样？""还……行，就是……他妈的空荒得很难见到一个人影……不像你们城里车站上那么热闹……人碰人的……"听得出来他情绪还不错，没有他想象的那么消沉。不过他却能感觉到他十分孤独和寂寞，他告诉他，他们派出所一共才三个人。"什么时候到城里来玩玩儿。""……这里出去一趟很不容易，现在还不通公路，离那个最近的太阳升火车站也有四五十里路，所里人手少，再说也走不开，除了交通闭塞外，这里……连电都得自己发……好了，我……不能跟你多说了，电、电……要没了……"

"咔嗒"一声，电话中断了，话筒里传来嘟嘟的忙音。

王文生也仿佛跟着掉进了一片黑暗中。

王文生走回寝室去，晚上他找出日记本来写今天的日记，他的大脑半天还沉浸在与吴兴天通话的思绪中，这个大城市里来的人不知在那个偏僻的乡下派出所会过得怎么样，他能够适应那里的生活吗？在警校里吴兴天可是他们当中最爱干净的一个人，几乎三天到浴池里洗一次澡。乡下有澡堂子吗？

刘家友进来了，问他在干什么。

他说在写日记。

刘家友说："你每天都在写日记，有那么多东西可记吗？"

他说有。

刘家友边脱衣服边自言自语地说："这个时候在乡下该收完庄稼打粮归仓了，这可是让人松口气的时候，收秋是最忙最累人的时候，累得你每天什么也不愿去想，上炕就想睡觉。"

他知道刘家友有点儿想家了，惦记家里的农活干没干完。听所里的人说，每年这个时候，家里农活干完了，刘指导员的女人就要来城里住些日子。不知为什么，第一场雪已经下来这么久了，刘指导员的女人还没来看他。

他突然向他问道："太阳升离这里有多远？"

刘家友说："离这里有四五站地吧。"

刘家友那边的床上很快响起了鼾声，现在王文生已适应了刘家友的鼾声。也许是倒夜班的缘故，头一挨到枕头就能睡着。

星期五上午，刘指导员过分局开会，开完会回来，刘指导员找到了他，问："你上回来的那个同学叫什么名字？"

王文生想了想说："叫张亚文。"

"对，就是他，你的这个同学立功啦。"

王文生一愣，刘家友将手里拿着的一份从分局带回来的简报递给他看。

王文生好奇地接过来，只见这份市局铅字打印简报上写道：

临危不惧，擒持枪在逃犯

三肇县分局刑警队内警民警张亚文同志机智勇敢，擒获了在逃两年之久的"8·23"案杀人犯赵×，并缴获了五四式手枪一支。张亚文同志是今年九月刚从警校毕业分配到三肇分局刑警队的新同志，该同志平常在工作中任劳任怨，危急关头奋不顾身，勇敢地与歹徒进行搏斗，最终将其擒获……市局号召全体公安干警向张亚文同志学习。

……

王文生看呆了，他有点儿不敢相信自己的眼睛。这就是前几天刚跟自己见过面的那个同学张亚文吗？

他从刘指导员嘴里了解到，这名持枪杀人犯叫赵刚，是三肇县县城人，曾因打架被劳教过，前年夏天又在县城街里结伙打架，派出所的民警前去制止，他用自制的匕首刺倒了一名派出所的民警，抢下枪支逃跑后一直潜逃在外。这起轰动一时的"8·23"案久侦未破，曾让县局乃至市局领导感到了压力。上个月突然接到线人举报，这名逃犯偷偷潜回到县城里来了。县刑警队立即做了布控，连他在乡下可能藏身的亲戚家也监控了起来。可是等到实施抓捕他的那天晚上，搜遍了县城里他家中和乡下他亲戚家的各个角落，也没见到他的踪影。刑警队立刻在县城和他乡下亲戚家那个村子进行拉网式搜索，这时又忽然听到线人报告，说他混在电影院看电影的人群里，刑警队的人立即把电影院包围了个水泄不通。可是把电影院里搜了个遍也没发现他的身影……正在这时有人在电影院后边的厕所底下的粪池子发现了藏在里面的他，等赶过去，发现里面一个民警正在和他搏斗，两个人身子都沉在冻了一层冰的便池子里，嘴里、鼻孔里都灌满了粪便，浑身冻得青紫，连呛带冻的，都奄奄一息了。等众人把冻僵的两人捞上来一看，那个跳下去的民警不是别人，正是张亚文。他当时是被队长分派和治安科的人一道守在电影院后墙外面的，谁也没想到赵刚会钻到厕所底下去……

"你的这个同学这回要立功啦。"刘指导员咂咂嘴说道。

不管是不是瞎猫撞上了死耗子，王文生这回打心眼里羡慕起张亚文来。以后的几天里不断有老民警问起他这个同学。他没有向他们讲起在警校第一次打靶时，枪一响吓得他把枪扔在地上的事，就是这样一个同学居然立功了，居然抓到的是一个持枪杀人犯！

没过两天，张亚文来市局参加立功表彰大会了。那天开完会后，张亚文满面红光地过来看他。他穿着一身崭新的警服，据说他跳进粪便池子里那身警服已经洗不出来不能再穿了。一见面，王文生也按捺不住喜悦，给了他一拳说："祝贺你！你这个胆小鬼竟成了英雄！"

"你说我是英雄吗？"张亚文红着脸愣愣地瞅着他问。

王文生眼睛瞅着他说："你是英雄，你怎么不是？"

张亚文手里还拿着一朵大红花，羞涩地揉搓着。

张亚文说："我自己都不敢相信这一切是真的。"初冬的阳光照在这张四方脸上，阳光透着一种稀薄的红晕。

"可你的的确确做了一件别人想做都没有机会做的事。"王文生眼里不无忌妒地说。

在宿舍里，王文生问他是怎么想到那个逃犯会藏身在厕所里的。

张亚文说他对县城西头电影院后头的厕所印象很深，小时候，他跟他父亲进县城办事，他曾偷着从厕所下面钻进去看过电影，都是冬闲的时候，一次是看《卖花姑娘》，还有一次是在县城上中学的时候看《追捕》……不过那会儿下面冻得结实，不像现在只冻了薄薄的一层冰。

"你当时不害怕吗？他手里还有枪。"

"害怕，怎么不害怕？这不是钻进去看电影，队里的人都进去搜索了，队长让我和治安科的人一道留在外面守着，我站的位置恰好就在那个厕所后侧。一站到那儿我腿肚子就哆嗦了，我在心里想着他千万别从这里钻出来，可是他偏偏就钻进厕所下面了，他大概觉得猫在这里比较安全，粪池里的粪水大概有半年没掏了吧，都没到脖颈子了，池面上还结了一层冰。他猫在粪池子冰窟窿下面冰得受不了，扑腾了一下，一抬头他看见了我，我猫腰正往里看，也看见了他，他脸色青紫地直瞪着我。我顾不得想别的了，就扑了下去。"

"你没看见他的枪吗，他当时没拿枪吗？"

"我当时没看见他拿枪，等把他捞上来才知道，他掖在腰里的枪早掉在粪池子里找不见了，等人把我俩捞上来，让清洁工把池子里的粪水掏干净了，才找到那把枪，那把枪枪管都被粪便塞住了。"

"你说我是英雄吗？"张亚文再一次傻乎乎地问。

"你怎么不是英雄？"

张亚文走后，王文生好半天还觉得屋里弥漫着一股说不清的味道。

张亚文说他醒来后三天不想吃东西。

市局的表彰大会上奖励了张亚文一把崭新的五四式手枪，瓦蓝瓦蓝的漆，真让他们这届警校生羡慕。他还荣立了个人二等功。这样他们这届警校生人人都知道了张亚文的名字。知道是三班那个走不好正步的学生，就有人感叹，笨蛋有笨蛋的福！真不知道蔺教官听说了会怎么想。

就连刘铁北也说："我早看出来你这个同学会走运的。""为什么？"王文生反问他。他说那天他第一次见到他，就觉得他天庭开阔饱满，一看就是个福相。随后又叹息了一声："警察就是这么回事，有的人干了一辈子可能还是窝窝囊囊的小民警，可有的人一夜之间就会成为让人羡慕的英雄。"

他说得一点儿没错。

7

星期天，正好赶上下夜班休息，王文生想去看看吴兴天。就坐上早上那趟市郊车去了。整天在站台上晃，车里那个乘警已经认识他了，还走过来同他打了一声招呼。他没有着装，坐在靠车门的位置上。列车员也没有过来查他的票。

也许是因为星期天的缘故，车厢里人很多。大多是冬闲走亲戚的农民，他们挎的篮子里装着的不是鸡蛋就是黏豆包，刚刚收完地里的活，他们的脸上挂着一种轻松满足的笑容，粗糙的皮肤是长年经过大地里的日头晒的黑紫肤色。对面一个穿着蓝碎花棉袄敞着怀的年轻妇女一边奶着怀里的孩子，一边嘴里嗑着瓜子。她的牙齿也是带有黄渍的，不然这张瓜子脸倒是蛮俊俏的。靠着车厢门口的边上一个筐里，一只不安分的大公鸡一下一下伸出头来。

车过城郊后，车窗外掠过大片大片的庄稼地和盐碱草地，刚刚降下的一场冬雪，被尚有暖意的晴天里的阳光一照射就化得差不多了，露出黑一块的耕地和黄一块的草地，远处的草地上能看到放羊人的身影，上身鼓着一件脏兮兮的黑棉袄用草绳扎着，抄着袖抱着一杆鞭子，缓缓地跟在羊后，一些羊稀疏地撒在斑驳的阳坡盐碱草滩上，默默地移动成了一道风景。

庄稼地里的庄稼都收割得光秃秃的了，裸露着割去茬口的玉米棵子和割去头的向日葵，向日葵秸秆上黄透的枯叶，像旗帜一样在田野中摇动。

市郊车很慢，咣当了差不多两个小时才到了太阳升火车站，这是一个末等小站，周围都看不到人家。只有他一个人下车。站台上孤零零地站着一个拿着红黄旗的穿蓝制服的男信号员。荒野上呼啸吹过来的风，裹挟着沙尘雪粒凛冽地从站台上刮过，让他背过脸去。

他向这个要走进屋子去的信号员打听往立志乡去怎么走。

他看了看他，问道："你从哪里来？"

"庆城。"

"你打算步行去？"

"有去那里的车吗？"

"没有。要走着去恐怕天黑也走不到那里，还要小心野地里的狼……"他一边往一个小黄房子里走一边说。

王文生有些为难了，他后悔来之前没有给吴兴天打个电话。

"不过这要看你的运气了，前边有一个粮库，看看有没有就近路过送粮回去的车。"他回过头来又躲着风向王文生指了个方向说。

"谢谢。"王文生朝他指的那个方向走了过去。

刚刚走近那个粮库，就见有辆解放牌汽车从院子里面拐出来，他拦下了。那个胖胖的司机从驾驶室里探出头来："去哪儿？"

"立志乡。"王文生说。

"上来吧。"他摇上窗户，给他打开了车门。

王文生跳了上去。

"刚下火车？"

"对。"王文生从兜里摸出一包大前门烟来抽出一支给他点上，这是他特意给吴兴天买的两包好烟。现在只好先给他一包了。

"遇到我算你运气好，不过要是个女的就更好了。"

"什么意思？"王文生一下子没听明白。

"这荒郊野外的逗逗闷子，再说女的也不损失啥。还有的娘儿们故意往你身上贴，为的下次好再搭你的车。"他吸了一口烟，烟柱是从他的两只鼻孔里冒出来的。他吸烟时嘴里就不说话了，那口烟吞进去他腮帮子就鼓起来。

王文生听明白了后，有些发窘。

"你走亲戚？"

"不，去看一个同学。"

"你同学……在那儿干啥的？"他又挺奇怪地瞅了瞅他。

"他在乡派出所工作。"

胖司机收回目光，缄默住了嘴。

四五根烟下去了，车到了一个岔路口上。胖司机指着东边地头上一条羊肠小道说："你就在这里下去吧，我就是想送你也没法送了，前边没有公路了。"

"到立志乡还有多远？"

"二十来里路吧。"

解放卡车丢下他摇摇晃晃地跑去了，四周光秃秃白雪面的田野里看不到一个人影。天已近午了，这会儿肚子也有点儿饿了，除了饿还有些冷，他裹紧了棉帽子，只好打起精神朝东边那个方向走去。

看到稀疏的人家土房子时，他已经有点儿挪不动步子了，两腿像灌了铅一样沉，通红的脸颊被空旷野地里的风吹得有点儿发麻。他向人家打听乡派出所在哪里，听的人都摇摇头说不知道。他心里有点儿奇怪。

他自己摸到临街这间油毡纸屋顶土房子前时，看到门口立着的一块白木牌子上黑漆字写着：立志乡派出所。房前一块空地种着扫帚梅花，此时已七零八落地歪倒在雪地里，窗前的地上还屙着不少鸡粪。一只芦花老母鸡正安详地卧在朝阳的墙根下，周围刨出一圈细土浮在白雪上，看见生人过来也没有走开。

王文生走进屋去，光线暗淡的屋子里炕上坐着一个矮墩墩的中年汉子，他光着头披着一件没有领章的警服，手里在往一只笸箩里搓着黄烟叶，见有人进来头也没抬问他找谁。

王文生问："吴兴天是不是在这里？"

他看了看他，又问他是谁，从哪里来的。

王文生说："我是他警校同学，是从城里来的。"

中年汉子放下手里搓着的黄烟叶，冲外屋喊："国学，你去东边粮库把吴兴天找回来，说他城里一个同学来了。"

外间探过来一个长长脖颈的人头，他朝王文生看了一眼就出去了，刚才他好像在外间忙活着什么。

"你抽烟吗？新割的黄烟叶。"矮汉子从笸箩里拿出来一个小学生用过的作业本，要他卷一支。王文生摇摇头，从进来，这种挺冲的草烟味道已叫他鼻孔发辣了。

工夫不大，那个没穿警服的长脖颈民警把吴兴天找回来了，吴兴天一见到他先是一愣，随后露出一脸的惊喜："王文生，你怎么来了？"

王文生也打量着他，三个多月不见，这家伙黑了，也瘦了。他脸上流着汗，看得出来他刚才走得急。吴兴天赶紧给他介绍炕上的汉子："这是我们房所长。"又指着身后那个长脖颈说，"这是我们所的赵哥。"王文生就同两个人握了握手，并把那包大前门烟从兜里掏出来分给他们。房所长看了看烟的牌子，从炕上挪下地来，说"我去给你们杀鸡"，就走出去了。

那个赵乡警眨巴眨巴眼也出去了，从窗子上再看见他时，他手里拎着一瓶散装白酒和半瓶散装酱油走了回来。从外间的锅里飘进来一股炖鸡肉的香味。赶了大半天的路，连累带饿带冷，王文生的胃里感到从来没有过的饥饿。

房所长把杀的鸡炖好了，饭桌摆在炕上，几个人盘腿围在桌前，刚拿起筷子端起酒碗来，窗外飘出一个人影来，人没进屋声音先进来了："我说呢，是谁家飘出来的鸡肉味儿，敢情是人家公安哪。"

房所长和赵乡警都站起身来，房所长说："一起喝点儿。"

这个人一脸的油光，好像也刚刚在哪里喝过酒。他瞅了瞅屋子里的人道："有客人？"

房所长说："是小吴的一个同学来了。"

"嘿，咋不早说呢，我让前屯子的白厨子给安排一桌。"

"就不麻烦你啦。"吴兴天冷冷地说道。

他听了，看了吴兴天一眼，目光有些毒："你这样说就有些外道啦，是不是，房所长？"他拍了拍房所长的肩，又说，"你们吃吧，我走了。"

赵乡警起身把他送到屋外面去。挺冷的阳光晃得那个秤砣腰的人背影一摇一摆的。

几个人喝完吃完，房所长说他得躺一会儿，就身子横在炕上睡着了。他和赵乡警都没少喝。赵乡警眼睛红红的跟王文生说："乡下不比城里，没有固定点上班下班，日头照腚了开门办公，日头滚球了关门。在乡下也用不着穿那身衣服，乡里人不习惯。"他说时看了吴兴天一眼，吴兴天的警服穿得板板正正的，在这种地方确实有点儿扎眼。

吴兴天说他还得去粮库一趟，问王文生愿不愿跟他到村子里看看。

8

半路上，王文生问刚才吃饭进来的那个人是谁。吴兴天反感地蹙了下眉头说是乡长的弟弟赵老四，这家伙仗着他哥哥是乡长，在这一带欺男霸女，什么坏事都干的。

他俩走的是一条坑坑洼洼的冻土道，住户的门前倒的水都结了冰，路上满是鸡屎猪粪。这算是乡里唯一的好道了。吴兴天说夏天下雨就泥泞得根本无法走。吴兴天脚上穿着一双棉胶农田鞋，吴兴天在警校时总喜欢穿皮鞋。由于刚才喝了酒，身上暖和了许多。

"乡里咋不修路呢？"王文生想到来时到乡里无法通车的窘境。

"听说修路款都被乡里截留了，县里每年都拨。不过听说明年乡里要修路了，乡里正在向农民集资修路款。"

刚刚走到东头的粮库院子里，就听到一片吵嚷声。过秤的车秤前围着一群人，他俩来到人群外边，听到里面一个哀求的声音在说："咋会是一千六百斤呢？俺们在家里称过了，明明是一千八百斤呢！"另一个公鸭嗓子在说："是你家的秤准还是公家的秤准，嗯？"那个农民就不吱声了。周围是压下去的一片小声议论声，大家抄着手冷冷缩缩地跺着脚，天空这会儿又阴了，像要下雪的样子。有人回头看见了他们，不知谁说了一句："乡公安来了。"人群顿时静了下来，闪开了一条道，吴兴天走到前面去。

"咋回事？"吴兴天问道。

"哟，是吴公安哪。"那个公鸭嗓甩了一下长分头迎上前来。

吴兴天瞅瞅他，又瞅瞅那个老实巴交蹲在地上的农民，而后打量了一下卸在车秤旁边地上的几麻袋玉米，问道："这是多少斤？"

这回没等公鸭嗓说，那个农民就慌忙地站起身来说："一千六百斤。"

他旁边站着的女人刚要说什么，被他咳了一声镇住了："你这个败家老娘儿们，还不快收拾一下毛驴车回去，傻站在这里干啥？"

他的女人听话地牵起了毛驴欲要和他从人群里走去。

"站住。"吴兴天叫住了这对农民夫妇。叫他俩重新把地上的粮袋放到车秤上去。他俩怔怔地看看公鸭嗓，又看看吴兴天，照着去做了。吴兴天把秤砣放上去，刚好打在一千八百斤上。

"这是怎么一回事？"吴兴天问。

"嘿嘿……天太冷了，刚才秤砣沾上唾沫星子冻在一起了，手也不好使了。"公鸭嗓有些理屈地自我解嘲地眯眯眼笑着说，他的脸红一阵白一阵的。

吴兴天叫乱糟糟的人群站队，并指派了两个外村的青年农民站到前面来看秤，人群这才稍稍安静下来。

走在回所里的路上，吴兴天说那个公鸭嗓是赵家的叔辈亲戚，赵老四在粮库里当主任，赵家的很多亲戚都被安排在乡里一些有油水的部门，像什么农机站、种子化肥站。他们借春天播种秋天收粮的机会克扣农民的种子化肥款和卖粮款。更有甚者，他们收粮时乡里粮库自己定个收购价格，他们卖给县里又是一个价格，这里交通不便，农民又不能自己到县里去卖粮，只好卖给乡里了。

"他们赵家在乡里咋有这么大的势力，县里也不管管？"

"唉，这里是乡下，天高皇帝远，再则，听说赵家上边有人。"吴兴天叹息了一声。王文生这是到这里见到他后头一次听他叹气。

走着走着，吴兴天向他说起了刚来时接手的一个案子，邻村有一个十四岁的小女孩被人奸淫了，她的母亲到派出所里报案。可是第二天小女孩的母亲又来撤案了，说她的孩子并没有叫人祸害。吴兴天觉得蹊跷，就秘密到那个村子里调查走访。他隐隐约约调查了解到奸淫那个小女孩的是赵老四的一个小舅子。可是等他再找到那位母亲时，她说什么也不肯报案了，还把那个小女孩送到外乡的姨家去了。

"有这种事？"王文生吃了一惊。

"是的。"吴兴天深深地叹了一口气，"她不报案谁也没办法，而且我再到村子里去，她的一帮叔叔舅舅都躲着我了。"

他们回到所里时，房所长已经醒了，他不知去哪里弄了一盆带雪的冻泥鳅，做给他们吃。撒上盐之后，泥鳅在盆里噼噼啪啪地响着，过了一会儿就没了动静。房所长在外间厨房里忙碌得十分熟练，看得王文生都有些不好意思了，而房所长嘴里还一个劲在说："乡下也没啥好玩意儿招待客人的，不过这东西对男人可是大补。"

王文生没听懂，赵乡警倚在门框上嘻嘻笑，他从他的笑中明白了什么。

房所长的家是外乡的，老婆是个乡下女人，家里有两个娃，都是女娃，他还想要个儿子。赵乡警家是本乡的。

吃过饭，房所长和赵乡警都回家去住了。所里就剩下了吴兴天和王文生两个人，房所长走时还把吴兴天扯到门边叮嘱了他几句什么。

其实乡里的夜晚是十分安静的。由于没有电，他俩早早上炕躺下了。这么早睡觉他可有点儿不习惯，王文生就同吴兴天说起了张亚文。

"真没想到这个家伙这回竟然立功啦！你最近见到他了吗？"

"没有，我们去趟县分局和到城里一样不容易……这个家伙真有运气。"

"他是跳进粪池子里把那个家伙抓住的，真有他的，如果要是你，你当时会一点儿也没有犹豫跳下去吗？"

"要是以前也许不会的……想一想都叫人恶心得反胃，可是现在我也许会的，谁叫咱当了警察？听说他上来后好几天没吃下去饭，我想不一定是臭得，可能是吓得。那个逃犯枪管也叫粪汤子灌住了，打不响了，不然他早就没命了。真该感谢那些大粪。对啦，你们配发枪了吗？"

"没有，我们只有一支公用枪。"

"那也比我强。"

王文生突然觉得身下炕上的褥子上有小东西溜溜在爬，火炕烧得挺热。

"那是什么？"

"什么？"

"什么东西在爬。"

"噢，虱子。不要去管它，睡吧。"

王文生在黑暗中吃惊地睁大了眼。接下来他就听到吴兴天很快睡过去的鼾声，村野的风呼呼吹在糊着窗户纸的破窗框上，窗缝里沙沙啦啦作响。

吴兴天在警校时穿的衬衣总是浆洗得干干净净的，这个城里人身上的衬衣从不超过三天。看来人真是最能适应环境的一种动物。

王文生的身子在火炕上翻来覆去地烙饼……好久才肯睡着。

天亮他起来时，吴兴天已不见了，被子已叠起来。他走出屋去，那个赵乡警已经来了，正站在屋檐下向远处望。外面有些寒冷，推开门他打了个激灵。

"吴兴天呢？"他问。

"他一早到村东头粮库那边去了。"他看了看王文生，似乎有话要说，又住了嘴。

王文生转身要去找吴兴天，赵乡警努了努嘴，终于说话了："你要劝劝你这个同学，不要乡里什么事都管。这里不比城里，这样做会吃亏的。"

王文生略怔怔地看了他一眼，找吴兴天去了。夜里下了一场清雪，落过雪的房顶上、田地里又染上了一层白色，看上去又多了一层寒意。清早村子里十分寂静，连条狗的影子也见不到。顺着昨天走过的那条道，他很快找到了东头粮库。

粮库门前周围踩满了杂乱的牲口和人的脚印。

"我说你们还有良心没有？人家在这里守了一夜，你却说不收了。难道你的父母都不是种庄稼的人吗？"

老远就听到粮库院子里传来吴兴天生气的说话声。

"我们有什么办法？我们扣除他的水分你们又不同意，那你们就愿意上哪儿卖就上哪儿卖去吧。"又是那个公鸭嗓穿黑呢衣的男人，他身边又多了几个青年人，看来是看场护院的。这会儿正围在吴兴天和那几个赶马车的农民身边。

那几个农民看来是远道村子里来的，夜里守着自己的马车在场院外边过夜了。马车板下挡着厚厚的花棉被，花棉被上和车上的粮袋子上都落了一层清雪。为首的是一个五十岁左右的庄稼汉，他戴着狗皮帽子，驼着背，穿着黑棉袄，腰间用一根麻绳扎着，一脸的憔悴和愁色，抱着马鞭站在吴兴天身边。

"我就不信这一宿他们每袋苞米里就会长出二十斤的水分来，这谁会相信呢？"

"可谁叫老天爷下的这场雪呢？粮食受了潮我们也得晾晒的。"

"是谁一大清早像麻雀一样在这里叽叽喳喳吵闹个不停？都不让人睡个消停觉了……"一个矮胖的身影飘着步子走进来，这个人就是他昨天见过的秤砣腰赵老四。

"四哥。"那几个青年人很恭敬地哈下腰去给他让开了道。

"哟，是吴公安……这么早来给我们维持秩序了？"他讥讽地说了一句，又朝公鸭嗓问怎么回事。

公鸭嗓附在他耳边说了几句什么，赵老四移开的目光落在吴兴天身上，他压低声音说："吴公安，我们请乡派出所公安来是来维持秩序的，不是来挑刺的。"

吴兴天说："这么收粮对农民兄弟太不公平了吧？"

"是吗？那倒要问问老天爷公不公平。"他用手拂了拂粮袋子上的雪尘，突然转过头来朝那几个农民喝问了一句，"你们到底卖不卖？"

那个怀里抱着鞭子的农民身子哆嗦了一下，嘴里嗫嚅地连连说："卖，俺卖……"

"慢着。"吴兴天扬了一下手，似乎要阻止那个解绳子的农民。

"怎么着？"赵老四回过脸来，"你是不是管得太宽了？"

两人的目光在清晨冷冷的空气里对视着，一时陷入了僵局。

这时赵乡警匆匆赶了来。他附在吴兴天耳边悄声说："房所长叫你回去。"吴兴天刚想说什么，回头看见了王文生，低下了眼睛："你也来了。"王文生说："我一会儿就走了。"吴兴天这才从人群中抽出身来往院外走。

"去告诉你们的房所长，叫你们这个新来的公安懂点儿规矩。"背后听见赵老四在跟赵乡警说。赵乡警一直在向他点着头，不知在说什么。

吴兴天给他找了个顺路农用三轮车,在乡路口叫王文生搭上了。他说我还得回去,就不能远送你了。

　　王文生本想同他告别时对他说点儿什么,可是一阵鞭子响让他扭过头去。在地头路口的一棵老杨树下,刚才在粮库见过的那个老头儿正在抽他的一匹驾辕的栗色马,看来他刚刚把那车粮食在粮库卸完了出来,可能在等他的同伴。那是一匹老马了。老头儿一边抽一边嘴里在说:"你这个畜生,昨天你为什么不能跑快点儿呢?跑快点儿就不用在这里过夜了,也不能让人扣了这么多的粮啊,那可是全家老小一年辛辛苦苦汗珠子摔八瓣种出来的呀!"栗色辕马一动不动,任凭主人一下一下抽打着。每抽一下它青筋毕现的肚皮就抽搐一下,打着打着,老头儿就丢下了鞭子,跑过去抱着老马的脖子呜呜大哭了起来,看到这个情景,路过的农人无不跟着唉声叹气起来。

　　王文生就什么也不想跟吴兴天说了,他突然有一种想哭的感觉,不知是为那个农民,还是为吴兴天。苍凉的田野甩在了身后……

9

　　王文生刚刚下了火车回到所里,就听孙雪云说铁路家属区里发生了一起凶杀案,林所长和刘指导员都过去了。他听了也过去了。

　　铁路平房家属区在车站的北侧,刚刚走进平房区那条胡同里,就看见出事的那户人家的院前院后围了不少人,申警长正带着铁路派出所的两个民警在外围拉警戒线。围观的人都是居住在这一带的铁路家属区的居民,大家脸色慌慌的,在悄悄议论着什么。哈出的白气儿聚集成一团,空气有些冷,昨天刚下过一场清雪的地面上有些滑,脚下散着一些杂乱的脚印。站在人群前维持秩序的申警长抬头看见他,让他进去了。

　　这是一座独门独院的白房子,门牌号码是58号。和最近的邻居家房山头约有十米。房子的四周围着刷着蓝漆的木栅栏，房后是一块菜园子，房前是一块花园。花园里种着一些地瓜花和扫帚梅花，此刻枯萎的花枝都已被雪覆盖上了。

死者是一名退休工程师，男性，生前在齐铁分局机务车辆厂和本站机务段工作。从邻居们的议论中得知，他搬到这里来住时他老伴儿就过世多年了，他一直一个人独居在铁路家属区里这幢俄式宽大的坡顶的平房子里。老工程师是被人杀死在房子里两天后，被一个早上过来找他修家电的邻居发现的。

此刻那个邻居正站在院子里，接受刘指导员的询问。这是一个青年铁路工人，身上还穿着挂着油污的蓝色铁路制服。他是机务段上的，正是他一早上跑到派出所报的案。他说他至少两天没看见工程师出门了，他这两天家里的那台黑白电视机坏了，想找工程师去给他修修。平时上班路过他家门前总能在院子里看见他，可是这两天没看见他出门，以为他生病了，就过来看看。他家平时很少有人来串门，因为老人有怪癖，从不邀邻居到他家坐坐，喝喝茶聊聊天什么的。可是等他忐忑不安地拉开屋里虚掩的房门一看，老工程师卧躺在地上，他以为他真的是病了，等他把他翻过来时吓呆了，他的身体已经僵硬了，脸色灰白，腹部插着一把明晃晃的水果刀……

透过窗户玻璃，屋里，林恒正穿着白大褂在四处拍照，镁光灯咔嚓咔嚓闪着，令他稍稍有些奇怪的是分局刑警队咋没上来人。刘铁北蹲在地上记着什么，治安组大李正拿着卷尺在屋里屋外测量着。林恒一抬眼从窗子上看见了王文生，就招招手让他进去，说："你来得正好，做个现场勘查笔录。"他蹑着脚走进去。

"在警校里学过做现场勘查笔录吧。"林恒头没抬严肃着表情问他。

"学过……"他说。一种紧张的气氛笼罩着他，屋里凉森森的。

刘铁北把手里的记录本交给了他，起身戴着手套到里屋搜查别的东西去了。

地上的血迹并不多，水果刀只插进一半，老人的手紧紧握在水果刀把上，倒是老人的嘴唇青紫，嘴边贴着的地板上有一摊凝固的紫血。

经现场邻居和那个报案人辨认，这柄水果刀是工程师家的，有人看见工程师用过。从握的姿势上看，是自己推进的。是自杀？

一种熟悉的味道让王文生脱口而出："氰化钾。"

林恒看了他一眼说："得等到胃内容拿到分局做完化验才能确定。"

林恒又细心地察看了一遍完好无损的门窗、暗锁，心想这家伙一定和死者认识，不然不会被工程师让到屋里的。据邻居讲，老人性格怪僻，平时很少和邻居们来往，一到冬天他更是深居简出。这家伙做得很干净，屋子里能留下脚印、指纹的地方都被细心地擦过了。不过他们还是在花园里一处地瓜花干枝丛扒开的雪地上找到一只脚印，经过对比，这显然不是工程师留下的，这是一只三十九码的男人脚印。他拍了照。

他们一直忙活到过晌午才结束。尸体拉到分局解剖去了。他们就把人撤了回来。

回到所里坐下来，依刘指导员的意见，应该把这个案子上交到分局刑警队或移交给铁路公安分处。按照发案的地理位置，这起命案是归地方公安管。可是铁路派出所还没移交户籍管区，这起案件也可由铁路公安管。正是由于这个原因，上边的态度才显得模棱两可。早上一接到报案，他们就给分局刑警队打了电话，王国田队长接的电话，先问了发案地点后，说他们刑警队的人都在搞案子，抽不出人手来，叫他们最好把这个案子移交给铁路公安分处。当时还无法判定是他杀还是自杀，林恒也就没有再坚持什么。不过他清楚王国田心里是怎么想的，他是怕年底了增加大案命案的指标，所以不想插手这个案子，他倒是真希望这是一起自杀案子。再一个也是给林恒出了一道难题。他就是把这个案子汇报给分局高局长，高局长也会站在王国田这一边的。这就是林恒想了一会儿没有再犹豫出现场的原因。

从现场一回来，刘指导员就急三火四地去找了铁路派出所车所长，要把这个案子移交给铁路公安分处。

其实，早上那个机务段的工人来报案时，就先走进了车站派出所的房子里。刚刚来上班的车所长听明白这个惊慌失措的报案人说的情况后，就叫他拐到侧面的黄房子里找站前派出所报案。当时这个青年工人还有点儿发蒙，不明所以地问了一句："你们不是一家吗？"车所长说："是两家，是两家，这个案子应该找他们报案。""不过，你真的看清楚了吗？"车所长在他转身走出屋子时又这样问了一句。"我真的看清楚了，算我倒霉遇上这种事，吓死我了。"那个工人惊魂未定地说，他脸色惨白。

现在看见刘指导员他们从现场回来，他又过来找，车所长就当着他的面操起桌上座机话筒给铁路公安分处打了电话，公安分处回答得十分干脆，说这个案子发案地段归地方公安管，至于铁路家属区的户籍，明年就打算移交给地方了，这起刑事案件要由地方刑警来接手。放下电话后，车所长冲刘指导员摊了摊手，不过他倒委婉地说，他们所里可配合搞这个案子。

刘指导员脸色不太好看地走了出来。

回来后，刘家友找到林恒说："要不，我再同高局长说说，把这个案子上交了算啦。"

林恒正忙着在暗室里冲照片，一挥手说："算啦，离了他这个臭鸡蛋，还不做槽子糕了？我就不信离了刑警队还不破案啦。"

下午，他在所里主持召开了案情分析会，要铁路派出所的申警长带着那个管区的民警也来参加了。首先要对家属区的铁路居民进行走访调查，看看能不能摸到有价值的线索，再一个就是对穿三十九码鞋的男人进行重点排查。目前要做的只有这两项工作，其他的得等验尸结果出来再说。

散了会，申警长就带着那个管片民警下管区走访去了。

林恒副所长去了分局。

林恒走后，刘指导员还在不住地埋怨，说这真是捡了个大麻烦。他是担心破不了案上边责怪下来怎么办。

傍晚，林副所长从分局回来了，他对王文生说："你的猜测是对的，死者是死于氰化钾中毒。不过不是死于这两天，而是死于一周前。"

"这么说这真是一起谋杀案了？"

林所点点头："是的，从胃内容检查来看，死者那天吃的是西瓜。"

"是西瓜？这么说是凶手往西瓜瓤里注射了氰化钾，死者吃了西瓜才发作死去的。那就是说死者和凶手生前或许是认识的，两人一起吃的西瓜，还有那把水果刀，凶手是在毒死死者后才把水果刀插进死者的腹部做出自杀假象的……"

林恒吃惊地望着他，看得他有些不好意思了，他回过神来停住了嘴。

"说下去，你分析得有道理，比刑警队那帮自以为是的家伙强多了。"

"那么是谁杀死了他？为什么要杀他呢？"

"我也实在想不出这个人的作案动机。是图财害命？我都检查过了，老工程师积攒的几千块钱退休金的存折，还有二百元现金都完好无缺地放在抽屉里。报复杀人？据街坊邻居们讲，死者平素很少和人来往，从没听说和邻居谁有过积怨，相反他还给邻居修过电视机、录音机……这样一个深居简出的老人会得罪下什么人呢？"

上午，他们离开那里时，林恒又向两个年纪大的邻居问了老人有没有儿女或别的什么亲戚。两位邻居都摇摇头说："听说他的妻子很早就去世了，并没有给他留下儿女，他也一直没有再娶。在本市他也没有什么亲戚。"两个邻居老头儿老太说时还念了一句"阿弥陀佛，老天爷为什么要让这么善良的人没儿没女呢？真是可怜，这样死在家中几天了竟然没有人知道，幸亏是冬天"。

离开现场时，林恒想这真是一桩无头的"死"案了。

"你注意到报案人的鞋子了吗？"

"我留意到了，是三十七码的。"

林恒目光中流露出对他细心的大加赞赏。

"怎么，你也对他有所怀疑吗？"

"根据国外侦查理论，所有有条件接近现场的人都有作案的嫌疑，何况现场除了房前花园里那只单脚的三十九码的脚印，就是他的脚印了……"

"他是随意说的两天没有见到老工程师了，还是有意这么说的?"王文生在想着上午报案人在现场说过的话。

"那么现在我们只能从穿三十九码鞋的男人和西瓜这两条线索入手了。至于是什么样式鞋底的鞋还要等痕检出来，鞋模已拿到市局做痕检去了，西瓜在这个季节也是少见的水果了。你说是不是?"

王文生点点头。他忽然觉得他们站前派出所接管这桩案子是对的，他对这个案子有了浓厚的兴趣，一扫刚到所里来因为从自己手中逃走那个绺窃犯带来的阴霾心情。

10

这桩案子在车站上还是引起了一阵不大不小的震动。

早上，王文生一过站台上执勤去，站长侯久仁一见到他就神色神秘地走到他跟前问："我一过来上班就听到站上的人在议论，佟工程师是被人杀死在家中的吗?"王文生点点头，说是的。侯站长倒抽了一口冷气，翻了一下白眼："我的天哪，怎么发生了这种事?"他从惊愕中回过神来，又盯着他问，"是什么人干的?"王文生避开他的目光客客气气地说："目前我们正在调查。"侯站长走过去时又摇摇头叹息了一声说："多好的人，怎么就遭到不测了呢?"

检完票，那几个闸口上的检票员姑娘也聚在一堆神神秘秘地在议论这件事，过道上的风冷冷地吹着她们的脸，尽管她们已穿上了冬装大衣，可嘴里还在嘶嘶哈哈吸着气，她们神神秘秘冻得通红的脸上透着一丝不易察觉的恐惧。这个工程师她们都见过……他家房前园子里种植的花尤其让她们印象深刻，有人还管他要过花籽儿。

老白说站上从来没有出过这样大的案子。

王文生问站上的人谁和工程师最熟。

老白摇摇头，说这个人性格很孤僻，跟谁都不大来往。

"那么他退休前，和谁工作上打交道多一些？"

老白一指铁道那边说，是刘铁北的父亲老刘头。

他俩走过去，老刘头还蹲在那台机车头的车轮下，那台机车的车身早上挂着一层白霜，此刻被太阳一照，变成一层晶晶莹莹的鳞片。

他显然已听说了这件事，所以听老白这样跟他说佟工程师被人杀死在家中时，并没有显得多吃惊。他只是慢慢转过头来，怔怔地望着他俩。他胡楂和眼眉上也挂着白霜。

"……会是谁干的呢？站上谁会跟他有仇呢？"老白问他。

他摇摇头，目光显得有些呆滞而茫然。

王文生有些失望。他刚想和老白走开，就见老刘头双手捂在车轮上喃喃说道："老伙计，他为啥不听我的话，我叫他常出来走走来看看你，他为啥非要把自己关在家里呢？他如果天天出来看看你，也不会叫人害死在家里了。"

王文生稍稍一愣，回过头去看了他一眼。

在翻过铁轨走回去的时候，老白告诉他，佟工程师是在十年前调到庆城车站来的，据说这台最早的东方红号机车就是佟工程师在齐铁车辆厂工作时参与生产的。那时站上需要一名维修机车的工程师，佟工程师就从齐铁车辆厂调过来了。那会儿老刘头还没退休，老伴儿一做好吃的他就用饭盒给工程师带一些来。

"这么多年佟工程师一直一个人生活吗？"

"是的。"

"那他……他的妻子呢？"

"听说'文革'初期他还在齐铁车辆厂时经常挨批斗，他妻子由于受到惊吓，不久心脏病发作就病故了……那个年代像他这样的人谁跟他谁会遭罪的，想想这也是正常的事。"

"那他后来为什么没有再娶呢？"

"听说他很怀念他的妻子，别人后来也给他介绍过，他都没同意，包括侯站长也曾给他介绍过。他说他一个人生活惯了，不需要有人再来打扰他的生活。瞧瞧，他就是这么一个怪人。"

在现场他的卧室抽屉里，他们翻到了一张他妻子的照片，那是他妻子年轻时照的，照片上的女人瘦弱却很漂亮，尽管纸边已发黄，可是可以看出主人精心保存得很好。看来他的确对他的妻子很好。这个孤独的老人，这可能是他晚年唯一的慰藉了。

一辆油罐车裹挟着雪尘轰轰隆隆开进站来，他们又见到那个郭司机，他一脸油污地走下机车来。见到老白，他又要招呼老白去喝酒。

老白就说："你知道站上出事了吗？"

"出事？出什么事？"他大咧咧地问了一句。

"佟工程师被人杀死在家里了。"

"是吗？佟工程师那个古怪的老头儿……谁干的？"

"我们正在调查，你知不知道什么线索，比如谁和他有仇，谁最近和他有来往，有没有什么让你觉得奇怪的地方……"王文生问他。

他困倦地打着哈欠，不想再听他这么说下去，就说："我要知道这些，还要你们警察干什么？不会是白吃干饭的吧？不过他倒真是一个怪人……"他又恢复了大咧咧的样子，耸耸肩走过去了。

王文生听到了有点儿脸红，低下了头，目光落在地上。

老白脸则不红不白的，笑骂道："你这个乌鸦嘴，从来不会说人家好话的。"

白天王文生回到所里时，林副所长已从市局取回来鞋模型。林副所长说："市局痕检出来了，这是一只压胶底三十九码男式黑皮鞋，平底花纹，是长春一家皮鞋厂生产的。这种样式的皮鞋很普通，穿的人也较多，不太好查。另外上午申警长来过了，他们在铁路家属区进行了摸查，那一片家属区里穿三十九码鞋的男人有三个。一个是道班工人，一个是个退休的老头儿，他们都有那天没在现场的证据，还有一个是……"

"还有一个是火车司机，姓郭。"王文生平静地说。

林恒奇怪地看着他："你怎么知道的？"

"我上午刚刚见过他，他脚上穿的就是一双三十九码的鞋。我还知道他也有不在现场的证据，那天他跑车了。"

"你怎么一下子就能看出别人脚上穿的鞋码？"

"这都是因为我在警校老是走不好正步，被罚站时盯着人家脚尖看练出来的。"

"如果我要是教官，宁可要走不好正步的，也不要正步走得好的学生。"

他被林副所长这样说得有点儿不好意思了，他们的话题又扯回到这起案件的调查线索上，林恒说："现在只能从西瓜这条线上去查查了，现在这个季节，估计能买到西瓜的商场不多。"

下午，林恒就和刘铁北、孙雪云分头去跑了，傍晚他们拖着一身的疲惫回来说，他们跑遍了全市各家商场里的水果摊床，都没有看到有卖西瓜的。他们在走访中了解到，本市外面的水果市场摊床上西瓜只上市到八月十五前后，而室内市场水果摊床上，倒是有一家商场一个月前还有西瓜摆在摊床上，他们把老工程师的照片拿给营业员辨认，她们都说不记得了，时间过去了这么久，她们不会记得一个老人来买没买过西瓜的。还有他们分析即使是老工程师买了西瓜回去，会放了半个月才吃吗？由此他们推断西瓜可能是凶手带来的，这也符合他们前面推断凶手可能是死者一个朋友的推理。

他们又把那个当初的报案人，姓李的机务段工人，找到派出所来询问。这一次他显得有些紧张，嘴里一再说他那天不该这么早到工程师家里去，让他碰上这么个倒霉的事……他刚刚下夜班，面色有些苍白，他说这两天不断有人向他问起这件事，他快要受不了了，连夜里做梦都会梦见工程师死去的场面。那张失眠的面孔痛苦地痉挛了一下……他眼睛里躲闪的一丝惊慌并没有逃过林恒的眼神。

"你跟佟工程师很熟吧?"

"是的……也不是很熟,他这人不大喜欢与人来往。我只是找他修过收音机、电视机……"

"你好像还有什么话没对我们讲?"林恒紧紧地盯着他问。

"……什么?不,不,那天见到的情况我都向你们讲了,怎么?你、你们在怀疑我?不、不,我可以对天发誓,我绝不会干出这等伤天害理的事!"他吃惊地睁大了眼睛。

"可你做过对不起工程师的事。"林恒依旧盯着他说。

他苍白的额头上冒汗了,仰着脸看了林恒一眼,而后低下头去,嘴里喃喃说道:"是的,我欠过他三十七元钱。那是上回他给我修电视机时,电视机里少了个部件,他去给我买的,回来我问他多少钱,他跟我说这个部件三十七元钱。当时我手头没钱,我说等我发工资了再还给他。"

"可是发了工资你也没还给他。"

"是的,到月底发工资时我忘了。想起来时钱又花光了,一想他一个人反正也不等钱用,等有钱再还给他。那天、那天早上去他家时我本来想还钱给他的,可是一见到他出事了,我怕引起你们的怀疑,就、就隐瞒了没说……"

汗水顺着他的脖颈不断流淌着,流净了,他也结束了他的话头。林恒示意孙雪云递给他一条毛巾,等他擦完汗,让他走了。

林恒看着他走在窗外佝偻下去的背影,自言自语地说了一句:"一个人会为三十七块钱去杀人吗?"

"我想不会的。"王文生接上他的话说,王文生是他在询问这个人的时候特意从前屋执勤室叫过来的。

林恒轻轻叹息了一声。他知道现在可以解除对离去的那个人影的怀疑了,不过他们却又增加了一个无头线索。

第二天他们几人又去了那两家一个月前卖过西瓜的商场,了解买西瓜的人当中三十岁到四十岁，身高在一米七八左右的男人（这是从足痕检验中推断出来的）。结果还是一无所获，没有找到任何有价值的线索。

刘指导员在得知了案件两天来毫无进展，又磨磨叨叨着要把案件交上去，推给分局或推给铁路公安分处。林恒没有答应，其实他心里也清楚，即使现在把这个案子交上去，两边也都不会接手的。慢慢搞吧，他想。凭他的经验，这是一桩着急不得的案子。

11

又一场冬雪就这么扬扬洒洒下来了，将城市银装素裹了起来。

执勤室窗户外堆着雪粒的窗玻璃上结起了好看的霜花。站台上空气清新、冷冽，一趟列车刚刚开过去，喷出的白雾气在站台上弥漫开来，和路基上清新的雪融为一体。

王文生把目光朝第四道铁轨拐弯处望过去，那台老式机车头还停在那里，身上披上了白装。那个老刘头还在那里，他正趴在驾驶室外边，在打扫车窗玻璃上的雪。他的脸冻得红红的。他是什么时候来的？

老白打着哈欠从执勤室里走了出来，一丝寒气又让他打了个冷战，他摇摇脑袋，清醒了许多。

闸口上那两个关上铁门的女检票员并没有走进屋里去，而是在站台上打起了雪仗，一阵爽朗清脆的笑声从那边传来……

"刘铁北走了？"老白问他。

"是的。"他点点头。

"我看他并不是急着回家去，而是又躲到哪个地方喝猫尿去了。这爷俩咋一点儿也不像呢，他可是一点儿酒也不沾……"老白往那边扫了一眼说。

早上，他过来接班时已经有点儿晚了，刘铁北正猴急地等在执勤室里，一见到他就说："咋的，又睡过站了？"

他不好意思地脸红了。

"等娶了媳妇你就知道起早了，小生荒子。"刘铁北一边交枪和枪套，一边还没忘开他的玩笑。

过一会儿，果然见温金山过来找他，把他急急忙忙拉走了。温调度员找他除了喝酒就是打牌。

王文生待在执勤室里还在想，自己近来的确很贪睡，特别是下了夜班，觉总像是睡不够似的。刚到站上来那几天下夜班他都往市图书馆跑，在图书阅览室捧着一本小说或一本文学杂志一坐就是一上午，现在天冷了，再加上下了班他跟林所他们去跑那个案子，回到宿舍头一挨上枕头就睡着了。他的身体在变胖，这可不是好现象。当然如果母亲看到他这个样子会高兴的，她常常在信里问他胖没胖，睡眠怎么样。她总是担心会把自己神经衰弱的毛病遗传给孩子，特别是他。从小他就和她一样有些多愁善感，所以母亲并不赞同他出来当警察。不过他更不想变成一个大腹便便的警察。这和一个神探的形象相去太远。一想起早上的事来，他还有些惴惴不安。

早上他醒来，突然发现宿舍黄漆木门上被人撬开一个洞，从那个洞眼里吹进来的风带着丝丝的寒意，间或还带着几粒雪粒吹进来。王文生不由得浑身一惊，惊异地去看刘家友："指导员，这、这是……"刘家友这会儿正披着被低头坐在床上生闷气呢，见他问，转过脸来，脸色很难看地反诘道："你问我，我还想问问你呢。当警察睡得像死猪，迟早会让脑袋搬家的。"

他晃晃头明白过来了，待他消了气才听他讲了事情的经过：原来是刘家友半夜里出去起夜，怕风吹着了靠在门边那张床上睡着的他，就把门轻轻带上了。谁想这一带竟把那把不太好使的老式暗锁舌头给滑上，在里面反锁上了。走廊对着的外边的门没有门板，一直敞开着，刘家友撒完尿回来，怎么叫门也叫不开，冻得浑身哆嗦的他只好用撮煤的铁锹头撬开了上方的门板，伸手进去打开了锁。这个门板上方原来是镶着玻璃的，玻璃打碎后就钉上了一块胶合板。刘家友进屋后发现王文生还在蒙头大睡呢，这么大的动静他居然没醒。看着破着洞的门，王文生脸红了。

自己怎么睡得这么死呢？也许是昨晚喝了点儿酒的缘故。他不敢抬头去看余气未消的刘家友，赶紧起来穿好衣服找来锤子，把撬开的门板钉上了。

昨晚他和刘家友过铁路公寓食堂去吃饭，看见老白一个人坐在角落里一张桌子旁喝酒。赶上这样的雪天，老白也就不回安达家里去了，就住在所里了。他要了一盘酸菜炖血肠、一盘焖白肉。一个人烫了一杯散白酒，坐在那里有滋有味地喝着，看见他俩进来，晃了晃手里的酒杯，道："喂，小伙子，过来喝两口。"王文生瞅了瞅刘家友，摇摇头。"过来吧，大雪的天，喝两口暖暖身子，是不是，刘指导员？"拗不过，他们就走了过去。王文生又要了两个菜和一瓷壶白酒，给他俩杯子里倒上，自己倒了一点儿。雪天，食堂里吃饭的铁路职工不多。那个掌勺师傅跟老白挺熟，一直坐在窗里边看着他们在那里喝着，别的职工都走光了。

"你们调查的那个案子怎么样了？"一听到老白提起工程师的那个案子，两个人都很敏感，警觉地望着他。特别是刘指导员，一听到这话就觉得闹心，脸上就挂起了阴色。

"还能怎么样，这么一起无头死案，到现在一点儿线索都没有，这个案子本来就不该我们管……"刘指导员发着牢骚说。

老白听了，脸色不自然地红了红，用酒盖住了脸"哦哦"了两声道："申警长这一阵也在跑家属区进行调查……我想林所长毕竟是刑警队出来的，他会有办法的。现在刑警队那帮家伙都是干吃饭不干活的主儿……"老白不知是真是假也附和着他说。他说他和车所长也都向公安分处争取过了。

刘家友听了就不想再说什么了。

雪花在窗外静静无声地飘落着，屋内三个人喝着喝着就喝得脸慢慢

53

红了起来，身子也渐渐暖和了。

"咱们在下面当警察的都不容易，是不是，刘指导员？"老白摇晃着花白的平头，红红的眼珠子对着刘家友说。

刘家友的脸就温和了许多，冲他点点头，冲淡了刚才心里的不快。

随后老白关心地问起刘家友什么时候把乡下的老婆接到城里来住。刘指导员就看了王文生一眼，苦笑着摇摇头，说："难呀，今年的户口指标又冻结了……"王文生还不太明白刘家友瞅他一眼是什么意思，愣愣地望着他俩。

老白同情地拍拍他的肩膀，感慨了一句："老光棍的滋味儿不好受啊！"

刘家友听了怔了怔，他起身到窗口上去，要了一瓷壶白酒，食堂里卖的这一瓷壶白酒是四两装的，又要了一碟花生豆，坐到桌前来给三个人倒上。王文生忙用手捂着杯子说："我不要了，我没多少酒量，不能再喝了。"

"喝。"刘家友命令道，像跟谁赌气。王文生只好让他倒上了，跟着他俩喝起来，酒一下肚，麻辣辣的，刺激得他大脑什么也不去想了，头就慢慢晕了起来。最后是怎么离开公寓食堂的，他都不记得了。

早晨起来后，王文生就想，这么近距离地和刘指导员吃住在一起，什么缺点都会毫无遮拦地暴露在他面前的。王文生就希望刘指导员什么时候把老婆办进城来。

刘指导员的乡下女人来了。这是一个细瘦的三十多岁的女人，她有点儿干菜色扁平的脸上冻得有点儿发白，头上包着一个绿头巾，胳膊上挎着一个包裹。她一从市郊车上下来，就怯怯地走到王文生身边，问刘家友在不在。王文生就把她带到后边派出所里去了，一进走廊见到孙雪云，问她刘指导员在不在屋。孙雪云告诉他刘指导员到分局去了，问他有什么事。王文生向她指了指身后的女人，孙雪云就惊喜地说："嫂子来啦，什么时候下的车？"就把刘指导员的妻子让到她的内勤屋里去。

王文生这才知道这女人是刘指导员的妻子，不由得又多打量了她一眼。

中午他再从车站上回到所里时，刘指导员也从分局回来了。他已经把那个女人带到宿舍里。他一脚刚踏进走廊里，刚好听见屋里传出来刘指导员劈头盖脸地在问那个女人："你怎么来了?"他就停下了脚步，接下来传出这个女人委屈的怯生生的说话声："是你爹你娘叫俺来的，说冬闲了，叫俺来城里看看你。""我不是写信跟你说过了吗，所里现在忙得很，再说连住的地方都没有。"刘指导员口气烦躁地说。王文生听了愣了愣，接下来又听那个女人小声说道："俺不多待，俺只待两天就走……""你真能来添乱，也不看看这是什么时候。"刘指导员推门走出来，看见门口站着的王文生，稍稍一愣，只好介绍说："这是你嫂子，这是我写信跟你说过的新来的小王，乡下女人，你别见怪。"王文生只好走进来说见过了，叫了一声嫂子。那女人很忸怩地冲他笑笑，从包裹里捧出一大把花生和黑葵花子来，放到他床上让他吃。

大概孙雪云也在隔壁屋子里听到了他们的说话声，一听这话就把林恒找来了。林恒走进屋对他们说："嫂子既然来了，就先住下再说吧。"就叫孙雪云和王文生把他的被子搬到隔壁内勤办公室去，那里也有一张值班床，把宿舍里的两张床拼到一起。刘指导员想想就轻叹一声，不再说什么了。

晚上过前边执勤室交班时，看见老蔡来了，他随口说了一句："刘指导员的女人来了，刘指导员不该对她那么凶嘛。"

老蔡说："是吗? 她可有日子没来了。"

王文生突然问道："刘指导员的女人以前是不是常到城里来看他?"

老蔡瞅瞅他说："是的，以前差不多两个月来一次吧。"

早上也听孙雪云说刘指导员的女人有好几个月没有来了，看来都是因为他的到来占了宿舍，他们两口子不方便团聚了。王文生就有些愧意。

老蔡和刘指导员当兵时在一个部队里。听老蔡说，刘指导员是个孝子，他刚在部队上提干，家里就给他张罗提亲，他没见面就同意了。当时许多人劝他，转业到地方再找女人成家也不迟。言外之意，他一个部队转业干部怎么能找个乡下女人呢？躲还来不及呢。可是他没有听人的劝告，还是在干到连长时转业的头一年与这个家里介绍的同村的女人结了婚。结果他转业分到这个城里来，他女人还在乡下。他本以为他在公安部门工作，户口会好办些。可是他去了几趟市局户政科后才知道，越是内部人越难调。后来通过一个知情人才得知，他无意中把那个户政科长得罪过。原来刘指导员在老蔡待过的那个团结路派出所也待过，当时他是所长，那个户政科长有个远亲在他管区申报过户口，由于条件不够，他给卡住过。可是当时他也不知道谁是谁的亲戚呀。何况那时户政科长还不是市局的户政科长，是下边别的分局一个政工科长，没想到人家几年工夫干上去了，记住了这事。

户口调不到城里来，他女人只能待在乡下，以前只是他往乡下跑，家里农忙时他一个月回去一次，住个三五天再赶回来。自从调到站前派出所后，他工作忙了，就是他妻子每隔两个月进城来一次，家里的活计他也帮不上忙了。令他恼火的不是这些，令他恼火的是，他与这个女人结婚有六年了，可是这个女人流产了三次，至今还没有孩子。他领着自己的女人去城里医院查过，医生说是习惯性流产，叫她再怀孕时注意保胎，否则……医生看了一眼满脸焦虑的他和妻子，没有再说下去，沮丧的他似乎明白了医生没有说出来的话。可作为一个乡下女人，怎么可能不下地干活呢？何况家里的二位老人还要她伺候，尽管老人想孙子想得要命，他也不好把医生的意思流露出来。奇怪的是，自从最后一次流产后，她有两年多没有再怀孕了，这也是让他一见到这个女人就生气，也没有好脸子的原因，他真担心她给他们刘家断了后。

晚上回到后屋所里来，王文生就躺在内勤屋里的床上，又听到隔壁传来女人嘤嘤的抽泣声，不知道刘指导员又向她说了什么话，过了一会儿，听到刘指导员压低的像哄小孩儿似的耐心的说话声。那个女人的抽泣声才渐渐小了下去……

到了半夜时，王文生醒来又听到隔壁床板有节奏的声响。王文生便在心里有些同情起刘指导员来。

12

早起，看这女人在走廊炉子上做饭，一股香喷喷的米粥味道飘荡在走廊子里。这个女人脸上已有了红润的光泽，看上去比昨天在站台上见到时好看了许多。刘指导员没像往日那样早起，还在屋里蒙头睡着。

白天休息，王文生去了一趟图书馆借了一本书回来。看见这个女人蹲在走廊里炉子前洗衣服，王文生就同她打了一声招呼："嫂子洗衣服呢。"这女人就停下沾着肥皂沫的手来，张皇地应了一句："嗯哪。"让开身让他走过去。

王文生走回自己的屋里，发现自己脱在床上那套要洗的警服不见了，放下手里的书反身走了出来，就看见自己的那套大号警服泡在女人的盆子里呢。王文生慌忙上前挽起了袖子："这怎么行呢，这怎么行呢？"就要捞出来。刘指导员的妻子忙摁住了他："反正我也是顺便洗的。"王文生争不过她，就去帮她到候车室里的水房里拎热水。

拎热水回来，刘指导员的女人牛春花同他搭话："小兄弟，今年多大了？"王文生答："二十啦。"牛春花又说："我以前来怎么没见过你？"王文生说："我今年新分过来的。""哦，怪不得，家是外地的？""嗯，家在林区……""想家不？瞅你还像个孩子。"女人这样一说，王文生就脸红了。

王文生帮她把衣服搭在院子里铁丝上，回屋就想该给家里写封信了。要过新年了，自从从分局下到这里以后，他还没给家里写过一封信。主要是怕家里误解他是因为没有干好而没有被分局留下，再一个他也是不想让家里知道他每天的工作就是戴着袖标在车站上执勤。他在信里说他正在参与一个案件的侦破，这样一说家里人就猜测不出他是一个

57

执勤民警了。他刚把一张去街里照的照片取回来，打算给家里寄回去。照片上是一个穿着蓝警服精精神神的警察，只是胖得连他都觉得有点儿不好意思了。

"噢，写情书呢。"孙雪云走进来，看见他伏在桌上在写信，开他的玩笑。

"不是，是写封家信。"王文生脸红了一下说。

孙雪云随手拿起他放在床上的那本小说，翻了翻，说："警校让看小说吗?"

王文生说："课余时间是允许的。"

"比我们那时宽松多了。"孙雪云说，而后她突然问道，"警校现在允许谈恋爱吗?"孙雪云问时眼睛不太自然地移向了别处。

"不允许。"王文生摇摇头。

一朵红云不经意间飞到了孙雪云白皙的面颊上，她很漂亮，警校女生少，在警校暗中追求她的男生一定挺多吧。看他盯着她看，她不好意思低下了头。

王文生走出屋来，去车站上将那封刚写好的家信投进候车室外面墙上挂着的一只绿色铁皮邮筒里。抬起头来时，发现天上不知什么时候又落起了雪花，这叫他觉得这个迟来的冬天很有意思。他站在那里看着上车下车的人从他身边走过去，漫不经心的雪花落到这些出出进进的人的身上。

检票出口处不时吹过来一些凛冽的寒风，叫一些人竖起了大衣领子。

雪花聚聚散散、离离合合，无人去理睬它们的行踪……地上被踩黑的雪面一会儿又变白了。匆匆而过的人们踩在上面，发出一片柔和的沙沙的声响。

元旦的前一天，王文生在站台上执勤时，和警校的老校长不期而遇。老校长杨子善刚从省城开会回来，离挺远他就听到杨子善左腿假肢

58

发出的一种咯吱咯吱熟悉的声响……据说杨子善这条腿是对外自卫反击战时留下的"纪念"。他走上前去给老校长敬了个礼。杨子善一下子没能叫出他的名字，他并不觉得奇怪。在警校他并不是一名特别优秀的学生，况且每次校阅时他都恨不得往全班最后面躲。可是杨子善能叫出林恒的名字，并叫他去把他找来，就叫他觉得奇怪了，林恒毕竟已经离校六七年了。他就到后院把林恒找来了。林恒阴沉着脸走到杨子善跟前说："你还记得我？""记得，记得，你现在是副所长了，是咱们警校的骄傲啊！"杨子善打量着他的学生说。林恒并不领情，依旧冷冷地说道："可我曾经是一个受过处分的学生。"杨子善脸红一阵白一阵。

王文生有点儿看不过去，走上前去说："大冷的天，要不您到值勤室坐坐。"

"不啦，不打扰你们工作啦！"杨子善看了林恒一眼说。

王文生就赶紧帮着老校长拎着包向站台闸口上走去。

"你是三班的？"

"是的。"王文生毕恭毕敬地回答。

"你的班主任是蔺宝武？"

"是他……"此刻他可不想提到区队长的名字，更不想让他知道他是班里正步走得很糟糕的学生。

"祝你们新年快乐！"杨子善走出闸口时，又回头望了站里冷冷站着的林恒一眼，咯吱咯吱打雪覆盖的水泥地广场走去了。

自从来到派出所里后，王文生已隐隐听说了林恒和孙雪云两人在警校偷偷谈过恋爱这件事。因为这件事两个人都受到了处分，两人就分手了。两个人的学业和分配倒没受到影响。毕业时，林恒分配到刑警队当刑警，孙雪云先是在分局做了一段内勤，后来调到站前派出所当内勤。毕业后，两人各自找了妻子和丈夫结了婚。只不过林恒在两年前与自己的妻子离了婚，又在一年前被调到了站前派出所，与孙雪云工作在了一起，别人觉得有些尴尬，他们倒没觉得有什么不自然。

傍晚，王文生披着清雪回到所里时，看见走廊里刘指导员的女人用铁耳锅炖了一只鸡在炉子上，一股香喷喷的鸡肉味儿弥漫得满走廊都是，让人流口水。刘指导员叫王文生晚上不用去食堂了，一起过来吃晚饭。

过了一会儿，他又把林恒和孙雪云也叫来了，说快到新年了，大家在一起热闹热闹。说着，他出去到站前食杂店买回来几瓶啤酒。

孙雪云帮着刘指导员的女人把饭菜摆到宿舍里一张桌子上，刘指导员用牙咬开了啤酒盖给大家倒上，说他女人来了后给大家添了不少麻烦。王文生这才感觉到刘指导员是有意要请他和林恒、孙雪云吃顿饭，所以等大家下班走了才把他们叫过来。

林恒喝了一杯酒后说："嫂子这回来了，过了年也不要再回去了，就在城里住下吧，户口的事我会找机会和上边说说的。"

刘家友忙摆摆手说："这怎么行，这怎么行，况且现在所里又这么忙……"说时看了林恒一眼，他是想说所里正在搞的那个案子的事。

孙雪云也跟着说："没事，没事，就住下来吧，等户口落下来再去外边找房子。"

刘家友拿眼睛直捅自己女人，牛春花就站起来给林恒倒酒，也给孙雪云和王文生满上，怯生生地端起杯子来说："俺也不会说啥，谢谢大兄弟给俺费心，也谢谢大妹子还有小王兄弟，这段日子给你们添了不少麻烦……"

"来，喝、喝，今天看得起我刘家友的都敞开喝……"刘家友很大度地让道，端直杯子同他的女人一道和大家撞了，一口气干了下去，他先把自己喝红了脸。林恒也干了下去。孙雪云和王文生则跟着牛春花喝了一小口。

林恒晚上在所里值班，他喝了一半就出去了。

过了一会儿，孙雪云也出去了。刘家友有些喝醉了，他女人拿了一个枕头给他垫在背后倚在墙上，王文生想想再坐在这里有些不太好，就起身出去了。

走出走廊门外，看见院子里有两个黑影站在那边的墙角，林恒正弯腰往雪地里呕吐，孙雪云站在他身后扶着他胳膊很关切地问："你没事吧？"

"没事。"

王文生想起林恒平时有些酒量的，今儿个咋的了？

"你猜我今天看到谁了？"

"谁？"

"杨瘸子。"

孙雪云听了怔了怔，好半天没说出话来。夜幕中看不清她脸上的表情。

"好啦，天不早了，你也该回去了……"又听林恒在说，并不见那个身影在动。

王文生就从铁路派出所门口的一侧绕过去，到前边候车室去了。

闸口上，那个叫吕巧荔的检票员，一见到他就问："你值夜班吗？"

他摇摇头，说不值。

她有点儿失望。"今晚我下十一点的班，今天我想回家去，你能送送我吗？"她大胆地望着他说。自从铁路家属区里发生了那起凶杀案，夜里站上的姑娘们下了班都不敢单独或结女同伴走了。看他点头又说，"平时都是申哥送我，可是今晚他不值班。"

"没关系的，我送你。反正我也不会睡这么早的觉。"他说。他是故意这么说的。

他到候车室里转了一圈，今晚是老蔡的班。老蔡很仔细地在巡查候车室里旅客携带的包裹，出出进进好几趟。看见他问他怎么来了，他没说在等人，只说不想睡这么早，出来转转。老蔡瞅瞅他又进屋去了。

他等到夜里十一点，看吕巧荔交了班走了出来，他也跟出了候车室，一前一后送她往北片铁路家属区走去。外面远处还零星响起噼啪的鞭炮声……

她穿一件铁路制服大衣出来，戴着棉帽子将头裹得严严的。

"你冷不冷？"吕巧荔问他。

61

"不冷。"他回答。

"我妈会在家里给我做我喜欢吃的黏豆包等着我的。要不要我给你拿点儿?"

"不要,谢谢,你妈真好。"他这个时候想起了自己的母亲。

"那个案子破了吗?"她冷不丁问。

"没有。"他现在不想再提起那个案子。

在快要走近通往工程师家的那条胡同口时,她的身子不自禁地往他身前靠了靠,并且脚步也放慢了。

她身子鼓鼓地裹在大衣里,紧挨着他在走,他头一次与异性走得这么近,有种异样的感觉。不知是寒冷还是紧张,他身子微微有点儿抖。好在她没察觉到。

"好啦,我到家啦,谢谢你送我回来,要不你进来暖和暖和。"她在这条胡同一趟连着的平房的一个门洞里停下了脚步。

"不啦……谢谢。"他没有想到她这么快到家了。

"祝你新年快乐!"她在黑暗中又歪头调皮地冲他眨眨眼,她的两只眸子在黑暗中很亮。

"也祝你新年快乐!"他心里头一热,看见她走进门洞里才转身离开。

在走过胡同尽头时,他有意绕到工程师家那户独门独户的院外,驻足扫了一眼。此刻那个凶宅房顶上和院子里都落了一层没人清扫的白雪,在黑漆漆的夜里闪着阴森森的白光。他身上微微直起鸡皮疙瘩,赶紧离开了。

13

元旦这天一大清早,王文生过前屋执勤室接老蔡的班,还没等交接完，就见铁路派出所昨晚值夜班的老白匆匆推开他们执勤室的门，进来说："在南货场的铁路边上发现一具被火车撞死的尸体，你们不跟人过去看看？"

王文生听了心里一惊，倒是老蔡不急不慌地从抽屉里翻出近期的通缉令和寻人启事揣上，带上王文生和他一起过去看了。

"真是越担心啥越来啥……新年的第一天就发现一具尸体，真是晦气。"

老白一边走一边嘴里还在嘟囔，他说是早上一个巡道工发现的，昨夜他在站里站外差不多巡视了一整夜，天快亮时才回到屋里的，就是怕在全年最后一天有什么情况发生。说时果然见他两眼透着红红的血丝，像两只红灯笼。

清晨空气中有些凛冽，铁轨间笼罩着浓浓的寒雾。昨夜里刚刚下过一场厚雪，路基上还覆盖着一层白白的新雪，脚底下有点儿滑，他们小心翼翼地向前走着，不一会儿脸就冻得发红了，嘴里喷出的哈气很快就将他们的棉帽子挂上了白霜，连头上的国徽都有点儿模糊不清了。积雪在他们脚下发出一阵咯咯吱吱声。

在前方不远处的白雾里，传来了一阵叮叮当当铁锹铲雪的响声，模模糊糊中有几个穿着红黄相间工服的道班工人在清扫着路基积雪，看见有人走过来，就有个工人抬起头来隔着雾同白国富打招呼："老白，昨晚又灌了几两猫尿？"老白就惺忪着眼笑骂道："小心我揍你的屁股。"叮叮当当的铁锹声中就响起了一片嘻嘻哈哈的笑声，清冷的空气里，荡起了一片白雾。

大约走了二十分钟，他们三人来到了南货场外的铁道线上。铁轨旁横卧着一具尸体。是一具女尸，身上穿着的一件黑色裘皮大衣沾满了雪，她是被拦腰轧断了，头冲铁轨外，粉红色的皮肉模模糊糊连在一起，一大摊血水凝固在雪地上，很刺目。

王文生在警校里第一次上解剖课时就呕吐过一次，这回又忍不住背过身去，往地上干呕了两口酸水。

"瞧她，还是一个蛮漂亮的娘儿们。"老蔡说。

老白已拿去了盖在她头上的一张旧报纸，蹲下身去，像一个老父亲，嘴里喃喃道："多好的一个闺女呀，可惜啦，可惜啦。"

王文生回过头来，吃惊地发现她的确是一个很漂亮的女人，光洁的额头，修长的鼻子，黑黑的眼睫毛合在一起，像睡去一般，一头瀑布一样的黑头发分散着抛落在白白的雪地里，她看上去有二十六七岁的样子，正是一个女人最丰满的年龄，却像花一样夭折了。而且选择的是这么个日子。

接下来老蔡和王文生去翻手里的通缉令和寻人启事。老蔡翻了几下就翻完了，嘴里像含着什么东西嘶嘶哈哈地说："这么漂亮的娘儿们，是不会走失没人管的，更不可能去犯罪。"

说话间，一列北边开来的旅客列车呼啸着从身边开过去，裹挟起的雪尘扬了他们一身一脸。绿色铁皮车厢上也挂满了寒霜和雪尘，透过化开冰花的车窗，看见温暖的车厢里面有几个旅客在向路基下他们三个警察指指点点，且目光里透着一种好奇的询问。

"想知道就下来吧！"老蔡隔着车窗玻璃喊了一句，随后立起了大衣领子，将耳朵缩在了里边。

"有吗？"

"没有。"王文生也翻完了手里厚厚的一沓寻人启事。

"我们回去吧。"老蔡又说了一句。

他俩刚要转过身走去，又听老白站在身后说道："有样东西你们不想看看吗？"两人回过头来，老白举着一本沾着血迹的书，冰冻的血迹已将封面糊住了，书名看不太清楚。

"是什么书？"老蔡问了一句。

老白站在那里费力地辨认着，结结巴巴地读出来："是……安什么娜……"

"安娜·卡列尼娜……"王文生上前辨认出书名道。

"这是本什么书呢？"老蔡有点儿摸不着头脑地问，嘴上呼出的哈气立刻使他的大衣领挂上了白霜。他眼睛盯着王文生。

"是一本外国小说。"王文生说。

"噢，这个娘儿们，还有心思看闲书。不定她家里人有多着急呢。她也不为她家里人想想。"老蔡瞅了一眼阴冷惨白的天空，有些生气地说道。他这会儿还空着肚子呢，他不想再在这里多耽搁一分钟了。这类卧轨自杀的事情，一般都由铁路警察来负责处理的。

"我们回去了，老白。"

老白还愣愣地站在那里，有点儿不知所措。风刮得他脸上褶皱里都挂上了雪尘……随后，他俩沿着铁路线走回去了……

一整天，王文生在前头执勤，脑子里还在想着那个卧轨自杀身亡的年轻女人。她为什么要卧轨自杀呢？而且是选择新年到来的时候，是什么事情要她这么做呢？听老白说，那具女尸被临时放在车站南头一间放枕木的库房里，等待着她家里人找来辨认。在站台上接车时，他几次走到了枕木房前，想往里探看一眼，想看看那本书还在不在，但还是停下了脚步。在警校上解剖课那次，他整整两天没有吃下去东西。

在站台上又碰见了侯站长，他也是早上刚刚从调度那里听说的，一脸的无奈和烦躁，逢人便说："没想到临了临了，在全年的最后一天还发生这么一起站内亡人事故，这个娘儿们真是会给我们找麻烦……"从他嘴里知道，本站已连续安全运行九百五十一天无事故发生了。出这样的事故，他们最后一季度的奖金也就泡汤了，难怪他会很生气。

中午过食堂里吃饭，看见老白还没有回家，也坐在那里吃饭。节日食堂比平日多了好几个菜。老白正一个人坐在那里喝闷酒。看见他，招手叫他过去一起喝一杯。他本来没有胃口，一口酒下去后，胃里麻辣了一下，好多了。

"找到她家里人了吗？"

"没有。不会有这么快。我们想往报上登个寻人启事，能不能麻烦你们林所长给拍个照？"王文生知道铁路派出所没有暗室，照了照片还得拿齐市公安分处洗去。

王文生说："等我回去说说看。"

"那就替我先谢谢林所长了。"

吃过饭，王文生就回后边所里跟林所长说了。林恒就拿起相机过去了。

照完相在后面暗室里冲洗时，刘家友看到了问："给谁洗照片？"

林恒说是给铁路派出所拍的一个寻尸照。刘家友想了想说："他们就知道占我们的便宜，真是铁小抠。"

林恒听到了没说什么，洗完叫王文生送过去了。

14

元旦过后的第二天，刘指导员从分局开会回来，在所里召集全体干警开会，对大家说："冬季严打的第二战役又开始了，局里叫我们把那个案子限期在春节前破了。"大家都知道他指的是铁路家属区发生的那起工程师被杀案，有人听了就说："刑警队为什么不破？"这回刘指导员听了，嗫嚅地犹豫了一下说："局里说压在他们身上的案子够多的了。"林恒听了哼了一下，心里说这都是王国田在给他出难题，故意要他好看。

散了会，刘家友又来到林恒办公室，嘴里在说："我说当初要把这个案交上去，这回好了，局里来了限期令……"

"他刑警队不是也有不少死案破不了吗？"林恒并没有太在意。

"要不我们专门抽出人手来搞这个案子，成立一个专案组，这也是分局的意思。"刘家友说。

林恒想了想，说："也好，咱还是不太引人注目为好，我总感觉这个凶手还在铁路家属区里一带或压根就是铁路家属区里的熟人，就你、我再加上孙雪云，再把外勤组的王文生、刘铁北抽过来。"

"他合适吗？毕竟他刚来咱所没几天……"刘家友显得有些犹豫，他指的是王文生。其他三人都在刑警队待过，刘家友没异议。

"再也没有比他更合适的人选了。"林恒说得斩钉截铁。

"那铁路派出所方面的人呢？"

林恒想了想说："这个案子还是不宜和他们联合起来搞，就叫他们申警长协助调查吧。咱们对外还是不宣布成立专案组的好。"

刘指导员听了，心下明白他担心的是什么了。

散了会王文生就回到前屋执勤去了，白天是他的班。刚在屋子里坐下，一个穿铁路制服的姑娘推门走了进来："干什么呢？"

"没、没干什么。"

他随手合上了手里的书，一抬头，见是吕巧荔，面色有些拘谨。自从他那天晚上送她回家后，她在他的班上来过执勤室两次，刘铁北看见了，意味深长地盯着她的身影开他的玩笑："她是不是对你有意思了？"王文生脸一下子红了，嘴里在辩白："你瞎说什么呢？"

"看你，咋还不如个大姑娘呢？不过你可要小心，她姐姐可是咱们站里的美人，一个风骚的娘儿们，那娘儿们可不好惹，啧啧。"

那天在站台上，他看见过她姐姐吕巧美。她的确有些出众，烫着一头大波浪长发，围着一条火红的围脖，胸脯高耸，丰满的臀部十分性感，脚上穿着一双高勒羊皮黑靴，"嘚嘚"地走过来。她高傲的目光旁若无人，申杰明看到她走过来，走到一边去。

吕巧荔特意给她介绍："那天晚上就是他送我回去的。"

"你就是那个新来的警察？"她高挑着眼睛看着他。

"是的。"她高傲的目光有些叫他受不了，可是他还很客气地回答。

"你为什么不去上大学呢？"

是对他的鄙视，还是对警察的偏见？

她走过去时，他的情绪顿时低落下来。

……

"你在看书？看什么书呢？"她走过来伸手拿起他放在桌面上的书。

这是一双有着葱白一样的手指，纤细得完全可以去弹钢琴的手。他一阵心跳。

"《安娜·卡列尼娜》。"

"好看吗？"

这是他昨天下午刚从书店里买的，他以为她至少也知道这本俄罗斯小说的。他在中学里读过，当时还很不容易搞到手。他从一位父亲是知识分子的同学家中借来时，残破的书面和书页都泛黄，包着牛皮纸。

"你有稿纸吗？"

"有。"

"给我两张好吗？"

他拉开抽屉，从一本稿纸中撕了两张给她。她没说干什么用，依旧踮着脚依靠在窗台边瞅着他。

刘指导员走了进来，她说声"谢谢"走了。刘家友看了她一眼，问她来干什么，王文生说她来要两页稿纸用用。

刘指导员叫王文生到后屋开会，王文生问开什么会。刘指导员一脸严肃地说："过去你就知道了。"

等到了后屋，王文生才知道只有他们五个人在开会，林恒、孙雪云、刘家友、刘铁北再加上他，刘铁北在休息，是从家中找来的。林恒看他俩进来坐下后，一脸严肃的表情说："今天的会议内容要保密，刚才接到铁路派出所申警长的报告，工程师家的院子里发现了有人进去的脚印……"

几个人听了一惊，慌慌地互相看了一眼，又接着听林恒说下去："我刚才去察看过了，确实有人进院子里的痕迹，不过脚印已被进去的人出来时扫去了，再加上前天夜里又降了一场小雪，已经模糊不清了，无法判别是什么人的脚印。看来我们忽略了一点，就是凶宅出事后还会有人光顾，会是什么人呢？我猜想一定是和老工程师被杀有关系的人。从今天开始，我们夜里轮流对那里进行蹲坑守候监视，两个人一班，刘指导员和刘铁北一班，我和王文生一个班。白天由治安组大李带人对那条街进行监控。大家白天该干什么干什么，不要太引起人的注意。我总感觉到那个凶手正躲在暗处观察我们的动静。"

大家听他这一说，心里有些惊悚。倒是刑警出身的刘铁北满不在乎地蹲在地上，用火柴棍掏着耳屎。地上炉子里的火烧得呼呼直响。

散了会，晚上要由林恒和王文生蹲守第一班。下午林恒就带王文生过去察看周围地形。

他俩先来到那条胡同，左右望望，又来到老工程师家院子前，林恒上前推开掩着的院门，院门"吱扭"一声开了，从黑漆的门上抖落下几小块雪来。王文生蹲下戴着手套扒开地上那层薄薄的雪层，果然见下面有人用笤帚轻轻扫除过的印痕。进去的人是倒退着扫到门口出来的，所以院子里没有留下任何脚印。

"进去的人他想干什么呢?"在回来的路上，王文生问了一句。

"我也实在搞不懂他想干什么。"林恒摇了摇头说。

"他家里不会再留下什么东西吧。"

"我们都彻底搜查过了，老工程师就是有金条埋在地下也不会落下的，何况他根本就没有留下多少钱。"

"我是说凶手想要的东西……"

"这正是我们想弄清楚的。"

走着走着，在前边家属区一条街上遇见一个女人，身上穿着一件黑棕色貂毛大氅，像熊猫一样在雪地里走着。这样的女式大衣让王文生十分眼熟，王文生想起来了，前两天在南货场铁道上见到的那个卧轨自杀的女人也穿着这么一件貂毛大衣。听到脚步声，她回过头来，一头长波浪黑发让他认出这张漂亮的面孔来。

"哟嗬，林所长，你们也下管区查户口吗?"吕巧美眼睛里依旧飘着不太友好的神情。

"不，我们随便走走。"林恒说。

她又看了王文生一眼，昂过头去"踏踏"从雪地里走去了，她上班。

"听刘铁北说她和申警长是中学同学。"林恒瞅着她的背影说道。

"申警长，申杰明吗？"

"对。"

王文生暗暗有些奇怪，每次在站台上看到她的身影，申杰明都走开了。

15

夜里去蹲坑时，林副所长叫他把那把值班用枪也带上，王文生就带上了。节气接近三九，夜里奇寒，两人裹着厚厚的大衣，戴着口罩。在走过铁路家属区二道街巷尾时，突然发现雪地里卧着一个男人，天已蒙蒙地黑了，寒雾罩得人几米之外就看不清是谁。王文生一惊，拔出枪来打开了保险。林恒扯了扯他衣服示意他沉住气，站在原地别动。他蹑手蹑脚地绕过去猛地出现在那个"地倒"跟前："谁？别动！""别、别动……我、我没醉……"原来是一个酒鬼。王文生收起了枪，走过去，看清地上躺着的那个人手里还拿着一个酒瓶子，等歪斜的他侧过脸来才瞅清这人原来是站上的火车司机郭大胡子，他嘴里喷着一股酒气，帽子滚落在一边也不知道，头发上沾满了雪。

"你家在哪里？"

"家？家在……哪里？"他晃了晃头，又咕哝出一句，"你、你们查户口吗……5、58号……"

他俩只好把他扶起来，按照他说的，穿过一条街把他送回去。

摸黑到了那个院门门牌号前，敲开了门，一个女人站在了寒气袭人的房门前，竟是白天见过的吕巧美，她也一愣："深更半夜的，你们有什么事？"

"你男人喝醉了，他躺在巷子里。"林恒说。

身后这个男人甩掉了王文生搀扶的胳膊，跌跌撞撞扑到前面去："老婆……我的宝贝……我没醉，他们胡说……"

一股浓烈酒气扑到她的怀里，差点儿将这个女人熏倒，她的手捂住了鼻子。"拿开你的脏手。"那个女人怕冷似的缩了一下身子，厌恶地皱了皱眉头，躲开了他满是雪的身子闪身进了屋。门随后在他们身后关上了。

"滚开，你这个醉鬼，你怎么不喝死在外边，永远也不要再回到这个家里来……"从关上的门里传来那个女人的呵斥声。

他们走开了。

早上回到所里，刘指导员见到他们问："夜里有什么情况吗？"

"没有。"一身寒气的林恒摇摇头。王文生蔫蔫地低头朝内勤室里自己的床走去，他想趁人来上班之前，立刻睡一觉。

一股中药味儿钻进了鼻孔，林恒见走廊里的炉子上放着中药汤锅，一愣问："谁生病了？"

刘家友微微叹息了一声，说："你嫂子喝的。"

林恒从刘家友的脸色中明白过来，心里一动说："我认识一个老中医，专治不孕、流产的，等有空我领你带上嫂子去看看？"

"算了吧，她偏方没少用，还是白搭工夫。"刘家友显得挺缺乏信心的，愁眉苦脸地说。

"他这人可挺神的，不少流产的妇女都让他给治好了。"林恒执意地说。

刘家友就将信将疑地望望他。

王文生在屋里听到了，不知为什么脑子里又想起了那个无儿无女的老工程师，他要是有儿女，也不会出事这么长时间了没人来看一眼的。想想也真是怪可怜的。

白天，王文生过站台上去，看见刘铁北又和温金山站在调度室门口说着话。刘铁北看见他朝他递过一支烟来，他瞅了瞅牌子是"中华"，

71

知道他是蹭温金山的烟。温金山当计划调度员，每天总有不少人来找他办事的。他抽屉里的好烟总是多得抽不了。而刘铁北通常只是抽几毛钱一盒的"迎春"烟。

他俩抽到专案组后，夜间执勤由老蔡来上，白天由他俩换班到前边盯着点。刚刚发过去一趟客车，站台上渐渐冷清下来。

"咯、咯……"一阵高跟皮靴响，吕巧美从售票室里走了出来，她脖子上又换了一条银色狐狸毛围脖，这个女人即使是到计划室来取趟票，也总是把自己全副武装打扮起来，嘴里还夸张地嘶嘶哈哈吸着冷气。

"喂，我说我看见你的男人出车了，他脸上还青肿了一块，你是怎么欺侮人家了？"刘铁北见了她喊道。

"别提那个死鬼，是他昨天夜里自己喝醉了，跌倒了摔的。"吕巧美看了一眼温金山说。

"是吗？我可听说他给你跪过洗衣板，是你不让人家上床吧？哈哈。"

"别胡说！闭上你那张臭嘴！"她立刻冷起了脸子，扭头进了屋。

下午，林恒果然就带着刘指导员和他的老婆找那个老中医看病去了。

老中医住在铁西靠近城郊的一处平房里，屋里烧着燃煤炉子，长长的炉筒子从窗户上方接出去，屋里烧得热气腾腾。一进门就见他家里围了一屋子的人，多数都是中青年妇女，同病相怜的脸上流露着焦虑、凄凉的神色，间或还夹杂着点儿隐隐希望的期待。老中医坐在靠炉子前的一把椅子上，正在闭目给一位妇女号脉，林恒悄没声儿挤过去，低头与老中医耳语了几句什么。等他号完那个脉就睁开眼皮叫刘家友的女人坐到前面的方凳上来。

"多长时间没有来例假了？"老中医把手搭到了刘指导员女人手腕上问。

72

"四十八天了。"女人怯生生地答。

"……"

老中医松开了刘指导员女人的手，给她开了个方子，又对刘家友说："你女人这段时间不要干重活，不要受到惊吓。"

刘家友像鸡啄米似的点点头。

回来的路上，林恒说："叫嫂子搬出派出所吧，好人住在这里容易被惊吓着的。"

"可是往哪儿搬呀，她回到乡下去又会在家里干重活的，乡下女人都是这个样子……"刘指导员想起了以前流产的情形，犯难地说。

"要不这样吧，你们搬到我的房子里去住，我搬到所里来，反正我一个人住在哪儿都行。"林恒离婚后孩子判给了前妻，他一个月接回来一次。

"这怎么行呢，这怎么行呢?"刘家友一听，连忙摇头。

"看你，咱俩还客气什么！就这么定了吧。"林恒说完在头里大步走了去。

过了一会儿，刘指导员从后面赶上来说："等下回局里再研究咱们所正所长人选时，我一定跟局长说说把你扶正。"林恒听了心里就笑了，心里说刘指导员真是个农民。上回局里审查研究站前派出所正所长人选时，征求刘指导员意见，刘指导员知道林恒是刑警出身，怕他扶正后处处压着自己，就说了反话。想必这会儿心里有愧了。

回来后，林恒就骑摩托回去把家里的东西简单收拾了一下，打了个行李卷就驮回所里了。这边所里的人已帮着指导员把锅碗瓢盆搬了过去。

倒出宿舍来，王文生又搬回宿舍里来住了。

晚上林恒回到宿舍，见他躺在床上看书，就问了一句："你在看什么书?"

"《安娜·卡列尼娜》。"王文生回答。

"一个可怜的女人。"

"你看过?"王文生放下书来。

"是的,我还看过苏联拍的电影,女主角演得棒极了。后来再看英国拍的电影,女主角则糟糕透了。"

王文生有点儿吃惊地看着他,觉得林副所长比刘指导员有了几分层次。看来警校出来的和不是警校出来的就是不一样。

16

一连几天夜里在那条街上设伏巡视,并没有再发现什么情况。挨冷受冻的滋味不好受,正在他们情绪上有些怠倦时,一条线索偶然出现了。

这天上午,王文生和林恒刚刚回到所里,就见内勤的屋里坐着一个叫苏婷婷的十八九岁的女子,她是从火车上下来的一名外地旅客,她眼睛红红的,刚刚哭过,面色苍白,显得有些呆滞,清澈的眸子里有些六神无主。她手里拿着一张已经揉搓得很破的小报,这是一份铁路局办的《前进》列车小报。在这份报纸的四版右下角有一则"寻尸启事",并配有一张模模糊糊的尸照。不是亲近的人是很难辨认出照片上的死者的。

据孙雪云讲,她在车上一看到这张小报上的照片就昏厥过去,在乘警的帮助下,下了车她就匆匆忙忙找到派出所来了,不过她找错了门,照片和寻尸启事是铁路派出所在报上登的。但王文生从她那双似曾相识的眼睛里看到了两个月前在货场处卧轨自杀的女人的影子来。她断断续续诉说着……突然而至的巨大悲痛使她的声音听起来很不真切,她不时地抽搐一下问自己和屋里的警察:"这是真的吗?"她是从齐市来庆城找姐姐的,没想到在火车上看到了这个不幸的寻尸启事。

可怜的姑娘!王文生这样在心里说了一句。

林恒叫孙雪云带她过一墙之隔的铁路派出所去，孙雪云递给她毛巾等她擦干了脸上的泪水，就带她过去了。

　　可是到了傍晚，林恒和王文生快要去吃晚饭时，车所长又把上午见到过的那个叫苏婷婷的姑娘带过来了。车所长一进屋就问道："你知道她姐姐到这个城里找谁吗？"

　　"找谁？"林恒一下子被他问得丈二和尚摸不着头脑，一愣。

　　"是来找她的养父的。"

　　"她养父是谁？"

　　"就是那个死去的工程师……"

　　"啊——佟工程师？"王文生忍不住失声叫道，林恒的眼睛倏地亮了。

　　听车所长讲道，下午他们带她过去辨认了她姐姐的尸体后，她就去找了她在这个城市里唯一的亲人她表舅，可谁想听邻居们说她表舅在一个月前就被人杀死在家里了。就这样她就又返回到铁路派出所里来了。

　　林恒久久地盯着这个浑身上下透着丧气的女子："那个死去的佟工程师是你表舅？"

　　"嗯……"这名女子点点头。

　　车所长像卸下去一个包袱，不顾那个女子嘤嘤抽泣，对林恒说："林所长，我可以走了吗？你们是不是有事需要问她？我可还没吃晚饭呢。"

　　林恒连连点头："你可以走了，她留在这里交给我们吧。"

　　车所长叹息了一声，背着手走出了走廊，他那双老式的牛皮鞋发出一阵咯吱咯吱的响声……

　　接下来林恒叫王文生马上去内勤孙雪云家把她找来。王文生提醒道："文教科长家里应该有电话。"林恒虎起脸来，说："有没有电话我比你更清楚，你最好还是快点儿把她找来。"王文生第一次看见林副所长虎起脸来，赶紧去找了。

　　在王文生去找内勤孙雪云的工夫里，林恒弄清楚了这样一个基本情况，这个叫苏婷婷的女孩一直住在齐市她姐姐家里，从她嘴里知道她姐姐的名字叫苏白。她姐姐苏白是齐市铁路中学的一名俄语教师，两周前苏白向学校里请了假，说是到庆城来看望生病的表舅。走时说好三天后就回去的，可是半个月过去了，还不见她姐姐苏白回来，学校已打发人到家里来找过两趟了，这才知道她也没再跟学校续假，想她不可能在表舅家待到放寒假。那对学校来讲可是从来没有过的先例。为此她和她姐夫都十分着急。她姐夫带着孩子走不开，只好打发小姨子苏婷婷到庆城来表舅家找她姐姐。苏婷婷在齐市一家医院里做临时护理工，请了假就一个人来庆城了。在这之前她还从来没来过庆城表舅的家。见过表舅面那还是很小的时候，那会儿表舅家还在齐市住，她到表舅家来看姐姐，姐姐是过继给表舅家的养女，在表舅家读完中学后，考上了大学，不过在姐姐上了大学以后就很少回表舅家里来了，特别是在表舅搬到庆城来住以后。前些日子姐姐突然提出来到庆城来看看表舅，叫她和姐夫都有点儿吃惊。在这之前，表舅几次来信要苏白来庆城看看他，苏白都推说因为工作忙而没有来。当她在车上看到姐姐的照片在"寻尸启事"上后，简直觉得如晴天霹雳一样，惊呆了。

苏婷婷说得颠三倒四，断断续续，但苏婷婷说出了苏白曾是老工程师的养女这一情况，还是引起了林恒的足够注意。

王文生把孙雪云找到所里后，林恒把孙雪云叫到一边，说："今晚你最好别合眼看着她。这个不幸的女孩受到的打击太大了，她还是一个孩子呢。"

孙雪云让她躺在自己办公室的床上休息，自己则在椅子上坐了下来。

林恒连夜去了分局开了介绍信，他们打算明天一早就乘坐早班的火车到齐市去。走时他又叮嘱孙雪云打电话告诉家里一声，又派王文生去刘铁北家里一趟，叫他明天一大早就过所里来，说有任务出门。

次日一早，刘指导员第一个来所里上班，林恒简单地向他通报了一下情况，刘指导员听了也眼睛一亮："这么说那个案子有线索了？下一步怎么办?"

林恒说:"我打算带他们三个到齐市去一趟。"

刘指导员说:"要不要我也跟你们一起去?"

林恒想想说:"用不了这么多人,再说家里这边也离不开你。"

刘家友想想也是,除了所里不能离开他外,自己家里现在也离不开他。要是自己真的跟着去了,又放心不下自己的婆娘。牛春花已有了身孕,正是保胎期,城里不比乡下,上街买菜都得他出去买,得处处照顾她。这个烂婆娘,真是麻烦。刘指导员只好眼睁睁看着头功与自己无关了。

大清早的,站台上还笼罩着朦朦胧胧的寒雾,他们四个人冷冷呵呵上了庆城开往齐市的早班车。在站台上,林恒遇见了老白哈欠连天地从候车室旁边的一间执勤室里出来。"嗬,林所长亲自送她回去呀。"林恒眼睛瞠摸了一下四周,矜持地点点头,老白想到了什么又说,"那个叫苏白的女人尸体怎么处理呀,是不是交给你们?"林恒抬头看了一眼已经上车的苏婷婷的身影,低声说:"刘指导员会安排的。"林恒不想和他再多说什么,就上了已经打铃的列车。

这是一趟慢行车,车厢里旅客并不多,显得冷冷清清的,有几个带着大包小裹的小贩歪在椅背上打瞌睡。

车刚刚启动,王文生看见靠门口的座位上侧身头冲外坐着一个熟悉的身影。细眼一打量,竟是申杰明,不由得有点儿奇怪,拉了刘铁北一下,刘铁北也看到了,走过去拍了一下他的肩头:"嘿,杰明,你干什么去?"申杰明回过头来,说:"我倒班休息,回齐市家里去,你们这是……"刘铁北刚要说什么,这会儿林恒走来说:"我们送她回去。""哦。"申杰明识趣地收住了嘴。林恒他们走到车厢中间坐下了,刘铁北则在车厢门口一空靠背座位上坐下了。

车开过了两站地,林恒抬起头看了门口那边一眼,看见刘铁北在和申杰明眉飞色舞说着什么,不像在说这桩案子的事,他稍稍放了心。再看这边,苏婷婷两眼呆滞地坐在过道对面的椅子上,孙雪云和王文生坐在两边，孙雪云坐在靠过道这边，她的头随着车厢的颠簸不时摇晃一下。她夜里一直没合眼，他想走过去叫孙雪云伏在桌儿上睡一会儿，但看见王文生伏在那里看书，便没动。车厢里光线暗淡，暖气没有烧热。半天也看不见列车员走过来验票。

两个小时后，列车抵达了齐市车站。出车站时，申杰明走过来与他们告别时说："有没有什么需要我帮忙的？"林恒说没有。他看了那女子一眼又说，那好，如果有需要帮忙的，就打电话找他，还说他休班得过两天才能回去。他给刘铁北留了个家里的电话号码，就走了。林恒和王文生这才知道他父亲原来是齐铁分局的申局长，稍愣怔之余，不由得把目光追踪着又看了他两眼，像刚认识这个人似的。

看着他走远了的背影，林恒问了一句："刚才你们在车上聊了什么？"刘铁北说："没聊什么，我们一起说起了从前在齐铁二中上学时候的事情，那会儿我们两个还有那个女同学吕巧美都跑通勤，一周来回跑一趟。一到夏天，我们两个常常逃学坐火车到草甸子上小站下车去捉鸟窝，捡到野鸭子蛋就带回来煮着吃，那会儿大家都吃不饱饭，抓着好看的小鸟还争着向吕巧美献殷勤，那会儿草甸子上鸟多的是，还能看到天鹅和丹顶鹤哩。哪像现在，油田一开发，草甸子破坏得连鸟都没地方待了，你说人是不是挺损的呀，为了自己的生存就不管别的动物们死活了。"林恒没理他，又问道："他有没有问起老工程师的案子的事？"刘铁北说："没有，对啦，他跟我说他想调到公安分处刑警队去，说他的一个警校同学都在刑警队当队长了，而他在铁路派出所干了这么长时间，还没搞过一个正经案子，腻歪透了。"林恒听了没说什么。

17

铁路局机务车辆家属区离车站很近。出了站口走了约莫十分钟的光景，苏婷婷就带他们来到了她姐夫于根宝家。这是一幢四层红砖楼，她姐夫家住在一单元三楼左门。楼道的灯泡打碎了，楼道里有些暗，还堆了不少杂物。到了门口，孙雪云替苏婷婷按了门铃，还不到上班时间，估计家里会有人。过了一会儿，门打开了，林恒悄悄扯了一下孙雪云的衣襟，把她拽到苏婷婷身后来，并用警觉的目光审视着门内。门里出现了一个三十三四岁戴眼镜的男人和一个五六岁男孩的面孔，他们都大睁着眼睛注视着苏婷婷和站在她身边的几个陌生人。

"姐夫，姐姐她……"苏婷婷声音颤抖着叫了一声，身体控制不住摇晃着歪在门框里的墙壁上抽泣起来，门里的男人伸出的手顿时僵住了。

"你姐姐她怎么了？"男人像被电击一样摇晃着苏婷婷的肩头，又把大睁的瞳孔转向了他们，"我妻子她怎么了？"

趁这工夫，林恒已用眼睛的余光扫视完了屋内，他向孙雪云使了个眼色，孙雪云明白了，她把那个小男孩领到卧室里去。

"你妻子她卧轨自杀了。"林恒低沉着嗓音对他说。

"啊？自杀？这是怎么回事——不可能，老天爷，我是不是听错了？"男人一下子顿住了，两腿软软地站立不住，依着门框往下倒去，被林恒一把拉住了。他稳住了身子，苍白的脸孔转向苏婷婷："这、这是怎么回事？婷婷，你快告诉我……"

苏婷婷已泣不成声了。

有泪慢慢地从男人眼里流出来，大概他已相信了眼前这个警察的话。只是嘴上还在喃喃自语地说："这不可能，这不可能是真的，天哪，你丢下我们可怎么办呢？"男人极度哀伤地捶着自己的头。

小男孩儿似乎从大人的哭声中明白发生了什么事情，从卧室里挣脱着跑了出来，扑进男人的怀抱里："爸爸，我要妈妈，妈妈呢？"

小男孩的哭声叫林恒不知怎么办才好。显然这个早晨他们从庆城来带给这个家庭的不幸的消息对他们父子打击太大了。他们任他们父子俩相互摇动抱着哭泣着……他们巡视了一下这个三居室的房间。除了中间一间客厅外，两边东西各是一间卧室。东边的卧室里摆放着一张欧式双人铁床，铁床头正中白墙上挂着的正是那个已死去的女主人和眼下正哭泣的男人的结婚照，苏白穿着婚纱，脸上带着淡淡的略显忧郁的微笑。这个男人穿着笔挺的藏青色西服，尽管也戴着这样一副眼镜，可王文生觉得这副眼镜并不太适合他。从他那理得整齐得露着青皮的发型和憨厚的表情上看，他还没有摆脱乡下人的痕迹。当然他现在已经是一个助理工程师了，这一点他是从苏婷婷嘴里了解到的。西边的房间里摆放着一张单人木床和一张儿童床，房间里的墙上挂着一张少女的单人照，苏婷婷穿着一件白色连衣裙，看上去和她姐姐一模一样，只不过脸上的微笑还带有几分孩子般的快活气。

这个男人还蹲在那里不知所措地哭泣着。

林恒走过去拍了拍他的肩，说："你要节哀。"男人抬起头来略有点儿羞愧地望着他，似乎觉得这个时候应该擦去脸上的泪水，就用手背抹了一下眼睛。林恒说："你先安顿一下，等我们再来，有些情况我们还需要了解一下。"林恒没有马上说出苏白姐妹表舅被人杀害的事。他想苏婷婷会跟他说的。

这样他们就先离开了于根宝的家。

走到街上，他们几人也先找一家小旅店住了下来。

吃过午饭，林恒叫孙雪云去苏白工作的铁路中学了解情况，叫刘铁北和王文生去铁路局车辆厂了解情况，那个死去的老工程师曾在那里工作过，现在于根宝也在那里工作。不过他想发生了这种情况，那个男人不会去工厂里上班的，就叫他俩先去了，自己则又去了于根宝的家里。

可是他想错了，那个男人去工厂里上班了，家里只有苏婷婷和他的儿子。苏婷婷看上去悲伤沮丧的神情好了许多，不知那男人都向她说了什么话。他儿子在自己的床上睡着了，腮上还留着两道干泪迹，睡梦中又发出两声尖叫："妈妈！我要妈妈——"林恒听了心动了一下，他不想再惊醒这个可怜的孩子，就没有和苏婷婷多说什么，待了一会儿，就离开了工程师的家。

回到旅店房间里，他躺了一会儿，没睡着觉，就随手拿起对面床上王文生放在被子上的那本《安娜·卡列尼娜》翻了起来，翻到小旅店的窗子暗下来的时候，就走出了小旅店。

门口有卖烤羊肉串的，冰天雪地的街上，蓝蓝的烟火将烤得流油的羊肉香味儿送进行人的鼻子里。他不由得吸了吸，又听见烤羊肉串的人站在路边向过往的行人叫道："烤羊肉串喽，新鲜的羊肉，五毛钱一串啊……"他买了十串，就蹲在他的烤摊前边吃边烤起火来。街上的行人冻得哆嗦着脚走过去，雪地上踩得脏兮兮的。各种小汽车像甲虫一样拥挤着从马路中间开过去。齐市是北方的大城市，无论是高楼还是小轿车，都比庆城多得多。

吃着吃着，孙雪云先回来了，林恒跟小贩说："再来十串。"孙雪云也蹲在地上跟他吃起来，新烤出的羊肉串热乎乎的，立刻叫带着寒气的身子不觉得冷了，烤槽子上红红的炭火正旺。

"怎么样？"林恒边吃边眼睛盯着街上问她。

孙雪云说她下午找到苏白工作过的那所铁路中学，学校里刚刚获知苏白自杀的消息。向别的老师打听苏白在学校里的情况，别的老师都不肯说。她去找校长，校长也脸色很难看地说无可奉告。

"怎么会这样呢？"林恒没有想到铁路方面会这么快通知了死者单位，这让他们下一步工作就有些被动。

"我在学校外面等到学生放学后，找了两个同学了解到，苏白年年是学校里的模范教师，去年还被评为优秀班主任。"孙雪云又说。

"哦，怪不得……"林恒心里想，出了这种事情，对于一个模范教师来讲，学校当然不希望张扬得满城风雨的。

他俩吃完羊肉串回到小旅店，刘铁北和王文生也回来了，不过两人脸色也很沮丧。林恒一问，两人果然在铁路局机务段车辆厂里也碰了钉子。他俩下午直接去找厂保卫科，让他们协助调查。可他们却说要他们去铁路公安分处换介绍信，说地方上的案子必须由铁路公安分处出面他们才肯协助调查。"你听听他们这是说的什么混账话。"刘铁北还同那人吵了几句。没有保卫科的帮助，他俩自然无法去人事科那儿查老工程师在这里工作时的档案。

"碰没碰见于根宝？于根宝在厂里情况怎么样……"他说他下午又去过于根宝的家里，可是他上班去了。

刘铁北摇摇头，说他们没有碰见他，他俩从保卫科出来后就守在厂门口外，一直等到下班，从几个出厂下班的工人那里打听了一下情况。

"都了解到了什么情况？"林恒问。

王文生说："我们向几个认识于根宝的工人问了一下他的情况，于根宝在厂里人缘很好，工人们都说于工程师没有知识分子架子，还说他无论在工作上还是和群众关系上都表现得很好，还……"

"还年年被评为劳动模范是不是？"林恒打断他说。

王文生惊异地看着他，奇怪他怎么知道。

林恒心想一个在得知了妻子自杀消息后还能去工厂里上班的人，不会不是劳动模范的。除非他不爱他的妻子，可林恒凭直觉感觉到这个男人很爱他的妻子。林恒又问："那个老工程师呢？有没有人知道他的情况？"

刘铁北摇摇头，说："我问过的几个工人，没有人知道他的情况。听说他以前在厂里时也很少和人来往，他离开厂子多年了，有的人还不认识他。"

林恒想想也是，一个离开工厂这么多年又在外地退休的人，那时和他在一起的同事也应该都退休了，除了工会发放福利的人恐怕没人会记得他了。

看来今天一无所获。明天要想继续调查不得不找铁路公安分处协助了，他想起早上下车时申杰明说过的话，叫刘铁北今晚吃过晚饭后给他家里打个电话。请他帮忙联系一下铁路公安分处，给这两家单位下边的保卫科打声招呼，提供一下方便。看来不想让他知道他们到齐市来干什么是不可能的了。

18

　　四个人在外面吃过晚饭，在回旅店的路上，林恒突然跟王文生说他现在想到于根宝家去一趟，问他想不想跟他一起去。王文生看看他在夜幕里若有所思的样子点点头。孙雪云听到了，说用不用她也跟着去。林恒说："不用了，你跑了一天了，昨晚也没睡觉，回旅店去早点儿休息吧。"又叮嘱刘铁北今晚同申杰明联系上。他们两人就先回旅店去了。

　　走在去于根宝家的路上，又听林恒说："我们得抓紧时间在这里调查。"

　　"你是不是担心铁路公安方面会介入这个案子调查？"王文生问。

　　"也许吧。不过有人在和我们抢时间。"

　　"谁？"

　　"那个凶手。"

　　王文生顿时觉得寒气逼人的夜幕四周有些叫人周身发冷，不由得从心底里打了个冷战。

　　这么晚去于根宝家，他好像知道他们会来，并没有睡下。他腰间扎着一条长长的白布带，正跪于卧室那个方厅里临时布置的妻子灵位遗像前，在给她上香。听到敲门声，他站起来给他们开门，见是他们，神情哀戚地轻声说："请跟我来吧。"就把他们引到那个灵堂屋中去。显然那个孩子和那个姑娘已疲惫地睡去了。他并不想惊动他们，屋里没有开灯。从这间黑漆漆的屋子里传出他的絮叨声。

　　正如林恒白天所料，苏婷婷已将表舅被害的事告诉了他。他当时听了显得很茫然，半天没醒过神来，听到这个消息不亚于听到妻子自杀的消息让他感到震惊。从他嘴里了解到死去的老工程师不仅仅是他的表舅丈人，还是当初他和苏白的媒人，他嘴里不停地向林恒喃喃地问道：

"一个多么好的老人啊，怎么会遭不测呢……天哪，这究竟是怎么回事？"一连串的打击叫他一日之间白了许多头发，凌乱的头发遮盖在他突出的额头上，憔悴的面容不时痛苦地抽搐一下，闪在镜片后面的那双红肿的眼睛，流露出呆滞、沮丧、怯懦的目光。农民的天性叫他在这种时候记着人家给过他的好处。他告诉林恒，他和佟工以前在一个厂里工作过，他刚到工厂里时只是一名工人。他从工人干到技术员都是老工程师帮助提携的，后来佟工又向厂里推荐他上了工农兵大学，回来后又给老人当助手，提拔做了助理工程师，没过多久，老人又把他的养女苏白介绍嫁给了他。成家的头两年，每年春节于根宝都带着礼物到老工程师家去看看，后来老人调到庆城去，逢年过节他也去看过，多则住个十来天，少则三五天。只是近些年少了这样的走动了，一方面是由于工厂对像他这样工人出身工农兵大学毕业的技术人员要求越来越苛刻了，什么学历补考呀，什么职称考试呀，什么外语补习班呀……他的节假日时间完全被占去了，好在于根宝肯学肯吃苦，在工厂里人缘又好，才没有解聘回到工人岗位上去。只是不敢再轻易向厂里请假了。另一方面也是因为苏白，苏白自从结婚后，似乎不愿再回到养父家去住了……特别是老人搬到庆城去后，过春节都是他一个人回去看望老人的。现在想起来，他有五六年没有去老工程师那里过春节了。这真让他懊悔不已！前两天苏白说到养父家看看，他还劝她，让她等放寒假他也请两天假，一起去庆城看看他，还想在老工程师家里一块儿过春节呢。她没听他的，还是一个人去了，可是谁想竟一连发生这种事……"我的妻子真是自杀的吗？"说到这里他愣怔地瞪着红红的眼睛问林恒。"她是自杀。"林恒肯定地点点头说。"我对不起他老人家，他是我的恩人，我对不起他们呀，老天爷，为什么不叫我去替他们死呢……"他检讨着自己的过错，喃喃地说。其实这也不是他的什么过错。

从于根宝家里走出来，差不多是夜里十二点钟了。街上的车和行人都少了，寒冷叫他俩不由自主地裹紧了身上的羽绒服。

回到旅店时，刘铁北没等他俩先躺下睡了。他们三人开的三人间。

听到门响，刘铁北迷迷糊糊地说："孙雪云来找过你两次，问你们回来没有。""有事？"林恒警觉地问。"关心你呗……"刘铁北说得像呓语。王文生上床脱衣躺下了，林恒关了灯，停了一下披衣走了出去。来到孙雪云的房间门口，他轻轻敲了一下门，门就开了。孙雪云果然还没睡，屋里黑着灯。这间两张床的房间里另一个客人已睡下了。孙雪云穿着衣服出来把门在身后关严了。"你怎么还没休息？"他轻轻地吃惊地问。"我有点儿担心，这么晚了还不见你们回来。"孙雪云脸色有些恍惚地说。"别忘了，我可是刑警出身。"他诡秘地一笑。"不是，我是觉得……""你觉得什么？"林恒突然打断她问。"我觉得那个叫于根宝的男主人，早上见到他时有什么地方不对……""什么地方？"林恒问。"说不太好，也许是女人的第六感觉吧。""又是你的第六感觉。"林恒用手刮了一下她的鼻子，孙雪云娇嗔地看了他一眼，脸就红了，她变戏法似的从兜里掏出四个茶叶蛋来。看到茶蛋他真的觉得饿了，跑了大半宿来回有十多里路。他三口两口吃掉了两个，另外两个想拿回去给王文生，就退出了脚步，回身看孙雪云仍站在门口不动，就说："休息吧，时候不早了，你昨夜又一宿没睡。"走廊里很静，亮着一盏刚能瞅清人影的灯泡。孙雪云看了看他，回身进了门。

林恒回到屋里，王文生已经睡着了，他把两个茶叶蛋放到他的床头柜上。上床躺下时心里还在想着刚才见到孙雪云惦记他着急的样子，孙雪云真有意思，就不怕刘铁北回去说闲话？

第二天早上，刘铁北说他已同申杰明联系过了，铁路公安分处会和下边的保卫科打招呼的。林恒就又叫他俩过铁路局车辆厂了，又叫孙雪云去铁路中学，调查那个苏白的情况。他自己则又去了于根宝的家，昨天他已同他打过招呼了，说有几个问题还要找他了解一下。本来他说他可以到他们厂里去谈，可是那个助理工程师很坚决地拒绝了。叫他一早上过来，他等他。

敲开于根宝的家门，给他开门的不是于助理工程师，而是苏婷婷，家里只有她一个人，他不觉一愣。

"你姐夫呢？"

"我姐夫一大清早被厂里来人找走了，说是一台机器出了故障，他要赶过去抢修。他说再约个时间他去找你们，叫你们留下地址。他说他很抱歉。"苏婷婷说。

林恒想他是不是故意躲避他们呢？他为什么不能向厂里请一会儿假呢……这样想着就很随意地问了一句："你外甥呢？"

"我姐夫带他去厂幼儿园了。我姐夫说这样对他会有好处……"苏婷婷平静地说道。

林恒环顾了一下仍处处保留着女主人痕迹的屋里，突然想到：于根宝这么急于上班，是不是也在回避着什么呢？

"你姐和你姐夫吵过架吗？"他话一出口，觉得自己问了个十分愚蠢的问题。

苏婷婷毫不觉得难为情，回答他："他们从来不吵架。"

后来他又问到他们两人平时的生活习惯和爱好。苏婷婷告诉他，姐姐平时在家除了批改作业外，再就是喜欢把自己一个人关在房间里读小说。而这位丈夫在家里最喜欢做的事情就是干家务活，连洗女人的内衣、内裤都包揽了下来。用苏婷婷的话讲，她还从来没有见过这么能干、这么体贴妻子的男人。林恒就挺尴尬地想到了自己，从前为洗衣服或干别的什么家务活总要和前妻吵架，似乎已养成了习惯。在他看来，干家务活是女人天经地义应该做的事情，可是他的前妻也有自己的一摊工作呀，她是文工团一名演员。再一个，他工作确实忙，很少着家。与这位男主人比起来，真是惭愧啊！可谁叫自己是个警察了。

"你姐姐是什么时候被你表舅领养的？"林恒换了个话题。

"是在她读中学的时候，那时候我刚上小学一年级……"她回忆着说。

"你姐姐为什么过继到你表舅家，是因为他家里没有孩子吗？"

"事情并不是这样的。"苏婷婷看了他一眼，慢慢地讲述道，"我刚上小学的那一年秋天麦收完的时候，我母亲突然患上了出血热去世了，

86

而在这之前，我父亲在我三岁的时候就已病故了。我和我姐一下子成了孤儿，村子里的亲戚安葬完母亲的遗体后就聚在一起商量，看看怎么样来抚养我们姐妹俩，乡下人的日子都不宽裕，没有人肯收养我们到自己家里去。表舅是从城里走亲戚到我们乡下村子里来的，听说了这件事后，就找到了我们的一个姨家，当着亲戚的面把姐姐领走了，说他认姐姐做养女，要让姐姐到城里去读中学，将来还要供她上大学。并当着众亲戚的面说如果大家同意，他也想把我一起领走抚养。这时我的一个姨妈站出来，把我领走了……村子里人是不想让我们姐俩都到城里去，怕我们离得太远，我爹我娘的坟头荒了草，连个上坟的人都没有。"

苏婷婷似乎不愿提到以前的事，她看了看墙上的钟，说她上午还要到市妇产医院去上班，她请的假期到了。她在那里做临时护理工。林恒就给她留下一个地址，要她姐夫回来去旅店里找他们，就告辞了出来。

林恒有些发闷地走回旅店来。到中午刘铁北和王文生还没有回来，只有孙雪云回来了，他以为于根宝中午不会到旅店里来找他，就先和孙雪云出去吃饭了。在外面街旁的一个热气腾腾的面馆里，林恒边吃饭边问孙雪云苏白的情况了解得怎么样。孙雪云说，她上午一到那儿，一个保干就接待了她，领她去找苏白所在高一的年级组长，苏白的确在两周前向学校里请了假，说是去看望她在庆城的表舅，说她表舅生病了。据苏白的同事讲，苏白平常在学校里很少和别的老师来往，除了穿戴别人对她有点儿议论外，别的还没听到其他老师对她有什么议论。

"你是说苏白向学校里请假时说她表舅病了？"林恒停住了往下夹刀削面的筷子，仰头问。

"是的。他们年级组长是这样说的。"

"那是什么人告诉她她表舅病了呢？"林恒在心里猛然想到苏白请假时，她表舅已在庆城死去一个月了。

"不清楚……"孙雪云看了看他。

他们两人刚刚走回到旅店去，就看见于根宝站在旅店门外东张西望，林恒心里一震，他看了一下表，正是下午上班的时间，他还没有消除心里的疑问：这个男人为什么不叫他到单位里去找他呢？

19

看见他俩走回来，站在旅店门口的男人似乎松下来一口气，可脸上还堆着一丝焦虑。一见到他们就说："我不是说过来找你们……你们怎么又去我家找了呢？"林恒一愣，马上反应过来："上午还有别人去找过你吗？""有……怎么，你们不是一起的吗？"他显得有些惊讶，听他小姨子说，上午林恒刚走，又有一个警察去过他家找他。林恒听了就明白了谁去他家找过他了。他没有再说什么，把他请上楼，让进他们三个人住的房间里，又叫孙雪云去服务员那里打一暖瓶开水来，给他倒了一杯开水放在床头柜上。

于根宝在房间里唯一的椅子上坐了下来，把头上的一顶黑棉帽脱下来放到了床头柜上，环顾了一下四周。他显得有些紧张，额头上隐隐渗着一圈热汗。他镜片后面的目光最后停留在林恒身下的床腿上，半晌才小心翼翼闪烁着镜片后面的目光抬起头来这样说道："你们是不是怀疑我害死了我的妻子？"

"你妻子是自杀……"林恒纠正他道，似乎想让他放松些。

"可是谁会相信呢？谁会平白无故地去死呢？"于根宝喃喃地自问，脸上现出无法摆脱的痛苦表情。

林恒只好听凭他这样说下去："……你们知道吗，她提出过离婚！可是我没有答应……"这让坐在另一张床上做笔录的孙雪云略略惊讶地看了他一眼。"离婚？她什么时候提出过离婚的？"林恒心里也有些惊讶，接着听他说下去："一次是我们结婚的第一年，一次是在有了楠楠——我们的儿子之后，还有、还有一次是在不久前……我都没有同意，可是她也不该走绝路呀，要知道这样，我就答应下来呀，都怪我，是我逼死了她呀……"于根宝重重地捶着自己的胸膛，痛哭流涕地说道。

孙雪云走过去递给他一条毛巾，他接过去擦了擦脸上的泪水。

林恒默默地注视着他，注视着这个陷入另一种痛苦的男人。

"我没有答应他，是因为我害怕失去她，我很爱她，我不管那些多嘴的人说我什么是一朵鲜花插在牛粪上也好，说我是癞蛤蟆吃天鹅肉也好，可谁叫我是乡下人出身呢？老天爷就是这么不公平，给了我一个这么好的妻子，却要变着法子来折磨我。当初在厂里可是人人都羡慕俺乡下人出身的成分的，可现在人人都看不起乡下人的身份，好像他们天天吃的粮食是从天上掉下来的一样……唉。"于根宝没有来头地絮絮叨叨，又突然停顿下来摇摇头。

林恒趁机插上别的话头："你妻子的死会不会有别的原因呢？"

于根宝警觉地盯住了他。

"比如她心里有没有别的什么人呢……"林恒尽量选择着合适的字眼，但还是被于根宝不客气地打断了："不，没有，您不该这样去说我的妻子。"

"哦，对不起，我并不是有意想伤害你的妻子。"林恒识趣地收住了话头。

"她离开家的时候，说是去看望她表舅，她表舅老哮喘病犯了，托人捎信来……本来我想和她一起回去的，可是厂里脱不开身，再加上她说她想一个人回去待两天。我就没有跟她回去，可谁想会发生这些事情呢，早知道这样我就同她一起回去好了……"于根宝后悔不迭地喃喃地说。

"她表舅会是什么人害死的呢？"林恒岔开了话题。

于根宝茫然地抬起了眼睛，怔怔地望着他。

"比如她表舅生前结没结下什么仇人呢？"

"不会的。"他把头摇得像拨浪鼓，回忆着说，"他这人除了'文革'时在厂里被人批斗过，那只是象征性地批斗过，并没有伤着他一根毫毛。他还从来没与人吵过架，是的，那么和善的一个老人，谁会和他有仇呢……"

"可是他的确是被人谋杀死在家里的。"林恒说。

"这究竟是怎么一回事呢？谁会干出这种伤天害理的事情呢？"他的神情看上去比昨天刚一听到这个消息时还要感到困惑。

林恒想，难道这一切都是他妻子自杀的缘故，而使他的神志变得迷乱不清了吗？

谈话一直进行到下午两点多钟。于根宝看了两次表，说他该到厂里去了，他只请了两个小时的假，就起身告辞了。

走到门口，他又犹犹豫豫回过头来看了林恒一眼，似乎有话要说。林恒就说："你还有什么要说的吗？"于根宝说："可不可以先不要将我妻子自杀的事告诉厂里？"林恒一愣，随后说："我们只是来调查佟工程师被害的事件，至于你妻子的死，我们会尊重死者家属的要求的。""谢谢你们。"于根宝似乎松了口气，随后脸又阴沉了一下，重重叹息了一声，喃喃说道，"我对不起她，我对不起我的妻子。"说完走下楼去了。

望着他走出去的沉重背影，孙雪云合上了本子，轻叹了一口气："真没想到这个人的家庭情况会是这样……"

林恒嘴里咕哝出一句来："幸福的家庭总是相似的，而不幸的家庭各有各的不幸。"

孙雪云听了略略发怔地看了看他。

下午快傍晚的时候，刘铁北和王文生从车辆厂回来了，两人身上各披着一身寒气。关于佟工程师，他们先到人事科去了解了一下他在这儿的工作情况，老工程师是十年前从这儿调走的，履历很简单，只是记载老工程师在"文革"期间受到过批斗。他们又走访了两个退休的老工人，他们知道的情况也不多，原因是老工程师在厂里和人很少交往，况且他在十年前就调走了。

"他简直就是卡列宁。"

"你说谁?"林恒转头问王文生。

"我是说于根宝,在厂人事部门那里我顺便了解到,于根宝还年年被评为模范丈夫呢。"

林恒就心里想,怪不得于根宝先不让把他妻子自杀的消息向厂里去说呢,他对于根宝听到妻子自杀的消息后反常的表现释然了。可纸里终包不住火呀,他不知道于根宝该怎样向厂里说明这件事。

几个人正在房间里说着话,听见服务员敲门说有人找,开门一看是申杰明,不禁一愣。还是林恒反应快,赶紧说:"是申警长,快进来。我还想叫刘铁北打电话过去叫你过来一起吃顿饭呢,谢谢你帮忙联系的公安分处给下边保卫科打招呼。"

"于根宝午后来过了吗?"申杰明问。

林恒看了他一眼,说:"来过了……"

"林所长,你觉不觉得这个人有点儿反常?"

"我们主要是了解老工程师被杀的案子,对于他……"林恒"哦"了一声,犹豫了一下没有说下去。

一听说吃饭,刘铁北这边就坐不住了,吵吵肚子饿了,说他和王文生中午到现在还没吃东西呢,就张罗到街上去。说如果林所不请,这顿饭他请。林恒就说:"你算了吧你,你还要养家糊口呢,我是一个人吃饱了全家不饿。"申杰明说来到齐市了,这顿饭应该他做东。林恒说:"那怎么行,说好了我们请你的,感谢你的帮忙。"申杰明怔了怔说:"这也是我应该做的。"

申杰明带他们来到浏园街上一家像样一点儿的饭店,坐下后叫服务员过来点菜。林恒先点了两个孙雪云爱吃的熘肝尖和挂浆土豆,又问申杰明爱吃什么。申杰明坐在那里还在想着什么,刘铁北就一把夺去了菜谱,要了个红烧鲫鱼,一盘红烧鲫鱼在这种饭店要三十块钱,林恒和孙雪云都看了他一眼。刘铁北装作没看见,又要了一个烧排骨,说:"平时给领导打溜须也没机会,这顿饭算我请客吧。我跟杰明也是老哥们儿了,是不是杰明?"申杰明这才开口说话:"还是我请你们吧,你们到齐市里本来想请你们吃顿饭，又怕打扰你们的工作……"林恒听出他话里的意思，就白了刘铁北一眼，对申杰明说："哪能叫你请，我们还要感谢这个案子你给我们提供的帮助呢。"申杰明眸子亮了一下说："那案子调查有进展了？"林恒看了他一眼说："目前还没有，不过……"申杰明就识趣地打住了，说齐市的饭店里有一道菜叫扒猪脸是很有名的，问大家吃没吃过。除了刘铁北外，大家都摇摇头。申杰明就告诉服务员上一个来。林恒又要了一瓶北大仓白酒，依次给大家倒酒，在给申杰明倒酒时，他捂了一下杯子口说自己不能喝酒。林恒就瞅瞅刘铁北，刘铁北说他是不能喝酒，就少喝点儿啤酒吧，又叫服务员拿来了啤酒。林恒又说："今晚放开些，都多喝点儿解解乏。"他和刘铁北倒的酒一般多，孙雪云的杯子里也倒的白酒。扒猪脸上来了，整个猪头去骨趴在大圆盘子里，清蒸后浇上老汤汁，外红内嫩，夹一口放嘴里，果然味道香美无比。刘铁北更是一筷子卷去了半拉猪耳朵，吃得像猛张飞。只有孙雪云迟迟不知朝哪里下筷子。林恒夹了一块猪前脸嫩肉放到她的碟子里。

　　喝了一阵酒，孙雪云问申杰明家在齐市，父母有没有给他在这里介绍对象。申杰明就脸红了，回答得支支吾吾，孙雪云就说："来，我给你看看手相就不用你说了。"申杰明先是不肯让她看，后来听林恒说她这是蒙他呢，就伸手在桌下让她看了。孙雪云看完并没有说什么，喝了两口酒后，问申杰明以前有过什么病史吗。申杰明摇摇头。孙雪云说："那你以后得当心点儿自己的身体，三十岁有一关口。"申杰明被她说得有点儿云山雾罩，直发愣。孙雪云就又安慰他说："不过过了这一关口就会没事了……"林恒就说："看看，又来了不是，忘了在警校时大家都喊你孙半仙啦。"孙雪云就瞋了他一眼："去你的。"低头抿了一口酒。刘铁北也大咧咧地说："别听她说的，她唬你哩，咱警察干的就是脑袋扛在肩上的活，谁还活得那么仔细。"转眼间，如风卷残云，扒猪脸去了大半盘。申杰明眼睛始终瞅着林恒，似乎有话要说，但林恒却一直在端着杯张罗着喝酒。申杰明果然不能喝酒，两杯啤酒下肚，他就红上脸，头也晕了，他站起来说叫他们慢慢喝，他去解个手。回来说他得先回去了，晚了老爹老妈惦记，还得给他留门。林恒叫刘铁北出去送送。申杰明说不用，刘铁北就摇摇晃晃站起身来跟到门口。

刘铁北回到座位上，又和林恒、孙雪云两人你一杯我一杯喝起来，而且没有申杰明在场，大家说起话来更放松了，甚至刘铁北开起林恒和孙雪云的玩笑来，让他俩喝一杯交杯酒。林恒让他别起哄了，时候差不多了。这才要散。

林恒挥手叫服务员过来结账，服务员走过来说结过了。林恒一愣问："谁结的？"服务员说就是刚才出去的那个人。林恒就拿眼去瞅刘铁北，刘铁北一拍脑门说："我也没想到他上厕所会……算啦，他是我小学同学，请就请了吧。"林恒拿过账单看了看，这顿饭共花了二百四十块钱，就说了句："这个小申……"

几个人出了门，王文生搀着刘铁北在前边走，林恒扶着孙雪云在后边走。出来后刘铁北还醉着，悄悄贴着王文生的耳根说了一句："痛快，真痛快！我还头一次看见林所他俩这样放开喝酒呢，你注没注意到孙雪云眼圈都红了……"王文生赶紧打断他，说："我没看到，你喝多了。"两人趔趔趄趄朝前走去。

后边的那两人渐渐落在了后边。孙雪云脚步有点儿发飘地笑着说了一句："我看小申手掌中的生命线断了。"林恒就笑她一句："你在警校时还说过我俩的爱情线最牢靠呢，可结果怎么样了，不还是断了！"

孙雪云就含糊不清地剜了他一眼，捶了一下他的肩，顺势就把胳膊搭在了他的胳膊里。林恒没动。他想孙雪云真的是醉了，就挎着她的胳膊向前走去。

天色黑尽了，街上来来往往尽是急着往家赶的人们。别人一定以为他们是一对恩爱的夫妻，林恒脑子里晕晕乎乎这样想道。他也有点儿醉了。

走进旅店，他试图把孙雪云的胳膊拿开，可孙雪云脚步趔趄了一下没站稳，他只好又搀扶住了她，一直扶着她走进她住的房间里。叫服员打开房门，她住的这个房里昨天住的那个客人中午已退房走了。林恒就把她扶到床上，又给她头下垫上枕头，刚要走出屋，孙雪云又一把拉住了他的胳膊："你别走……再待会儿。"他身子不由自主地被孙雪云拉到床边。林恒怕服务员这时候进来看见，就回身把门上的暗锁反扣上了。回过头来时，看见孙雪云红红的脸上已挂着晶莹的泪水。

"你?"他惊愕住了。

孙雪云什么也没说，低头扑进了他的怀里抱住了他。"别这样，雪云，别这样……"他嘴里说，不知在心里劝说着她，还是在劝说着自己。这一刻他真有拥抱她的冲动，可是他脑子里很快闪出七年前在警校结束他们关系时，杨校长冷冷说过的话：一个警察太感情用事了，就不会成为一个出色的警察了！他轻轻推开了她。

等孙雪云情绪平静下来，林恒回到他们的房间里。

刘铁北和王文生在床上睡得正香。

20

早上，林恒和刘铁北、王文生一起去了车辆厂。在厂文体活动室里，他们见到了几个要找的退休人员。这些老头儿正聚集在活动室里或打牌或下棋。刘铁北走进象棋室里正要上前去把人堆里一个叫张工的人叫出来。林恒扯了一下他的衣角制止了他，凑在人堆里，饶有兴趣地看了起来，不时还和围观的棋迷支上几着儿。一盘棋足足下了两袋烟的工夫，等棋下完了，围着观棋的其他老头儿散去，那个赢了棋的张工意犹未尽地仍坐在那里敲打着手里的棋子，脸上露出孩子一样的笑容。林恒这才凑到他面前说明了来意。

"你们说的那个佟工程师……我知道，我知道，我们还在一起共过事。他这个人没什么嗜好，不抽烟不喝酒，正统得很。他妻子病逝后没有再娶，身边无儿无女，只是后来收养了个养女，他对这个养女很好，一直供她上大学。"

"只可惜他给她找的这个女婿有点儿不尽如人意……"旁边另一个瘦老头儿插上了一句嘴。

"怎么不如意，他的女婿不也是大学生吗，现在不也是厂里的助理工程师吗？"林恒一听到提起于根宝警觉起来，故意这样问。

"难道保送上去的工农兵大学生也能算是大学生？他会看什么图纸？当年不过是个小爬虫，还不是仗着在'文革'批斗中保护过佟工程师，才……"又是那个瘦老头儿不满地看了林恒一眼，欲言又止。从他俩嘴里听说于根宝曾在厂里跟造反派那伙人在一起跑过，着实让他们吃一惊。

"这有什么好奇怪的，他十七岁顶替病逝的叔叔进厂来，还是一个拖着鼻涕的乡下小子。为了出人头地，他总得那么干呀。"张工眼里闪着恶光说。

"可是他是那么老实……"刘铁北欲言又止。

"老实？老实的狗往往是咬人不叫的。"

他的话叫林恒心里暗暗吃了一惊。

后来他们就把话题转到老工程师被害这件事上。张工为佟工遇害既感到吃惊又感到惋惜，连连叹息了好几声。说老工程师是个好人，他一个人把表外甥女作为养女拉扯大实在不容易，而且还培养她上了大学。可是在她出嫁后却疏远了老人，唉，唉，人心真是无法看透。张工连连摇头，说这一切都是那个乡下小子搞的鬼。

"……佟工当初一定是昏了头，才把自己的养女嫁给这个乡下小子。"走时，张工又这样说道。他站起来，他们才发现他一条腿装着假肢。

那个瘦老头儿告诉他们，张工的腿就是厂里的造反派给打折的。

在他们回去的路上，一直没有说话的王文生突然说："我现在能理解苏白为什么自杀了。"

林恒从沉思中抬起头来，望了望他说："你是说于根宝救过老工程师的命，老工程师才把自己的养女嫁给了他，他们之间根本没有爱情？"

"是的。"

林恒想起了于根宝说过的象征性地批斗过老工程师的话。而这个张工被厂里的造反派们打折过一条腿。望着他一瘸一拐装着假肢走路的背影，心里想，怪不得他对参加过造反派的人恨之入骨。人啊……

晚上，林恒又和王文生到于工程师家去。苏婷婷仍住在那里，她哄孩子在自己房间里睡下了。于根宝正坐在自己房间里对着妻子的遗像发呆……苏婷婷走出来给他们开的门，苏婷婷告诉他们刚才一个姓申的警察也来过了。"他来干什么？"林恒警觉地问。苏婷婷说："他来问我姐夫什么时候去庆城安葬姐姐的尸体。"林恒就放下心来，这的确是他们分内的事。

离开时，林恒随意试探地问了一句他什么时候去庆城安葬他的妻子。于根宝怔了一下说，他这两天正准备跟厂里请假去庆城安葬他的妻子。林恒从他那呆滞的眼神中发觉他在说谎，他为什么要说谎呢？难道仅仅害怕说出这件对于这个模范的家庭来讲不太光彩的事使他觉得难堪吗？接下来又听他喃喃说道："我真该死，我早该去看看她，这么多天让她一个人停尸在外头，我真该死，我害怕见到她的……"这个男人说着又从眼角流出泪来。

回到旅店，刘铁北见到林恒故意神神秘秘地说："头儿，孙雪云来找过你，好像有事。"他瞪了他一眼就去了，敲开她的房间门，果然看见孙雪云还没睡，坐在房间里的床上等他，脸色有点儿发怔。林恒就开她的玩笑："你是不是想家了？"孙雪云听了狠狠地瞪了他一眼。他也觉得这个玩笑开得有些不合适。

"苏白在元旦前接到一个男人打来的电话。"孙雪云说。

林恒一听顿时打起精神来，这两天他一直叫孙雪云在学校里调查和苏白有过接触的男人。可是孙雪云暗中调查的老师都说这个漂亮的女人出奇的检点，好像除了她丈夫之外从来没跟别的男人有过来往，包括学校的男老师。今天下午她才从学校门卫那儿了解到，元旦前有一个男人打电话找过苏白老师。男人没说出自己的姓名，具体是哪天门卫老大爷一时也说不准了。

"明天再去问问门卫老大爷。"林恒说。他隐隐有种预感，好像缠绕在心头几天来的谜团，就要豁然解开了。

他看了孙雪云一眼，她也正坐在那里想着什么。他正要起身离开时，又听孙雪云说了一句："听他们保干说申警长也去学校调查过……看来他也不相信这是一起简单的自杀案。"

林恒听了一怔，这正是他早该料到的。

第二天上午，他和孙雪云一起去了学校。在门卫室里，他们终于让门卫老大爷回想起来那个电话打来的确切日期，是十二月二十七日（星期五）下午。随后他们又去了邮局，查出了这是一个从庆城打来的长途电话。

从邮局出来，林恒说："这就对了，我想有一个人也许会知道这个打电话的男人是谁的。"

孙雪云问："是谁?"

林恒没有说话，往前边走了。

正是下班时间，街上的人熙熙攘攘的。快走近旅店时，远远地看见王文生送一个穿红羽绒服的女子出来，那女子远远看上去有点儿眼熟，低着头匆匆地走了，是苏婷婷。

回到楼上房间，林恒问道："她来干什么? 是不是有什么事情?"

王文生点点头，他脸色恍惚有些沉重。说道："她来是叫我们别再逼问她姐夫了……"

林恒听了与孙雪云对看了一眼，紧盯着王文生，听他说下去："……她说她姐夫一直在为她姐姐的死谴责自己，这几天下班回到家里，他整夜整夜地跪在她姐姐的遗像前谴责自己，痛哭流涕。她很为他担心，她说照这样下去他会疯的……他母亲就有精神病史，她请求我们别再逼问他什么了……"

"她爱他……是吗?"

"谁?"

"她姐夫。"

王文生点点头承认道："是的。"

"他们发生过性关系，是她主动的?"林恒不动声色地问。

"是。"王文生有些难为情地看了孙雪云一眼，冷冷地回了一句别过头去。

"……她说她姐姐和她姐夫有两年多不过夫妻生活了，她说她姐姐这次去表舅家，也是想找她表舅来说服这个男人解除这桩不幸的婚姻的。她很同情她的姐夫，更可怜这个男人。"王文生像在为她辩解什么。

林恒望了这个单纯冲动的小伙子一眼，没有再问什么。

傍晚的时候，林恒和孙雪云又去了于根宝家里。他想去安慰安慰那个工程师，至少他现在心里已解除了对他的怀疑。更主要的他们是要找苏婷婷谈谈，她一定知道她姐姐更多的一些情况的。他想她还会住在于根宝家里。

天已有些黑，袭人的寒气已笼罩了这个雾气蒙蒙的城市上空，高大的楼群上空浮着一层晦暗色。正是下班时间，车流、人流弄得马路上很拥挤，车灯晃着急不可待的影子，喇叭声此起彼伏，寒冷加快了行人匆匆赶路的脚步。

在快要到于根宝家住的那幢红砖楼前时，远远地看见那边楼区里围着一群人，几个着装的警察拦住了他俩和几个走近前来的人。是当地铁路公安分处的警察，他们都穿着厚厚的棉警装，大衣的领子都竖起来了，不时在跺着脚。

在一群忙碌的警察当中，他俩看到了一个穿便装的熟悉身影，是申杰明。申杰明也看到了他俩，走过来。

"发生了什么事?"

"他死了，是他杀。"申杰明脸色冷峻阴沉地说。

他俩一惊，要走过去。警戒的警察拦住了他俩。他俩出示了警察证件，警戒的警察看了也没让他俩过去。申杰明走到一边去，在一个队长模样的刑警耳旁小声说了几句什么，那个队长犹豫了一下，最后还是让他俩走进去了。

于根宝侧卧在雪地上，嘴角流出紫黑的血迹又让林恒一惊。铁路刑警正围在尸体周围拍照，他的脸有些扭曲了，双手捂着腹部，眼睛在镜片后面向上翻着，仿佛在问：这是怎么回事？

"是被人推下来的吗？"他问一个从楼上下来的技术刑警，他点点头。听那个警察说，下午只有他一个人在家，屋子里发现了一个陌生男人的脚印，已经提取下来。和他住在一起的那个姑娘回来后看到眼前的一切昏厥了过去，苏醒过来后已被带到局里询问去了。在房间客厅里还发现了两个玻璃杯子，其中一个已被铁路警方拿去化验了。

"不过他好像是中毒而亡。"那个警察察看了他嘴边的血迹，又这样说了一句。

"你是说他被人事先下过毒吗？"林恒又问了一句。

"有这种可能，不过要等到化验结果出来才能确定。"那个穿白衣服的技术人员回答他一句就忙别的去了。

他听了，一下子就呆愣在那里。

21

林恒和孙雪云走回小旅店，一见到刘铁北和王文生就说："他死了，是他杀。"

"你是说于根宝？"王文生也一愣，问。

"他的死法和两个月前死去的老工程师死法一样，也是事先被人下了毒，只不过这次是在药劲没完全发作时被人从楼上推下去的，做出自杀的样子。"

"这么说是同一个人做的案？"刘铁北说。

"没错……我们还是比他晚了一步。"林恒点点头，他在思索着什么。

"会是谁呢……杀死这两个人，一定是和苏白有着某种密切关系的人。"在临睡下时，王文生这样说道。

林恒看了他一眼说："你分析得对……"

次日，他们又去了于根宝家里。屋子里除了苏婷婷外，还有两个乡下女人，这两个皮肤黑糙看不出多大年龄的乡下女人麻木的脸上，露着一副战战兢兢的哀愁。苏婷婷说她俩是于根宝的两个姐姐，是来接楠楠回乡下住的。说话的工夫，林恒向孙雪云使了个眼色，孙雪云就把苏婷婷叫到东边的卧室里去了，随后林恒也跟了进去。

"你应该告诉我们，你姐姐以前是不是有过一个恋人？他叫什么名字？"

"……是的，我只听姐姐以前提到过一次，他叫钟一文，好像是姐姐大学里的同班同学，他很爱姐姐……别的情况我就不知道了。"苏婷婷淡淡地说，她的目光很空洞地望着别的地方。

从卧室里走出来，林恒察看着方厅，方厅地上还摆着一个遗留的空啤酒瓶子，就随意地问了一句："你姐夫他以前喝酒吗？"

"他从不喝酒，因为姐姐生前十分讨厌喝酒。"

看到小男孩依偎在两个女人身边，林恒又这样问了一句："孩子今后就在乡下生活吗？"

"不……"苏婷婷说她只是想让她们暂时带孩子到乡下去住一段时间，等她料理完姐夫、姐姐的后事，把这里的一切都安排妥当了，再把他接回来由她来抚养。她打算一个人在城里生活下去，把这个孩子当亲儿子一样来抚养，不会让他受一点儿委屈的。这个孩子是她姐夫、姐姐留在这个世上唯一的亲骨肉了。

林恒听了有些感动。他知道苏婷婷会照着她的话去做的，比起她的姐姐来，她更向往城市生活，当初她姐姐被表舅领养，她是忌妒她姐姐的，这一点他能隐约感觉到，就连她的名字也是进城以后改的，通过管区民警了解到，她原来的名字叫苏莲。直到现在，他把最初对她的一点怀疑打消了。她姐姐的死和她并没有多少关系，他们的婚姻早已经死亡了。她姐姐的死并没有让她感到绝望，可是这个人的死却让她感到了绝望。

临告别时，林恒问她什么时候去庆城料理她姐姐的后事。她说得过两天。林恒知道她是想参加完姐夫的葬礼后再去庆城，就有些替这个老实的年轻助理工程师感到慰藉了。

下午，他们登上了开往庆城的火车返回去了，申杰明也跟他们一起回去了。他的休假期结束了。在车上申杰明告诉林恒，公安分处把于根宝用过的杯子拿去化验，结果出来了，是氰化钾。这也正好验证了他的判断。这趟慢行车乘车的人依然很少。王文生大概看完了那本《安娜·卡列尼娜》，这会儿正手压在封面书皮上，两眼一动不动地望着窗外暗淡的雪景，不知他心里在想着什么……孙雪云坐在座位上头扭向窗外，面无表情的脸上浮着窗外投进来的雪云阴影。刘铁北和申杰明坐在座位上偶尔聊着一两句什么。通过在齐市这两天的接触，林恒对申杰明印象不错，也许他真是块搞刑警的料。

两个小时后，列车到达了庆城。

林恒他们一走进派出所，刘指导员就走上来问："怎么样？"林恒没有直接回答他，只是问苏白的尸体放到哪里去了。刘指导员告诉他铁路派出所移交过来，他就派人送到就近的医院太平间去了。见到孙雪云又说："你丈夫打过好几次电话来，催问你什么时候回来呢。再不回来，就冲我要人了。"

林恒满身倦意，走进宿舍关上门先去睡觉了，这些日子在外市奔波实在太乏太累了。

一觉醒来，一看表已是下午四点多钟了。出来正听见刘指导员张罗刘铁北、王文生，要把他叫起来晚上一起到他家去吃饭，说是给他们接风洗尘，见他醒来说："正好要去叫醒你呢。"

林恒猛地问今天是多少号，刘家友说二十号啊。林恒一拍脑门说："坏了，我得过去接军军，你们去吧。"刘家友一听说是二十号就松开了要拉他的手，知道今天是他和儿子待在一起的日子，就放他走了。

林恒紧赶慢赶赶到幼儿园时，军军还是被人接走了。一问看门的老头儿，是个女同志接走的，他才稍稍放下心来，只是多了一份失望。自从和前妻离婚后，孩子由前妻带，双方商定每月二十号由他领回军军和他待一天。前妻一定以为他出差还没有回来，就把军军又接回去她那儿。这么一来他又失去了一天和军军待在一起的权利。他无精打采地往回走，走回所里来，所里人都下班走了，他也不想一个人去食堂吃饭，就又倒在了床上。

等到肚子饿得咕咕叫时，听见外面有敲门声。推开门一看，门外站着的竟是军军和孙雪云，不由得一阵惊喜。

"是你接的军军？"

"我走时看你还在睡觉，怕你睡过点忘了今天去幼儿园接军军，就替你把军军接回来了。"

"快进屋。"他心里一热，闪身让道，一把把军军抱到怀里来。

孙雪云进屋来又告诉他军军已在她家里吃过饭了。他听了不安地想到什么，说："给你家里添麻烦了。"

"有什么麻烦的！月月的爸爸出差了，月月也想和军军在一起吃饭，小孩儿总愿和小孩儿在一起吃的，怕你惦记，我才急急忙忙领过来的。文生呢？"

"他和刘铁北到刘指导员家里吃饭去了。"

"那你还没吃饭吧，我给你带来了挂面。"说着就动手在外面的炉子上下起挂面来，并打了两个鸡蛋在里面，鸡蛋也是孙雪云从家里带过来的。看来她早就料到了他没有吃饭。

过了一会儿，一碗热气腾腾的卧鸡蛋面条就在走廊的炉子上做好了，端进来，闻着味道都让人有食欲，他也没客气什么，三口两口扒进嘴里。

林恒吃过面条，军军也有些困了。孙雪云就说，还是叫军军到她家里去睡吧，在所里地方也不方便，反正月月她爸也不在家。林恒想想也是，自从倒给刘指导员房子，军军还是第一次跟他在外面住，就同意了，关好门一起送他俩往孙雪云家走。

到了孙雪云家门口，林恒就站下了，说："我就不进去了。"孙雪云瞅瞅他，把军军送进屋里去又出来了。林恒刚想掉头走开，孙雪云又叫住了他，她的眼睛亮亮地看着他，嘴张了张，说："这次出门大家在一起感觉挺好的。"他知道她指的是什么，林恒的嘴里就"哦哦"了两声，没有说什么，脸上有点儿发热，瞅瞅左右，四周的街上空荡荡的。

"那我走了，军军今晚就麻烦你照顾了，他夜里可能会蹬被。"

"哎，我知道了，瞧你说的，麻烦什么……"

半晌，暗暗的雪地里才响起咯吱咯吱的脚步声，走出了好远……林恒不用回头也知道她还站在门口上张望。三九天的风吹得脸发木，庆城城区没有密集的楼房遮挡，感觉夜晚的气温比他们刚从北边回来的齐市还要低。

当初要不是因为自己，孙雪云会这么快结婚吗？路上他心里不由得想起孙雪云的丈夫来，孙雪云找的这个丈夫也并不如意，有两回他看见孙雪云脸上有些青肿来上班，别人问她怎么弄的，她笑笑说是自己不小心撞在了门框上。只有他心里清楚是怎么回事。没人时他问孙雪云是不是打架了。孙雪云眼圈就红了。林恒心想，一个堂堂的区文教科长怎么会大打出手呢？想归想，心里还是告诫自己，以后孙雪云家还是少去的好，免得她丈夫疑心他们还恋旧情。

回到所里，王文生已经回来了，他稍稍喝红了脸。他还带来一碗鸡肉块，说是刘指导员让带给孩子吃的。王文生问孩子呢，林恒说叫孙雪云领到她家去住了。王文生就没有再多问什么。

"你说这个凶手现在会在哪里？"王文生问他。

"我想他现在还会在庆城……"

"开始我们怎么没想到会是苏白的同学呢，怎么没有想到这个凶手是一个外地人呢？"

"是的，一开始我们把侦破的方向搞错了，我们从西瓜这条线索入手是对的，可是我们怎么没有想到这个季节西瓜会有人从外地带来呢？"林恒懊悔地拍着脑门说。

"他杀死于根宝还情有可原，他为什么要杀死老工程师呢？"

"这个只有抓到他本人才知道了。"

"我们要不要到苏白的大学去一趟？"

"用不着了，再说现在大学里都放假了，即使找到苏白的同学和老师，也未必能知道他的下落，我们就在庆城等着他露面。"

"他还会在庆城露面吗？"

"我想他会的。"林恒若有所思肯定地说，说完就铺好被子睡觉了。

22

五天后的早晨，苏婷婷来到了庆城料理姐姐的后事，同来的还有苏白所在学校的一位男副校长和两位女同事。

林恒和刘指导员把他们领到医院太平间，又从太平间里把苏白的尸体拉到火葬场去火化。他们两人带着孙雪云、刘铁北、王文生着便装也都跟着一起去了。

这一天是腊月二十七，天上飘着小清雪，到了火葬场时便变成了大雪片子。坐落在城东郊的火葬场，院子里白茫茫的一片。等到先到的两个死者火化完，便有哭声和黑压压的人群散去。火葬场院子里空落了许多。按照祭奠死者的仪式，死者的亲友们要在火化前在告别厅里同死者告别。

走进告别厅时，林恒用眼梢注意到了一个瘦长的陌生男子悄无声息地站在人群后面的门边上，垂下了头。他用眼神示意刘铁北和王文生一下，他们两人立刻悄悄地贴近了那人的身后。

火化完，苏婷婷捧着苏白的骨灰向后院里走去。这个男子也跟在了他们几个人的身后向那边走去。林恒在人群里突然看到了申杰明的身影，他像是刚刚赶到。林恒就悄悄挨近了那个男子的身边，压低了声音说："你是苏白的大学同学？"说时，手铐已铐在他一只手上了。陌生的男子并不惊讶，只是哑着嗓子说了一句："……你们让我送送她，好吗？"他苍白的面孔很镇定。

林恒想了想，就收起了手铐。

齐市的来人上了来时他们坐的那辆面包车，他们挟着这人的胳膊一起上了这辆车，林恒和刘铁北一左一右坐在了他的两边。面包车朝庆城车站开去，一路上无话，这名男子始终低着头。

到了火车站检票口外，大家相拥着下了车。齐市的来人在刘家友的引领下走进站台上去，林恒他们和这个瘦长的男子在检票口外站住了，这个男子一直看着齐市的来人上了火车，看着苏婷婷捧着骨灰盒走进了车厢里。

他垂首站在闸口处，冲那节车厢深鞠一躬。雪，渐渐地落了他一头一身。

火车鸣叫了一声，慢慢地开动了，吐出的白烟淹没了站台上的人影。

他把手伸过来，林恒给他铐了，把他带回所里去。

一回到所里，刘指导员就好大喜功地给分局打了电话。撂下电话后，他就跑过来对林恒说："分局刑警队马上派人过来把他带到分局去审讯。"林恒听了冷着脸子说："你打电话告诉他们别来了，说我们自己能审。"

刘家友听了一愣，就讪讪地看着他把这名男子带到了他的办公室去。随后他还是照着林恒说的给分局刑警队打了电话。

审讯就在林恒的办公室里进行。这个瘦高的男子就坐在林恒办公桌对面的一把椅子上，他苍白的脸上没有一般犯人的紧张，倒有一种解脱的平静。

王文生坐在一旁的椅子上做着笔录，他不时地细细看他一眼。如果不是亲眼所见，他真不敢把两个月来发生的这两起凶杀案同眼前这个文弱的男子联系起来，他的两只被铐起的手皮肤细嫩，不知道这两个月来他是怎么在这个城市度过的，他脚上的皮鞋已好久没打鞋油了，身上的黑呢大衣还掉了两颗扣子。

这个文弱的男人就叫钟一文，三十一岁，职业是吉林市一所中专学校的化学教师，作案用的氰化钾正是他在学校实验室里偷偷拿的。

"你为什么要杀人？"

"为爱情复仇。"他回答得直截了当。

听了他的话，王文生吃惊地抬起头来与林恒对看了一眼。

"可你为什么要杀死这样一位老人呢？"

"是他毁了苏白的一生，也毁了我们的爱情……"他又直截了当说了一句。

这话听起来有些突兀，他说完这句话后停住了口，眼睛翻白地往头顶上瞅了瞅，又用那女人一样白皙的手指揪住自己的头发，低下头去摇了摇，似乎想理清什么，喉结干干地蠕动一下："……白，是我害死了你……"声音渐渐小下去。王文生站起来给他倒了一杯水，停了一会儿，他情绪平静下来，慢慢讲述起来——

苏白在大学里是个性格十分内向的女孩子，同学们都私下里叫她冰美人，尽管男生背后暗中追求她的人很多，可真正走近她的只有他一个。不知是他锲而不舍的努力，还是男生中他也是一个喜欢离群索居的人。总之他们恋爱了。他们没有像别的同学情侣一样一起傍晚在校园里散步，一起去看电影，可是他们又和别的恋人一样，星期天总是躲到校图书馆里去看书，一坐就是一天。夜晚降临，是别的恋人躲在树林里热吻的时刻，可他们大学四年连一次吻也没接过，更别说偷吃"禁果"了。他把这都归结为她是一个保守的女孩。老实地说，他也不喜欢校园里那些性开放的女孩。他们依旧相处得很好。可是就在他们快要大学毕业时，她突然提出分手。这着实让他无法接受。他问她为什么，她也不说，只是默默地流泪。在他一再逼问下，她说她家里给她介绍了一个对象。

那天晚上他一个人跑到酒馆里去把自己灌醉了，寝室里的同学告诉了苏白，苏白找去了，从来不喝酒的她那天晚上也把自己灌醉了。就在喝醉了的那天晚上，苏白告诉他她失过身。他开始不相信。以为她是要跟自己分手才这样说的。可是苏白后来告诉他……那是她十七岁那年，有一天晚上从不喝酒的养父喝醉了，走到她房间里去，把她当成了死去的心爱的妻子，亲吻了她并且奸污了她。第二天早起酒醒后，看见蜷缩在被子里面色苍白浑身发抖的她时，养父抽打着自己的嘴巴，说自己真该死！对不起她，也对不起死去的妻子……说完就跑出家门去了。直到傍晚也没见养父回来，她就出去找，在离家十公里外的铁道上，她看见了养父，他正头发凌乱地跪在铁轨中间的枕木上，不知在那里跪多久了，此时正有一列火车鸣叫着从远处开来。她猛地一下闭上了眼睛，在火车将要轧过去的一刹那，她发疯地冲上去把他推下了路基。……养父抱着她的腿大声痛哭，他说你就叫我去死吧，我还怎么有脸活在世上！风吹着养父凌乱的头发，在那一刻她就知道这件事要永远成为埋在她心里的一个秘密了。她告诉了他她养父这么多年一直在赎罪，而且养父急于在家里给她找这个对象，就是怕将来有一天被另外一个男人知道她失身的秘密，她明白他的苦心，她不想违背养父。这是一个应该只有她和养父知道的秘密。她之所以告诉他这些就是请求他原谅，让他找一个好姑娘吧。他听后十分震惊。那天晚上她向他述说了这一切后，没等到全体毕业生离校她就不辞而别了，当然也没告诉他……

可是毕业这么多年，他无法忘记她，他也一直没有再找别的姑娘成家。他一直在关注她的音信。直到两年前他才从一个过去的同学那里得知了她的下落，他给她写过两封信，可是她并没有给他回信，看来她拒绝再和他有什么联系了。得知她的婚后生活并不幸福时，他就开始憎恨起导致她现在生活不幸的这两个男人来……

"所以你就产生了杀害老工程师的念头？"

"是的。"

"你从吉林来，老工程师没有见过你，他是怎么让你进到家里的。"

"我说我是苏白的大学同学，出差路过这个城市，多年没见，想来看看她。老人就把我让进了屋里。他并不知道我和苏白在学校时谈过恋爱。"

"你事先往带来的西瓜里注射了氰化钾，为什么还用刀去刺他呢？"林恒问了一个技术性的问题。

"那不是我刺的，是他自己往腹部刺的。"

"你向他说了苏白告诉你她被他奸污的事？"

"是的。"

林恒明白了。

"你在杀死了老工程师后，在庆城和苏白见过面吗？"

"……我们见了面，我打电话说我想见到她，我事先并没有告诉她我杀死了她的养父，我只说我出差路过这里，找到她养父家，很想见她一面，是她养父告诉我她单位的电话号码。开始她听后很犹豫，并没有马上答应来，后来我又给她打了一个电话，说如果她不来，一定会后悔的，恐怕再也见不到我了。其实在杀了她养父后，我是想自杀的。她一听我这样说就来了。我在庆城车站接的她，一下车我就把她接到我住的小旅馆里，在旅馆房间里我才告诉了她我杀死了她的养父，她不相信，那天晚上我陪她到她养父家里去看了，她这才相信了。然后我们回到我住的小旅馆里，在旅馆的房间里，我说：你去报案吧，我不怕坐牢，能死在心爱的女人手上我也心甘情愿了。可是那天晚上她流着泪从旅馆里跑出去后并没有去报案，我不知道她去了哪里。后来我才从报上得知她自杀了，我后悔不已，我想这都是我害了她呀……我真不该为见到她叫她到庆城来。"

"你知道吗，这回她到庆城来都打算和老工程师说说解除她和她丈夫的婚姻关系了……"

"啊？你们在说什么？"这回他平静的脸上有些惊愕了，痴痴地望着林恒和王文生。

"她早就想离婚了，可你杀了她的养父，叫她觉得自己成了罪人，在她本来无望的生活里注入了绝望。"

"……"他睁大了吃惊的眼睛，这双瞳孔里有什么东西跳荡燃烧了一下，而后就轻轻熄灭了，他重重地垂下头去。

"这都是命啊……老天爷为什么一再捉弄我们呢？"他失声地叫道。

审讯完后，林恒轻轻地叹息了一声，站在办公室窗前久久没动。车站上来来往往的旅客突然增多了起来，闸口上显得十分拥挤，不过每个人的脸上都挂着一种喜庆，那是赶着回家里去和亲人团聚过年的人们。从家属区里偶尔还传来一两声鞭炮声，是性急的孩子们放的。

而这个人，下午被押到分局看守所去了。

23

终于在除夕的前两天，站前派出所破获了发生在铁路家属区的这起杀人案，并且帮助齐铁公安部门破获了一起杀人案，引起了上上下下各方面不小的震动，因此受到了庆城市公安局的嘉奖。

一早，市公安局点名要林恒去开嘉奖会。林恒对刘家友说："你去吧，我身体有点儿不舒服。"刘指导员走了后，他就一个人回到了宿舍里。

孙雪云过来看他时，他正躺在床上看那本王文生丢在床上的《安娜·卡列尼娜》。孙雪云进来，他也是神情厌倦的，并没有坐起来。

孙雪云说："我感觉你好像抓错了人。"

他头也不抬地说："是的。"

"他为什么要杀死苏白的表舅，难道仅仅是因为她表舅阻止了他们的结合……"孙雪云没有参与审讯，有些疑惑地说。

"不仅仅是这个，那个老工程师曾经在一次酒醉后奸污过自己的养女，就是苏白。"

孙雪云惊异地睁大了眼睛。

"……可是他为什么要杀了她丈夫呢，你不是也说过她丈夫是个好人吗?"

他放下书，沉默了一会儿说："好人并不等于是好丈夫，卡列宁是个好人，却逼死了安娜……"他自言自语地说，"他说他是在为爱情复仇。"

孙雪云听了，怔怔地看了看他，待了一会儿，什么也没说走了出去。

刘指导员开完表彰会回来，带回了市局奖励这次破案有功人员的一千七百元钱。刘指导员对林恒说："局里这次奖励专案组人员的奖金是这么定的，你得五百元钱，我和刘铁北、孙雪云、王文生各得三百元。"

下午林恒把自己得的五百元钱交给内勤孙雪云说："你把这些钱给苏婷婷寄去吧，告诉她是给那个孩子的抚养费。"孙雪云听了就说："我的那份也想给那个孩子寄去呢。"过了一会儿，王文生也把自己的钱送来了。刘铁北进屋来就说："这是干什么，这不白得了吗?"也掏出了兜里的三百元钱。刘家友听见了，进来犹犹豫豫看看众人，也要掏自己的那份，林恒就阻止了他："刘指导员，你不要掏了，你家困难，再说你老婆怀着孕呢，用钱的地方多着呢。"刘家友听了，这才讪讪地住了手。看孙雪云出去邮钱，他就叹息了一声："那个孩子也真是够可怜的。"

林恒和王文生晚上过铁路食堂去吃饭，在餐厅里碰见了老白。老白正坐在那里喝酒，见了他们说道："林所长得了奖金也不请客?"

林恒心想这消息传得真快。

他俩坐下时又听老白这样说道："白叫你们捡了个大便宜。"

第二天是腊月二十九，一早过来上班，刘家友见到林恒说："你看我们是不是请铁路派出所里的人到站前饭店里吃一顿，也赶上过年了，这两天我看车所长看我的眼神都不对了。"林恒想想说："怎么请，用罚款提留款。"刘家友说："不行，还是别用提留款了，前两天分局开会还强调不许用罚款提留款做吃喝用，就用我那三百元钱吧。"林恒想想叫上他们两位正副所长，再叫上申警长加上自家所里的人，有二百块钱打住了，就同意了。

晚上到站前饭店里时，自己所里的人刚在那里坐下，车所长就带着铁路派出所的人上来了。呼呼啦啦的一大帮，连下夜班的都从家里叫来了。林恒就拿眼去瞧刘家友的脸色。刘家友脸上强挤着笑说："快坐，快坐。"来人便不客气地坐下了。吃饭过程中，车所长、白副所长分别向他俩敬酒，什么祝贺呀，什么恭喜呀，眼睛里分明透着红红的忌妒。

只有申警长一个人默默地坐在那里喝酒。倒是林副所长起身走过去敬了他一杯酒，说了一句什么，闹哄哄的，大伙谁也没有注意去听。

过了一会儿，王文生出去到外面房墙头方便，看见老白和申警长也站在那里方便，飕飕的北风刮过来，吹过来老白嘴里断断续续的说话声："真、真是让他们白捡了个大便宜，这个、这个案子要是我们搞也能搞定的，是不是？"申警长就斜斜眼瞅他，说："……谁叫你和车所长当时都阻止了，现在还说这种话。"老白就拍拍他的肩说："可、可当初谁知道这个案子这么容易搞呢？要早知道这样，说什么也不交给他们……还、还帮公安处破了一起案子……"看见王文生出来，站在那里撒尿的老白住了口，也住了尿。

回屋，里头还在喝得热火朝天，车所长也有些喝醉了，把胖老板娘老任太太也叫过来给两人敬酒，说："你知道吗，那个在家中杀死工程师的案子破了。"胖胖身板的老板娘倒抽一口冷气，说："这个案子闹哄了这么长时间，破了？"车所长就嘴里酸不溜丢不太连贯地说："破、破啦，有咱林所长在这里，还有破不了的案、案子……"林恒没有去理会他话里的含意，看着任老板娘端着满满一大碗啤酒过来，站起来一仰脖咕咚干了下去。任太太也像喝凉水似的把碗里的酒喝下去。任老板娘翻了一下白眼说："那个佟工程师真是可怜，他以前也常到我的店里来吃饭，好啦、好啦，不去说他了，来、来我再敬大伙一碗。"她叫服务员给自己的大碗里倒上啤酒，端起来，"大过年的，咱不说不吉利的事。今后看得起我这个老婆子的就常过来，不论多晚都能叫开门。有你们两家在，咱这儿就平安了。"老板娘一口干下了碗里的啤酒，抹一下嘴巴，又叫服务员给加了两个菜，又抬进一箱冒着寒气的啤酒来。结果光是啤酒就整整喝进去两箱。饭后一结账，一共三百二十元。饭店给抹去二十元，正好三百。林恒心想，刘指导员的奖金也等于捐了，看来不该得的钱是焐不热乎手的。只怪他凡事考虑得太小心周全了。

春节说到就到，除夕的早上林恒问刘指导员过年回不回乡下去了。以前每年过年刘家友总要请假回乡下去过年的。刘家友听了以为要他倒房子，就有点儿为难地说："分局说今年春节严打期间一律不准请假回家，我也怕老婆把孩子折腾掉，就不打算回去了。"林恒说："那就别折腾了，等开了春我跟上头说说干脆把嫂子户口落进城里来算了。"刘家友就心存一份感激地瞅了瞅他，后来又听刘家友说起前几天他趁市局里表彰嘉奖他们所立功时，又向分局高局长提出让林恒当正所长的事，高局长说得过这一段时间再研究研究。

安排所里人员值班时，林恒说年三十晚上就他和王文生没有家的人一起值吧。林恒是开玩笑说的。可所里其他的人听了心里不觉有几分为他不是滋味。刘家友赶紧说，也好，也好，他初一来值班。

前边候车室里，站台上，上午还是热热闹闹的，尽是一些短途赶回家去过年的人们，到了下午便变得冷冷清清。王文生这是第一次离家在外过年，分局规定他们新分配来家在外地的警校生第一年春节一律不许探亲回家。

前一段由于忙着搞那个案子，还没有觉得怎么的，冷不丁闲下来，他突然觉得想家了，这个时候家里人在干什么呢？母亲一定坐在火炕上为谁过年穿的新衣钉最后一只扣子，每年为给家里人做新衣服，她总是要忙活到除夕这一天的。除夕下午这顿饭一定是父亲来掌勺的，平时从不伸手做饭的父亲，除夕这顿年饭他是非常有兴趣来做菜的，特别是他做的糖醋带鱼和熘里脊，是他们孩子最喜欢吃的，还有他从祖父那里学来的做鸡杂肉冻，是家里祖传的一道拿手菜。

哧——呜呜，一列货车机车头吐着白烟空空地开过去了。

"喂，那个佟工程师被杀的案子破了？凶手抓到了？"穿着一双高勒皮靴高高个子的侯站长从站长室里走出来，在站台上碰见他时这样问。

"破了，凶手抓到了。"

"谁干的？"

"一个外地人。"

"外地人……他为什么？……噢、噢，这不关我们的事，破了就好。"侯站长看他神色有些犹豫，没有再问下去，嚓、嚓……他急匆匆地走了。站上没什么事，他也想早点儿回家和他的妻子、孩子吃过年团圆饭去。

他不想告诉他这个佟工曾奸污过自己的养女，否则这个年他会过得心情不太愉快的，站长老婆还曾给工程师做过媒，在他眼里，那可是一个可怜的好人。

到了晚上，林恒刚把值班室里那台破黑白电视机调好，孙雪云就来了，她手里拎着一个棉毛巾包裹着的饭盒。林恒见到了一愣，问："你怎么来了？"

"我来给你们送点儿饺子，我想食堂半夜不会开门的。"

她眼睛不自然地躲闪了一下，眼皮红红的像哭过。趁王文生走出去时，他小心翼翼地问："你家里还热闹吧？"他知道她会和她丈夫回她丈夫家过年的。

孙雪云冷冷地说："热闹，一大家子人都围坐在客厅里看电视，就我一个人包饺子……"孙雪云委屈地停了一下，又叹息地说道，"人家是在过年，我这是在过关哪。"

林恒想安慰她几句，可又找不到合适的话。电视里正在播春节联欢晚会，王文生也过来看，三个人一起看了起来。晚会演到朱时茂和陈佩斯表演的小品，把人逗得前仰后合，孙雪云也笑出了眼泪。看看她坐了有一会儿了，林恒就瞅瞅她说："你该回去啦，省得家里人惦记。"他是怕她丈夫起疑心。

孙雪云就站起身来走了，他跟着起身到外面去送。

外边这会儿噼噼啪啪不断地响起了鞭炮声……大年夜热闹起来，正是万家团圆的欢乐时刻，置身这喧闹的夜幕中，不能不让人的情绪有所感染。

孙雪云走在院子里停了一下脚步，倾听了一下黑黑的夜里传来的热烈的鞭炮声，回过头来说："你那天说过什么来着，幸福的家庭总是相似的，不幸的家庭则各有各的不幸……对吗？"

林恒一怔，他不明白此时孙雪云怎么会想起这句话来。

孙雪云走后，他一个人在院子里站了许久……他想起在警校那会儿他和孙雪云分手时他说过的话，那会儿他跟孙雪云说，他不可能为了自己的幸福而给别人带来不幸。上次出差在小旅店他们两人在一起时，他正是记着这么一句话才没有做出对不起她，确切地说是对不起她丈夫的事来。尽管他们的结合很不幸福！他并不是今晚才感觉到的。可是又有多少家庭不是这么凑合着过的呢……他怔怔地望着被爆竹烟花弄得有些花里胡哨的夜空，困惑地想道，这热闹的家庭背后遮挡着多少看不见的不幸呢……这一刻，他忽然想到了儿子，心里有点儿发酸。

到半夜时分，刘指导员又来了，也拎来了饺子。看到正在走廊里的炉子上热饺子的他，一愣，说："我送晚了。"林恒含含糊糊地说："孙雪云来送过了。"

"王文生呢？"刘指导员问。

"我叫他在隔壁值班室里去给家里打个长途电话。"林恒说。

"是该打，过年了嘛。"刘家友说着端着手里的热乎饺子进去给王文生送。

过了一会儿出来，刘指导员悄声跟林恒说："不对呀，我刚才进去看见他偷偷哭鼻子呢。"林恒说:"可能是没要通电话,想家了吧。"刘指导员想想也释然了,说:"也是,他还是个孩子呢,头一年在外单独过春节能不想家?要不明天放他两天假让他回去一趟。"林恒说:"你以为是回你城郊乡下呀。他家在小兴安岭山区,来回至少要四五天。"刘指导员便不说话了,又想起分局春节前特意强调,所有民警在严打期间一律不许请假外出。

到了下半夜,看他还不走,林恒就催他回去。他磨磨蹭蹭待到差不多天快亮了时才走。其实他是怕分局领导下来查岗,他毕竟是一把手。

21

大年初一的早上,分局来电话通知,说市局的宋局长要过来给大家拜年。叫站前派出所全体民警等候在所里准备迎接。林恒赶紧叫王文生去叫所里不值班的人都来所里。过了一会儿,刘指导员第一个来了。看他两眼红红的样子,想必昨夜一宿没合眼。林恒告诉他说分局打来电话,说市局宋局长要来给大家拜年。刘指导员听了就带着先到的几个人拿起扫帚到门口打扫院子去了。

光景拖拖拉拉到了上午十点钟,宋局长才在分局局长高严山的陪同下来到了站前派出所。上回开颁奖会宋局长认识了刘指导员,一下车就叫出了他的名字。刘指导员有点儿受宠若惊,赶紧上前握住了他的手。而林恒他似乎早就认识了,过去宋局长一直主抓刑侦,对分局刑警队的人都认识并不奇怪。他一见到林恒就说:"怎么,案子破了还牛气起来了,谁都不想见是吧。"林恒就赶紧做个鬼脸笑了:"哪里,哪里……对您哪敢呢。"宋局长随后又问到刘家友家里年过得好吧,家里几口人。刘指导员犹豫了一下还没等说,一旁的林恒就替他说出了刘指导员的爱人还没有城市户口来。宋局长听了"哦"了一声,对跟着的市局政治处的刘处长说："我们的基层工作同志工作得这样辛苦，还有什么理由不把人家老婆的户口落到城里来？"刘处长连连点头，说回去他责成户政科长把这件事办了。刘指导员听了，更是感动得有些眼圈发红，不知说什么好，赶紧把市局领导和分局领导往会议室里让，里面他刚刚叫人摆上现去买来的冻梨、冻柿子和瓜子。

介绍到王文生时，林恒说上次破案立功的人员当中也有他。刘指导员就赶紧把王文生推到前边来。

"你是去年新分来的警校生？"宋局长盯着他问。

"是的。"王文生规规矩矩给宋局长敬了个礼。

"嗯，小伙子不错。"宋局长瞅了他一眼点点头。而后，他又说，"听说你们这届警校生都想到刑警队去，不愿下到派出所来，是不是这样的？"王文生听了脸红了，不知所措地看看左右。好在宋局长并没真的要他回答，又说了一句，"在派出所照样可以破大案嘛。"宋局长说这话时不知为什么看了林恒一眼，林恒脸上看不出任何表情。

宋局长一行人并没在会议室落座，他又到所里各屋里看了一下，拐过拐角走廊的另一侧，宋局长也顺便过去到铁路派出所去慰问了一下，弄得车所长有些受宠若惊，带着人整齐地站到了门外。

之后，一行人出来上车走了。

等宋局长、高局长他们走了后，刘指导员私下里悄悄跟林恒说："是不是局里想调你回刑警队呀？"

"你听谁说的？"林恒一愣。

"我看宋局长直瞅你，还有高局长，他还给你扔了一根中华烟。我可知道，高局长是从来不给人烟抽的。"

"是吗？"林恒故作轻松地哈哈一笑，说，"现在就是八抬大轿抬我回去我也不回去呀。"话里听出他心里还对分局高局长提王国田当刑警队长有意见。

刘指导员心里就有底了，不管怎么说，他对他刚才当着宋局长的面提到他老婆户口的事有些感激。心想，等事成以后一定找个机会好好谢谢他。

上午市局、分局领导拜年走了后，老蔡、刘铁北、王文生他们三个人就回到前面候车室执勤室去了。自从那个案子破了后，老蔡看他俩有些酸溜溜的，王文生知道他酸溜溜的是为什么，这些日子他一个人在前边执夜勤脸都熬得有些发黄。案子破了也没有他的份儿，虽然奖金大伙都没拿，但分局的简报上都有他们的名字。王文生就主动要求过年他在前边多替老蔡值两个夜勤。说他反正是一个人在外过年。刘铁北知道老蔡早几年也把两个在河南老家乡下的兄弟弄到这边生活了，他的大弟弟还在他的帮助下成了家，二弟弟他也给找到了活干。老蔡的父母过世早，过年初一这天，都要在老蔡这里聚一聚的。就叫老蔡先回去了。说白班由他来值。老蔡想了想也就没再推辞，交代了一下就走了。

外面的鞭炮声一天都零星不断，候车室大厅内倒显得冷冷清清的。

晚上，王文生早早到执勤室接班了。刘铁北走后，他出外转了一圈，除了候车室长椅子上两个外地乞丐外，再没有看到别的旅客的身影。问事处窗口里那个四十多岁胖胖的女值班服务员一直坐在那里打瞌睡，似乎感染了他，他打了一个哈欠就走进了执勤室来，刚刚坐下，吕巧荔跟着走进执勤室来。

"你前些日子干什么去了？我以为你不在前边执勤了呢。"

他说："我被抽去参加了专案组，在搞老工程师那个案子。"

"……怎么，你参与了破案？"她睁大着眼睛看着他。

"嗯哼。"他故意装得平静地点点头。

她眼睛里就露出敬佩好奇的神色来，几日不见，她那头乌黑的头发什么时候也稍稍烫成了长波浪发型，制服里面的领口里露出粉色的衬衣领子。一股嫩肤霜的香味儿在屋内飘散开来。

"你们可真了不起……我还以为你们整天就会检查人家包裹呢。等一会儿讲给我听听。"她出去接车去了。

天色在窗户外面一点一点黑了下去，城区里零星的鞭炮声变得密集了起来……小时候他是把成挂的小鞭炮，一个一个拆下来装在口袋里，留着串街时省着放。

候车室里依旧是冷冷清清，没有一个等着上车的旅客。夜里九点钟那趟火车还有一两个旅客从车上走下来，过后连下车的旅客也没有了。所以吕巧荔连闸口上也不用去了，就待在他的屋里了。他本来是不想给她讲的，可是架不住她的软磨硬泡，讲完她脸色怔怔的，半天没缓过劲来。显然佟工给她的印象是不错的，她还向他要过花籽儿，芍药花开花的时候，她路过他的花园前，他还送给她过一束芍药花。而那个陌生的凶手更是叫她惊叹不已："他说是为了爱情才这样干的……爱情真的可以叫人发疯吗？"

"也许是吧……"他瞅了这个单纯的姑娘一眼，她好像话里有话。不过恐惧让她发白的脸色略略有些发怔……

从窗外照旧传来噼噼啪啪的鞭炮声，时而还有礼花星星点点映红城市的夜空。她的手不知什么时候紧紧攥住了他的手，察觉了后才脸红着松开。

"你是头一次在外面过年吗？"

"是的。"

"想家吗？"

"有点儿。"

他想起昨天午夜时给家里打电话没有打通，正是万家团圆的时刻，线路很忙，等了半天长途台话务员才把电话要到父亲的单位，他想单位里会有值班的更夫的，可是没有接通，后来想就是接通了谁会给他到家里去找呢？倒是在这时他接到一个电话，是吴兴天打进来的。让他低落的情绪为之一振！……话筒里的声音还是那种远隔千里的若隐若现，沙沙啦啦声响个不停，他说只有他一个人在乡派出所的黑屋子里，所长和那个民警都回家过年了。他真可怜！

"你们那里热闹吗？"他问。

"热闹，你呢？"他没有告诉他他刚刚参与所里一个专案组破获了一起大案，他怕刺激他。

"太寂寞了，寂寞得都想听到虱子的叫声。"吴兴天说。

他有点儿为他难过，后来他们一起说起了在家过年时的情形。说好等明年过年一起结伴回去……

到半夜时，吕巧荔端来了一饭盒饺子，说是她们夜班的姑娘一起包的，在茶炉房里煮的。她给他端来一饭盒，他说谢谢。吕巧荔看他客气就说："我们连候车室里那两个乞丐都送。"推开门果然见那两个乞丐正单腿蹲在长椅上大咽着饺子。平常见了他们脏兮兮的样子，她们捏着鼻子喝呼往外撵还来不及呢。

她看着他吃完，那铝制的饭盒边沿还留有她手指好闻的香味。她额上的刘海儿是新烫过的，娇嫩白皙的脸庞敷着薄薄的嫩肤霜，水汪汪的瞳仁里看不出一丝的困意，相反倒有一种莫名其妙的兴奋。

正在这时，门被推开了，是申警长走了进来，今晚他当班。自从那个案子破获后，他对申警长有了好感，忙起身让道："坐，坐。"

"你姐姐呢?"看见吕巧荔在屋里，他随口问了一句。

"她今晚不当班。"吕巧荔说，并没有去看他。

"哦、哦，你们聊……"说完就退了出去。

"听说他和你姐姐处过对象?"王文生看他走出去，想起这次出去刘铁北告诉过他的话，大胆地问了一句。

"好像是有这么回事……"

"为什么黄了?"

"我不知道……"吕巧荔并不想说起这个。

"对不起。"王文生以为她难为情。

停了一下，她大胆地抬起头望着他。

"把你的那本书借给我看看，好吗?"

"哪本书?"他一下子没反应过来。

"就是那本叫什么《安娜·卡列尼娜》的书。"

"好吧。"他答应了她。

他一下子又想起了那个女中学教师来，还有她的妹妹和她的儿子，不知道这个春节他们会过得怎样，可怜的人……

25

春节过后不久，刘指导员的老婆户口落到城里来了。刘指导员这回很大方地请大家到站前饭店吃了一顿。刘指导员逢人便讲他这是把两个人的户口都落到了城里。别人没听懂，刘指导员就用手比画了一下肚子。别人就明白了，一想可不是，想起了他怀孕的女人，要是他老婆把孩子生在乡下，孩子就得随娘的户口是农村户口。因此他很感激林恒。所里人在为他高兴的同时，也私下嘀咕，但愿他老婆这回可别流产了，省得白让刘指导员高兴了一回。

又过了几个月，刘指导员的老婆就顺利地生产了，产下的是一个儿子，这又让刘家友有点儿喜出望外。孩子生下来那天，他特意把林恒找了去，要他给儿子起个名字。林恒想了想说："叫刘城吧。城是城市的城，取留城之意。"刘指导员听了说："好、好，我这个儿子终于留住了留成了，小名就叫成成吧。"

接着又把林恒、孙雪云、老蔡、刘铁北、王文生找到饭店里去，喝了一顿喜酒。不过出来时孙雪云悄悄掏出三百元钱交给他，说是他们几个凑的份子钱。刘家友就脸红着说："这怎么行呢，这怎么行呢？"推辞着不好意思去收。林恒就说："收下吧，大家的一点儿心意。"刘家友这才把钱收了起来。

出来刘铁北说："咱指导员好事越来越多了。"

老蔡也说，想不到他这个战友这个牛年把家过得越来越兴旺了。

果然没过多久，分局又给刘家友分配了一套平房住房。刘指导员就把林恒的家腾了出来。不过林恒并没有急于搬回去住，他还住在所里。一想他也是，一个人回去住也没多大意思，看人家刘指导员家添丁进口小日子过得红红火火的，别人瞅着他不免为他觉得有些冷清。

春节时，他去看过军军，因为不是每月的二十号又加之幼儿园放假，他不得不去前妻的家同她商量。他是第一次到他的前妻家去。他的前妻和她现在丈夫的家在翠庭花园小区，这是庆城第一处新建的私人住宅楼小区，小区门口还有保安把守。他向一个保安亮出了证件。告诉了保安楼宅号，叫他把他要找的女主人叫出来，他不打算走上楼去，以免她丈夫在家，叫她丈夫碰上。

过了一会儿，前妻袅袅婷婷从楼内走出来了，她虽然现在不太在团里演戏了，可体形依然保持得很好，她穿着一件棕黄色獭毛大氅，从雪地里走过来时面影有些冷俏。

"我来是想看看儿子……把他接到我那儿玩儿一天。"

"哟嗬，太阳打西边出来了，人民警察竟然有时间陪儿子玩儿一天了。"她讥讽道。

他忍受着她的讥讽，他们在一起时他的确从来没单独陪孩子玩儿过，儿子长这么大，他们一家三口连公园都没去逛过一次，想想也真对不起她和孩子的。

正说着话的工夫，一辆白色轿车停在了他们身边，车窗摇开，一个胖胖的四十多岁男人脸打车窗内探了出来，他认出他是前妻现在的丈夫。听说他是一家什么建筑公司的经理，他有些秃顶，冷漠的脸上透着一种高傲。他比黄雅茹大十多岁。

"到楼上坐坐？"

"不，谢谢，我是来看看军军的，想接他出去玩儿一天。"

"噢。"这个男人看了黄雅茹一眼。

"军军下午有钢琴课……"黄雅茹既向他又是向她现在的丈夫说。

"过年了嘛，让孩子放松放松，跟老师说说串一天课……"他又从车窗里看了他一眼说道。

"谢谢。"他不知是该向这个男人道谢还是向黄雅茹道谢，总之黄雅茹不太情愿地把军军从楼上领下来，交给了他，他就领着军军走了。

这天他领军军去了儿童公园，由于春节天冷的关系，公园里有些冷清，游人很少。碰碰车场地的工作人员不大情愿地给他俩打开了铁栏杆门。军军和他各坐了一辆碰碰车，他俩开了起来。开始军军一个人开得还不太熟练，战战兢兢转着方向盘，被他碰得大喊大叫，样子既兴奋又惊恐！他的情绪也被感染了，以前为什么不能常带他来这里玩玩儿呢？那个把门的工作人员目光很奇怪地看着他俩，他一定在心里认为他俩不是父子俩。碰碰车场里自始至终只有他们两个人在玩儿。

从公园玩儿完出来，走在街上，林恒又给军军买了许多鞭炮，还没等走到家，他们父子俩就在马路边放了起来。噼噼啪啪的响声震得耳膜发鼓，军军捂着耳朵远远地躲在一边，他叫军军放，军军只是很小心地过来放了几个零散的小洋鞭。

看到军军像女孩一样胆小文静，他心里有点儿难过，他想这都是那个女人看护的结果。

他和军军走到家，远远地看见他家的平房院门口站着一个人，走近了瞅清是孙雪云，他愣了愣。

孙雪云说："我来看看军军，顺便帮你收拾一下屋子。"孙雪云好像知道他今天会把军军接回家来，手里拎着一兜冻梨、冻柿子，还有一条冻猪肉。

工夫不大，屋子里就叫孙雪云收拾得井井有条。自从刘家友一家搬走后，他还没有回来收拾过，窗台上、锅台上都落了一层灰。

收拾完屋子，孙雪云又动手和面包饺子。林恒是北方人，以前和黄雅茹在一起的时候很少吃饺子，黄雅茹的父母是南方人，一来是黄雅茹喜欢吃米饭，二来是她常在外面演出，很少有时间包饺子。看着孙雪云手麻利地捏着饺子，军军在一旁帮着摆饺子，林恒突然有一种很温馨的感觉。

饺子包好后，林恒要留孙雪云一起吃晚饭。孙雪云说，不啦，家里还等着她回去做饭呢。说完拍了拍身上沾的面就往外走。

林恒走出来送她。

走到院子门外，孙雪云突然停下来问："你和军军妈有没有复婚的可能？"

林恒觉得很奇怪她这样问，摇摇头，低下眼皮说："没有这个可能，是我对不起她，她现在生活得很好。"

孙雪云走了后，他还站在门口上想，谁不想让自己生活得幸福呢？也许他和黄雅茹的结合从一开始就是个错误，从恋爱到结婚再到分手都显得太仓促了些……回到屋里，他一边往锅里下着饺子，一边在想着孙雪云的话。

黄雅茹是市文工团的一名演员，他们是在调查文工团那起强奸案时认识的。当年那个色狼把文工团的女演员弄得都十分恐慌。正常的演出和排练都无法进行了，刑警队专案组上来让她们的情绪稍稍安定了些，为了尽快抓到那个色狼，每晚排练后都是队长安排他暗中护送她回家的，就这么的，他们由相互认识到相互熟悉了……那会儿黄雅茹对他这个警察充满了崇拜，有他相送，无论每晚排练到多晚回去，她都觉得安全多了，他们团里那个小姐妹就是在晚上回家去的路上被那个色狼截住强奸的。其实队里安排林恒暗中护送她回家，也是想引出那个色狼。因为团里只有黄雅茹和那个被害的小姐妹每晚回家去住，小姐妹被害后精神上受到了刺激，休病假不再来团里上班了。每次送黄雅茹回去，林恒都和她拉开一定的距离，黄雅茹长腿细腰隆胸，在前面走就像一棵被春风吹过后的白杨，亭亭玉立。每次送，林恒的目光都落在她的腿上。

跟了一个阶段也没见那个色狼再出现。林恒有些泄气，黄雅茹倒不急。每晚走起路来由白杨变成了婀娜的风柳，走路漫不经心起来，偶尔还扭过头来与他搭讪一两句。林恒就换了护送方式，他那晚跟黄雅茹说他有事可能来不了。

因此黄雅茹那晚回去时就走得小心翼翼，老回头张望。色狼就在那天晚上出现了，他蒙着面，从一棵粗杨树后面钻出来，一把把黄雅茹脖子卡住，拖到附近一片没人的花丛里，几乎要得逞时，林恒像从天而降扑到了他的前面，一阵拳脚过后，那蒙面人就捂着肚子"哎哟哎哟"

趴在了地上。

尽管受到了惊吓，黄雅茹那晚对林恒的拳脚功夫赞叹不已。案子破了后，他们的关系也确定了。林恒之所以这么快同意和黄雅茹结婚，还有孙雪云的因素。因为孙雪云一直没结婚。尽管那段时间局里一直传说林恒在和文工团的一个演员谈恋爱，可孙雪云一直不信。直到听说他们快要结婚了，她才相信了。她也很快接受了别人给她介绍的对象。

结婚以后，作为警察的老婆，黄雅茹再也感受不到花前月下的那种呵护和浪漫了，相反倒是更多地品味独守空房的孤独和寂寞，还有整天为他担惊受怕，柴米油盐过日子上还要比别人多付出清贫和辛苦。这些年随着改革开放，大家的日子都在蒸蒸日上，团里别的小姐妹整天攀比的是衣食住行，而他这个小刑警能带给她什么呢？家里还是结婚时买的十四寸黑白电视机……更让她无法忍受的是，他整天扑在案子上，难得回来一次也是倒头就睡，即使是偶尔做一次那事也是草草了事。久而久之，两人的感情越来越淡了，林恒想想也觉得挺对不起黄雅茹的，尽管是她先提出的离婚，他还是毫不犹豫地在那张纸上签了字。

自己当初要是和孙雪云结合在一起会怎么样呢？他没有沿着这个思路再想下去，锅里饺子翻滚冒开花了，现在不捞出来就要煮过头了。吃过饺子，他本想再带军军到院子里放炮仗，可是军军头一歪已在炕上睡着了。

26

刘指导员高兴了没几日，又像霜打的茄子蔫了。

原来这段日子以来，随着春节严打结束，铁路家属区里又发生了几起盗窃案，丢的物品倒不贵重，都是住户放在仓房里过年剩下的年货，冻猪肉、带鱼什么的。可是影响不太好，失主趁着一位区长下街道来走访就反映给了区长。区长就在区里的一次会议上点了分局的名。分局的高局长就把他找了去，敲着桌子把他臭骂了一顿，说："你刘家友是不是高兴得昏了头？以为老婆户口调进城里来就万事大吉了啊，如果再发生一起被盗窃案，我就撤了你的职！"刘指导员从高局长屋退出来，心里挺恼火地想，这真是自作自受，如果早让林恒来当正所长，自己也就不会受这份替罪羊的罪了。

想归想，回来他还是组织召开了个会，说一定要把这个犯罪团伙拿掉，再也不能"开锅"了。当然他没有提再发生案子自己会被撤职的事。

散了会，他问林恒有什么好办法。林恒轻描淡写地说："只能加强夜间的巡逻。"于是，就叫治安组加强夜间巡逻。如果人手不够，再抽外勤组的刘铁北、王文生过来跟着一起夜间到家属区里巡逻。

林恒不知为什么对这几起盗窃案并不怎么上心，这一点不仅刘家友看出来了，连王文生也看出来了，不知他是要晒刘指导员的台，还是要晒铁路派出所的台，因为像这样的小治安案件的确也应该归铁路派出所管的，铁路家属区的户籍还没移交过来，户籍辖区发生的治安案子理应还归他们所管，可他们却毫无动静。那几个家属区里的住户能把这件事反映给区里，不能不说是受了什么人的指使。

那天他碰见铁路派出所的车所长，车所长阴阳怪气地对他说："你们派出所净破大案，可以当半个刑警队使了。"

王文生当时还没听出什么意思。

自从破获了铁路家属区那起杀害老工程师的案子以后，王文生自觉腰杆挺直了不少，谁说自己只会执执勤，只会开开包。在前边站台上执勤时，他不再回避遇到的同届警校同学的目光了。这些分在各区分局刑警队、治安科的同学，以前见到他总是一副牛哄哄的神情，有的恐怕连现场都没出过。现在在站台碰见他时目光自然有了羡慕的神色。他们是从市局简报上看到他的名字的。

春节刚过不久，有一天他到分局去送一份材料，在那里他碰见了刑警队内勤丁陶洁。他本想在走廊上装作没看见绕过去，可是丁陶洁却从敞着的内勤办公室大门看见了他，叫道："王文生，王文生。"他就在走廊里停下了脚步。"怎么老同学立功了就不认识人了？"说得王文生脸腾地红了一下："哪里。""那路过门口都不进来坐一坐？"王文生就只好进去坐了。"你们真了不起……破获了这起大案。"丁陶洁从桌上的一堆材料里举起一份简报羡慕地说。"不过是瞎猫碰见了一只死老鼠。"他心里面得意，嘴上却轻描淡写地说。

丁陶洁水汪汪的大眼睛热辣辣地望着他。他坐在丁陶洁屋里的椅子上还在想着，如果不是因为她父亲是区委政法委副书记，是不是坐在这里的应该是自己？这样一想心里就有点儿不太舒服，看这双漂亮的眼睛也有点儿走样。

在警校时，王文生和丁陶洁并不是很熟悉，这不光因为她父亲是区委政法委副书记，那时他和大多数同学还不知道她父亲是区委政法委副书记。也是因为王文生生性腼腆。警校女生少，他很少和女生主动说话，特别是像丁陶洁这样漂亮的女生。丁陶洁有着这样的家庭背景，天生性格开朗外向，练擒拿格斗时和男生一样在地上摸爬滚打，别的女生都是和女生对打，只有丁陶洁敢和男生对打，而且有的男生还不是她的对手。如果不是分到同一分局来，如果不是他参与侦破了这起轰动全市局的凶杀案，她是不会想起他来的。正这样想着时，有人进屋来送卷宗，进来的人是梁士达，他看了他一眼，王文生说他还要到治安科去送材料，就借故告辞了。他刚离开屋，听到里面那个人在问她："他是你们同学？""是的，他刚刚参与破获一起大案。""哦，是吗？他刚来时看跑过人……"就听小梁子在屋里这样说。

从治安科出来，丁陶洁从门里看到了，又走出来到走廊里来送他，送到分局楼外大门口时，说以后有空再来分局时到她这里来坐坐。王文生就说了一句模棱两可暗含讽喻的话，说他们在下边派出所的可并不像他们坐机关的这么清闲。他从窗子里看到那个人还坐在她的屋里。丁陶洁听到后脸绯红了。

走在回去的路上，王文生不知怎的想起刘铁北跟他说过的话，当警察就是这么回事，你只要破过一起大案，别人就会对你刮目相看的。

这话说得真的一点儿没错！

天气渐渐转暖和了，站台内那两棵黝黑的老榆树树身上的枝条开始变软了，背阴处的积雪也开始融化了。阳光照在身上暖洋洋的，脚下站台的水泥板地面上，已让人感觉不到一丝寒意了。

那个吕巧美更是急不可待地脱去了厚厚的貂皮大衣，换上了一件红红的高领毛衫，腿上是黑色紧身裤，外面套着一条黄格呢裙子，脚上穿着软质棕色羊皮靴，很好地突出了她高耸的胸部和丰满的臀部。早上她一过来上班，刘铁北看见了她就说："喂，美人，你可真是美丽动（冻）人哪。"

站台那边围站着几个机务段的修理工，也把目光向她身上投来。有个小个子修理工流里流气地说："可惜了郭大胡子，不能留在家里像花一样守着。"

"郭大胡子的机车头一定出了问题，怎么现在还跑空车呢？"另一个身上油渍麻花的修理工眨眨眼说道，等同伴明白过来了，那边哄的一声发出一阵肆无忌惮的笑声。"用不用我去帮他修理一下啊……"又是那个流里流气的小个子修理工嬉皮笑脸地对同伴说了一句。

她听到，站下了，毛茸茸的眼睛向这边扫过来，一丝恼怒掠过她漂亮的嘴角："闭上你们的臭嘴，你们是不是早上喝了老婆的尿出来的？"

那两个修理工就哑了声，脸也窘迫得红了。看来他俩碰到了扎手的刺猬，倒是他们的同伴依旧瞅着她嘻嘻笑了起来。

她扭摆着腰肢，踩着好听的靴跟声走进售票室去。

调度计划室的窗上有一双目光正在盯着外边看。乍暖还寒的阳光照在窗玻璃上，从外边看不到里边的人影，倒是反射出无数道晃眼的白光来。

她的丈夫郭飞早上又跑车去了。他脸上的连鬓胡子刮得精光，可是等到半个月后跑车回来，这张脸肯定又会变得像刺猬一样邋遢。他好像遇到了什么高兴的事，向见到的每一个人都说，今年他就能开上内燃机机车了，再也不会被煤烟熏黑他的脸了。走过那台东方红号机车头前，他还对刘铁北的父亲说了一句："喂，老刘头，别再守着这堆废铁了，它早该入库了……"刘师傅慢慢地转过身来，挺愠怒地看了他一眼。当年他开这台东方红号机车时，他还给他当过小烧，有一回喝多了酒醉在炉门前尿了裤子，被老刘头撵下了车。曾在站上老人当中一时传为笑谈。有人还编了一句嗑叫"雄（熊）鸡一唱裤子白……"就是这么个水蛇腰竟娶了站上的站花，不能不让人忌妒。也许正应了那句老话叫"好汉无好妻，赖汉抱金枝"。

刘家友叫刘铁北和王文生今晚上跟着到铁路家属区去夜查。刘铁北对刘指导员要他们执勤组的人跟着夜查也有怨言，跟王文生说，不过是几个毛贼干的，用得着这么兴师动众的吗？不过到了晚上他过来时还是化了装，披上了一件他父亲油渍麻花的破大衣，腰间扎上一截麻绳，头上戴着一顶脏兮兮的破狗皮帽子，冷不丁一看就是一个叫花子。

乍暖还寒的天气，白天还暖和的气温，到了夜间就降到了零度左右，化过水的街道两旁的沟里结上薄薄的白冰碴儿。土街两旁的柳树已抽出了嫩嫩的毛毛狗儿。他俩一组向家属区里溜达去。王文生也着了便装，头上戴了一顶鸭舌帽，帽檐压得低低的。从所里出来时，刘铁北跟王文生说尽量不要和他说话。家属区里的人都认识他，他怕一说话暴露了自己。王文生点点头，想刘铁北不愧是在刑警队里打过现行，就照着他的话去做了。

可是他们在家属区里并没有碰到过什么人。转悠了两条巷子后，刘铁北变戏法似的从破大衣怀里掏出一扁瓶白酒来，喝了一口，朝他递过来："喝几口暖暖身子。"王文生摇摇头，这要是叫刘家友知道，一定会说他们的。

转悠得有些累了，刘铁北就引他来到一家住户的仓房下，这家仓房边上堆着一堆羊草垛，他俩就龟缩到羊草垛里背靠背蹲在那里暖暖身子。

土街胡同里十分漆黑宁静，连夜空中那几个哆哆嗦嗦的星星也不知躲到哪里去了。只有远处铁道路基下面的水沟里能听到一阵叽叽咕咕的蛙鸣声。这阵阵的蛙鸣声不由得让王文生想起在家乡那个林区小镇，一到春天的夜里他和小伙伴打着手电筒到镇外泡子里捉蛤蟆的情景。通常手电筒的光柱里能照见两个叠在一起一公一母的蛤蟆，这样的蛤蟆是最容易让铁扦子扎住的。

不知是不是喝了点儿酒的缘故，蹲着蹲着，刘铁北就有些犯困了，抄着手，头靠着草垛一点一点的。他昨天夜里刚刚值过夜班。

王文生刚想脱下身上的大衣给他披上，忽听街上传来一个人轻轻的脚步声，有人过来了，他就停下了没动，警觉地竖起了耳朵。

一个人影在夜色中悄悄从前道街走过来，走过他俩蹲着的草垛跟前时，王文生忽然觉得这个人影有点儿眼熟，不过形迹却有些鬼鬼祟祟的。他回头瞅了瞅刘铁北，他依旧垂着头睡在那里没动。王文生悄悄地跟在了那人身后。那人走过这条街穿到后面的街上去，他依旧轻着脚步。在走到一个住户院门前时，他停下了脚步回头向四周张望了一下，然后轻轻推开那扇虚掩的院门走了进去。王文生紧张起来，他不知该不该跟进去。正犹豫间，那人掏出了一把钥匙，打开了房门闪身走了进去。王文生没再犹豫，推开虚掩的院门走进院子，他刚刚走到正房门前把耳朵贴到门上去，就听见里面传来一个女人的声音："亲爱的，你怎么才来？急死我啦！""嘘，小点儿声，小心别人听见。"王文生一惊，止住了脚步，他轻手轻脚将身子移到外面的窗户边上去，窗上拉着红色窗帘，不过在里面关灯前的一瞬间，他从露出的缝隙里看清了屋里的两个人。那个走进屋的男人是温金山，那个穿着粉红色睡衣站在床边长着一朵鲜花一样脸的女人是吕巧美，她穿着睡衣露出两条白皙的大腿，十分性感，她刚刚在屋子里洗浴过，高高绾起的头发用一条白毛巾好看地扎在头顶，脸上刚刚擦过润肤霜，额头光洁明亮，面色红润，一双闪闪发亮的眼睛勾人魂魄地痴迷地盯着来人……

刚才还像猫一样蹑手蹑脚进屋的男人此时变成了一头凶猛的豹子，他拦腰抱起女人的身子，将她放到床上，又一把扯去女人的睡衣，露出女人白晃晃颤动的胴体来，女人里面竟然什么也没穿。王文生赶紧移开了目光。在女人放浪的尖叫声中，男人扑了上去，"灯，灯……"女人被嘴对着嘴捂着，吻得透不过气来，不过这个时候她还没忘记去拉灯绳，吧嗒一下，屋里顿时变成一片黑暗。

……

"你刚才去哪里了？"刘铁北打了个盹儿醒来，看他呆呆地走回来问。

"我……我去方便了一下。"他避开了刘铁北的目光。

"有什么情况吗？"刘铁北狐疑地看着他。

"没、没有。"他的胸口直到现在还在怦怦乱跳。

27

早上，王文生过执勤室去，看见老蔡正和一个哑巴坐在屋子里，两人在比比画画。哑巴三十多岁，粗粗壮壮的一个汉子，皮肤黑黑的，穿着一件破黑棉袄，腰间捆着一截麻绳，脚下用一根棍子挑着一个破包裹。看见王文生进来，哑巴就不比画了，直愣愣地看着他。看哑巴没有离开的意思，王文生就把老蔡叫到门外去，问："他是怎么回事？"

老蔡说："他刚从车上下来，身上带的钱被人掏去了，想让我们帮帮他。"

"……可是我前天好像在站前饭店看见过他。"王文生又往屋里看了一眼，那个人避开了他的目光。

"不会吧……"老蔡的眼睛看了他一眼，老蔡知道他挺烦流浪在车站上的乞丐的。

"你懂哑语？"

"我以前在团结路派出所时，管区内有一个退休的聋哑学校的老师，我跟他学过几下简单的哑语会话。"老蔡不无得意地说。

老蔡交了班就带哑巴走了。听说老蔡以前在管区当片警时曾是学雷锋标兵，就是现在在前边执勤也常听刘指导员表扬老蔡，说老蔡在站台上扶老携幼做得比他俩好。刘铁北听了不以为然，私下里跟他嘀咕，说如果学雷锋能把坏人学没了，那还要他们警察干啥？车站上的乞丐，有时就像苍蝇一样，不招惹他们，他们还都躲得远远的，一旦缠上轰都轰不走。

中午，王文生过后面派出所去。刚一走进走廊门口，孙雪云就迎出来皱皱眉头说："老蔡是从哪儿招来的屯亲儿。"

王文生一听就明白了，再去看那个人的身影，他正埋着头屋里屋外地扫地拖地，尽管弄得灰尘飞扬，倒也让各屋干净了许多。拖完地他又站在窗台上擦玻璃，黑乌乌的脸上流着汗水。只有孙雪云的屋子里不让他清扫，她是担心他乱糟糟的头发里，会有虱子掉到值班床上的被子里去。所里被单都是她洗的。

孙雪云从铁卷柜里拿出五元钱递给王文生，说是刘指导员交代要他到食堂换几天饭票，给哑巴打一份饭回来。刘指导员想让他在所里待两天再联系往收容站送。刘家友的意思很明白，想让他在所里打扫打扫卫生，把所里各屋的玻璃都擦干净了。车站上的侯站长已派人来通知说区爱卫办的这两天要来站上检查春季爱国卫生，让站上各家的卫生分担区都自己负责打扫干净了。他们这几天忙着搞那个连环盗窃案，抽不出人手来擦玻璃和清扫屋内的卫生。正好碰上老蔡领回来这么个"闲人"，只要管他几顿饭就行，又何乐而不为呢？

心里硌硬是硌硬，王文生去食堂吃饭时，还是给他带出一份饭菜来。那哑巴一见到他拎着饭盒从食堂端回饭来，没等走进屋，就哇啦哇啦大叫，然后就从窗台上下来，坐在椅子上狼吞虎咽。

晚上从站台回来取饭盒，那哑巴像换了个人似的，那乱糟糟的头发剪去了，剃了一个泛着青皮的平头，破棉袄外面又罩上了一件灰褂子，人也显得利索了些。原来是下午老蔡带他出去洗了澡又理了发，那件灰旧的上衣是老蔡从家里找出来的。哑巴离老远见他回来，又从走廊探出头来哇啦哇啦连比画带叫，和他走在一起的老白见了直迷糊，说："你们派出所什么时候雇的临时工？"

哑巴晚上被安排和王文生住在宿舍里，老蔡走时教他两个手势，一个是睡觉，一个是出外解手，说起夜时他最好跟出来。王文生就想，难道还担心他走丢了不成？

哑巴倒也勤快，见王文生脱鞋上床，非要拿脚盆去给他打洗脚水。王文生厌恶地说了声"不用"，见他没听，又大声说了句："不用！"这才想起他听不到，就打手势阻止他。哑巴哇啦哇啦不听，他就夺下脚盆狠狠摔在地上，哑巴吓了一跳，直翻白眼，瞅瞅他，就老老实实坐在床上不动了。

熄灯半天，才听他窸窸窣窣脱衣躺下去。

有这么一个人睡在宿舍里，王文生夜里睡得不太踏实。夜里翻身，听见对面床上哑巴呼噜打得震天响。

第二天早上，老蔡一过来上班就问："怎么样？"

王文生说："他打雷呢。"老蔡一看他的青眼圈就明白了，说："让你受苦了。"

那人听不到他们在说什么，洗了一把脸，又弯腰从各屋拎出四五个暖瓶到前面候车室里水房打开水去了。

刘家友还在为家属区的盗窃案焦头烂额着，白天来上班也是眉头紧锁，见谁说话也没有好声气。倒是林恒挺沉得住气，坐在自己办公室里倒上一杯茉莉花茶，翻看着当天新送来的报纸。哑巴进屋来送开水，他还冲哑巴打了个谢谢的手势。

哑巴白天在所里出出进进，别的乞丐见了哑巴就很羡慕他，那个偎在广场地上的瘸子乞丐见他去站内打水还拦下他，打着手势问他派出所怎么会收留他，哑巴就指指自己的嘴巴，又指指头上摆摆手。瘸子没弄明白，等哑巴走过去，他哧地笑了一声说："都是一样的残废，他咋找了个吃饭的地儿呢?"

夜里王文生又要到家属区里去巡逻，就让哑巴自己在宿舍里先睡，半夜里回来时看到哑巴并没有先睡，也没有脱衣，而是直挺挺地坐在床上。看见他回来哑巴眼睛一亮，嘴里啊啊了两声，似乎想问他干什么去了。王文生没说。王文生想就是说了他也听不明白。

这一夜他倒没有听到哑巴在床上的鼾声。

天气转暖和了，白天在站里看见站里的服务员不接车时都站在候车室的窗里窗外的窗台上在擦玻璃，高大的窗扇敞开着，姑娘们攀登在窗口上的身影就像蝴蝶伏在窗框上，有说有笑的。在这些灵巧姑娘的身影中，吕巧荔的身影是格外引人注目的，大概干热了，她脱去了上衣制服外套，露出粉红色的衬衣来，纤纤白嫩的手和白皙的脸庞倒映在窗镜里。

王文生一从候车室里走出来，她就从高高的窗子上看见了他，叫了他一声。王文生并没有马上走过去，自从那天夜里在她姐姐家看到了那一幕后，他好像有意在躲着她，怕面对她。阳光温热地照在脸上，有点儿刺目，那个高高吊在窗框上面的身影看了他半天了，他不知该不该走过去……白白亮亮的阳光从高高大大的窗框中间射进去，吕巧荔的身影就完全透明地笼罩在春天美丽单纯的阳光里了。

"嘿，你发什么呆呀?"

他只好低着头走过去，眼睛像怕被阳光刺痛了似的在看着别处，站前广场上人来人往的，搅动在一种稍稍嘈杂起来的喧闹里。哑巴也是刚刚从水房拎着一桶热水出来，在广场人群中躲避着穿梭。

"他是谁?"

"谁? 噢，他是哑巴。"

"我知道他是哑巴，我是说他是从哪儿来的，谁给领来的?"

"不知道他是从哪儿来的……是老蔡领来的。"他嘴里说，眼睛突然看到哑巴走到广场中间时被一个身穿脏兮兮衣服的半大孩子拦下了，那个脏孩儿眼睛还四下望了一下。哑巴身子明显地抖了一下，白铁桶里的水溅出一点儿，停下了。

哑巴身子背对着这边，看不清他脸上的表情。他们认识？

"我还有事……我得走了。"他目光闪闪烁烁地说，离开了窗下。等他走过去时，那个半大孩子也不见了。

"你们认识？"他在派出所房角堵住了哑巴，指指他，又用手比画指指刚才拦下他的那个半大孩子。

哑巴像不懂他说什么似的看着他，随后嘴里"啊啊"地摇摇头，不过他慌乱的眼神告诉他，他在撒谎。他为什么要撒谎呢？

这一夜他又没有听见哑巴的鼾声，第二天起来时哑巴两眼红红的，一夜之间他好像变得有些憔悴。交班时跟老蔡说起这事，老蔡说："他是不是想家了？"

这天上午，老蔡神神秘秘走进了刘指导员的办公室，说家属区那起盗窃案子有人见到过那伙人其中的一个。刘指导员一惊，问："谁？"老蔡一指窗外刚从车站上打水出来的哑巴的身影说："他。"刘家友又一惊，问："他是怎么知道的？"老蔡说刚才他去问过哑巴，问他家里还有什么人，他在这里是不是有认识的人。哑巴就哭了，向他哭诉说，他是一个月前来庆城流浪的，有一天晚上他从站前饭店出来，兜里揣着这几天白天要来的七块多钱，刚刚走到天桥下，突然从斜刺里冲出来一个半大的孩子，撞了他一下，把他兜里包着钱的手绢包掏出来抢跑了，哑巴就撵着那个身影去追。那个身影绕着广场、天桥跑了一圈没有甩掉他，就沿着铁道线跑，天模模糊糊的黑，哑巴跟得磕磕绊绊，跑到一个涵洞口处，哑巴被突然从路基下冲上来的几个半大孩子拦腰抱住摔倒在地，几个人拳打脚踢，哑巴滚在地上死死抱住那个孩子的腿不撒手。几个人还要打，被从涵洞里走出来的一个人喝住了。这是一个五十岁左右的小老头儿，他看了看哑巴，用手比画了一下问他："你想要回你的钱是不是？"哑巴点点头。他又用手势比画了一下："那好，你帮我们干点儿活，我们就把你的钱还给你。"哑巴不知要他干什么，但还是站起身来跟他们走了。哑巴在黑暗中跟他们来到铁路家属区的边上，他们叫他站在铁道线上等着。过了一会儿，两个半大的孩子抬着一麻袋东西过来了，引着他叫他扛到涵洞里去。那晚他扛了两趟。天快放亮了放他走时，那个老头儿果然把抢他的七块多钱还给了他，末了还问他愿不愿意留下来跟他们一块儿干，哑巴摇摇头。他们就警告他不许把今晚的事情向任何人说。哑巴装作不懂地摇摇头，他们估计他是哑巴，不会向人说什么，才放他走的，再加上天黑，他未必看清人。

突然听到了这么个情况，让刘家友眼睛一亮。他立刻去找林恒商量。林恒就叫老蔡把哑巴叫到屋里来，林恒叫老蔡当翻译问他："你如果再见到他们里的人会认出来吗？"哑巴点点头，表示会认识的。

林恒就叫哑巴白天不要在所里出出进进了，还像以前一样到饭店里和站前街上去转悠，他们所里几个人化装成便衣，混杂在人群里跟着他。刘家友一听就来了劲，觉得这个案子有眉目了。

哑巴开始还不太想去，林恒就让老蔡劝劝他。哑巴不太想去有两个原因：一个是这两天在派出所里吃喝不愁习惯了，二是他怕警察抓到了那些人，那些人的同伙以后会认出他来报复他。老蔡说等案子破了，他们负责送他回家。哪知哑巴听了这话，更把头摇得像拨浪鼓。老蔡就虎起脸来，说："你这也不行那也不行，俺们白对你好了。"哑巴听了就不比画了，像是勉强同意了。他们又给他穿上了他破旧的棉袄，脸上又抹了一点儿煤灰。

果然没出两日，哑巴就在站前饭店里发现了那伙人里的两个孩子。哑巴隔着人指指他俩，其中就有王文生那天在站前广场上见过的那个衣衫褴褛的半大孩子。王文生和刘铁北悄悄贴了上去，等两个孩子刚要溜出门时，他俩迅速堵住了门槛。两个叫花子一惊。等看到哑巴的身影时，他俩就什么都明白了，刘铁北从兜里掏出手铐铐在了他俩的手腕上。带回到所里，两个人很快就把同伙和住处给供了出来。林恒带着人找到铁西下洼子一处平房里时，那个领头的老头儿正慢条斯理地在啃一个烧鸡大腿，见到他们进来，他抬了一下眼皮说："哟嗬，有管饭的地方去了。"这个老头儿外号叫铁锁李，是铁西一带有名的乞丐帮帮头，是一个惯窃犯，平时在街上摆个修锁摊，晚上就干溜门撬锁的活，什么样的锁到他手里都一捅就开，以前曾多次被劳改过。他招的这个盗窃团伙里最大的十七岁，最小的才十二岁，都是一些无家可归的流浪儿。用他的话说，他是在为政府分忧呢。这些流浪儿白天以捡破烂、乞讨的名义流落街头，晚上则被铁锁李召集起来一起干，因为铁锁李的撬锁技术技胜一筹，被铁西一带的绺窃同伙起了个外号叫铁锁李。只是这个铁锁李从不和成人绺窃犯结伙纠集在一起，每次作案多数都是让孩子们动手，手下的孩子最大的也不超过十八岁，抓进去只能劳动教养，他每次进去判的刑也不重。铁锁李拿眼瞄了瞄林恒说："杀鸡焉用宰牛的刀？连林队长都惊动了。"林恒听出了老贼的讽刺，他以前在刑警队时他们照过面，他和王国田的关系想必他也有所耳闻。林恒没有理他，带人屋里屋外搜了个遍，他们偷盗来的冻猪肉和带鱼还没有吃完，人赃俱获。

之后，他们从分局要了一台警车，把人和东西都拉回所里去了。

刘家友看他们把人抓回来很高兴，在他们回来之前就把这起案子的破获打电话汇报给分局的高局长了。

晚上他又特意叮嘱老蔡到站前饭店叫了一些饭菜，要他陪哑巴好好吃一顿，哑巴却很少动筷。老蔡以为他害怕小崽子们出来后报复他，就没有问他什么，向他比画说，明天就带他回家去了。哪知哑巴听了这话，更是一脸的张皇。

剩下的饭菜，老蔡叫王文生过来一起吃了。老蔡还要了两瓶啤酒，哑巴也没喝，他们两人一人一瓶干了。

吃完饭老蔡就回去了，老蔡说刘指导员要他明天送哑巴回去，他得回去收拾一下。老蔡像要出一趟远门一样高兴。

夜里，哑巴躺在床上，听他好半天还在翻来覆去睡不着。

一早起来，见哑巴早早起来了，他把自己收拾得干干净净，又给各屋去打了开水。等大伙都来上班，老蔡也到了，他手里拎着一个长帆布旅行兜，一脸兴奋的样子。

临走，刘指导员、林恒和所里的人都站到院子里来送，哑巴突然回过头来，眼里就涌上了泪，突然两手冲胸口捶了两下，嘴里不知哇啦哇啦说了什么。刘家友就走上前去问老蔡他说什么，老蔡说他真不想离开这里。大伙以为他这几天待得有点儿舍不得离开大家，嘴里就唏嘘了一阵，说等家里的日子过好了，还可来庆城再到派出所来看大家。哑巴听了眼里转了半天的泪就掉了下来。

看来哑巴是一个很重情义的人。王文生看着老蔡领着哑巴挤上车的身影，感觉像在送他的一个什么亲戚回家。

……

哪知两天后老蔡回来了，他像霜打的茄子，蔫了，和那天送哑巴走时判若两人。大家问他哑巴家里的情况怎么样。

老蔡就重重地叹息了一声，说："哑巴在老家乡下的爹娘早没了，和他哥嫂住在一起，他哥哥对哑巴倒说不出什么，但他嫂子对哑巴很不好，什么活都让他干，还不给他吃饱饭，非打即骂的。更可气的是，有一次他嫂子背着哑巴对他哥哥说哑巴调戏她。哑巴一气之下偷着离家跑了出来，一年多来他在外流浪了好几个地方，两个月前来到庆城。他觉得这样流浪的日子挺好。"

"也许我们做了一件错事。"老蔡最后说。

大家这才想起那天哑巴走时的情形，看来哑巴是真的不想再回到那个家里去。大家就又唏嘘了一阵。

28

五一节前后天气是真的暖和了，站内的那两棵老榆树已抽出了新鲜的绿叶，铜钱大小的绿叶，在春天的阳光照耀下，泛着油汪汪的绿光。

老刘头也脱去了厚厚的棉衣、棉裤，一早过来他就把那台老式机车头外面车身和窗玻璃又擦拭了一遍，透明的车窗镜反射着明闪闪的阳光。一只不知从哪里飞来的白蝴蝶落在乌黑的车头烟囱上，老人停下了擦拭的手，眯缝着眼瞅了一阵……那只蝴蝶只停留了一会儿，又扑扇着翅膀沿着前方闪着两道亮光的铁轨路基飞走了。一直到看不见了，老人才又干了起来。

那趟进京的40次特快列车十点零八分进站，这是唯一的途经本站进京的特快列车，是由齐市始发的。王文生还没去过北京。北京是个什么样子呢？上小学时王文生会唱的第一首歌就叫《我爱北京天安门》，后来还有《北京的金山上》……当时他问过小学教他们的男老师北京在哪里，那个小学的男老师想也没想就说北京在首都。又有同学问首都在哪里呢，男老师就烦了，说首都在北京呀。

每次接这趟车站内的执勤民警和工作人员都早早地出来了。

申杰明说他上中学时就去过北京了，是沿着这条铁路线走到北京去的。这让王文生吃惊不小。他说他父亲那会儿刚刚在单位被打成保皇派，他没敢和同学说，说了和他事先串联好的几个红卫兵同学就不会带他了，他们几个结伴同行的伙伴数他年纪最小，只有十五岁，那是他第一次离家出远门，而且是到北京去。他连母亲也没有告诉。他们走了十五天十五夜，夜里有时走着走着就睡着了，饿了就朝路过的铁道边上哪户住户人家要点儿吃的，接着走。有的同学鞋子走破了走丢了就赤脚走。"北京好玩儿吗？"王文生问。"不记得了，只记得沿途走过数不清的站台，走过这个站台就盼望下一个站台，因为只有到下一个站台才能看到人家要到吃的东西，才能躺在站台上睡觉，否则在野外的铁轨路基旁停下来就容易困得倒下来睡过去，再也爬不起来，或被火车轧死，或被狼吃掉。"他们铁中上届有个女生串联时就是在夜里困得实在走不动了，落下了，被狼吃掉了，等同伴回去找时，只看到路基旁草丛里一只红鞋子和一个小红塑料皮语录本。他们到了北京那天早上又困又饿，眼睛都睁不开了，是从站台上爬出来的。不过刚巧到的那天听说中午毛主席要出来接见红卫兵，他们就拖着发虚的身子摇摇晃晃往天安门广场上赶……路过街上的那家工农兵大众饭店，就跑进去吃口东西，是免费的白面饼和汤。"那会儿，北京的所有饭店都对外地来的红卫兵免费供应餐饭。到了天安门广场，广场上人山人海的，有的外地来的红卫兵都在那里等了七天七夜了，正是七月份最热的天，有的人都中暑晕倒了，可是大家还是眼巴巴往城楼上瞅，中午十二点整，随着《东方红》乐曲在城楼上响起，不知谁喊上一句'毛主席出来了'，广场上顿时骚动起来，大家一齐往上看，果然毛主席缓缓走出来。大家都要往前挤，可是挤不动呀，一排解放军战士胳膊挽着胳膊隔成人墙挡着汹涌如潮的人群……大家都急着想看清楚毛主席，鞋子挤掉了，帽子挤丢了，可没有一个人往后退！手里紧紧攥着语录本往上举，嘴里拼命跟着高喊'毛主席万岁！'都希望城楼上的老人家能听到自己的声音。可是你想能吗？走了十五天十五夜，身体早没力气了，喊出的声音连自己都觉得太小了，耳朵一会儿就嗡嗡一片，啥也听不见了，只能远远地看，看他比画像中要模糊得多的身影。"

"你们可真幸福呀！"王文生不知是讥讽还是忌妒地说。一九六八年他才刚刚上小学。

"是吗，可是回来再没有一个人愿意走了，大家都拥上了北京火车站，见着有往北边方向去的火车就往上扒。大家都想回家了，每节车厢人都塞得满满的，像沙丁鱼罐头，可是还有人扒着车窗、车门从人头上人身上踩过去。他就亲眼看到一个女红卫兵挤不进车厢里就踩着一个男红卫兵的同伴的肩头爬到车厢外面车棚顶上去，可是车开到天津时，她吓疯啦……后来听她的男同伴说，她天津的母亲病危打电报来催她回去。更惨的不是她，更惨的是一个男红卫兵，他从上车一直挤在车厢门口边上，两手一直死死抓着门柱把手，一天一夜没敢合眼，可是车快开到沈阳站那个夜里，他实在坚持不住了，人就从敞着的车门口掉了下去，外面黑乎乎刮过的疾风里传来他一声撕心裂肺的惨叫，刚才还活生生的人就像一只蚂蚁被隆隆的车轮碾死了……"

"太可怕啦，乘警呢？"

"没有乘警，整列车厢看不到任何人在维持秩序。你知道那一夜我被挤得透不过气来在想啥？"

"想啥？"

"一个无序的社会是很可怕的，就像列车一样容易出轨……"

"所以你选择了当警察。"

"也许吧。"申杰明朝安全白线那边阳光地里溜达去了。

站台上人渐渐多了起来，都是乘坐这趟快车的乘客和送站的人群。乘车的旅客衣着鲜亮，连脸上的笑容也比去别的地方的旅客鲜亮灿烂。

王文生后来从当过知青的大哥那里，读到过在当年知青当中流传的北京知青诗人食指写的手抄本诗《这是四点零八分的北京》，大哥说当时他们在小兴安岭青年点帐篷里念这首诗时，许多人都哭了，他们当中有北京知青，有天津知青，还有上海、浙江知青。这些大城里来的知青当初有许多人是揣着幸福崇高的理想来到这不被人所知的高寒大山旮旯来的。不过他们当中肯定有许多人在告别送行亲人的站台上，心也是颤抖的——

这是四点零八分的北京，
一片手的海洋在翻动；
这是四点零八分的北京，
一声雄伟的汽笛长鸣。
北京车站高大的建筑，
突然一阵剧烈的抖动。
我双眼吃惊地望着窗外，
不知发生了什么事情。
我的心骤然一阵疼痛，一定是
妈妈缀扣子的针线穿透了心胸。
……
一阵阵告别的声浪，

就要卷走车站；

北京在我的脚下，

已经缓缓移动。

我再次向北京挥动手臂，

想一把抓住她的衣领，

然后对她大声叫喊：

永远记着我，妈妈啊，北京！

……

　　大哥说他们在青年点吃的是窝窝头，住的是下半夜洗脸水可以结成冰的帐篷，许多城市里来的知青手和脚都生了冻疮，每天在望不见天空的老林子里锯木、伐木。大哥的驼背就是在青年点抬大木头压的。有的知青忍受不了就偷偷逃走了，当然他们这些人即使回到城市里也成了不受欢迎的人。户口落不上，就业就不了，就连找对象也没有哪个姑娘肯嫁给一个这样没户口的人，他们被城市抛弃了，整天忍受家里家外人的白眼，好像一下子成了多余的人，想想当初他们天真的热情哪里去了。

　　崭新的内燃机车头和绿色干净的车厢稳稳地停在了站台上，车长和乘警从车上走下来，乘警已换上了洁白的夏装警服，乘警比他们早一个月换装。车长是一位年轻的女车长，齐耳的短发束在帽檐里，笔直的身材，步履轻盈敏捷。她走过来。

　　"申警长在吗？"她向他敬了个礼问道。

　　"他在那边。"他向她回了个敬礼，隔着人群指了一下，这个女车长他以前没见过。

　　车上的毕乘警踱过来，同他打了一声招呼，说："你们多好呀，不用天天白天黑夜地跟着火车跑……"他眼睛在盯着他们车长的身影。

　　"如果能让我去北京，让我天天在车上跑我也愿意。"他和这个毕乘警已经熟悉了，刘铁北曾找他捎过在北京友谊商店买的万宝路烟。

　　"想捎点儿什么吗？"

"不用，谢谢，你们这班新换女车长了？"他也随着他的目光望过去。

"是的……"他的眼睛还在朝那边看。

列车缓缓地开出了站，那个女车长笔直地站在头节车厢门口朝外面敬着礼，王文生也和站上的服务员一道站在安全白线上行着礼，直到车身看不见了为止。春天的阳光在两根笔直铁轨上晃荡，铁轨白亮炫目……

"你们认识？"

"我母亲托她捎点儿东西。"申杰明脸上闪烁着光说。

王文生这才注意到他手上多了个扎着十字花纸绳的牛皮纸包。

到了下午，他方才从老白那里听说这个 40 次车新换的年轻的女车长是申警长家里给他介绍的对象，她的家也在齐市，父母都是铁路上的，父亲还是申杰明父亲的下级同事。这让王文生想起他们在齐市办案吃饭那次，孙雪云问起申杰明家里给没给他介绍对象时，他当时脸红了的情形。他们两个倒是蛮般配。王文生心里想。

不过上午他看到申杰明见到女车长时好像并不太热情。

29

40 次车票无论是卧铺票还是硬座票都比较难买，因为这是唯一的途经庆城入关进京的列车。市局、分局出外入关办案的人都愿坐这趟车，买车票都习惯找站前派出所代买，开始找到林恒头上，林恒一口回绝，想坐车自己到窗口来买。林恒最看不惯刑警队那帮家伙牛哄哄的派头。而找到刘家友头上他是有求必应的，就要他们执勤组给办，碰到谁的班谁就去窗口找吕巧美，或到后屋去找温计划员给批票号。自从王文生发现了那件事情后，他最不愿见到的就是这两个人。

这天上午，刘家友又过来找他买票，说分局刑警队要一张去天津的卧铺票，而且要的是明天的。他推托说明天的卧铺票恐怕没有了。刘家友说卧铺没有了硬座也行。他就不好再说什么了。

接下刘家友交给他的钱，他去找了吕巧荔，到下班时吕巧荔给他拿来一张硬座票。果然卧铺票卖没了。吕巧荔说就是这张硬座票还是姐姐给别人留的没来取就先卖给他了。王文生赶紧说谢谢。吕巧荔又说她姐姐说以后再买票早点儿跟她说。王文生就想他们刑警一般出门办案都是临时决定的，怎么能提前呢？

王文生没想到分局刑警队来找他要票的人是王国田，第二天上午他刚从站台上接车回来，就看见王国田的身影站在执勤室门口。"你的班？"王国田见了他不冷不热地问。王文生点点头。他从王文生手上接过票去，连句谢谢也没说，眼睛扫视了一下闹哄哄的候车室大厅，说了句："你忙你的，我在你屋待会儿。"离上车时间还早，王国田就尾随着王文生走进了候车室内执勤室，一屁股在那张床上坐了下来，身子歪在床头，眯上了眼皮。也是，要坐大半白天加一宿的车，天亮才能到达天津，他想眯一会儿。

王文生就走出执勤室巡视去了。

这个王国田，总叫他感觉阴沉沉的，上次他到分局去，在丁陶洁屋里，他走进来，丁陶洁以为他不认识，就给他介绍说："这是我们警校同学王文生，他年初刚刚参与破获了一起杀人案……"哪知王国田听了"哦"了一声，目光横了一下他说："我们认识，你就是去年冬天在站前所看跑人的那个民警？"王文生脸腾地红了起来。弄得丁陶洁也有些不好意思地看看他。

后来他听刘铁北说起过，这人的确有些阴。他在来刑警队之前在分局治安科干过，那会儿只是一个普通民警。有一年冬天，庆城在郊外大野甸子上枪毙犯人，市里抽调治安科的人去维持刑场秩序。由于是庆城头一次在野外设刑场枪毙人，跑野外大甸子上去围观的人挺多。临到执行时，那个执行枪决的武警战士不知是手冻的，还是紧张的，他抬着步枪发射了一颗子弹后，跪在地上的犯人并没有倒下，子弹射偏了，射在了犯人右胸部，汩汩冒着血，犯人在雪地里挣扎着躬着身子，远远围观的人群就有些骚动，不等法医前去验尸，刑场上的现场指挥叫那名小战士再补一枪，可那名战士吓傻了，站在那里发着愣没有动。别人也不知怎么办才好，这时站在不远处担任警戒的王国田走上前去，掏出自己的手枪照着那人的脑后就给补了一枪，这个犯人这才一动不动地倒在地上毙命了。刑场上的人这才安静了下来。

事后不少人都认识了王国田，当时刑场的现场指挥是现在的区委政法委丁副书记，他向分局领导说了王国田。没过多久，王国田就调到刑警队来了。认识王国田的人都知道他身上有一股狠劲。

王文生出外转了一圈回来，刚开门，他醒了："车进站了。"

王文生点点头。

他夹起一个黑手皮包就往外走，走到站台上又回头来，说了一句："听说你当初想进刑警队？"

王文生本不想点头，可是他还是点点头。

"你能干什么呢？刑警队可不是秀才干的活。"

他看出了他眼睛里的讥讽，冷冷地回了句："可是国外真正优秀的大侦探都不是一介武夫。"

他愣了一下，夹着包走上了车去。

去年冬季严打以来，分局不少积案没有破，上上下下对他都有些微词。他这个刑警队长能不能保住还很难说。王文生早就从刑警队里风闻这个人当一名刑警还可以，当一名刑警队长却不合格。他什么事情都喜欢单干，无论是出外搞案子还是抓人，他都是独来独往，好像和谁都不大合群。

丁陶洁到车站上来送站，敲开了执勤室的门，王文生迎出来一愣。"是你？""我来送一位亲戚。"丁陶洁说。王文生闪身把她让进屋，丁陶洁瞅了瞅墙角堆着油漆桶的屋子说："你就在这里办公？"王文生点点头，说："是的。"

王文生想用毛巾把长椅子擦一下，可最终还是没有去动。窗上有两只苍蝇在嗡嗡飞着，荡起一丝尘埃，屋里还飘荡着一股油漆味儿。"想不到我们的大侦探是在这么简陋的屋子里办公。"丁陶洁瞅着他调皮地说了一句，王文生脸立刻就红了起来。

出来，丁陶洁把王文生介绍给她送站的亲戚："这是我在警校里的同学王文生，这是我姨。"

王文生不知该不该向她姨敬个礼，显得很忸怩。

丁陶洁的姨就看了王文生一眼，王文生出来时并没有戴袖标，所以她并没有看出他是站上的民警。她很温和地冲他笑了笑。

车进站了，王文生把丁陶洁和她的姨送到站台里面去。丁陶洁刚才光顾说话忘记买站台票，刚要去买，王文生扯了她一下，说不用了。他引她们从 2 号闸口走了进去。上车时，她姨对丁陶洁说了一句什么，丁陶洁听了往这边看了一眼，脸红了。

走出检票口，丁陶洁说："再去你们执勤室坐会儿。"王文生就又把她引进执勤室来。

这回丁陶洁在那张长椅子上坐下来了，坐下之前，她随手翻了翻他放在桌上的一本稿纸，问他刚才她进来时，他在屋子里干什么了，他说在练字，并把桌上的稿子悄悄收进了抽屉里。

"你们每天在站台上工作有意思吗？"

"还行。"

"我听人说你当初想留在刑警队，是吗？"她那双水汪汪的眼睛望着他。

"没有。"他不知道为什么对她撒谎。他把眼睛移到窗户上，那两只苍蝇还在窗玻璃上嗡嗡乱飞着。

"那个女服务员好像对你有点儿意思。"

"谁？"他脑袋一时没有反应过来。

"就是 2 号闸口上的那个女检票员，她一直盯着你看。"

"别瞎说，我怎么没看出来。"

"看看你，脸红了吧，我逗你玩儿呢，咯咯……"她笑了起来，一笑露出两个酒窝。

丁陶洁走了后，晚上快要交班时，他在站里碰见了吕巧荔，她眼睛里飘着一丝他猜不透的目光，夕阳在她白净的脸上抹上了一道红晕。

"她是谁？"

"谁？"

"下午跟你进站的那个姑娘……"

"她是我们警校的同学。"

"你们在学校里就很熟吗……"

"不，不太熟。"

郭大胡子跑车回来了，一跳下车头，跑上站台，离老远就冲吕巧荔喊："巧荔！你姐姐呢？"

"她回家啦，姐夫，你回来啦。"

"你看看我给你姐和你带回什么好东西来了，"郭大胡子举着手里一只花哨的兜子冲她喊道，"走，快跟我回去，我给你买了一条连衣裙，你穿上一定很好看！"

吕巧荔就不好意思地冲他看了一眼。王文生说："你回去吧。"

她就和那个兴冲冲的人一齐走了。

晚上回到所里，他收到一封家里的来信，家里除了问到他近来的工作情况，还问到他的个人问题，站上有没有合适的姑娘。他不由得想起白天丁陶洁开玩笑问到过吕巧荔的话，她为啥那样讲呢？女孩子的心真是很细的。

30

"你姐姐和你姐夫感情不和吗？"

146

"你怎么知道……"吕巧荔惊讶地看着他。

他没说，眼睛透过执勤室窗户瞅着那个又往车头垂头丧气走去的人影。

吕巧荔就叹息了一声，低下了眉梢："是的，他们经常吵架。"

"为什么？"

"因为他是一个粗鲁的酒鬼。"

"那你姐姐当初为什么嫁给他？"

"……当初他救过姐姐的命。"她沉吟了一下说。

这让王文生有些吃惊。至于问到那个铁路司机当初是怎么救过她姐姐命的，吕巧荔说她也不太清楚，或者说她不愿讲她姐夫和她姐的事。

……

吕巧荔下晚班的时候又常来找他送她回家了。初夏的夜里有一股迷人的气息，街面两旁的垂柳绽出了新鲜的绿叶，夜色中还不知从哪里飘来紫丁香花开的香味。她身上也散发出一种好闻的香水味。她说香水是她姐夫从南方捎回来的，还有她身上这件粉色连衣裙，束腰的裙带衬托出她苗条的身材，一头烫得稍稍弯曲的披肩发随意搭在肩上，这是刚刚流行的一种新式姑娘发型。

"听说你在给报社投稿子。"

他从兜里掏出来一份《庆城日报》，那上面副刊有他发的一篇散文。他在兜里揣一天了，模糊的路灯光中看不清上面的铅字，但能看到她脸上露出的惊喜。

随后他又从兜里掏出了几块巧克力给她。他用刚得到的九元钱稿费买了两盒好点儿的烟给了老蔡和刘铁北，剩下的让他买了巧克力。

"你真了不起……其实你不应该当警察的。"她惊喜地夸赞道。

他的脸在夜色中有些发红。这是他发表的处女作。

初夏的夜晚真好，温柔的风，淡淡地吹过来姑娘身上散发出来的香味，还有一种朦朦胧胧的让人看不见的心跳。

不过这种好的感觉没过多久就被一桩案子打破了，铁西天桥桥墩下发生了一起强奸案。受害人是一个姑娘。姑娘是外地来的，下了火车深夜穿过天桥到铁西亲戚家去，结果在天桥上被人劫持到天桥下强奸了……披头散发的姑娘哭着跑到分局报的案。

案子是分局刑警队接的手，白天，王国田带人来到站前派出所，要派出所的人配合一下。林恒爱答不理地说："咋配合？"王国田说："借你们人用一下。"

"借谁？"

"孙雪云。"

林恒明白了他是想"钓鱼"，就说： "你们分局不是有穿筒裙的吗？"

王国田说："那些娇小姐，叫上只能坏事，再说也没有孙雪云熟悉车站周边的环境。"

林恒只好把孙雪云叫来，叫王国田自己跟她说去，孙雪云二话没说就同意了。

晚上大家过来时，脱去警服的孙雪云一经打扮，不但叫王国田眼前一亮，连林恒都觉得眼前一亮，心想孙雪云不愧是警校他们这一届的校花。

晚上出去时，除了设伏的刑警队的人，林恒也远远地躲在暗中跟踪着。

可是一连几日毫无动静。这让王国田他们有点儿泄气，猜测这个家伙是偶尔打野食的，并不一定会在车站上出现，就收了网。到铁西走访摸排去了。

林恒想了想，私下里跟王文生说："如果这个家伙经常在车站这一带出现，一定会注意到派出所里有这么一位漂亮的女警察的，你说是不是？"

王文生点点头，觉得他说得有道理。

夜里站前广场上的人渐渐多了起来，除了上下车的旅客，还有摆小摊的小商贩，卖水果的、卖茶叶蛋的……吆喝声此起彼伏，一直到挺晚才散去。灯光处，夏天的蚊虫也逐渐多了起来，围绕着候车室房檐下和闸口处的昏黄的灯光飞来飞去团团转。

头半夜最后一趟旅客列车通过后，吕巧荔从候车室里走出来。王文生迎过去，她看见他，脸上露出微微的一笑："刘铁北说今天你下夜班休息，我以为你不会来了呢。"

"怎么会呢。"他四周打量了一眼，广场上只剩下了一个卖茶叶蛋的老头儿还蹲在那里。

"你饿了吗？"

"有点儿。"

他走过去，买了两个茶叶蛋包在纸里，递给她一个。

"好香呀！"她吸了一下鼻子，这会儿肚子真的饿了。

"如果你不着急回家的话，我们随便走走好吗？"

"好啊。"她有点儿意外地看了他一眼，痛快地答应了，认识他这么长时间了，除了每次送她回家，他还从来没提出过单独和她待一会儿。

她脚上穿着一双乳白色高跟鞋，样子很新颖，只是鞋跟有些过高了，走起来很慢。

"谁给你买的？"他盯着她的鞋。

"我姐夫，他本来是给我姐姐买的，姐姐说她穿着不合适，就送给我了。"

看来这个大胡子司机很会给女人买时髦的玩意儿。

他们不知不觉走上了天桥，站在天桥上，可以俯瞰下面站里几道弯曲的铁轨和道岔亮着的红黄蓝信号灯。已过子夜时分，没有列车通过，站里很安静。黑黑的夜风从天桥两侧天风窗吹进来，爽快极了。天桥上亮着两盏昏暗的灯，水泥白灰墙壁上乱画着蜡笔字。走到天桥中央时，他突然捂起了肚子。

"你怎么了？"

"肚子有些不舒服，可能刚才……"他痛苦地咧了一下嘴。

149

"要紧吗?"她担心不安地问,要过来扶他。

"……我得去方便一下,你等我一会儿好吗?"

"好的。"她想也没想地说。

他说完就捂着肚子朝天桥西头跑去了,那边桥头底下有一个公厕,她是知道的。

半个小时过去了,他还没有回来。与其说是担心还不如说是害怕。她一个人孤零零地站在那里,半天没看见一个人影走过。她哆哆嗦嗦地挪动了脚步,她朝天桥西侧阶梯走下去。可是就在她走到阶梯口时,她听到了一阵脚步声,那个人跟在她身后,她不敢回头看,想快点儿走下去,脚下一慌,高跟鞋崴在台阶上,身子一歪要摔倒时,胳膊上伸过来一只手。"妈呀!"她下意识地惊叫了一声,身子哆嗦着捂着脸蹲倒在台阶上。接着又听到身后跑上来一阵脚步声,那个人影把拉她胳膊的这个人影一下子掀倒了。两人叽里咕噜从台阶上滚了下去。

半晌一个人走上来,拉她起来,在她耳边说:"别怕。"她听出是王文生,挪开手抱住他胳膊惊魂未定地哭起来。

滚下去的两个人走上来,牵着那个垂头丧气的青年人手的竟是申杰明,他也认出她来:"你没事吧?"他惊异地看了她一眼,带着那人走过去了。

第二天他们把那个小青年交给分局刑警队时,经被害人辨认,那个人并不是两周前作案的那个强奸犯,充其量只是个小流氓。用他自己的话说,他当时看见姑娘跌倒了,他是想拉她一把的……"难道助人为乐也要警察管吗?"在审讯时这个家伙还振振有词。别提王文生有多沮丧了,经过这么一闹腾,那个家伙真的不会再在这里出现了。还有他也不知道申警长是从哪儿冒出来的。

一整天,申警长见到他,脸都阴沉着一直绷得紧紧的。

"一起去喝一杯怎么样?"这天晚上在前边交完班后,申警长突然找过来对他说。

他点点头,他也正想知道他心里想的是什么。

他俩没有去站前饭店，而是在别处找了一个僻静的小饭馆，在里面的一个单间坐下了。

"你在让她'钓鱼'？"

他点点头。

"可是你知道这有多危险吗？她并不是警察。"

"正因为她不是警察，才容易引那个家伙上钩。"

"你这是对她，对一名群众极不负责任！"他头一次看见申警长这么大声说话，吃惊地看着，而后他重重地叹息了一声，半晌无语，把目光移向窗外。这里离铁路家属区很近，此刻从那一排排错落有致的平房烟囱上升起了缕缕炊烟，正是家家户户做晚饭的时候。

"你想听听我的故事吗……"过了一会儿，申警长的声音像从虚无缥缈的窗外那片炊烟中飘来。

"想……"他点点头。

"……那是我从警校毕业的第二年，当时分到这个车站派出所来，我和你一样一心想着能接触到案子，可那会儿很少有案子发生，大案更别说了。这一年的夏天，在家属区北头铁道口路基下发生了一起强奸案，一个下夜班的女乘务员在回家时被一个家伙强奸了。本来铁路公安分处刑侦队已经上人了，可我还为当时从警校毕业后没有分在铁路公安分处刑侦队而耿耿于怀，一心想亲手侦破这个案子，给上边那帮家伙看看。我迷上了这个案子，那时我刚好和一个姑娘在谈恋爱……"说到这里，他看了王文生一眼，眼里有一种复杂的目光，王文生心里一动。

"我和她待在一起的时候满脑子里都在想着这个案子。有一天夜里，我突发奇想，我要带她到铁道北路口路基下的泡子里去抓蛤蟆，我知道她害怕这东西。可是她为了能和我在一块儿，还是答应去了。到了地方，我下到泡子里去，叫她远远地站在路基上别动。为了吓唬她，不让她走近前来，我还故意往岸上扔上两只蛤蟆来，听到蛤蟆呱呱的叫声，她果然老老实实待在那里不动了。我从下边远远地望过去，她站的位置刚好和那个女乘务员出事的地点不太远。而她离我足足有一百米。快到下半夜时，我听到从远处走来的脚步声，我等着他走近，我伏在岸边克制住自己，不能惊动他……直到我听到了她的惊叫声，我跑过去。可是因为距离过远，我赶到那里时，看到躺在地上的她，裙子已被撕破了，头也被人打晕了。不远处两个男人正厮打在一起，我上去和那个闻声赶来的铁路司机一起制伏了那个歹徒。事后，抓到那个歹徒我也立了功，可是我却无法高兴起来，心情无比沉重。因为那天晚上如果不是遇上那个下夜班的司机，真不敢想象会发生什么。当她知道我那天夜里为什么带她到那里的时候，她就绝不肯原谅我了。我们分手了，没过多久，她和那个火车司机结婚了……这是我干的一辈子都不能原谅自己的事！"他深深地叹息了一声，自责地说。

王文生听得睁大了眼睛。

他俩在那个小酒馆坐着喝到很晚才出来。

31

自从天桥上那天晚上后，吕巧荔再也没有找过他。他有些沮丧。

第二天在站台上，王文生遇见了一脸冰冷的吕巧美，他本想走开，可是已经来不及了。她盯着他，嘴里冷冷地说道："昨晚是你约她到天桥上去的？"

他脸窘迫得红了，看来她已从她妹妹那里知道了这件事。

"对不起，我……"

"别说对不起，如果我妹妹精神受到什么刺激，我会到分局找你们分局长的。"

那天晚上，他把吕巧荔送回家去，她还不停地哭泣。他不停地安慰她，他当然没有告诉她事情的真相，显然她姐姐已知道这是怎么一回事了。他现在很后悔那天夜里的举动。

白天在闸口上看见她站在那里检票，神情有些冷淡。

白国富显然也听说了这件事，在接车时跟他说："咱一个站上执勤民警，管那么多'闲事'干吗，干好分内的事不出问题就行了……"老白说得不无道理，看他在站台上悠闲地踱着步的样子，谁会想到这是一个在庆城站上派出所干了快四十年的老警察。听申杰明说，老白明年就要退休了。

下午四点零八分，北京到齐市的那趟 39 次特快进站，老白抻了抻衣角和皮带，踱到安全白线上去。

干净的车厢刚刚停稳，那个身影轻盈的女车长就风尘仆仆走了下来，接着那个毕乘警也走了下来。

"申警长呢？"女车长敬了个礼问。

"他不当班。"老白回了个礼恭敬地回答。

看得出她有点儿失望，将手里的一个包装精美、打着漂亮十字彩色纸花的北京什锦糖果盒交给老白，请他转交给申杰明。

老白点头，嘴里说，一定，一定，他一定转交给申警长。

下车的旅客陆陆续续涌到检票口上去，接站的人也很多。列车开走半天了，人才散尽。闸门锁上了，王文生又看了吕巧荔一眼，想走过去和她说点儿什么，可是她锁好门就和其他几个女服务员走进侧门的休息室去了。

王文生心情有点儿郁闷，他走回执勤室，把门反锁上了，坐在桌前发了一会儿呆，就又从抽屉里找出那本稿纸来，写了起来。他在偷着写小说，上次他到日报社去，编辑跟他说他们副刊也发小小说，问他写不写小小说。

到老蔡来接班时，他才收了起来。一抬头外面已经完全黑天了。老蔡来得挺晚，老蔡很少来晚。老蔡骑自行车蹬得急，一脑门子汗，一进门就满怀歉意地说："我来晚了，我弟弟家有些事情找我过去……你等着急了吧？"他直瞪瞪地看着老蔡说不急。弄得老蔡更是有些不好意思。

出来，他将装进信封的稿子投进了候车室外面的绿信筒里，这才觉得肚子有些饿了，食堂已过了饭时，他正犹豫着是到夜市摊上吃点儿东西，还是去站前饭店吃碗卤肉面条。申杰明擦他身旁走过，他值夜勤，瞅了瞅他说："怎么，又在投稿？"就从兜里掏出几块大糖果塞给他，他剥了一块嚼进嘴里，软软的糖果让他想起来是下午那个女车长给他的。他上回发表稿子时，他也给过他糖果。可是自己买的糖果与人家的北京什锦糖果比起来，就不叫糖果了。

没过几天，这篇小小说《夜遇》就在日报副刊上发表了。从来不看报纸的刘铁北先看到了，他来问王文生："你写的这个机智勇敢帮警察抓歹徒的姑娘是不是吕巧荔？"他点点头又摇摇头，说："这是小说，是虚构的。"刘铁北叹息了一声，说："你把人家写得这样好，就是不知道人家肯不肯原谅你。"

稿费寄到了，他这回没有再给刘铁北和老蔡买烟，而是把十五元稿费都交给了毕乘警，让他给捎一盒北京什锦糖果来。毕乘警在站台上瞅瞅他，问他是不是在谈恋爱，他摇摇头说不是。毕乘警就不再问了。

隔日从北京返回时，毕乘警给他捎回了和小习车长上回带给申杰明一模一样的糖果盒来。

吕巧荔这两天在家休息，吃过晚饭，他就把糖果盒包在报纸里，去了铁路家属区吕巧荔家找吕巧荔。

走到吕巧荔家，他并没有进去，而是叫住了一个在外面当街玩耍的小男孩。他是吕巧荔的小弟弟，他以前送吕巧荔回家时见过他。

"你姐姐呢？"

"她在家里。"

"你帮我把她叫出来好吗？"

"为什么给你叫？"小男孩很不客气。

"我给你糖吃。"他露出了糖果盒的一角。

"我不要糖吃，烂牙。"

"那你要什么?"他有点儿失望，希望他姐姐这时能从院子里走出来看到。

"我要子弹壳。"小男孩瞅了瞅他说。

"那行吧，等我有了给你。"

小男孩儿又瞅了瞅他，回头进屋去叫去了。

吕巧荔神情恢恢地从院子走出来，看见是他，就脚步没停地往胡同口走去。

他跟在她后面，踩着她的影子跟着走。

西侧的胡同口前面就是铁路的道口了，夕阳在两根铁道轨上折射出两道美丽的霞光，一团红影正一点一点沉下路基去。在胡同口，她停下了脚。

"对不起，我为那天晚上的事情正式向你道歉……"

"你已经道过歉了……"她依旧冷淡地说。

"这个是给你的……"他把糖果盒举到前面来。

"这是什么?"

"是从北京捎来的糖果。"

她摇摇头没有去接，瞅瞅四周说:"你走吧，那边有人来了，好像是我姐。"她抬起了脚步。

真不知她姐向她说了什么，看来她还是不肯原谅他。

走近的这个人果然是吕巧美，她在离他俩不远的地方停下了脚步，盯着他说了一句:"你以后最好离她远点儿。"

他只好讪讪地走了。他后悔还没有来得及把那张报纸从兜里拿出来给她看。

王文生在报上发表文章和那天晚上在天桥上发生的事也传到了分局

155

丁陶洁的耳朵里，那天他到分局去送材料，丁陶洁刚一见到他就说："王文生，你在让那个检票口上的姑娘帮你'钓鱼'吗?"王文生脸不自然地红了。"可惜呀，你找错人了，吓着人家了是不是?"她这样一说，更叫王文生羞愧得满脸通红。"她叫什么名字?""她叫吕巧荔。"丁陶洁就盯着王文生看："听说你在报上发表了文章，怎么也不请客?""哪里，不过是没事写着玩儿的。""我早看出来你是一个作家的料。"丁陶洁这样讲，就叫王文生想起在警校有一次搞校庆排演大合唱，要写个联唱词，本来这个联唱词是要班上的宣传委员写的，可是宣传委员写了两三个都没通过，后来吴兴天就要王文生写一个。王文生就写了一个，没想到一下子就通过了。过后才知道是参加朗诵的女主持人丁陶洁看中的，说他写的比那个宣传委员写的强多了。那个宣传委员写的像口号。

"你晚上有空吗?"冷不丁听丁陶洁这样问他。

"干什么?"

"我请你看电影。"

"这……"他有些犹豫。

"我想你会有兴趣的。"

"什么片子?"

"《尼罗河惨案》。"

他喜欢那个大腹便便的波罗，喜欢他的逆向推理侦破学。她怎么知道他喜欢这部影片? 他的确无法拒绝。

"晚上七点半，铁西大众电影院。"

"好吧。"

晚上七点多他赶过去时，丁陶洁已拿着两张电影票站在了铁西电影院的台阶上。她穿着一条白色薄纱连衣裙，露着光洁的小腿肚子，脚上是一双白色皮凉鞋。脱去警服的她身材显得更苗条了。天气有些燠热，台阶上站了不少人。王文生还挺担心被分局别的什么熟人看见。正这样想着时，丁陶洁看到了他，向他招手，他赶紧走过去。他也换了身半截袖便服。

"你好像在执行任务，站在边上傻看什么呢？"

"没、没看什么……"他想说他每天这样站在人堆里看习惯了，又怕她笑话就没说。

"要是真有点儿'任务'就好啦。走，我们进去吧。"

丁陶洁过来拉住他手往里走，他像触电一样缩了一下，手心里都出汗了，丁陶洁瞧他紧张的脸："瞧你，我还能吃了你不成？"又贴在他耳边小声说，"我们在执行任务，别动，别人都瞅我们呢。"

看看左右走进去的人，都是依偎在一起成双的年轻男女，他就释然了。

这是一座老式高大的黄砖墙电影院，走进漆黑的室内，立时有些阴凉。座位是那种硬胶合板木座。他俩猫腰摸着找到了座位，坐下了。看电影的人并不多，大多是一些年轻的情侣。现在一些中老年人都习惯坐在家里看电视了。电影院就成了这些青年人亲密接触的地方，一对对情侣并不盯着银幕看，趁着黑暗在底下喁喁私语，继而接吻起来……目光碰到让人心跳不已。

"看什么呢？别让人看出来我们是雷子。"她悄悄地在他耳边说。

他脸红起来，正襟危坐地把头对着银幕盯着看。

不知什么时候，她悄悄挽住了他的胳膊，他后悔没有穿长袖来，那种细腻的肌肤接触像水样泛凉，他一动也不敢动。她在悄悄说着什么，他没听清，只觉得一股热热的呼吸让他耳根发痒，他的脖子梗得挺挺的……就像银幕上此时正刮脸的波罗，从镜子里看到了那条眼镜蛇，一动也不敢动一样……

一道手电筒光照过来，"……照什么照？"惊起了无数道尖厉的口哨声。

电影散场了。他送她回去。夜风吹过，让人凉爽舒服了许多。

"真他妈的！……"她像刚才场里那些年轻人一样说了一句粗话。

"什么？"他吃惊得像不认识地看看她，这就是那个刚到刑警队一听到别人说粗话就脸红的丁陶洁？

"扫情绪，你注没注意到一个扒手没来得及动手就溜走了，在门口。"

可惜他没看到，他那会儿脖子一动也不敢动。她什么时候练的打现行的眼睛，难道是跟那个小梁子学的？

"我们像不像？"

"像什么？"

"一对情侣。"

他明白了，今晚丁陶洁是有意要他俩扮成一对情侣来抓扒手的。

"其实刑警队内勤的位置应该是你的，我知道你想到刑警队来。"

他一愣："……现在不想了，在下边派出所照样可以搞案子。"

快走到她家那幢楼时，她又轻轻挎住了他的胳膊，他刚要挣脱，听她在耳边悄声说："别动，有情况。""怎么啦？"他随她躲在楼角阴影里，看见一个人影鬼鬼祟祟地走到这幢楼的一个单元楼道前，停下了脚步，向前后左右看了看，随后把胳膊下夹着的一个长方形纸包塞进了楼道前的垃圾桶里。

等那人闪身进了楼里，丁陶洁和他走到垃圾桶前去，把那个长方形纸包掏了出来，打开一角，是两条中华香烟。丁陶洁说："这一定是上哪个当官家送礼的，怕人家里有别人撞上，回头再来取。我们给他没收拿走吧。"

"拿走？这合适吗？"王文生小声说。

"怎么不合适？我们这也是打击腐败了。"

丁陶洁把纸包塞到他手里："给你了，拿回去给他们抽去吧。白捡的烟不抽白不抽。快走，一会儿人就要出来了。"没等他反应过来，丁陶洁推了他一把。

走在回去的路上，王文生还在想，今晚就像谁故意弄的一场恶作剧，既惊险又刺激，他也打消了对丁陶洁的偏见，看来这个警校同学还是一个蛮单纯的女孩。那人背影模模糊糊，好像有点儿眼熟，他不能确定，就不再去想了。

回到所里，林恒在后屋所里值班，他把两条烟拿出一条来给林恒，林恒吃了一惊说："你发财了吗？"

他把今晚的事情讲给林恒听，林恒听了说："我明白了，这两条烟该抽，你知道我平生最恨什么人吗？最恨拉关系行贿的人。"他抽出一根烟叼在嘴上，狠狠地吸了一大口，吐了一口烟圈又说道，"不过要进丁副书记家的那个楼道，会不会是我们内部的人呢？你真的没看清那个人是谁？"

"没看清楚。"王文生不敢说出那个他猜疑的人名。

那个人今晚一定是打碎了牙自己往肚子里咽了。这两条中华烟差不多是他两个月的工资。王文生想。

过了几天，在开全分局上半年工作总结大会时，王文生就见到了丁陶洁的父亲，区委政法委丁副书记。丁副书记坐在台上。他在最后做讲话时，很严肃地讲到个别干警不把心思用在破案上，而把心思和精力用到拉关系跑官保官上……难道那天晚上那个人真是上丁副书记家的？丁陶洁回过头来冲他挤挤眼睛。这么说丁陶洁知道那人会去她家才这么干的？他对丁副书记有了点好印象。那个黑影却在他心里逐渐清晰起来，心里像吞了一只苍蝇。

就在这次全分局上半年工作总结大会上，分局表扬了站前派出所上半年破获的两起案件，一起是春节前破获的杀人案，一起是春天时破获的那几起家属区里连续盗窃案。并表扬了林恒和刘家友。刘家友乐颠颠地坐在前排，上台去从高局长手里接过了一个"确保一方平安，治安工作先进集体"的奖状。高局长还不客气地点名批评了刑警队，说："分

159

局刑事积案这么多，到年底再不把积案压下来，有的人是不是该考虑挪地方了？"坐在门口的王国田听了，脸色讪讪地转向了敞着的门外。

散了会出来，刘家友问王文生说："那个丁书记的女儿你认识？"

王文生说："她是我们警校的同学。"

刘家友就瞅了瞅他。

没过多久，分局下达了任命通报，正式任命林恒为站前派出所所长。本来有人私下里传言，说林恒这回可能会调回刑警队任队长，王国田当他的副手。不知是他不想去还是别的原因，总之他没有去。任命一下来，所里人就吵吵要他请客，林恒就到站前饭店里安排请了大家一顿。

刘家友似乎也了却了一桩心愿，请客那天他当着大家伙的面说，今后他要好好配合林所长的工作，加强班子的团结。

派出所三名支部成员，除了刘家友和林恒，另一个支部委员就是老蔡，老蔡也站起来表态说，他也会支持林所长工作的。其实在林恒到所里之前，原本刘家友是想推荐老蔡做副所长的，他们在部队时是战友，一起转业到地方又共事了这么多年，现在看来只好等以后慢慢有机会再说了。

天气挺热，林恒一杯一杯跟大家碰杯喝啤酒。碰到孙雪云这儿，孙雪云什么也没说，站起来咕嘟咕嘟把一杯啤酒喝干了。

喝着没散席时，高严山局长坐着212吉普车过来了，说："你林恒什么时候学起了铁小抠，请客也不叫上我！"他刚从市局回来，路过所里本想找林所长谈话，听说所里在这里聚餐，正好赶了饭时，就叫司机把车开过来了。

林恒就又让老任太太告诉服务员加两个菜，又要了四五瓶冰镇啤酒来。

高局长坐下后，说："你林所长牛啊，不肯到刑警队给我干活了。"

林恒说："哪里，这里我刚熟悉情况，你就忍心叫我走？你不也说在站前派出所干就是给你守好大门吗？再说我也不是什么神仙，那么多积案我也破不了。"大伙就从林恒的话里听出点儿意思来。

高局长听了，说："你不就是不愿和王国田搭伙干才不去刑警队的吗……"

一提到王国田，王文生就想起那天晚上那个人影来，又像吞了一只苍蝇。

32

好久没有和吴兴天联系了，上星期天吴兴天打电话来，叫他到他那里去打野鸭子。他答应倒休时过他那里去。在电话里他还问起张亚文的情况。吴兴天告诉他，张亚文现在提拔到下边一个乡派出所当所长了。"真的吗？"这让他又很意外。这可是他们班提得最快的同学了。

星期天倒休班时是刘铁北的班，王文生跟他说要到乡下同学那里去一趟。他明白了，说："你想带枪去？"王文生点点头。"这破玩意儿也不知道能不能打响了，别带了，不过我可以给你一些子弹。"王文生想想就听他的了。刘铁北过来接班时，果然给他带来一个牛皮纸盒，装着子弹，足有十几发。

星期天一早，王文生就坐那趟市郊车去了。因为是夏锄时节，透过敞着的车窗可以看到在地里顶着火辣辣的日头锄草的农民。这个时候他脑子里又想起张亚文来，如果他不当警察，是不是也是一个地地道道的农民？车厢里旅客并不多，好多座位都空着。在太阳升车站下车时，他又见到去年冬天来这里时见到的那个车站值班员，他认出他来，还主动与他打了声招呼，让他心里挺好奇的。看来每天在这个小站上下车的人真是很有限。

"喂，你还是从庆城来吗？"

他点点头。

"还是去立志乡看你的同学?"

"是的……"他又点点头,歪着头去看他,太阳有些晃眼睛。

这个孤独的小站值班员还是一副没睡醒的样子,眯着惺忪的眼冲着远去的蛇一样溜走的车厢摇了几下旗,太阳很毒地烤在脸上,不一会儿就让皮肤热得受不了,铁轨路基枕木上黑沥青都烤化了。他缩回屋里去。

四周空旷的原野上没有一丝风,远处绿绸缎般起伏的原野上开着一簇簇星星蓝花和一丛丛小黄点矢车菊……六月的天,乡下田野里庄稼已经绿汪汪的了。

中午前他赶到立志乡派出所,所里只有吴兴天和那个房所长在,那个房所长光着膀子坐在炕沿上,手里摇动着一把蒲扇,见到他还是那么热情地同他打了招呼。"王文生,听说你立功啦!"吴兴天一见到他就这样羡慕地说,想必他们看到了侦破那起杀人案后市局发下来的简报了。王文生就从兜里掏出一盒中华烟来,给房所长抽,房所长瞅了瞅烟牌子,不舍得地夹到了耳朵上,他又从炕上扯过烟笸箩来,说:"这个抽惯了。"看来他还从没抽过这么好的烟。又把那盒烟给吴兴天,吴兴天把他拉到院子里去,说:"你发财了咋的,抽这么好的烟?"王文生挤挤眼睛说是打土豪分田地来的。就把这烟的来历讲给吴兴天听。吴兴天听了就问了句:"丁陶洁也分在了中区分局刑警队了?"王文生说:"是的。""想不到她倒还真不是个秧子货。"吴兴天说了一句就转身进屋里去了。

转眼工夫,光着膀子的房所长出去了,过了一会儿,他手里拎着一条活蹦乱跳的大草根鱼,另一只手上还拿着刚从地里摘下的小辣椒和黄瓜。三下五除二,一盆清炖草根鱼和一盘小辣椒炒鸡蛋,还有一盘黄瓜蘸大酱就弄好了。吴兴天又去外面买了一瓶小烧白酒回来。

吃饭中,知道那个赵乡警星期天回家铲地去了。房所长没回去,他家里的地已经铲完了,他懒得往家里跑。有什么事情就让他老婆往这里跑，来了还住在所里，家里的两个闺女大了，能经管家里的鸡鸭了。

吃完饭，王文生从窗子里看见吴兴天跟房所长说他要领他同学到大甸子上打鸭子去。房所长就把那把五四式手枪从柜子里拿出来交给了他。"要不然一起去吧？"临出门吴兴天又对跟出来的房所长说了一句。房所长笑着摇摇头，说他的婆娘可能下午会来。

吴兴天就带他朝乡外的大草甸子上走去。焦热的日头把他俩的影子拖得老长，和去年冬天见到他时比，吴兴天黑了也瘦了。走出镇子五六里地，远远地看见一条土路上有人群顶着日头在干活。吴兴天就兴奋地说："那是省筑路队正在修建通向太阳升的公路，你再来时就有汽车通向乡里了。"王文生就想起去年冬天他来时吴兴天说过要修路的话。明晃晃的太阳地里，弯曲地向远处伸去一条新挖起的土壕沟，听吴兴天说修路的人里面还有赵老二招来的人，干活的人光着脊背，像蚂蚁一样在土沟里移动。

阔阔的大草甸子西边汪着一片水域，草丛里开着各种不知名的野花。走着走着"突"地从脚下草丛里蹿出一只野鸭子，朝天空中飞去，吓了人一跳！吴兴天弯身在地上寻找着。不一会儿，他就前襟兜了几个野鸭蛋走过来。

他俩深入到水泡子边上，在没膝高的草丛里伏下了身。两只野鸭子在十米远的水面上浮着，耀眼的阳光像鱼鳞片荡漾在水面上。吴兴天掏出枪静静地瞄着，噗！那只野鸭子似乎一动不动就身子一软歪浮在了水面上。另一只则"嗖"地蹿起来，扎到刺目的天空中去。"打中啦!"他叫道。吴兴天把枪递给了他，兴奋地说："作家，看你的啦！"他脱下衣服泅过去，把那鸭子捡过来。在学校里打靶时，他从没打及格过，有点儿心虚地接过枪。

刚才飞上去的野鸭子飞了一圈又飞回来了，落在刚才打中那只野鸭子的水面上，啾啾叫了两声，头转动着朝岸边他们埋伏的草丛泅过来，这么近的距离，比在警校时打五十米胸环靶还要近了，他"啪"地一枪打出去，只听扑棱棱一声，野鸭子脚掌划过一道水线，又飞到空中去了。吴兴天可惜地叹了一口气，说他们所长只给他两发子弹。

王文生说他带子弹了，就把兜里的子弹掏出来。吴兴天眼睛一亮，兴奋地说："你咋不早说呢！"就立马压进了弹夹里五发子弹。这回他不想打落在水面上的鸭子了，他想打空中的。就把枪口瞄在了头上。一只黑鸭子飞了过来，一个猛子扎下来，嘴里叼一条小鱼又飞了上去。"啪！啪！"两声枪响，黑鸭子应声扑棱棱落在岸上的草丛里。王文生跑过去拾回来。

吴兴天又把枪交给他打，王文生在又放了两次空枪后，终于打中了一只野鸭子，是一只落在岸边的野鸭子，他俩跑过去，那只野鸭子又从地上挣扎着爬起来，摇晃着身子，呱呱叫着在草丛里斜着膀子向前溜去，他俩在后边撵了挺远才追上，最后这只灰褐色的野鸭子奄奄一息地倒在地上。他拾起来一看，枪口打在野鸭子翅膀根上了。可他明明瞄的是它的前胸脯。他有点儿脸红。

"这很不错啦，这把枪不太走膛线。"吴兴天安慰他说。

这把枪的烤漆也掉了不少，他们临离开野泡子边前，吴兴天又用一发子弹打到了一条跃出水面的黑狗鱼，他一个猛子游过去，把那条翻白的狗鱼捞了上来，这更让王文生惊讶不已。

吴兴天爬上岸来，见王文生弓腰在草丛里寻找什么，就问了一句："你找什么呢？"

"弹壳。"王文生想起他答应过吕巧荔弟弟的话。

在回去的路上，吴兴天兴致勃勃地向他说起这里虽然地方荒僻，可野味倒还不断，冬天还可以打到野兔、野鸡。

出了那片草丛，正说着话，在快走到镇上那条土路上时，迎面碰上一个人，是个矮粗的汉子，他穿着一件旧黄军衣，平头顶上满是尘土，额头上还冒着汗。他正低着头从远处的那条土路上走过来，嘴里还在嘟囔着什么："强盗，简直是一伙强盗！"远远地看见他，吴兴天跟王文生说那个人是乡里司法民事助理，等走近他们站住了，吴兴天笑着问："胡助理，你说谁是强盗呢？"

猛丁听见人叫他，他一下站住了，嘴里"啊"了一声，见是吴兴天，脸色就镇静下来，说："我还能说谁，还不是那帮贼？我刚刚从工地上回来，有一户村民找到我说他家的一只羊不见了，怀疑是让工地上那帮家伙给偷去宰着吃了。我到工地上去看了，可那帮家伙不但不让我进工棚，还把我给骂了回来，你说说这和强盗有什么区别呢？"

"你发现什么证据了吗？"

"还用什么证据呀，那大锅里明明烀的是羊肉，可他们却说烀的是牛肉。我在帐篷顶上看见了晾晒的羊皮，他们就说那是他们昨儿个从下山屯买来的羊杀了，还说你要找羊叫失主过来，你叫它它答应吗？这帮无赖还不是仗势欺人哩。"胡助理愤愤不平地说，又无可奈何地叹息着摇了摇头。看到吴兴天身边站着一个陌生人，他住了口。

吴兴天对他说："这是我的警校同学，从城里来的。"

他礼貌地冲王文生点点头，看到他们肩上的野物，眼睛一亮："啧啧，真是好枪法呀！"

王文生就指着吴兴天说："他在我们警校那会儿就是优等射手。"

"你也看到了，我们刚刚打了野味，一起到派出所喝一杯怎么样？"

胡助理摇摇头，说他老婆的老病根子又犯了，他得回去给她做饭。

吴兴天就从肩上拿下一只野鸭子，说带回去给他老婆熬汤喝，补补身子。

胡助理推辞不掉就接受了，走出了好远，嘴里还在感激地说："好人哪，好人会得到好报的……"

等胡助理走远，王文生问这是怎么回事。吴兴天说自从春天省里的筑路队来修公路，赵家老四就带人包下了这里的路段，可从修路开始，附近村子里就没消停过，总有一些不太平的事发生，不是今天这家丢了一只鸡，就是明天那家丢了一只狗。弄得许多村民都不敢把鸡鸭鹅狗散放了。

他俩走回所里，看见院子里晾着一些刚洗过的衣服，可是并不见房所长的身影。房门关着，吴兴天一拉，门从里边插上了，正蹊跷间，房所长从里边把门打开了，看到他俩肩上背着的野物，说："好枪法呀。"再伸头往屋里看，看到房所长身后站着一个面色红红、渗着细汗的女人，她衣衫不整，低着头。想必这是房所长媳妇了，果然听房所长说了一句："这是俺婆娘。"

晚饭就是这个婆娘给收拾做的，她做得很熟练，先用毛葱炒了一盘野鸭子蛋，又用大锅清炖了野鸭子，清炖了黑狗鱼。晚上房所长跟他俩喝了不少酒。

这里的夜晚蚊子多，他俩睡西屋，一直在院子里站到挺晚才回屋睡。睡下时又听东屋里传来异样的响动，像是在蚊帐里拉风箱。王文生就想起刚才站在院子里吴兴天跟他说的话，房所长想要儿子哩。"瞅这个小个子婆娘大奶子、大腚，咋就生不出儿子来？"吴兴天在这乡下待的，也学会和乡下人一样说话了。

房所长的两个闺女大了，都在一铺炕上不方便行房事，这就是房所长的女人时不时来所里的原因。来了也不闲着，还给男人和吴兴天洗洗衣服。

33

第二天早上，王文生跟吴兴天说他想去看看张亚文。吴兴天就说张亚文现在所在的乡派出所离他们这里不算太远，是葡萄花乡派出所。吴兴天说下午带他过去，上午他还得去处理两件事情。其中一件就是昨天在路上胡助理碰到他跟他说的那户农民丢羊的事情。

房所长起来得挺晚，他女人起来得挺早，又是他婆娘给他们弄的早饭。在饭桌上，吴兴天跟房所长说一会儿他过那户丢羊的农民家了解一下情况，然后去找胡助理一起到工地上看看。房所长听了嘴里只"嗯"了一下，并没有说什么，一直在低着头吃饭。

等吴兴天走出去，房所长跟王文生说，这样的民事纠纷既然找到了乡里民事助理，他们还是不要插手的好。听出来房所长是个不愿多事的人，不知道是不是因为工地牵扯到赵家兄弟。他伸了个懒腰，又想把身子在床上放下去。看来他昨晚弄得身子发虚，他的女人一直在屋里屋外不住脚地拾掇着，她的脸色红红的有点儿发亮。

将近中午时，吴兴天回来了，一副兴冲冲的样子，看样子事情处理得还挺顺利。王文生刚才的一丝担心就消除了。

"丢羊的事处理了？"

"处理了。"

"咋处理的？"

"给那个农民赔了二十块钱的羊钱。"

吴兴天说上午他和胡助理领着丢羊的那户农民找到工地上去，那几个偷吃羊的民工还不承认，他们就吵吵了起来。正巧赶上赵乡长到工地来查看公路施工进度，他就把这事跟赵乡长说了，赵乡长就叫工地上赔那个农民二十块钱……

等吴兴天出去打酒时，房所长又说了一句："这事恐怕不会这样简单吧，谁不知道赵家老大阴毒着呢！"

吃过饭，吴兴天跟房所长说他带他的同学去葡萄花乡，房所长点点头说去吧去吧。看情形好像很希望他们马上离开，那个赵乡警下午还没来上班。

在路上听吴兴天说这个乡就是张亚文的老家。王文生也想起来张亚文以前告诉过他家是葡萄花乡，说："这么说他是衣锦还乡了。"又想起张亚文在警校时最大的心愿就是能分到他家乡的派出所来当民警，能当上派出所所长，恐怕那时他连想都不敢想的。吴兴天没说啥，只说："到了那儿你就知道了。"

到了葡萄花乡派出所，已是日头沉在苞米大田的西头了，张亚文一见到他俩就一下子愣住了，说："王文生你是打哪里突然冒出来的？"吴兴天说："他是昨天来的，在我那儿了。"张亚文眼里闪着一阵惊喜和激动，所里只有他一个人在，别人都提早下班走了。王文生打量了一下空荡荡的派出所，感觉这个派出所比吴兴天在的派出所条件要好得多，虽是一趟土坯平房，房顶却是红瓦顶，中间的门口立着一块规规整整的白漆黑字的木牌子。

"张亚文，你的枪呢？"吴兴天冷不丁问。

"在桌子抽屉里锁着呢，你要干什么？"张亚文一愣问。

"拿出来给老同学看看。"

张亚文就去开他桌子抽屉上的锁，小心翼翼地把他那支红布包着的枪打开，这是一把崭新的五四手枪，枪身上闪着瓦蓝瓦蓝的漆，在潮湿发暗的屋子里泛着荧荧的光。王文生小心地接过来，他还是头一次看到这么新的枪。

在警校第一次上实弹射击课时，枪响时张亚文吓得把枪扔到了地上。全班同学都大笑了起来。谁能想到班上第一个真正得到配发枪的竟是张亚文。他俩目光羡慕地盯着它。

张亚文随后又把枪收了去，小心翼翼地又放进桌子下面抽屉里锁好。

"你怎么不带在身上？"

"锁在桌子里更保险……"张亚文说。

看看外边天色不早了，张亚文说："走，到我家吃饭去。"冷不丁听说要到他家去，王文生显得有些不好意思，说来时不知道他在他父母家这个乡工作，也没从城里买什么东西看二老。张亚文就说："你跟我还客套什么！"就拉着他的胳膊往外走。张亚文的父母家所在村子离乡里有二十里路，走了四十多分钟才到。

这是两间矮矮的泥房，房前夹着一个菜园子。园子里种着芹菜、生菜、豆角什么的。靠房前院子通道两边架着葡萄架，葡萄藤蔓密密麻麻遮住了一条狭窄的过道上空，走在过道里光线暗暗的。

两位老人听见说话声，从屋里走出来，手搭着凉棚木讷地站在了院子里向外望着。从他们模糊不清的脸上能看到张亚文熟悉的面孔。

院子里还喂着鸡，见着生人走进来，鸡纷纷朝阴暗角落里躲开去。张亚文就给两位老人介绍："这是俺警校同学，从城里来的。"两位脸上布满皱纹的老人就很拘谨地朝王文生憨厚地笑了笑，看来吴兴天已来过了，张口叫了声大叔大婶，就走进屋里去。老太太干瘦的身躯佝偻着，颤着一双小脚扶着墙站着，她的目光有点儿发直。

里屋虽不大，却收拾得很干净。窗台柜子上一尘不染。刚刚坐下，张亚文就张罗着到院子里杀鸡去了，一阵公鸡的咕咕叫声，随后就没了声息。腿脚不是太利索的老头儿又去园子里拔了些青菜。从里屋传来亚文娘的咳嗽声。

不大工夫，一桌菜就做好了。没看见老太太去厨房，正诧异张亚文的手艺，端菜进来的张亚文说是他妹做的。

吴兴天就说："把你妹叫出来给老同学认识认识。"

张亚文这才从后屋厨房领进来一个十八九岁低着头的大姑娘，这女子端端正正的细腰身，水灵灵的脸庞，只是那双黑葡萄似的眼睛有些呆滞，害怕见生人，低低地看着地面。吴兴天和王文生叫她一起上桌来吃，她不肯来，蚊子似的说一句什么，又走到后屋去了。"乡下人没见过什么世面。"张亚文解释道。王文生却在心里称奇张亚文会有这么漂亮的妹妹。就想起张亚文在警校里穿的圆口布鞋来，问是不是他妹给他做的。张亚文说："是、是俺妹给做的……"

这工夫，两个老人也吃完下桌，老头儿扶着老太太挪着脚退到后屋去了。

吴兴天就随口说道："我要是有个这么漂亮的妹妹就好了。"

张亚文听了，神色微微不太自然地怔了怔，端起了酒杯："来，来，我敬你们两个一杯，在警校那会儿只有你们两个才没看不起俺这乡下人。"说着一仰脖把杯里的酒喝得干干净净。

"来，我敬你们两个一人一杯酒，你们两个刚刚参加工作才这么长时间就都立功了，都比我强……来、来，我什么也不说啦，我为你们两个高兴！"吴兴天一仰脖连干掉了两只杯里的酒。然后他又给自己杯里满上了酒，说："我们三个人从毕业后难得相聚在一起，今天我们喝个痛快，亚文，你家里备的酒够不够呀？"看来他情绪有点儿失控，这两日在他们所里都没见他喝过这么多的酒。

张亚文就喝红了脸笑笑，说："哪里不够，我刚才出去打了一塑料桶哩，这十里八村的谁不知道我们村子张小烧家烧的苞谷酒最好喝？放心吧，管够。"

"好，来，干——"

等他放下杯，王文生赶紧插空挡住他说："来，亚文，我单独敬你一杯，理由是你是我们班第一个提所长的人，好好干，将来你会大有前途的。"

张亚文忸怩了一下，和王文生碰了。不过张亚文喝酒上脸，不一会儿，脸就喝得像块红布通红起来，嘴里的话也多了起来："作家你说，我干得再好也会被人家瞧不起，是、是不是这样的？我知道我上次立功，有人说我是瞎猫撞上了死耗子。你们也、也这样看我是不是？"张亚文睁着红红的眼珠子问他，看来他也喝多了。

王文生看了一眼低头对着酒杯发呆的吴兴天，说："亚文，你不要这样想，我们没有这样去想，真的。"王文生知道自己在说谎了。

"是吗……"张亚文瞪着眼嘻嘻笑，他那张面孔憨厚得可爱。

"……我不想当典型，可俺们局长非要树俺当典型，还说这不是俺个人的事，是全分局荣誉的事……其实俺知道咱们三个人里，要文的俺不如……你文生，要武的俺不如……你兴天……"

三个人出来时，身体都有些摇晃，张亚文领他俩到派出所去住，老头儿老太太默默地送出院来，他妹也影子似的无声地低头跟在老头儿老太太身后，身影隐在了密密实实的葡萄藤蔓里。

吴兴天就对那个影子摇摇手，口里含糊不清地说了一句："谢、谢谢老妹炒的菜，有、有空和你哥到我、我们乡里去、去玩儿……还有他、他们城里……"他一指王文生，王文生已伏在门上吐上了。

那个影子没吱声，一直看着他们三个人的身影消失在黑幕里。乡下的夜啊，有一两声狗叫或蛙鸣声从村子里绿绿的菜叶缝隙中传来。

回到派出所，张亚文给他俩安排一个屋，他在自己的办公室睡。他说他一直在他办公室睡，所里一直不用安排人值班，并说他一换地方就睡不着了。他俩都知道他在学校时睡眠就很差，都是当寝室长当的，老惦记着起床哨响前起来把被子叠好。

张亚文醉醺醺的，临回他屋睡下时说了一句话："我真不想在乡下派出所干、干下去了……太、太他妈憋屈人啦……"难道他所长当得并不开心？

34

第二天早晨醒来，所里民警们陆陆续续来上班了。来的民警都抄着手蹲在房前的墙根下，看见有生人在所里伸伸头也没进屋。张亚文就出来依次给他们介绍："这是我的警校同学。"所里人并不太热情，只是眼神怪怪地瞅着王文生和吴兴天，弄得王文生有些不好意思。这所里有七八个民警，都脸黑黑的，皮肤粗糙。他们抽的是纸卷的旱烟，蹲在院前泥地上吸，问王文生吸不吸，王文生摇摇头。倒是吴兴天接过来一支叼在嘴上，也和他们一样蹲在泥地上。

太阳老高了，最后上班来的是一个胡子拉碴颧骨挺高方脸膛的汉子，他有三十六七岁，披着一件警服外衣，蹲在地上一圈吸烟的民警们一见他，立马都站起身来。张亚文走上前去给王文生介绍："这是我们魏指导员，这是我的警校同学，从城里来的。"那人冷漠地看了王文生一眼，转向所里的人："还蹲在这里干啥，还不下自己的村片里去。"就有民警推着咣咣当当作响的破旧自行车向四外的村子里走去了，说说笑笑的，感觉像是一群庄稼汉下地去了。

他俩走进张亚文的所长室，所长室在平房走廊里最把头儿的一间办

171

公室。虽然屋子不是很大，但墙上的图表倒一应齐全。什么所长职责，什么所辖乡村警务图。那警务图都是用彩塑纸剪的字、图形贴上去的。这一看就是张亚文的杰作。他在警校做寝室长时就善于琢磨这种大姑娘一样的细活。

刚刚在张亚文的屋子坐下，就听到走廊上有人喊："小张、小张，分局上周要的那个报表你做了没有？"是那个魏指导员。

张亚文就从抽屉里拿了一个报表走出去了。

过了一会儿，又听那个魏指导员在走廊上喊："小张，你过来一下，乡里收上来的治安提留款你收一下。"张亚文就出去了。

张亚文回来时说："中午你们两个在我这里吃饭，我领你俩到一个养鱼户家里去，给你们做鲇鱼炖茄子，保准吃得你们下回还想着来。到时把魏指导员也叫上。"

吴兴天就瞅瞅王文生，王文生也没说啥。吴兴天可能惦记上午赶回所里上班。见王文生没动，他也不好意思说走。可是刚聊了一会儿别的，又听那个魏指导员在外面喊："小张，李家屯来人报案说他们屯发生了一起邻居土地纠纷案，你带个人去处理一下。"张亚文听了怔了怔，出去了，过了一会儿，他回来有些歉意地对他俩说："我得赶到李家屯处理一下纠纷，要不你俩在所里等我？"吴兴天又瞅瞅王文生，他知道李家屯离这里有三十里地，中午怕是赶不回来了。

王文生就明白了，说："我今天还得赶回去呢。"他俩就站起身来告辞了。

张亚文临了和那个来报案的农民蹬上自行车还在说："等下回你们来，我再带你们去吃鲇鱼炖茄子，保管吃得你们下回还想来。"张亚文那张憨憨的面孔，在已经暴晒起来的日头下红红地笑着。那个魏指导员的身影则在窗里晃了一下不见了。

"他怎么会那样支使张亚文呢，好歹他也是个所长呀？"在回去的路上，王文生还这样不解地在说那个魏指导员。

"也怪张亚文自己，他俩本来是平起平坐的，可张亚文是扶不起来的阿斗，做事像个娘儿们，婆婆妈妈的让人看不起，就怨不得别人了。"吴兴天说。

"他是怎么提到乡里来当所长的？"

"还不是因为去年他抓那个持枪的逃犯立了功，他立功后分局先奖励他一把新的五四式手枪，本来是想把他当典型树的，在刑警队里提他当了副队长。可是后来在一次让他看押一个人犯时，他差点儿把那个人犯弄死。"

"怎么，还有这事？这是怎么回事？"

"唉，谁知道啊？我也是听分局刑警队的人说的，说他们有一次抓了个强奸犯，审讯完了让他在屋里看着，他们出去吃饭。等他们吃完饭回来，看见他一下一下拿着那把枪用枪筒在捅那家伙的老二，当时还吓了他们一跳。他一边捅还一边说：'我再叫你拿老二捅人，我再叫你捅人……'疼得那个家伙满地上打滚。上头就有人说他不适合干刑警，就让他到下边当所长来了。"

"他为什么这么干呢？"

"不知道。他能到这个乡派出所当所长本来也是挺好的，可那个老魏原本是自己也想当所长的。"在派出所所长是一把手，这个王文生知道。

乡下的日头有些毒，走不多一会儿就烤得王文生背上冒汗了。后来吴兴天在快到他们乡地界时截了一辆过路的马车，他们跳了上去。在车上又听吴兴天说了一句："想不到张亚文有个这么漂亮的妹妹。"

"你以前来没见过？"

"没有，他家里他刚调过来时我去过一次，张亚文并没给我引见过他妹妹。"

王文生就瞅瞅他，想起昨晚他紧盯着人家看的样子，开他的玩笑："你该不会是看上张亚文的妹妹了吧？"

"去你的！"吴兴天擂了他一拳。前面的车老板并没听清他们在说什么，给了辕马一鞭子，马车颠跑起来，颠得他俩身子东摇西晃，又听

173

吴兴天嘴里颠出一句："我好像在哪里见过她呢……"

玩笑归玩笑，王文生并没太在意去想，尽管张亚文妹妹很漂亮，可吴兴天是从大城市里来的，他怎么会看上一个乡下姑娘呢？他是正式国家干部，而且他相信他早晚会调出乡下派出所的。

吴兴天一直把他送到太阳升火车站。上车时，王文生说什么时候有空去他那里玩儿。车下被太阳晒得眯着眼睛的吴兴天，停了半天才说："好吧，我都快忘记城里是什么样子了。"

大约过了一个月以后，吴兴天真的有机会到城里来一趟了。他是到城里来办事，一下车就看见王文生斜背着枪套站在站台上，臂上戴着执勤袖标。吴兴天就笑了。他站在那里没动，等站台上下车的人从检票口走光了，他才对走过来的王文生说："好久没看到过这么多的人啦，你在这里工作可真热闹啊，看看你的工作多有意思。"吴兴天还学着他威严地挺起胸脯走了两步。王文生就说："你要是天天站在这里，你就会腻歪的。"吴兴天的眼睛还在四处打量着，说："你别说，我刚来时还觉得庆城和佳木斯比起来还不能算是个城市，现在我倒觉得它是个大城市了。"

那边申警长踱过来，王文生给他俩做了介绍。不过吴兴天显然忘记了三年前刚下火车让他难堪的那个警察了。为了避免尴尬，王文生也故意没有去说他们见过面。

白天吴兴天到市里去办事，晚上王文生留他在所里住的。林所长这晚没在宿舍住，他回家去住了。环境真能改变人，吴兴天脚也没洗就上床躺下了，在警校时他可是天天晚上洗脚的。跑了一天了，他的一双脚臭烘烘的。

躺在床上时，他们又提到了张亚文，忽听吴兴天说道："你还记得张亚文的妹妹吗？"王文生脑子里立刻浮现出一个月前在张亚文家里见到过的、那个有着一双黑葡萄瞳仁怯生生的姑娘来。不知他为何冷不丁说起她。

"他妹妹曾被人强奸过。"

"啊？是吗？什么时候的事？"王文生吃了一惊。

"那还是在她刚上中学的时候，被邻村的村长的弟弟，在放学的路上被截到玉米地里祸害了。"

"那当时告了那家人家了吗？"王文生问。

"据说当时他家里向当地派出所告发了，但因证据不足，派出所没有受理，后来也就没有再往上告。可能当时他家里人怕告不赢传出去对他妹妹影响又不好，家里就忍气吞声瞒下了这件事。他妹妹出了这件事后，不久就退学了。最近那个村长弟弟又犯事才供出了六年前这桩案子。"

"怪不得当时张亚文在警校时不愿提到他妹妹。"王文生想起当时在警校时的情形。

"这么说他当初考上警校也是因为他妹妹出了这件事？"

"差不多是这样的吧。"

"那他出来后应该懂得怎么去告发那个家伙吧，怎么不去报案？"

"我想他可能是怕说出来他妹妹无法嫁人，他才没有那么做的。再说这起刑事案子已过去五年，已过了刑事诉讼年限。唉……我也不知道这个老实人是怎么想的，在警校时他可一丁点儿也没向我们提起这件事，还记得那次我跟你说起过他洗衣服时偷偷在宿舍里看的那张姑娘的照片吗？那其实就是他的妹妹。"王文生想起上次去张亚文那儿回来的路上，怪不得吴兴天说起好像在哪里见过她的话。当时他们在警校时还以为那是张亚文在乡下处的对象呢。

"他咋把这件事埋在心里这么深呢？"

"不知道……真不知道这件事让村子里人知道后，那个可怜的姑娘该怎么办。"吴兴天深深地叹息一声。

王文生听了也跟着轻轻叹息了一声，不知是为那个姑娘，还是为张亚文。

35

　　暑期到了，站台上像个蒸笼。这个季节油田物资外流的就很少了，无论是刘铁北还是王文生，都懒得到站台上巡视了。而且大热的天还要把风纪扣扣得严严实实，铁栏杆口上的服务员都穿上了白色半截袖衬衫。那里的风也比月台上凉快许多，太阳吊在头上简直像要流火，两道白亮亮的铁轨烫人眼似的伸向远方，黑色的枕木油漆都被烤化了，散发出一股浓浓的油漆味儿。

　　东方红号老机车头还卧在那边的道岔上，老刘头蹲在阴影里。他那张古铜色的脸，和车头底下生锈的铁轨一个颜色。车身被蒸烤散发出的热量，润湿了他脊背上的衣服，发白的破旧工作服上像印着地图。

　　火车头进站的汽笛声，撞开闷热的空气，仿佛要点燃什么。短促，刺耳，让人心烦。被晒蔫了的人群打起精神，站起身来向安全白线走去。男人的汗味和女人流出的香气在蒸笼似的站台上久久挥散不掉。下车来的旅客当中大多是放暑假的大中专院校的学生，从车厢里走下来也带着一身湿淋淋的臭汗，不过那脸上的表情却是一种要和家人团聚的喜悦，单纯的脸上充满了无忧无虑的天真和青春的活力。

　　如果不来庆城上警校，自己再念一年是不是也会去读喜欢的大学？每次看到他们，王文生都不由得羡慕而又有些遗憾地这样想。

　　接完车他就走进执勤室来，将门紧紧关死了。候车室里由于天热苍蝇多了起来，那个负责公共场所卫生的防疫站女工作人员，戴着口罩背着来苏尔桶一天要喷两三遍来苏尔，开着门来苏尔会很刺鼻地飘进来。

　　刚刚坐下，忽然听见响起一阵急促的敲门声，他站起身打开了门。

　　一个满脑门是汗的女孩闯了进来，她见到开门的警察，顾不得用手里的手绢去擦脸上淌出的汗，就焦急气愤地向他诉说："刚才出站的时候，有、有人偷了我的钱包……""在哪里偷的?"他本能地问，并扫了一眼旁边车站公安执勤室，他们的执勤室门也紧紧关着。"在、在站里……也许是在从出站口出来的时候……"她感觉有个人向她挤了一下，她说得不太肯定，她是走出闸口时才发现钱包不见了。她展给他看一个坤包，坤包被人用刀片割了一个口子。她说她是一名放假回来的大学生，钱包里还有她的学生证。

"要是见到刚才撞你的人，你能认出他来吗?"

"能认得……我还骂了他一句耍流氓。"她急急地说道，脸还余气未消地红着。

"那好吧，你跟我来。"

他领着她急匆匆走出候车室穿过闸口走到站台上去，又有一列下行的列车要进站，站台上又站满了黑压压等车的旅客。白晃晃的太阳吊在头上，把每张面孔都照得白晃晃的，有的人用手里的报纸和扇子遮挡着头顶。她跟在这个大个子警察后面悄然地在人缝里穿梭着，有一个人像是被太阳烤得受不了，从人群里稍稍挪动了一下脚步，朝阴影里躲去。"就是他。"她悄悄地扯了下他的衣角说。其实不用她告诉，他也察觉出是这个瘦瘦的男青年干的。他的眼神惊慌了一下，很快向人堆背后躲去。他跟了过去。无声的等车人群惊讶地给他让着道，目光跟随着他的身影。毒辣辣的日头，将人群晒得低头耷脑汗津津的，这会儿大家都抬起头来，像是不明白怎么一回事情。波动的人群像卷过的一道热浪，每动一下，浑身就冒出一些汗来，并把一种不耐烦的情绪传导过来。而那个家伙还在人群当中不动声色地绕来绕去穿梭着，他跟得有些磕磕绊绊，仿佛是头上的太阳在挡着路，炽热的空气中划根火柴就能点燃，他锃亮的皮鞋在发烫的水泥地面上"踏踏"地艰涩地移动着。这个家伙准是看准了这一点，才跟他在躁热的人群里玩儿起了猫捉老鼠的游戏。

在干干的阳光地带，一列客车机车头正无声地开进站来。两根闪亮的铁轨反射着太阳光，像利剑一样刺目。在那列客车快要进站时，这个贼突然抽身从第一站台穿过铁道跑到了第二站台上，对面正有一列货车通过，他显然瞅准了这个脱身的机会，在最后一节货车厢通过时，贼一个闪身上了车身上的梯镫，他顾不得多想了，喊了一声："站住，再不站住我就开枪啦！"手下意识地掏出枪套里的枪朝天举了起来，"啪！"枪声一响，站台上的人"妈呀！"闪倒了一大片，等车人尖叫着大乱了起来。

而他已跑下铁轨去，再看那个贼，一哆嗦从车皮上跌了下来，四仰八叉摔倒在路基上，他一个箭步蹿上去，把那个哆嗦成一团脸色煞白的瘦子提了起来，气愤地吼道："跑，跑，我叫你再跑……""大哥饶命，饶命，我再也不敢啦！"

听到枪声，从那列货车前头的车头上跳下来的司机郭大胡子赶了过来，帮他把瘦子双手用上衣反缚住了。王文生牵着他穿过铁道向站台上走去，手里还提着那把开着扳机的手枪，站台上的人都惊魂未定躲闪着吃惊地看着他。

带进执勤室，刘家友得了信也从后头所里赶了过来。执勤室门口围满了人，他挤进去先从他手上拿下枪，替他把保险关掉，随后把那个人带回所里审问去了。王文生像不明白发生了什么事，呆坐在执勤室里喘了一会儿气，身上的汗已将后背的警服洇湿了。那个随后跟进来的女孩一个劲儿地用手绢擦着额头上的汗，嘴里在吸着气说："哎呀，吓死我啦，谢谢警察大哥，早知这样我就不……"

他做完笔录就叫她回去了。她又一次满面通红地向他道着谢："谢谢……"她已经领回那只好看的海蓝色钱夹，那里面只有二十块多一点的钱。

老蔡不知谁告诉的，得了信匆匆忙忙从家里特意骑车来了，了解完午后发生的事，心有余悸脸色阴沉地看了王文生一眼说："算你走运，站台上人那么多，撂倒一个，就不是他坐牢而是你坐牢了。"

"我以为枪打不响，开始我只想吓唬吓唬他，谁知一扣扳机它还真响了呢……"他脑子现在还有点儿没回过味来，有些后怕地说。

到了下午快下班时，刘家友又过前屋来了，他一进屋就阴沉着脸问了一句："当时你没问问那个失主是在哪里丢的钱？"

他一怔说："我问、问了……怎么啦？"

刘家友就说刚才审问了那个贼，他是在站台上偷的那个女大学生的钱。他顿时明白了，这个案子应该归铁路派出所管，怔怔地看看刘家友，又看看老蔡。刘家友说现在这个贼已叫铁路派出所带走了。他突然想起刚才在站台上怎么没看到铁路派出所的人呢。对班的应该是老白……刘家友瞪了他一眼走了。

傍晚，刘铁北来接班，他很吃惊这把五四式手枪居然还能打响。刘铁北说他当警察六七年了，还没真正使用过一回枪，在反扒队时总习惯于使手铐子。

他说："我也没想到碰了它一下就会响，我其实当时只是想吓唬吓唬他。"

王文生走出执勤室时轻轻松了一口气，现在想想他还真有点儿后怕。

走过闸口上时，他看见吕巧荔远远地看了他一眼，眼里暗暗地闪过一丝说不清楚的东西，下午那一幕她看到了。

晚上过食堂去吃饭，在那里碰上了老白，老白看见他稍稍有点儿不自然："谢谢小王，为我们破获一起缩窃案。"他没问他下午那会儿干什么去了。

过了两天，那女大学生给派出所送来了一面锦旗，上面绣着"机智勇敢行动果断的人民卫士"。锦旗挂在会议室里，刘指导员这才有了点儿好脸色。

36

刘指导员的女人生完孩子后，在站前广场上摆了个水果摊床。每天早上就推着一个板车拉着水果到广场上来卖。见到王文生、大李他们还从摊上拿起水果给他们吃。可王文生从来没有去吃她的水果，王文生知道她在这里卖水果不容易，有时还帮她推推车子。刘指导员总像是要避嫌似的说："这个婆娘，我叫她在家看着孩子，她就是不听，非要出来摆这水果摊。"

其实城里的什么东西都在涨价，凭刘指导员那点工资是很难养活一家三口的。刘家友是个孝子，每月还得从他的工资里拿出二十元来给乡下的爹娘寄去。牛春花摆上水果摊后，好的时候一天能挣十几块钱，这样一月下来，刨去成本和其他费用，有一百来块钱进项，比刘指导员的工资还高。

到了夏天，当地产的瓜果也下来了，张亚文进城来办事还像在警校时一样，给他捎来了香瓜。说是他自己家种的，王文生一边吃着香瓜一边想起了那个有着葡萄一样黑瞳仁的姑娘，问他妹妹还好吧。张亚文先是慌乱地看了他一眼，他装作什么也不知道的样子，那天吴兴天从他这里走时特意叮嘱过他不要当着张亚文的面提那件事。张亚文说他妹妹还好，瓜地和葡萄园子都是她侍弄的。

刘指导员和张亚文已经很熟悉了，一见到他就和他拉起了农村的家常话，并问起了乡下今年地里的旱涝情况。刘家友也很长时间没有回乡下去了。他常常惦记家里的地找人帮忙种得怎样了。

王文生听张亚文说："我们所的魏指导员要能像你们刘指导员一样就好了。"

那天张亚文走后，刘家友一边吃着王文生递给他的香瓜一边说："这是你同学家里自己种的?"王文生说是。"他想不想倒腾到城里来卖?"刘家友又问。这倒提醒了王文生，王文生说："等我跟他说说看。"王文生就想刘家友还是挺关心他老婆水果摊的。如果真倒到他老婆的摊上来卖，对张亚文家里也是一个帮助。

过了没多少日子，张亚文又来城里办事，王文生就把这事跟张亚文说了。张亚文听了犹豫地说："这事能行吗？挺麻烦的，不好吧?"王文生就说："有什么麻烦的，你家种瓜卖不卖？"张亚文说："卖。""往哪里卖？""都卖给县城里的瓜贩子了。"王文生说："这不是一回事吗？"张亚文想想也是，王文生就叫他和刘指导员去谈。刘指导员叫他把家里的香瓜直接通过市郊车发过来就行。

由于减少了中间瓜贩子的环节，再加上他家的瓜好，卖得很抢手。运来的几花筐瓜很快就卖完了，而且比卖给瓜贩子多挣了好多钱。当张亚文再一次进城来，王文生把钱交给张亚文时，张亚文还不好意思一下子卖了这么多钱，非要请请刘家友夫妻俩不可。刘家友说请客就不必了，等上秋再把他家的葡萄也倒腾给他女人卖就行了。张亚文更是感激得不知说什么才好，说他代表他们全家谢谢刘大哥和大嫂了！并给他们夫妇深深地鞠了一躬。刘家友的女人就摆手说她也是挣他家里瓜好的钱了，又说他有个这么能干的妹妹真是好福气。

农村人就是实诚。王文生见张亚文听了，嘴里自言自语地说，这么干下去，再干两年就能攒够他妹妹的嫁妆钱了。

王文生听了说："你还没娶媳妇，怎么让你妹妹出嫁。"

张亚文说："等俺妹妹出嫁了，俺再找媳妇。"

"为什么？"王文生又问。

他嗫嚅地说："我上警校时我妹妹就是因为供我才辍的学。"

王文生想起吴兴天告诉他的事情，觉得张亚文这样讲有意在掩饰什么，他也不好再说破。再说在农村，妹妹先出嫁哥哥后成家也是常有的事。

刘家友的女人说："什么时候把你家大妹子领到城里来让我见见。"

张亚文听了赶紧说"她没出过门……"，就脸又稍稍红了一下。

当晚送张亚文走时，在站台上碰见了老白。那天在站台上帮刘家友女人搬瓜筐时，老白看见了就说："哟，怎么倒腾起瓜来了。"王文生说是帮他一个农村同学家里往城里卖瓜的，他这个同学家里挺困难。说着从筐里掏了一个瓜给老白吃了。老白一边吃瓜，一边还对他的话将将信疑，嘴里说："现在的人都变着法发财呀。"王文生听了好像他在说自己，脸腾地红了。现在见了老白，王文生就领着张亚文走过去，说前几天运来的瓜就是他这个同学家里产的，他家的瓜是不是挺甜的。老白嘴里就"哦哦"，脸上有些不自然地点了点头。

他以前听老白讲过，他这一辈子最引以自豪的是这么一件事情，一九六〇年挨饿那时，站上通过一列货车，车上拉的是苹果。老白担任警戒，列车通过去后，他从路轨中间捡到一只苹果，当时是晚上，天很黑，老白已经两三天没吃东西了，当时站在站台上警戒时，眼睛就饿得发花。如果老白把这个苹果吃进肚里或揣进兜里，是没人会看见的。老白没有这么做，他摇摇晃晃把这只苹果拿到了值班室去，第二天报告给了站长，站长又打电话报告给了前方火车站，一站一站电话要下去，追踪着那列拉苹果货车的去向。两三天过去了，老白守着那只苹果饿晕了过去。站长到附近牧民家里给老白找了一丁点儿掺水羊奶喂进嘴里，老白这才醒了过来。有人把老白比喻成是攻打锦州城不动老百姓院子里苹果的解放军战士，也有人把老白比喻成《列宁在1918》里的瓦西里。

老白说他再有八个月就退休了，说他对现在有些事情越来越看不懂了，比如说越来越多进城来做生意的小贩，比如说越来越多的票贩子，连车票都可以做交易吗……这是什么事呢？

当然老白说这话除了有种吃不着葡萄说葡萄酸的味道，也是有所指的。那就是对温金山整天在站台上被人前呼后拥的，他是越来越看不惯了。

吕巧美的衣着越来越亮丽了，并且最先脖子上戴起了黄金项链。温计划员调度室的门口每天都堆满了人，像一群叮着一块肥肉的苍蝇，轰都轰不走，考虑到站内秩序，老白在班上时去轰过几次，遭了几次白眼后，老白也懒得去管了。

申警长对这一切似乎置若罔闻，自从上回他在小酒馆里和王文生说过那些话之后，王文生好像有点儿理解他了。他还是那样沉默寡言，目光冷淡地打量着站台上变得越来越热闹缤纷的一切。这一切似乎与他并没有多大关系。

有人找过他，临时买不到 40 次车票，让他跟那个当班的女车长说说，帮忙给解决一张卧铺票。还有人托他从北京捎点儿东西。但都被他冷冷地拒绝了。就连 40 次车的毕乘警都看出来他和女车长习英的关系，每次车到站都颠儿颠儿地跑下来问他有没有什么事。

习车长除给他捎过一两回北京糖果外，还给申警长捎回了两件礼物，一把剃须刀和一条只有在北京友谊商店才能买到的万宝路香烟，但都被申杰明谢绝了。车开动时，习车长娉娉婷婷走上车的身影有些失意。

"你傻呀，别人想巴结还巴结不上呢。"刘铁北看到了这样说他。

而申杰明依然故我，对家里提的这门亲事并没有多大热情。

37

林恒还在惦记着春天发生在天桥下的那起强奸案，因为夏日里又有一个夜里下车的女旅客，在走到天桥上时被人猥亵了。下车的旅客跑到派出所来报案，这就让他想起春天那起强奸案来，好在并没有遭到袭击，还构不成大案。至于是不是同一个人所为，他还不能确定。

林恒常常晚上扮成下车的旅客出没在天桥附近，这些日子他又住在所里宿舍了。王文生晚上不值夜班时也着便衣同他一起转悠去。

燥热的夏日午后，倒是躲在不是阳面的黄房子那间宿舍睡午觉的好时候，王文生倒了夜班回来，觉好像又睡不够了，上午照例去图书馆，中午赶回来补这午觉，闷热的屋子里得敞着窗子，两顶蚊帐高高吊起，除了窗外广场上传来一两声卖冰棍的吆喝声外，连躲在杨树荫里的知了都懒得叫唤了。

在接傍晚那趟市郊车时，常常能看到一位留着长长头发的中年男人匆匆跑进站台来，登上车门。他总是在开车前五分钟来到车站。手里还拎着一个黑皮包。一般他是骑着一辆破自行车来到车站，把车子锁在天桥下，然后进站上车。次日早从这趟车上下来时，再出站去天桥底下取车蹬车离去。他总是显得匆匆忙忙，不过神情却异常亢奋，有时在等车的时候手指还不由得随着站台广播里播出的欢快乐曲声，轻轻击点着，一副旁若无人的痴迷模样。王文生留意过他，他是搞艺术的，老白认识他。听老白说他先前是邻县城安达一所中学的音乐教师，几年前调到庆城来，在铁西区文化馆做钢琴辅导老师。他家还没有搬到庆城来，通常是晚上坐那趟市郊车回去，早上再坐那趟市郊车来。

一天傍晚他来站上晚了，开车的铃声已打过，闸口上的门已经关上了，他同那个女检票员脸红脖子粗地争吵了起来。王文生走过去给他讲情放进站台了，就这么他们认识了。当他得知他在报上发表过小说时，他就这样问过他："你想没想过以后干点儿别的？"

他摇摇头。

"警察不可能干一辈子的。"他眼里毫不掩饰地流露出鄙视。

他点点头承认他说得对。可他的确没想过哪一天会离开警察这个岗位。

王艺说有时间你到文化馆去看看。

王文生说："好吧……你们文化馆有图书室吧。"

王文生休息时就去了。他在铁西一条坑坑洼洼的马路上打听了几个人，才找到了挤在区政府大院后面角落里的那一幢破红砖房，房前还被几株病病歪歪的杨树遮挡着，斑斑驳驳的树身爬着一些蠕动的毛毛虫。走进低矮阴暗的走廊里，从把头的里间屋里传出来琴声和歌声……走廊尽头堆着一些杂物，地上还放着一个熏黑的煤油炉子，一股柴油味儿夹杂着颜料调色味直冲他的鼻孔。他刚刚适应了走廊里的光线，对着一间敞着门缝的屋子探了一下头，里边就吼出一声："你找谁？""我、我找王艺副馆长……"他说。"往里走！"那个人影面壁思过地在揪着自己的头发，背对着门坐着，桌上摆着一瓶红墨水和一叠稿纸。他走进一间敞着门涂抹着花花绿绿颜料的房间，里边的一男一女，各自对着一个画

184

板在发呆地看，那女的很性感，鼓鼓的乳房撑着长衬衫，衬衫上蹭着各种颜料，看不清这件衬衫原来是什么颜色的了。这回他没有伸头，一直走到里间去。王艺正背对着门坐在一架黑色钢琴前，头随着手上的钢琴键在摆动，他的背头长发飘逸地甩下来又甩上去。一个纤纤细腰梳着马尾辫的女子引吭高歌。王文生就站在门口听了一会儿，直到一曲终了，王艺才看见他，说："你来了。"又对那女子说："他是业余作家。"纤纤细腰的女子看了他一眼。王文生有些脸红，说他只是路过，来看看。

王艺说："我带你到文学辅导部看看。"王艺就领他出来，又走进刚才进来时正对着走廊门口的那屋，王艺给他介绍屋里那个有点儿发怔的人，说："这是诗人明月，听说过吗?"王文生好像在报刊上看过他发表的诗。王艺又介绍说他发过小说。诗人挑了一下眼皮，就不正眼看他们了。他稿纸本上的字都是用红墨水写出来的，看上去像滴到上面去的血。出来，王艺说："搞创作的人都这样，是疯子，你别介意。"王文生问他侧脸耳根腮部的伤疤咋回事。王艺说："喝酒，喝醉了自己用啤酒瓶子底部划的。"王文生想那道伤疤倒真像个小月牙。

日子过了没多久，一天在天桥上有一个夜行的女子报案，有人尾随着她，在说到体貌特征时，说那人右边脸上耳旁有一月牙形伤疤。王文生立刻就想起那天去文化馆见过的那个叫明月的诗人来，叫那女子暗中辨认，果然是他。

带到分局后，又查出以前那起猥亵一漂亮女子的案子。但对于春天那起强奸案，找来被害人暗中辨认，却不是他干的。王文生在暗室后面也跟着轻轻松了一口气。只是因为都是酒后，只判了他劳动教养两年。据说明月在里边还理直气壮地说，爱美之心人皆有之，判他劳动教养两年，他倒仰天一笑，说他本是泥土之人，倒希望锻炼一下筋骨，久居在城中居室里已经四体不勤，五谷不分了。原来明月是一乡村诗人，被王艺副馆长发现调来。好久没写出带着泥土芳香的麦芒诗作了。

王文生听说后倒觉明月挺有性格。

只是王艺见到他，有些惋惜地说："这都是酒后无德呀，酒后无

185

德呀。"

隔了几日，又在站台上碰到王艺副馆长，王艺副馆长手梳理着飘洒的长发，嘴里哼哼着一首新创作完成的歌曲，面色亢奋，是为这座城市刚刚创作完的市歌，歌名叫《萨尔图，月亮升起的地方》，歌词正是明月创作的。

"那他出来你还要他吗？"

"要，怎么不要？搞文艺创作的，谁还没有点儿这档子事？"王艺说，"我只是奇怪，我们馆里有不少年轻貌美的女子，给他介绍他都不要，为什么要上马路去跟踪人家。"

王文生这才知道明月已经三十五岁，一直没成家，别人一给他介绍对象他就说俗，都避而不见。别人问他要啥样的，他说要嫦娥。说得别人一愣一愣的，看别人发愣的工夫，他仰天哈哈大笑而去，弄得介绍人以后再也不给他介绍对象了。

王文生去分局里刑警队查过明月案的卷宗，发案的两个晚上，日期按农历推算都是十五，王文生就怔住了。

"莫非他真想当李白？"他自言自语地说了一句。

"你说什么？"丁陶洁问了一句。

"你说真正的罪犯作案是不是都选择月黑风高的夜晚？"

"是呀……这符合作案人的心理特征呀。"

"那他就不是真正意义上的罪犯。"

"你说谁？"丁陶洁有点儿被他搞蒙了，愣愣地瞅着他。

他没有回答。他开始怀疑这个明月的悲剧是不是自己造成的。

他想去看守所看看明月，可是看守所的人说他判完劳动教养就转到劳教所去执行了。他住的那间监号的墙壁上还留下他刻的两句诗：明月几时有，把酒问青天。

王文生在那一刻似乎读懂了明月。他真是一个谜。

38

过了一段时间，王艺在站台上见着王文生还跟他说："你调到我们文化馆去吧。"王文生就说："警察我还没干够。"

吕巧荔这段日子在站台上看到那个长头发艺术家和王文生在一起，就说："这么好的机会你要不抓住，你可就是傻瓜了。"

王文生仰头看看头上火辣辣的太阳说："是吗?"

"你这样的破警察多的是，可作家却是凤毛麟角的。"听她嘴里说出这词，让他吃一惊，近墨者黑这话他信了。

刘铁北在站台上看到了说："我看你要不当警察了，她没准现在就会嫁给你的。"王文生的脸又腾地红了。

吕巧美还把自己打扮得像模特一样在站台上走来走去，她穿得越来越少了，不过她穿什么在王文生看来都和光着身子一样。她的身子被王文生看过了，那炫目的一幕，至今想起来还叫他脸红心跳。

而再看到温金山时就有一种厌恶感。有两回刘铁北叫上他和温金山一起去喝酒，都被他冷冷地拒绝了。

这个家伙人前还装得道貌岸然，见着吕巧美还做出一种冷淡的表情。

王文生有点儿可怜那个大胡子司机，他一休班回来还一如既往地把自己喝醉，这一切他还蒙在鼓里。

有两回他醉倒在铁轨路基下，还是申警长把他送回去的。有一回在送他回去的路上，趁天黑没人时，申警长很严厉地对他说："你要好好和你的女人过日子，而不是和酒瓶子。"

他摇摇晃晃翻着白眼说："女人，这个臭娘儿们，她从来不叫我上她的床。哦，对啦，我听说她从前是你的对象，哈哈。"看来他真的是喝醉了。

送到他家时，那女人走了出来，倚在门框上，瞧着他。

"他喝醉了，躺在那边的铁轨路基下。"

"哟，人民警察在做好事呢。"她讥讽的眼神让他不敢看她。

他脸不由自主地红了，他听出了她的挖苦。

"不管怎样，他救过你的命，你们应当好好过日子。"

"是吗，这我还得感谢你……"

她依旧倚在门上，目光犀利地直视着他。

站台上出现了一些流言蜚语……

王文生深深同情申杰明。看到站台上那个郁郁寡欢的身影，他很想帮他点儿什么忙。他知道这都是由于那个女人的流言蜚语引起的，可是现在连他和她妹妹在一起她都阻止，他又能为他做些什么呢？

他只能跟刘铁北这样说："如果他真是你的朋友，就叫他规矩点儿。"

"你在说什么呢？我听不懂……"刘铁北被他说得莫名其妙。他当然不能把那天晚上看到的事告诉他。

郭大胡子终于开上了内燃机车头，这天早上他脸上刮得泛着青光，穿着一身干净的工作服来到了站台上。一脸兴奋地向见到的每一个人打招呼："喂，看到了吗，我也开上内燃机机车了。"看到老刘头还蹲在东方红号的下边，他走了过去："喂，老刘头，你还守着这堆废铁干什么？它早该进博物馆了。"老刘头转过头来厌恶地看了他一眼，没有说话。郭大胡子跳上机车头，先拉响两声汽笛：呜——呜——然后又非常神气地把头探出窗外，右手举过头向站台上的人挥了挥手，崭新的内燃机车头就徐徐地开出站台。

新鲜的阳光跳荡在车身上，折射出无数道亮晶晶的光线来。

调度室窗上一双目光看到了，默默地注视了一会儿，就移开了……

过了一会儿，吕巧美进来拿车票，她带进来一股撩人的香气，她一进来手里就摇着一块香手帕，口里说："热死啦，闷死人啦。"热辣辣的目光像小兔一样在屋子里撞来撞去。那个低头在忙碌的人装作没看见，不过在把票拿给她时，他捏了一下她那双白嫩小巧的手。"你这只小母豹子，等不及了吗……""有人进来了，你中午还去食堂吃饭吗？""不一定……"他重新看起桌上那张报货单。

果然外面走进来几个办事的老客，吕巧美走了出去。

中午下班，温金山没有去食堂吃饭，他径直朝家属区里走去。走在路上，他的手不时地摸摸衣兜，他的衣兜里揣着一枚金戒指，那是上午一个南方老客偷偷塞给他的，那个南方老客给他塞进衣兜里时还很小心地贴着他耳根说，是给弟妹的，不知合不合适，如果不合适可以拿到金店里去换，并把发票一并也给他揣进了兜里。

"弟妹好漂亮吧？"

他没有做解释。从这些南方佬嘴里听出南方很开放，一个男人有个把情人是很正常的事。一想起这个老客说的话，他嘴角浮上了几分得意。

吕巧美的家门虚掩着。他推开后看见吕巧美刚刚冲过澡，绺着湿漉漉的头发，穿着一条薄纱长裙，手里拿着一块冰镇的西瓜在吃。他没等她转过身来就一把从后面抱住了她，手触到她暄乎乎的乳房上，弄得她惊叫了一声："哎——你这个偷腥的馋猫，你还没吃饭吧，等一下，我给你弄点儿吃的来……"

可是他已等不及了，他不由分说就把她拦腰抱起来，抱到里屋的床上去，他三下五除二地扯去自己的衣服，拉上了窗帘，床就剧烈地颤动了起来……"轻点儿，轻点儿……我的宝贝……"吕巧美在身下叫着，她紧紧地抱着他的上身，不一会儿两个人就大汗淋漓了，可是他还没有停下来的意思。"哎呀，我的老天爷……你真是我的心肝哟！"

之后，屋子里像死一样安静，只有墙上的石英钟在嚓嚓地走着，时针已指向了一点。

"我得走了。"过了一会儿听他说。

"你等一下，我去给你拿点儿吃的。"她起身从床上坐起来，穿着睡衣下了地，很快就从厨房端上来牛奶、面包和一碟切好的哈尔滨红肠。

他穿好衣服，吃了一块面包和两片红肠，走时从衣兜里掏出手绢包着的那枚戒指来，放到床头柜上。

"这是什么？"

"戒指，如果戴着不合适，你就拿到那家发票上写着的金店去给重新打磨一下，发票上有那家金店的地址。"

他走了，她倚在门口目送着他，这个男人总是会带给她意外的惊喜。

39

王文生这天下午交了班，回到后边的宿舍里，看见林恒正独自坐在宿舍里吸烟，屋里烟雾腾腾的，烟灰缸里堆满了烟屁股。

林恒看见他走进来，脸色凝重地从烟雾中抬起头来，说了一句："文生，你说生活中是不是都充满了卡列宁式的悲剧呢？"

王文生一愣，有点儿丈二和尚摸不着头脑。不知道他是不是听说了站上那个司机郭大胡子家的事，还是指别的。

林恒就挥挥手驱散了烟雾说："算啦，算啦，跟你说这些你也不懂。你还是个小生荒子……"就起身走了出去。

王文生更有点儿发蒙。

过了一会儿，王文生找他过食堂去吃饭。走到走廊里，见他办公室门敞着，人却没在屋里，正犹豫间，忽听内勤办公室传来一阵说话声，孙雪云还没有下班走。低低的说话声中夹杂着孙雪云的哭泣声，他又一愣。

"你还是回去吧，时间不早了。"这是林恒劝慰的话语声。

"我不想回去，那个家里让我觉得发冷……他已经有一个月不同我说话了。"

"他毕竟是你的丈夫，想想当初他也是极力追求过你的，再说你也该为孩子想一想。"

"他是个十足的伪君子，自从他当上文教科长，在人前他很会做，可是回到家里对我很冷漠，再也不是当初他追求我的时候了，我恨他的虚伪。"

王文生觉得不好再站在这里听下去，就独自去了食堂。

夜里躺在床上的时候，王文生还在想，当初他们两个人毕业离开警校的时候，为什么不能走到一起呢？

其实王文生想到的问题也正是孙雪云近来常常想到的问题。他们毕业后为什么没有再走到一起，难道是为了信守交给校长杨子善的那一纸保证书吗？她知道林恒是一个说到做到的人，为了不被开除，为了能干上警察这个职业，他答应了杨子善的事就一定能够做到底。她清楚地记得分手那天，林恒把她叫到校门外，脸上的肌肉痉挛着，眼里充满了血丝对她说："我们分手吧，就为了能当上警察，为了我们当初来学校时宣誓过的誓言。"她流着泪跑开了……过后那一夜她听一个同学说，林恒在军体训练室打了一夜的沙袋，把两只拳头打得血肉模糊，休息了一周才上课。毕业时他们倒都分到了中区分局，她起先也分到刑警队干了一段内警，林恒留在了分局刑警队。刚一听到这个消息时，她心里还有一丝兴奋和企盼，毕竟还能够时常见面。可是她很快就发现，她的想法错了，他在有意疏远她。在食堂吃饭、开会碰在一起时，她从他的目光中发现了令她陌生的坚硬东西，他倒变得很像一个刑警了，冷漠的脸上常常挂着一种无法捉摸的沉默。

很快他就先她结了婚，这就叫她彻底死了心。正好在这时有人给她介绍了一位区文教科里的科员，她也结婚了，结婚后她主动提出调到下边派出所干。虽然都在一个分局，但他们并不常见面，再加上刑警队的工作没黑天没白天的，有时去分局办事也难得碰到他。时间一长，她对他的这种感觉也渐渐淡了下来。

新婚之初，应该说她丈夫对她很好，那会儿她丈夫还没有向上爬的野心，还一心一意爱着她，爱着这个令人羡慕的三口之家。是不是男人最终都会以事业为重？她有时也常常这样问自己。而男人一旦获得事业上的成功，家庭的重心就会偏移。不光是她的科长丈夫，还有林恒也叫她产生过这样的疑问。

林恒调到派出所来，听说他离了婚。她心里曾荡起过一丝难以言说的滋味。她曾经在刚见到他时问过他："为什么离婚？"

他冷漠地说了一句："也许一个刑警压根就不该有家庭……"

工作和生活的双重失意让他比以前沉默寡言了许多，这更引起了她对他默默的关注。好在他们又变成了同事。家庭遇到不顺心的时候，她很想找他聊聊……比如昨天晚上，像这样的隐私只能跟他说。

"怎么，你怀疑他有外遇？不会的。"他听了她的述说，摇着头安慰她。

"可是他现在每天回来得都很晚，而且有时还把自己喝得醉醺醺的。"

"他是一个文教科长，这样的应酬自然是少不了的。"他对她说。

"可是我听别人说他和他们科里一个女科员来往很密切……"

"算啦，你听谁说的？像他这种人是不会拿自己科长位置开玩笑的。他还要往上爬……你是不是由上回的案子想多了才这样去想？你不是这样的人。"

"唉，有时候我倒真希望他有点儿外遇。"她嘴里默默地说了一句。

他听了这话有点儿吃惊地看着她，而她则默默地转开了头。

这样同他说一说心里就痛快多了。那天，她在他送她回去的路上又问他："你和军军妈妈离婚好几年了，为什么还不找？"

"没工夫想这种事，再说我现在也是一个人自由惯了。"

"你总不能这样独身一辈子呀，用不用我帮帮你的忙？"说完这话，她脸上不太自然地故意笑了笑，心里掠过一丝连自己也说不太清楚的痛楚，好在夜色中看不清她脸上的表情。

温柔的夏夜里，一对对情侣从他们身旁走过。晚风吹拂着柳枝，带来片刻沁入肌肤的凉意，驱散了白天里烦人的闷热。这个时候在街上闲逛的大多都是年轻的情侣……

在警校里他们背地里是多么叫人羡慕的一对，那时学校还远没有现在这么开放，看一场《苦恼人的笑》里面男女接吻的镜头都会叫他们脸红。警校本来女生很少，学校的校规更是严格规定不许谈恋爱，违者开除。所以人人都不敢越雷池一步。不管怎样，她还是很怀念那段青春年少情窦初开的时光。看着从身边相依走过的少男少女，她也很想把胳膊插进他的臂弯里，她想起去年冬天到齐市调查那起案子时的情景，他俩一起这样手挽着手走在陌生的街头，虽然是喝醉了，但一丝美好的感觉还时不时地在她心里涌动。从巷子里走出来的一对男女甚至还回头看了他们一眼，他们一定把他俩当成散步的夫妻了。

"你到家了。"他在巷子口停下来脚步。

40

刘家友对自己的老婆还是满意的，在他们乡下的老家有一句老话叫丑妻近地家中宝，自己的女人虽不漂亮，却很能干。漂亮女人有什么用呢？林恒的女人他见过一次，比自己的女人漂亮，可最终不还是和他离婚了。如果这样的城里女人跟了自己，自己只会找罪受的。所以这段时间他怎么看自己的女人怎么喜欢。

当初刚进城来那个瘦瘦的戴着绿头巾面呈茶色的女人，如今已变得腰身圆鼓鼓的了，脸蛋红红的像八月里熟透的红苹果，露出健康的肤色。

她每天早晨都早起，四五点钟就从家里过来推水果车子。水果空车子夜里放在派出所院子里，水果箱子和水果筐就堆在走廊里。这个女人很能干，她一箱一箱把水果筐搬到院子里的三轮车上去，晨雾里她额头上渗着热乎乎的汗水。早晨的晨雾很大，隔几步就看不清人影。静静的院子里只有这个女人忙碌的身影在走动着。

王文生早上起来出外解手看到了，总要过来帮她搬。这女人就一副很难为情的感激："大兄弟，给俺自己来，你下夜班还没好好休息哩。"王文生没听她的，接着帮她搬完再回去睡觉。看着她躬下身子把三轮车子蹬到车站广场上去……三轮车子在空旷的晨雾中发出一阵"吱吱扭扭"的声响。

刘家友的女人总是第一个来到广场摆摊的，而这时别的水果小贩们还没出摊。到了晚上，刘家友的女人又是最后一个收摊。一天下来，刘家友的女人能卖上二三十块钱，这就让刘家友的脸上挂上了很满足的笑。他抽的烟也换了牌子，不再是始终如一两毛钱一盒的迎春烟了。

"刘家友，你老婆这么能干，比城里有工作的人挣得还多呢。"就有人见了这样去说他。

说这话的是铁路派出所的车所长。刘家友就赶紧掏出兜里的大前门烟递上去。

刘家友的女人在两家派出所的院子里出出进进是很扎眼的，再加上因为她是刘指导员的家属，车站上也不好意思收站场费，就招来一些人的忌妒。老白更是不客气，刘家友的女人见了他让他吃车上的水果，他就啪地掰开一个苹果吃起来，边吃还边说："你家老刘真有福气。"

刘家友见了在背后叨咕："真是铁小抠，就知道占人家便宜。"

孙雪云听见了说："人家不就是吃个苹果吗？谁叫你老婆这么能挣钱了？"刘家友就蹲在门口不吱声了。

孙雪云看大热的天，那个女人就在广场上晒着，就把自己的一把遮阳伞给那个女人送了过去，那女人推让了一下说声"谢谢"，才支在了车摊子上。

孙雪云下班回家，刘家友拿了个布兜非叫她装几个苹果回去，说是给孩子的。孙雪云说什么也没拿。

孙雪云先去幼儿园接女儿月月，接完月月出来，孙雪云对月月说："月月，想不想和军军一起玩儿？"

月月高兴地说："想，想和军军哥一起玩儿。"

孙雪云说："那我们一起去接军军好不好？"

"好，好。"月月拍起手跳了两步。

刚才从派出所出来时她想起来今天是二十号，是林恒接儿子回来和儿子在一起的日子。下午林恒过分局开会去了，她怕他回来晚了，就想把军军先接到自己家里去。

到了军军的幼儿园门口，远远看见林恒站在那里。林恒看见她们就说："你们怎么来了？"孙雪云说："我怕你开会回来晚了，就过来了。"林恒有点儿感激。

过了片刻，军军出来了，看到月月在门口很高兴。就跟爸爸说："爸爸，我们带月月和阿姨一起出去吃饭吧？"

林恒就瞅了一眼孙雪云："方便吗？"

孙雪云点点头："她爸爸晚上又有应酬，不回来吃了。"

"那月月想吃什么？"

不等月月说，军军就抢着说："我想吃火锅。"

"那就去吃火锅吧。"孙雪云说。

他们四个人就来到了铁西十字街路口拐角上一家火锅店里。给孩子要了饮料，林恒又问孙雪云："喝点儿啤酒吗？"孙雪云点点头，林恒就要老板上了四瓶冰镇啤酒。林恒以前在刑警队时常来这儿吃饭，老板认识。上啤酒过来时说了一句："林队真有福气，儿女双全哪。"他显然是把孙雪云当成了他爱人。林恒赶紧说一句："你胡说什么，这是我的同事。"老板就不好意思地讪笑着说了一句什么退了下去。

两个孩子又说又笑地吃起来，他俩默默地喝着啤酒。

天色不知不觉黑了下来，街上的路灯都亮了。

吃完饭先送孙雪云和月月回去，到了她家门口，看屋里灯还黑着，孙雪云说："到家里坐一会儿吧，她爸还得一会儿回来。"林恒想了想说："算啦，时候也不早啦，孩子也该睡觉了。"就走了。

林恒带军军回到自己的家里。给军军铺好被就哄他上床躺下了，他又在外屋收拾了一下，刚要上床躺下，就听门外隐隐传来敲门声。他披衣走出去。推开门一看，见门外站着的是孙雪云，不由得一愣："你怎么来了？"

孙雪云一下抱住他的胳膊嘤嘤哭了起来。

"发生了什么事？"他一惊。

"他被我堵着了……"

林恒一听就明白了，为了不惊醒大屋睡着的孩子，他就跟她走到院外去。

原来在送林恒他们走后，她把孩子哄睡，半天没见他回来，这两天她就觉得他瞅她眼神不对，她本不想去找，可一种直觉让她去找了。走到他楼上办公室，屋里黑着灯。她敲了两下门，听到里面一阵慌乱的声音，她就明白了。她压着怒气叫他打开门，不然她把门砸开。屋里的男人就沮丧地把门打开了，那个她见过一面的女科员衣衫不整地跪在她面前，求她不要把她抓到公安局去。她直觉得一阵恶心，对那个吓得哆哆嗦嗦的女人说了一句，她再也不想见到她……就冷冰冰地让她走出去，她男人也给她跪下了，求她饶恕。

此刻她在他的怀里嘤嘤哭泣个不停，他也很震惊，没想到那个文教科长真会做出这种事来。等她哭够了，他问了她一句："你打算怎么办？"

"离婚！"

他想了想说："这事先不要让所里人知道。"

她停止了哭泣。黑暗中看不清她脸上露出的一种凝重表情。

恼人的夏夜，已黑得伸手不见五指了。

41

　　分局刑警队的王队长来到站前派出所，交给刘指导员一份通缉令，说是市公安局刚刚发出来的，市局第一看守所里的一名警察在下班回来的路上遭到了袭击，身上携带的一支五四式手枪被歹徒抢走了。枪号是6300071。市局要求严加对铁路车站和长途汽车站的布控，防止抢枪的犯罪分子把枪带出去作案。

　　王国田带人来到站上执勤室时，还对王文生说了这样一句话，这名被抢了枪的看守员还是他们这一届的警校生。王国田说时还眼神怪怪莫名其妙看了他一眼，王文生在脑子里努力地想这个人是谁。

　　后来他知道了这名被抢枪的看守员叫马瑞水，的确是他们这一届的，而且还是他们同班的。初听到他的名字时，王文生还隐隐生出一丝幸灾乐祸来。这个一脸粉刺的家伙，在警校时曾经捉弄过他和张亚文。他做值周生时，每次在操场上走正步他俩出了错，蔺教官都会在全班休息时叫他在一旁单兵教练他俩。而这家伙常用一根树枝指着他俩抬起的步幅，叫他俩练习单腿抬起的稳定性，大热的天，他俩坚持不住了，身体摇晃了，他也不下达一声休息的口令。有两次张亚文还晕倒在操场上……

　　这样的布控往往是大海捞针一样，如果犯罪分子不作案或不把枪支携带在身上，是很难查得到的。有的抢枪案查了几年也不能告破就是这个原因，人困马乏不说，到头来抽出的人力还耽误了其他案子的侦破，因此刑警队的人在车站上堵了两天就撤回去了，让派出所接着加强堵截。

　　刘家友还把通缉令给了铁路派出所一份。车所长如他所料阴阳怪气地说了一句："怎么好事找不到我们头上，这样的通缉令我们已收到一

197

大摞子了，没见有哪个罪犯是靠通缉令查出来的。"

由于有了那份通缉令，王文生在站台上执勤时对下车的旅客格外关注起来。下车的旅客纷纷往出口上涌，他就站在检票闸口上盯在那里。而老蔡对这一切都习以为常了。老蔡说如果真能让我们瞎猫碰上死耗子，那他早就不在这里干了。老蔡近段时间常常唉声叹气，本来刘家友曾为春天破获铁路家属区那个团伙盗窃案向上边给老蔡报过个人三等功的，可是上边说只是几起小治安案子没有批。老蔡的心思刘家友是知道的，老蔡是想在退休之前能提上副所长，在他们所里，老蔡年纪最大了，而且入党的时间也比较早，在部队时就入党了。老蔡跟王文生说过，警察这碗饭是不养老的，如果到了四十岁还干不上副所长，他就得考虑换换地方了，可一个警察换了别的地方又能干什么呢？老蔡一这样说，脸上的两道皱纹似乎更深了些。

"你们在找人吗？"在闸口上吕巧荔老是看见他站在身边，就一边检票一边问他。

"是的。"

他真担心某个旅客突然从兜里拔出枪来，可匆匆离去的旅客似乎并没有谁去留意站在身边的警察，只有头上的太阳烤得人焦急冒火。连那些企图逃票的盲流子也有些不耐烦："你们快点儿行不行，想晒死老子吗？"

他协助吕巧荔把两个逃票的家伙送进了补票室。

"做我们该干的。"老蔡看到了后说。

热得烫人的站台上油漆桶放在塑料编织袋里也散发出一股浓烈的油漆味儿。他不愿再干这种事了，好在他也是经历过大案的人。他的警校同学出差路过站台时还有人向他问起过去年冬天那个铁路工程师被杀案侦破的事。这让他的脊背挺直了些，他不想让他们看到他只是会开包检查没收油漆之类的警察。

站在闸口上看她检票也是一种享受，那只镀锌的白色票剪子在她白皙的手里灵巧地剪动着，咔嗒、咔嗒……她头也不抬剪得飞快，她尽力不朝他看，浆洗得白白净净的半截袖衬衫散发着一股好闻的香味。

"你应该调到文化馆去。"她飞快地看了他一眼又低下头去。看来那个王副馆长又向她说起了什么，这一阵子他没有看见他晚上坐那趟市郊车回家，听说他住在馆里忙着排练庆城建市二十周年的一场文艺演出。

天气这么热的时候，苍蝇也在候车室里多了起来。窗玻璃上、长椅子上、地上嗡嗡地乱飞着、乱落着。早上防疫站上那个女防疫员已背着喷药桶喷过不止一遍来苏尔了，到了下午苍蝇又落满了，穿白服的防疫员又背着药桶过来喷了。候车室里来苏尔味有些刺鼻，一些候车的旅客就蹲到外边的阴凉处，广场上到处是东一堆西一堆的旅客。每张脸孔都汗津津的，被日头照得通红。

到了晚上，凉快了下来，林所长穿着便衣蹲到前边的广场上来，刘指导员吃过晚饭也穿着一件白汗衫到闸口上来转悠。过了一会儿，老蔡也来了，老蔡当班，没车时他们就蹲在一起唠嗑，那边刘指导员的女人还在卖西瓜，刘指导员就走过去，挑了一个个儿大的西瓜抱过来，砸开了后拿给他们吃。

一直到广场上的人都散去了，林所长对刘家友说："你回去吧。"刘家友瞅瞅那边，就起身走过去，帮他老婆收拾收拾小摊一起回去了。

刘铁北不知从什么地方钻了出来，他嘴里有一股酒味儿。今晚不是他的班，不知和谁去什么地方喝酒了。

"你怎么还不回家？"林恒斜楞了他一眼。

"有点儿事，过来转转……"他捡起地上一块他们没吃了的西瓜啃起来。

检票口上出来了一些下车的旅客，熙熙攘攘地涌到广场上来。等这些人散去，看见有三个人从天桥那边朝他们这边走过来。

等走近了，抬起头来看清是刑警队的王队长、小梁子还有丁陶洁。三个人都穿着便衣，冷不丁看到丁陶洁和他们两个人在一起还叫王文生觉得有些意外，他站起来和丁陶洁打了个招呼。梁士达看了他一眼。

"噢，林所长还没休息呢？"王国田睃过来一眼。

"你们不是也还没有休息吗？"林恒回了一句，并没有站起来。

"今晚队里有行动，过来转转。"

说话工夫，梁士达和丁陶洁走进候车室去了。转了一圈又出来了，看见梁士达和丁陶洁装作情侣一样走在一起的身影，王文生心里有些忌妒。

王国田打了个哈欠，伸了个懒腰，说："时候不早了，我们回去了……要不我们一起去吃点儿夜宵？"

这回没等林恒吱声，刘铁北站起来笑眯着眼说："不好意思，我们吃过了。"

王国田尴尬地顿了顿，说："那好吧。"三人就从夜色中走去了。

幸亏刚才刘家友离开了，要不这顿夜宵就叫王国田熊上了。

"你说要是我是那个抢枪的罪犯，我会在这种时候出走吗？纯粹是扯犊子……"老蔡不知在骂谁。他这一阵家里事闹得不顺心。

"想想也是，王国田这家伙也是叫案子压的，他当上刑警队长后，破过几个像样的案子？还老是牛哄哄的，我最看不惯他这个劲了。要是林所你当这个刑警队长……"刘铁北跟着起哄。

"行了，你住嘴。回去睡觉。"林恒打断他，站起身走了。

"我真的怀念和林队一起在刑警队打现行搞案子的日子啊……几天几夜不合眼是常有的事……"刘铁北这样跟王文生说了一句。

夜幕中吹过一丝凉风，贴着汗津津的皮肤，让人觉得十分凉快。

42

刚立秋，白天在站台上还十分燥热。由于前段时间那起失枪案搅的，所里加强了站台上的执勤，一下了夜班觉好像又睡不够了。这天午后，王文生刚刚在帐篷里昏昏沉沉睡着，就听一个人脚步急匆匆地从敞着的门口走进来。

张亚文这日午后的到来是王文生没有想到的。上次来还是来取卖瓜的钱，刘家友叫他秋天把家里的葡萄摘下来时再给他老婆发几筐葡萄来，可是现在还没发来。他以为他来是为发葡萄的事来，哪知他进屋，脸上流着的汗水还不顾擦一下，就冲蚊帐里边喊道："王文生，王文生！"

王文生一个骨碌爬起来，怔怔地看着他。

"吴、吴兴天出事啦——"

"啊——你说什么？"王文生大吃一惊，困意顿时惊得无影无踪。

"他开枪伤人了，我刚刚下火车从我们乡里来，听说他现在押在市看守所里了。你快和我一起去看守所看看他！"张亚文结结巴巴地说。王文生一听他这样讲，赶紧起来手忙脚乱地穿警服。

"这是怎么回事？"王文生边穿警服边急急地问。

"……具体的情况我一下子也说不清楚，到了那儿你就知道了。"张亚文脸憋得通红，汗一个劲儿往下淌。他紧张时就是这个样子。

王文生穿好了警服，正好所里一台摩托还停在院子里，他同孙雪云说了一声，就发动着火，让张亚文坐进车斗里，风驰电掣向市第一看守所开去了。

这个看守所以前他送犯人也来过，可这回他不是送犯人而是来看犯人。但这里的犯人判刑之前一般是不允许外人探视的。到了那儿后，在门外停下摩托车，他俩就急急地往门口走，黑大门外岗亭前站着的那个执勤武警和岗亭里值班的看守所民警他以前来都见过，他向那个值班民警说明了来意，说来看看一个新关押进来的民警，是三肇分局的。值班的民警问了叫什么名字后，说是有这么个人，不过他显得有些为难："这……这个……没有上边的允许，我们也不好让你们进去……"王文生也知道看守所的规定，可现在他俩想马上见到吴兴天，就显得有点儿着急。

"他是我俩的警校同学，他还是特意从三肇赶过来的。"王文生指指张亚文，他那张红脸上还不断地往下流着汗珠子。

"可是我们这里有我们的规定……"这个门卫值班员犹豫地说，不肯通融。

正说着话，从黑铁大门的小门口走出来一个人，他走过门岗时站下了，"哟，我以为是谁呢，这不是两位老同学吗?"

王文生和张亚文一愣，回转过身去，看清了来人那张长满青春痘的面孔。他俩立刻认出这张面孔来，来人正是他们警校的同班同学马瑞水。王文生刚才不是没有想到他，而是不想找他，除了知道上回失枪的是他，还有他们几个在警校时就对他有些反感，这马瑞水自恃家是本地城里的，家里条件好，就瞧不起他们这些从山区、农村来的学生，而且在警校时谈论女人最多的就是这个家伙。

"你俩来看吴兴天?"

他俩点点头。

"听说你都当上派出所所长了。"马瑞水瞅着张亚文说。

张亚文忸怩地脸红了。

马瑞水走进岗亭里同那个人说了几句什么，出来跟他俩说："你俩跟我来吧。不过不能超过十分钟。"这已经叫他俩很意外了，赶紧跟着他从他刚才出来的那个小门走进去了。

大门紧闭的院子里一个人影也没有，只有四周铁丝网墙上岗亭子里武警的身影在走动。阳光照射的空荡荡院子里静悄悄的，犯人们还在午休。

走进看守区的平房里，马瑞水又在走廊把头儿的那间值班室同值班的看守员说了句什么，那个值班的看守员就拿了一串铁皮圆圈穿着的钥匙，面无表情地引着他们朝阴暗的走廊里头走去了。马瑞水却站在原地没动，说："你们进去吧。"王文生听了不知道这是他们这里的规定呢，还是他不想见吴兴天。阴暗潮湿的走廊里，散发着一股浓烈的焦煳皮肤汗气味儿，听到脚步声，从一个个狭小的号子铁门窗口上，闪闪烁烁地挤过一双双神色各异的眼睛，好奇、贪婪、惊恐、暗淡。

"哗啦"一声，那个看守员打开了228号监室的铁门，又面无表情地说了一句："你们只有十分钟时间。"铁门"咣当"一下在他们身后关上了，那个看守员就站在了露着小窗口的门后。

吴兴天显然没有想到这会儿会有人来看他，他们从看守员打开的小号门走进去的一瞬间，他一下子愣住了，怔怔地望着这两个走进来的警察。几个月没见，吴兴天瘦了许多，唇上的胡须也长出来了，脸黑黑的。

他的嘴张了张半天露出一丝微笑来，这微笑在王文生看来是僵硬的。很快他把他俩引向了里边床上坐着的那个人，那个身影是王文生熟悉的房所长，他俩警服衣领上的领章摘去了，剃着光头。

"这到底是怎么回事？"王文生刚张口问了一句，背后的张亚文就捅了捅他的腰，进来前马瑞水说过不要他们在这里问这件事，可他还是忍不住。

"唉……"房所长重重地叹了一口气，不知道是由于屋子里谈话不方便，还是别的什么原因，他并没有说下去。

"这不怪我们，我们只是正当执行公务……"吴兴天把目光朝窗外移去，他的眼圈有点儿微微发红。他们进来前他的目光一直朝窗外望着，瓦白瓦白的寂静的院子里一根电线杆子上落着几只麻雀，在叽叽喳喳叫着。

刚才沉默的蒸发着浓烈汗气的监号里，这会儿响起声音，号子里还有两个犯人："嘻嘻……多新鲜呀，进到这里就别说什么公务不公务的了，你是警察那是进来之前的事，进到这里就人人都一样了……"

这两个犯人，一个是瘦瘦的长得有点儿像瘦猴子的犯人，一个是一脸凶相的大脑袋光头犯人。刚才看两个警察进来，他俩还老老实实坐在床上，这会儿听出了他俩的关系，就插上一句嘴。他们丝毫不忌讳自己所犯的罪行，那个瘦子是个强奸犯，那个大头犯人是个杀人犯。大头犯人刚才坐在铺上捉虱子，嘴里嘟嘟囔囔地说："叫你喝老子的血，叫你喝老子的血。"一阵"噼噼啪啪"的响声，厚厚的黑色指甲沾了一层虱血。他的脚脖子上戴着一副很沉的铁脚镣子。

"文生，你要相信我，事情真是这样的……"

"别天真了，老弟，谁会相信你呢，你问问身上的虱子会不会相信。"又是那个大头犯人插了一句。

"嘻嘻。"那个窄脸瘦子又发出一声尖笑来。

王文生试图用目光制止他，可是他并没有理会。

"哗啦——哗啦——"大头犯人从他的床前拖拉着脚镣子趿拉着一双懒汉鞋走过来，走到门边马桶前，蹲下去"扑哧哧"一阵响，一股腥臊的臭味立刻弥漫开来，他有些示威地斜眼看着他们。

十分钟的时间到了。他们走出去，王文生对吴兴天说他还会再来看他的，他也相信上边会调查清楚的。又对那个房所长说，需要他们为他做什么吗？他摇了摇头说，他现在还不希望告诉家里他的妻子，他想等有了结果再告诉家里。他们知道他说的结果是什么，不过看得出他很悲观。他一直在唉声叹气。

冷不丁从里面出来，太阳有些刺目。

马瑞水站在看守区的门口上，见他俩走出来，迎过来："见着了吧，真是让人想不到呀……"

尽管他的眼神叫他们有点儿讨厌，他俩还是很客气地说声"谢谢"。

那股皮肤焦煳的气味好久好久没有从他俩的鼻孔底下消失，走在路上，王文生心情有些郁闷。张亚文也是一样，他的眼神有些发呆。

这天晚上，张亚文在王文生这里住下了，他打算明天一早坐那趟市郊车再回去。从他嘴里王文生知道了事情的全部过程。

43

对于那个偏僻的立志乡来讲，那是一个寂寞得有点儿烦躁的星期天下午。酷热难当，日头吊在头上，瓦白瓦白的，炫人眼目。

几个打牌的人头上顶着湿毛巾，汗珠子还是不断从他们光着膀子的前胸后背上渗出来。打着打着，有两个人为两块钱的赌资吵了起来，两人互不相让，别人只好停下了手里的牌，看着他俩吵。吵嚷声打破了刚才的寂静，也压过了公路下边地里蝈蝈的叫声。

争吵声在这样一个流着火的午后无疑给别人增添了一种烦躁，在帐篷里休息的民工也纷纷围拢过来。而众人的围聚又给他俩的争吵增添了兴致，使得这个中午变得绵长难耐起来。

吵嚷声终于吵醒了临时办公室帐篷里睡午觉的一个人，他趿拉着一双懒汉鞋走出来，睡眼惺忪。他走进人圈里，给正在争吵的两个人一人踢了一脚。

"吵什么吵，大热天的，让不让人睡个午觉？"

正争吵的两人突然被打断了，刚要回头去骂来人，但一看清是赵老二，就都噤了声，只好委屈地去看着他又看看众人。众人也被他骂散了。

"瞧瞧你俩这点儿出息，为个块儿八毛钱吵个没完，缺钱花了不会想想办法。"他往那边修好的一段公路上瞭了一眼，那边正有车绕上公路来。

两个正委屈的工人从他的眼神中明白过来什么，不再委屈了，特别是那个刚才打牌输钱的赵顺，更是积极地去找来一根粗棕麻绳，和另外两个人跑到那边的公路上去了。很快就在路中间拦起了路障。赵老二看到了说："不是脑袋被驴踢了吧，这就对了嘛。"就趿拉着一双懒汉鞋又走回帐篷里睡觉去了。

不一会儿，那边的公路上就截住了几辆车，他们连附近村子里的毛驴车也不放过。大车两块，小车一块，毛驴车五角，几个农民交了钱被放行通过了，走远了后嘴里骂骂咧咧地说："哪有这么收费的，这不是明抢吗？"

那个外地卡车司机显然是迷了路开到乡间这条刚修的公路上的，他想绕过去已经晚了，一伙人围住了大卡车，卡车司机想和他们理论，可是不由分说，人被从驾驶室里拽了下去……车窗玻璃都被打碎了，嘴巴被打肿了，衣服被扯破了，最后乖乖交了钱才放行……

慌慌张张的卡车司机找到乡派出所来的时候，房所长正在院子里洗衣服，这个星期天他没有回去，他老婆也没有来，原因并不是这个季节家里有什么活，而是上两周他老婆来说她有两个月没来例假了。房所长听后一阵惊喜，他心里还在想着但愿他老婆这回给他怀的是儿子，他就不叫他老婆往这里跑了。他回去什么也干不了，就留在所里了。事后他很后悔他这个星期天没有回去。

在乡里的胡助理到来之前，泥地院子里的阳光是宁静透明的，宁静中虽然有几分闷热，可是刚从老井里打出的井水还带着一丝森森的凉气。房所长很愿意在这样的午后用凉水洗衣服，冰凉的井水倒在白铁皮洗衣盆里，胳膊插进去，顿时有一股凉意顺着胳膊走上全身来，让他全身都感觉凉快多了。在洗衣服之前，他还把头插进了冷水洗衣盆里，像鸭子似的"扑噜、扑噜"摇着头，嘴里说："凉快，好凉快！"然后拔出头来，头发也不去擦，等着水珠慢慢叫日头吸干，这个时候，他就差不多洗出一盆衣服来。

吴兴天挑着两桶水从老井沿上走下来，胡助理就跟上了。老井在屯子西头，胡助理要到派出所去必先路过这个冒着阴阴凉气的老井，井沿的石板上还长着湿漉漉的青苔。一颗滚烫的太阳掉到井水里去，让辘轳把慢慢摇到水桶里来……吴兴天一路挑着水桶里晃动的日头，一路在听胡助理的述说，胡助理说他家的门都被各村来的人堵住了，说有人在刚修的公路上拦他们家里的毛驴车、马车、小四轮子车……每辆车都被收去了钱。吴兴天走进院子把扁担从肩上放下时，正好看见那个流着鼻血的卡车司机也站在院子里，他鼻子里飘出的鲜红鼻血，让人一下子感到这个下午的阳光是多么白亮、多么耀眼、多么让人眼晕。仿佛太阳也在村子里滴血了。

"这不是胡子吗？俺走南闯北这么多年，还没见到这样的，这跟明抢有什么区别?"这个外地司机抹了一把鼻血说。

他的到来让胡助理停止了诉说,他也怔怔地看着来人。吴兴天放下水桶后,用水瓢舀了一瓢拔凉的井水,给他冲净脸上的鼻血,又进屋找来一块干净的棉花给他鼻孔塞上了。

吴兴天说:"我去看看。"

房所长光着膀子张着两只刚从洗衣盆里拔出来的手,那手臂上还沾满了像雪花一样的肥皂泡,他想了想说:"那好吧,你把我的家伙什带上。"吴兴天听了转身进屋从柜子里把所长那把五四式手枪拿上了。吴兴天带上这把枪时并没有想到会真的用上它,吴兴天只不过把带上枪看成是一种身份的证明。他没有穿警服,他的警服还泡在所长的白铁皮洗衣盆里,美丽的肥皂泡沾满了房所长的两只手,在干热的阳光下轻盈透明。那一刻房所长有点儿担心。

摇摇晃晃的卡车拉着他和胡助理向村外的公路边开去,不知谁通的风报的信,那伙人已撤去了拦在公路上的绳子,正手持镐把、木棍站在路基下,充满敌意地望着又开回来的这辆大卡车,一些人的手里还悄悄攥上石块。卡车在距离那伙人五十米远的地方停下了。吴兴天对胡助理说:"你们留在车上,我下去看看。"

吴兴天跳下车去。胡助理从车窗看到那伙人手持着家什朝卡车前黑压压围了过来,为首的正是赵老二。显然这个外地司机领着警察到来叫他恼怒了。还有人不断从帐篷里跑出来,手里也操着家伙。公路上的人越聚越多,驾驶室里那个卡车司机浑身筛糠。胡助理也有些忐忑不安地从车窗里望着前面。

"我是警察,把刚才你们打人的人交出来。"吴兴天站住冲过来的人群说。

没有人听他的,那伙人继续朝前边走来。

"站在那里别动,放下手里的家伙,不许胡来。"

"又是你,我劝你别多管闲事,赶紧走开。"赵老二在前面压低声音说了一句,阴沉着脸,阳光晃在这张脸上,晃出一种狰狞的亮光来。

"站住，再不站在那里我就开枪了！"吴兴天又喊了一句。

在前头的有几个人见他掏出枪来似乎犹豫了一下站住了，他们的目光定定地望着他，白炽炽的阳光隔在中间晃人眼，干燥的空气凝固住了，似乎划根火柴就能点燃。头上的日头歹毒地流泻着邪火。

"上啊，兄弟们，再给那个小子一点儿教训，警察是不会把咱们咋样的。"

"啪！"吴兴天朝天上开了一枪，不知谁喊了一声："上啊，下了他的枪，打他个狗娘养的。"这群人一时间挥舞着镐把、木棍包抄着从路基边围了过来。

"啪！"

吴兴天瞅准冲在前边的那个家伙脚前的路面开了一枪。"啊呀！我操你……"那家伙"妈"字没骂出来，捂着肚子滚倒在路沟里，这时人群才轰的一声散开了。

这工夫房所长慌慌张张骑着一辆破自行车赶到了。他们跑到前边去，把那个躺在路基下呻吟的人翻过来，这才看清被击中的人是赵老二。

当晚他们叫上两名工人先把受伤的赵老二用卡车送到三肇县医院去。在医院做 X 光检查时，发现这颗子弹击中了他的腰，穿过了他的肾脏。

这样的结果是房所长和吴兴天都没料到的。

就在吴兴天和房所长连夜返回立志乡对这起案件做进一步调查取证时，没想到第二天县检察院的车早早地开到了乡里在等着他俩，检察院的来人向他俩出示了逮捕证，他俩因涉嫌防卫过当和滥用、私借枪支罪被逮捕了。

不过一大早，在检察院的吉普车拉着吴兴天和房所长离开乡派出所时，院子里挤满了闻讯赶来的附近好几个村子里的人，胡助理也挤在人群里，他们拦着车不让把人带走。县检察院的人叫房所长喊话，房所长就看了胡助理一眼，说："叫乡亲们让开吧。"胡助理眼里噙着泪说：

"乡亲们，咱们先给他们让开道，老天爷会长眼的，吴警察会得到好报的……"

挤在院子里的人这才勉强让开一条道来，在吉普车开出去时，还有人纷纷追着吉普车往车后身上扔过来一些土块，吉普车逃也似的离开了乡里……

44

次日早，张亚文离开王文生这里时，嘴里还在说："真不知道会把他俩怎样。"王文生也很为吴兴天担心，既然关押进了市看守所，看来事情会很严重。

上午他去分局找了丁陶洁，跟她说起了吴兴天误伤了人被关在看守所里的事。他是想让她通过她父亲打探一下他们这个案子的调查情况。在警校里时，她对吴兴天有些印象，听说了这个事情后她也很惊讶。

"你是说我们这个同学吴兴天开枪打伤了人？"

"我相信他是正当防卫，那个被打伤的家伙我见过，是个一贯横行乡里的乡霸。"

"你不要着急，文生，相信上边会把事情搞清楚的。"丁陶洁看他着急的样子在安慰他，并答应他会向她父亲打听一下这个案子的审理情况。

"可是他们现在和杀人犯、强奸犯关在一起。"王文生一想起昨天在看守所里看到的情况，不禁心里为他俩担忧起来。

"怎么会是这样？"

丁陶洁要和他一起去看守所里看看吴兴天，王文生想了想说，正好他下午没班有时间，就说下午去吧。

下午过去时，王文生买了一些水果罐头和午餐肉罐头，还有几包烟。到了那里，在外面的大门口，王文生停好摩托车，走到门卫岗楼跟前，同小窗口里面的另一个新换班的值班室民警说找马瑞水。那人就给他叫去了，马瑞水打着哈欠从黑大门小门里走出来，看来他刚刚睡醒午觉，看见他惺忪的眼里流露出不耐烦，刚说了半句："你昨天不是来看过了吗……"可是一看见他身后的丁陶洁，眼睛一亮，话就咽了下去，绕过他去同她热情地打招呼："我以为是谁呢？原来是校花，你怎么来了？"

在警校时丁陶洁就有点儿讨厌马瑞水一见着女生就乱献殷勤的劲儿，虽然他俩家都是本市的，可每次周末离校丁陶洁并不愿意和他在一起坐同一线公共汽车走。马瑞水每次离校都迫不及待地脱掉警服，换上西服和锃亮的皮鞋，头发上还打点儿发蜡。她们女生还给他起了个外号叫马流油，意思是头上的头油和脚上的鞋油抹得从头到脚水光溜滑，苍蝇落上去都要打滑。

"我们是来看看吴兴天，可以吗？"

"可……以，当然可以，我去说说看。"他尽管有些不情愿，还是颠儿颠儿地跑到门卫岗楼那边去了。

过了一会儿，他出来说："一会儿他们出来放风，我同里边的看守说了，你们在院子里见见面吧。我先把你们带到院子里去。"他俩听从他的，跟他从小门走进院子里去。

"他们的案子是不是很严重？"王文生突然小心翼翼地问。

"不太好说，反正人家检察院盯得挺紧。"

放风时间到了，在院子的一侧拉起了一道警戒白线。犯人们陆陆续续出来了，白亮白亮的阳光地里，犯人们光着头像突然冒出的白蘑菇。犯人们都眯着眼，默默无声地三五一群地聚在一起。

马瑞水走过去，在一个看守员耳边说了句什么。那个看守就喊了一声"107号出来"，把吴兴天叫到这边来。

"你来啦。"吴兴天低着眼皮走过来，他先看到王文生，还没看到丁陶洁。

"你看看谁来看你啦……"王文生往旁边挪出一步，让出身后的身影，吴兴天抬起头来，脸怔了怔，显然他没想到在这里能见到丁陶洁。

"我刚刚听王文生说……赶过来看看你。"丁陶洁说，眼睛打量着他。

院子里突然多了一位漂亮的女警察，那边犯人堆里有些骚动。王文生见过的和吴兴天同寝室的那两个犯人，还朝这边指指点点，那个强奸犯更是兴奋不已，一双贼亮的小眼睛朝这边眨着。

"谢谢。"吴兴天又窘迫地低下了头，此时他不安地不知该说什么。

好在这时候哨子响了，四散的犯人往一起集中过去。吴兴天也抽身往回走了。王文生跟了两步对他说："我给你带了点儿东西放在他那儿了。"王文生朝那边马瑞水的身影指了指。

"你不该带她来这里。"吴兴天头也没回小声说了一句。

王文生听后怔了怔。他想起在警校的第二年学校搞五周年校庆，他们三班和四班在一起排练大合唱，吴兴天和丁陶洁在前排领唱，除了领唱还朗诵了王文生写的朗诵词。不少同学都在背后开玩笑说，他俩倒是挺般配的一对。

也许他真不该把丁陶洁带到这里来。

"走，到我屋里坐坐。"马瑞水还站在大门口那里等着他们，一见他们走过来就眼睛盯着丁陶洁说。

"不了，我们还有事。"

"怎么，看不起咱们小看守员？"马瑞水斜睨着眼睛说。

马瑞水分到看守所来是很不情愿的，在警校分配时是人人不愿分到看守所来的，不过他现在却有了一种居高临下的满足感。

"听说你的枪被人抢了……"丁陶洁冷不丁想起来问了他一句。

马瑞水一愣，而后晃了晃他的脑袋并不在意地说："嘿，这有什么呀……"

"可是枪是警察的第二生命！"丁陶洁冷冷地说。

马瑞水听了，脸不自然地闪了闪，看着他俩的身影走出了大门外去。他的脸一定在发烧。

"你这两天在忙什么？"傍晚接班时，老蔡见到他问。

"我的一个同学出事了，他被关进了看守所里。"

"因为什么？"

"在一次执行公务中，防卫过当伤了人。"

"唉，要不我说呢，枪有时是好东西，有时也不是好东西，还是谨慎点儿好。"他同情地摇了摇头，叹了一口气。

他怔怔地看着老蔡。

老蔡还一丝不苟地验枪，而他却懒得动它了。他像刘铁北一样把它别在腰间的裤带上。老蔡瞅了瞅他，想说什么没有说，匆匆地走了。老蔡这一阵子又忙着给他的一个兄弟找活干，所以一休班就急着往家里赶。

站台上不知什么时候飘起雨来，夜雨连绵，细密的雨丝带着阵阵的凉意。布满阴霾的雨天也让人平添了几分凄凉和郁闷。

他站到站台上凉台柱子下，雨帘从两边的白水泥房檐下"滴滴答答"往下滴，站台灯柱的灯亮得如同白昼，透过雨帘他打量着从站台上匆匆而过上下车的人群，一台机车头喷出的氤氲白气在迷蒙的雨幕中弥漫……

三年前他和吴兴天就是一同在这里下的车，吴兴天那时是那么渴望当上警察，可是刚刚当上警察不到一年就成了阶下囚。吴兴天跟他说过他小时候很喜欢枪，每次父亲回来探亲都给他买各种各样的玩具枪，他都认真地保留着。这可能与他父亲是军人出身有关。在警校里他的射击成绩回回都是优秀，他几乎是他们人人羡慕的干刑警的料，可是他却去了那么一个鬼地方，偏偏摊上了这么一件倒霉的事，命运真是有些捉弄人。好端端的一个人啊，他才刚刚二十岁，真不敢想象他今后的前程会怎样。枪啊，枪，他摸了摸腰间冰凉的那柄枪身。大脑里也有一种冰凉的感觉。正当防卫，他们在警校的法律教科书中学过，当警察的生命受

212

到威胁或受害人生命财产受到威胁时可以使用武器。吴兴天也跟他说过，他只想打到那个人的脚前给他一个警告。可谁想到那是一颗跳弹，击到了他的腰部。

过了两天，丁陶洁又到车站上来了，告诉他她让她父亲从上边打听到两个消息：一个是市局的宋局长正在为这个案子据理力争，为他俩争取正当防卫而免予起诉，但目前看想要无罪释放很难……

"为什么？"

丁陶洁眼睛黯淡了一下，说："……因为那个被打伤的姓赵的一位亲戚是省人大的副主任……市检察院正揪着这个案子不放。"

王文生想起他去年秋天去吴兴天那里看他时，听吴兴天说赵家上边有人，原来是这样。听到这里，王文生心情又沉重起来，不过第二个消息让他心里稍稍有些安慰。就是有人反映上去这两个在看守所关押的警察和杀人犯、强奸犯关在一起，宋局长听说了很生气，他已命令看守所长给他俩单独调到一个条件好一点儿的监号里。看守所长已经照着去做了，因为看守所毕竟归市公安局管。

45

一场秋雨一场寒，天气渐渐凉了下来。站台上那两棵老榆树的树叶不断被秋风刮着吹落到站台上来，孤零零滚动着。派出所那幢黄房子前的杨树树叶也开始变黄了。

两周以后，张亚文又来到了他这里，他来还给刘家友的老婆发来了两筐刚摘下来的新鲜葡萄，他们又一起去了看守所。这天是被允许在押犯人亲属探视日。他们又去找了马瑞水，马瑞水先叫他们在探视室里等他，等探视时间结束后，再带他们单独去看守所号子里见吴兴天。为了表示对他的感谢，张亚文还特意带了两盒大重九烟塞给他，可是他斜着眼连看都没看就说了一句："我不抽这种牌子的烟。"就塞给别的看守员了。他俩就在探视室里等了起来。

探视时间一到，探视家属"哗"地像潮水一样涌到探视室里去，纷纷抢着探视窗口。大厅里顿时闹哄哄地乱了起来，"嗡嗡"的隔着窗说话声像飞进来一群苍蝇。过了一会儿，玻璃窗里面的犯人才依次出来。找到自己亲人的窗口坐下，里面的人一律穿着统一的灰色号服，剃着光头。他们见到自己家里人并不见得多么惊喜，并不像窗外面人那样或激动地低低哭泣起来，或惊讶地张着嘴半天不知说什么好。有这样一对父子，父亲是一位头发花白的老头儿，满脸刻着很深的皱纹，黑紫的皮肤，是长年在大地里被日头暴晒的缘故。看得出来他是一大清早赶来的，裤脚上还沾着乡下农田里的露水，两只粗糙的大手紧紧抱着胸前一个蓝色家织布包着的包裹，生怕被谁抢了似的，看见儿子从里面出来，他眼里露出欣喜的目光。里面的儿子是一个十八九岁的年轻人，扁圆形脸，长着一双十分精明的细眼睛。他扒在窗口上，嘴里一个劲吞着父亲从包裹里给他拿出来的熟鸡蛋和火腿肠，眼睛还不住地往四处踅摸着，趁人不注意，就把父亲悄悄递给他的卷成卷的十元纸币悄悄塞到衣服袖子里面去了，还有烟卷。老父亲一个劲在说着什么，可他并没有去听。他嘴角边流露出一丝轻松的笑。直到父亲的手停下了，他才看了父亲一眼，转过身去离开了窗口，父亲痴痴地打量着他的背影，嘴张了张又合上了，他竟然连头也没回。

在另一个窗口上，是姐弟俩，姐姐长得很漂亮，可她目光里却流露着一丝放荡。灰色的号服穿在她身上，胸部高高隆起。弟弟坐下，一直在默默地流泪。他像想起什么，从兜里掏出两盒烟，姐姐飞快地看了一眼左右，将烟揣到灰色号服里面的胸罩里去。时间到了，姐姐对弟弟不知说了一句什么话。弟弟又抹着泪点点头。她起身往里边走到过道口时，她的包裹和别人的一样照例要被看守检查的。在她重新系好包裹时，那个眼睛一直盯着她的看守员顺手摸了她的乳房一下，她会意一笑走过去了。可是男犯人已经被他搜出来好几盒好烟了。如果不是亲眼所见，他们还真看不出来看守所里有这么多的名堂。

"是狗改不了吃屎。"站在外边的王文生看见马瑞水的手摸到了那个女犯的胸上时这样说了一句。

不一会儿，他出来了，他从兜里掏出烟来给他俩来吸，都是牡丹、凤凰牌一类的好烟。王文生厌恶地摇摇头，说他已经戒烟了。马瑞水就有些奇怪地看看他。张亚文领情地吸了一支。

他又把他们带进去，他照例没有进到号子里面去。

他们俩果然被调到了一间单独的监室里，这间监室窗户冲着阳面，屋里不是很潮湿，床铺也干净些。但不知他俩还要被关多久。

吴兴天见到他们，脸上的表情比上次来寂寞了许多，他默默地坐在床上，眼睛时而望一下小窗外。刚刚下过一场秋雨的窗外，湿漉漉的电线上，有两只被雨淋湿的麻雀在蹦蹦跳跳，晦色天空让铁窗前也暗了不少。那个房所长坐在床上，手里在缝着一件衣服。他倒比上次他们见到他时脸上神情开朗了许多。

吴兴天问了一下他们外面的情况，王文生知道他想问什么，他尽量回避着这个敏感的话题。他俩迟迟没审相信上边争议也很大。王文生只说宋局长还在为他俩争取无罪释放。

王文生突然想起上次打野鸭子时的情形，问道："你用的还是他那把五四式手枪吗？"

"是的。"

"那把手枪不太走膛线是这样的吧？"王文生回头去问房所长。

"是的，那把手枪膛线偏离了0.2毫米……你是怎么知道的？"房所长问。

王文生上次去他们那里打野鸭子无意中听吴兴天跟他说过，他前两天又托丁陶然问过市局弹痕检验科一位检验员了，从那里也得到了证实。

王文生又问他："你们当时没跟检察院的人说吗？"

"说了，这没用，你知道赵老二的省里亲戚是干什么的吗？是省人大的一个副主任。"房所长摇摇头泄气地说。

王文生说这个情况他已经知道了。

"都是我连累的你……"吴兴天难过地瞅着房所长说了一句。

"事到如今，说啥也没用了，小吴你也别替俺难过，反正俺也想好了，俺老婆孩子都在乡下，大不了脱下这身警服回家种地去。"听他这样说，倒也改变王文生以前到他们那里去对他的印象，关键的时刻还挺仗义的。

阴凉的雨滴在窗外的房檐下，滴滴答答地响着，滴得屋内每个人心里都不免有些沉重。他俩想找话安慰安慰他和那个房所长，可一时又不知说什么才好。停了半晌，倒是吴兴天开口问他俩："又是他带你俩进来的吧？"他俩知道他指的是马瑞水。

"是的。"

"以后不要去找他，我讨厌他。"吴兴天蹙了蹙眉头。

"为什么？"

"他真给我们这届警校生丢脸……"王文生从他的话中明白了什么。

张亚文从一只挎筐里拿出来给他俩带的他家里产的葡萄。看到葡萄，吴兴天想起他妹妹来，问他："你妹妹还好吧？"

张亚文说："她还好，今年卖水果挣了些钱，家里的日子也宽裕了些，再干一年就能攒够俺妹妹的嫁妆钱，已有人上门给俺妹妹提亲了……"

"那恭喜你妹妹啦。"吴兴天说，说时脸上还稍稍有点儿不自然。

张亚文就忸怩地脸红了，看得出来这件事比他立功还叫他高兴。

临走，王文生问吴兴天给家里写过信了没有，家里知道他现在的情况不。吴兴天摇摇头，说他到现在为止还不想把这件事写信告诉给家里，他想再等等看。王文生知道他想等什么，就没有再说什么，和张亚文走出了监号。

院子里，秋雨还在淅淅沥沥地下着……

46

十一国庆节的前两天，丁陶洁突然来到车站上找他，王文生一见到丁陶洁来到站上就急问道："吴兴天的案子有结果了？"丁陶洁沉郁着脸点点头，说："是的。"王文生一见她的神情，就心里一沉，又问道："判啦？"丁陶洁说："判了。"王文生半天没说话，后来又问怎么判的，丁陶洁说她从他父亲那里了解到，虽然宋局长据理力争，但市检察院迫于上面的压力，还是判刑了，吴兴天判一缓一，房所长判六个月。不过稍有安慰的是宋局长放出话来，说这两个民警刑满后他还要他们回到公安队伍来。

"他们什么时候开宣判会被送走？"王文生问。

"明天上午。"

"……那我们去送送他吧。"王文生强忍着什么扭过头去说。

"行。"

丁陶洁安慰他不要想得太多，她相信他会是一个好警察的。他们这一届学生在警校里他的表现是最优秀的。丁陶洁在说这些话时，眸子里亮晶晶地闪动着什么。

"他本来是可以当刑警的，现在却成了囚犯。"王文生说。

……

一整天王文生在站台上执勤，心情都有些闷闷不乐。一阵一阵秋风撕扯着站台上老榆树的树叶，刮得几片榆叶像小鱼一样，孤独无助地在站台上滚来滚去，刮得他心里也一阵阵凄凉。

老白已听说了他同学的事。中午他过食堂吃饭去时，老白又问起他同学这起案子的进展情况。他告诉他判了。

老白听了就叹息了一声，摇着头说："唉，想开些吧，这就是咱警察的命，所以有时候干咱们这一行的真是多一事不如少一事。"

"我这个同学要是当刑警，他会是一名出色的刑警的。"

"那又怎么样呢？……我这辈子当警察悟出的最大道理就是能最后落得个平平安安……什么立功受奖，什么提职提干，都是些过眼烟云。等你到了我这把年岁上就什么都明白了……"

王文生无言以对。

再有几个月他就退休了。王文生又想起在警校时看过的那部电影《我这一辈子》里那个窝窝囊囊的街头警察，窝窝囊囊一辈子未必就不是件好事。

他不知道明天去见了吴兴天该怎么去安慰他，他能经受住这样的打击吗？还有他的家里，他该怎么写信告诉家里，刚刚当上警察一年不到他就成了阶下囚。他的军人出身的父亲能够受得了吗？

一想到这些，王文生心情就一片灰暗，他为吴兴天感到难过。

第二天早上，丁陶洁早早地就过来了。昨夜里下过一场秋霜，城市街道上变得清清冷冷的。街道两旁的杨树叶子都被霜打过了，变得蔫了吧唧。

到了看守所那里，大门口已聚集了一些等待的犯人家属，他们神情焦虑地在向大门张望等待着。一打听被宣判的犯人要等到八点才会被从这里拉走到会场上去宣判。他俩就和这些人一起在外边等待了起来。王文生想要去找找马瑞水打探点儿里边的情况，被丁陶洁扯住了，她不想见他，说还是等着吧。

八点钟一到，外面等待的人群骚动起来，黑大门慢慢打开了。先是一辆拉着荷枪实弹武警战士的大卡车开了出来，接着是一辆一辆拉着犯人的车开了出来。犯人们胸前挂着白牌子，胳膊反绑着站在卡车车厢两边，身后是扎着武装带佩带着手枪的警察。

见押着犯人的车开出来，等在外面的犯人家属一拥而上，哭声顿时响了起来，闹哄哄成一片，门外担任警戒的狱警不得不背过身来维持秩序，车开得很缓慢。

车一辆一辆缓慢地从涌动的人群中开过去，他俩还没有看到吴兴天的身影。倒是看见了第一次来看守所看吴兴天时见过的那个大头犯人，他五花大绑地蹲在车厢后，他胸前的白牌子盖着名字的白纸后面隐约能看见打着的红叉，看来他已被宣判了死刑，只等拉到会场宣布后就拉到刑场去执行了。他满不在乎的目光在人群头顶扫来扫去，看见了他眼睛似乎亮了一下。

丁陶洁看到了，问："你认识他？"

王文生点点头。那辆车开过他身边时，他蹲在车厢里盯着他问了一句："喂，小警察，你知道我这个要死之人现在最开心的事是什么吗？"

王文生不明白他想说什么。

"我想你也猜不到，最开心的就是能和警察关在一个牢房里，哈哈。"他说完后仰天大笑了起来。

后面的警察勒了勒他脖上的白绳，车开走了。

直到最后一辆卡车开过去，他俩也没看到吴兴天和房所长的身影。外面的人群渐渐地散了。正诧异间，一个他们见过的里面的看守员走过来对他们说："你们是来看 107 号和 108 号的吗？"王文生说："是的。"又听他说，他俩一大早就已经被押走了，送到新肇监狱执行改造去了。他看了看周围，凑过来小声地说："据说这是宋局长的意思，他不想让他俩跟这些刑事犯一起去会场接受宣判，在号子里宣读完判决书就拉走了。""原来是这样。"王文生暗暗地想。

一直没看到马瑞水的身影，王文生不由得问了一句："怎么没看见你们的马看守员呢？"

这名看守员神色怪异地看了他们一眼，说："咦，你们还不知道？"

"知道什么？"王文生不由得诧异地问。

"他前天被关起来啦。"

"关起来……因为什么？"王文生和丁陶洁同时好奇地问。

这名看守员小声对着王文生耳朵说："他和一个女犯通奸的事败露了。"

"啊……有这种事？"这可着实叫王文生大吃了一惊。

丁陶洁听到了也愣在那里。那名看守员瞅瞅他又瞅瞅丁陶洁，摇摇头说了一句："看守所还从来没出过这种事，真是丢人呀。"说着，反身从小门走回大门里去了，黑色的看守所大门早就关上了。

47

马瑞水在警校时面对他们这些外地来的学生和市郊乡下学生一直有着一种优越感。这种优越感在分到看守所来时就荡然无存了。他没有想到会分到看守所来，整天和这些犯人在一起。哪怕是分到派出所去当个小民警也可以戴着大盖帽在街道里耀武扬威。

在警校临毕业时大家最怕去的地方就是看守所，马瑞水想这是不是蔺宝武搞的鬼呢？在警校时他就对他的散漫和不良习气多有微词。可是他的得意门生怎么样呢？不是还照样被判了刑。那天他看到吴兴天进来以为看走了眼……

渐渐地，他发现自己很适合这里了，就像苍蝇喜欢龌龊的空气一样，这里的空气虽然龌龊，可这墙里面也有比墙外面的世界让人着迷的地方。犯人对他这样新来的管教也毕恭毕敬的……第一次接受犯人偷偷塞给他的一盒中华烟，他还显得有些局促不安，可是他很快就习以为常了。还有那些女犯人挑逗的眼神，几乎无处不在。他自认为是懂女人的，他上中学时曾暗恋过一位女老师，一直把她的照片挂在墙上直到她结婚。十四岁时他就遗精了，而在警校时像那个乡巴佬同学张亚文还不知道第一次留在床上的那东西是怎么回事。可是就是这样一个笨蛋居然立功了，居然是他们这届警校生当中第一个被提为所长的人。这个世界真是不公平。看到吴兴天被关进来，他就觉得自己不是最倒霉的人了。不过在他刚开始来到这个地方时，他还是有所收敛的，很谨慎的。无论面对的是男犯还是女犯，他都板着一副冷冰冰的面孔。尽力做得像老狱警一样，让他们害怕自己。

"你是个鸡雏吗？看你腼腆得像个孩子。"那次放风时，一个女犯人这样走过来跟他说。这是个杀人犯，是单独关在一个号子里的犯人。

他不知道她为什么这么讲，可是看她手在宽大的囚服袖子里做出的下流动作，他明白了。他被激怒了："小心加你的刑！"

"哈哈！"她放荡地笑了，高高的胸脯被顶得一颤一颤的。

这震颤的笑声像长了翅膀，在高墙下明亮的阳光地里飞旋。

她的笑声引来了院子里无数的目光，这些目光都在赤裸裸地包围着他。

他脸红了一下，感觉下面要流出什么东西来。

过了两天，这个女杀人犯被枪毙了，他这才明白她为什么那样笑，他也为当时他说出那样的话感到可笑。他耳朵里老也忘不了她的笑声，一个像花一样充满旺盛活力的生命就这样轻而易举折断了，他多少为她感到可惜。

"她为什么杀人？"他问女号里的女看守员。

"她杀了她的丈夫，原因是她和别的男人有了外遇，被她丈夫察觉了，她就和她的姘夫一起杀死了她丈夫。"

"原来你们女人的心也这么狠……"他挑逗地拍了一下女看守员胖胖的肩头，她一点儿也不性感，他这么做只是让她觉得自己还是个女人。

果然，女看守员很做作地扭动了一下腰，剜了他一眼说："还不是因为世上有你们这些臭男人……"她的样子可笑极了。

没过多久，让他难堪的是丢枪这件事，那天晚上是他休班，几个上初中时的同学找他喝酒，本来他是可以不带枪的，为了在同学面前炫耀自己，他就把枪带上了。

在吃饭的时候就有同学要看他的枪，他从枪套里摘下来虚晃了一下，说："小心，别走了火……"那男同学在女同学的惊叫声中摸了摸枪柄，又把枪小心地还给了他。

这个同学又问："在里面当警察有什么感受？"

在初中上学时他们都知道马瑞水是逃课捣蛋大王，常常让老师把家长找到学校去。他们这样问，无疑是在揭马瑞水的老底，可是他毫不在意地晃了晃头，认真地说了一句："最大的感受就是你可以随时随地管人……犯人可以不听爹妈的，但都得乖乖地听你的，在里面你就是他爹。"

"哇，你好威风呀……"两个女同学羡慕地叫了起来。男同学则端起了杯，和他一杯一杯把冒着沫的啤酒干掉。

听到他们的欢叫声，旁边背对着他们的桌上有一个独自喝酒的男人默默地回头看了他们一眼……

喝得兴起，马瑞水在桌下拍拍两个女同学的腿，得意地说："如果你们家里人要有事找人的，我保管想办法给他捞出来……"

"去你的，说什么呢……谁想进你们那种地方呀。"两个女同学嗲嗲地用拳头捶了他一下。

两个男同学则揶揄地说："嘿，小丽，你别说，这年头还真说不定，谁保不准真有一天进去了呢，还真要求到我们马大警官的头上呢。到时候你可别不讲同学的面子呀。"

"没问题。"马瑞水冲叫小丽的女同学挤挤眼，又在她的大腿上摸了一把。

和几个同学在中五路那家欢乐园饭店吃完饭出来，已经很晚了，别的同学都纷纷打车走了。他啤酒喝得很多，又走到饭店房后僻静处撒尿，正解手的工夫，背后传来一声低喝道："别动，把枪交出来！"他发涨的头有些晕晕乎乎，以为是哪个同学走了又返回来同他开玩笑，就断断续续地说："别、别闹……等我把尿撒、撒完……""谁给你开玩笑，快点儿，不然把你的老二割掉。"他扭过头来，一把闪亮的匕首正横在他的大腿根上，冰凉的刀柄让他一激灵，顿时倒吸了一口凉气，尿也吓没了，两腿一软，身子瘫倒在斜坡的地上。"瞅你这点儿出息，还

222

想当雷子。"这个男人只好走过来蹲在地上自己动手解他腰带上的枪，他倒在地上两腿筛糠不止。"记住了，别仗着有这块破铁随便给人当爹。"那人走时又照着他屁股扎了一刀。血水和尿水流了一地。他的脸在歪倒在墙根地上时也被墙壁蹭破了。

第二天他在向看守所长描述时，说他同那名抢枪的歹徒进行了搏斗，他脸上的伤和臀部上的伤可以做证。他在向所长描述时，小腹还一阵阵发紧。那截被憋回去的尿始终没有畅快地尿出来。那种难受的滋味持续了好长时间，一遇到什么事小腹就憋得难受，去尿又尿不出来。后来他去看过医生，医生对他说："有尿就要尿出去，不要憋回去。"他朝那个医生痛苦地咧咧嘴。他向所长描述时脸上难受的表情曾引起所长的猜度。"你说的都是真的？""真的，一点儿、没错……"其实看守所长也宁愿相信他描述的是真的，而不愿意相信他是瘫软在尿堆上乖乖被人缴了械。那样保不准他也要跟着受处分，而且他和他的看守所脸都要丢尽了。

根据他的描述已确定那个人一定是个刑满释放犯，马瑞水在饭店里的话和露出的枪引起了那个人的注意。这又让马瑞水产生一阵后怕。如果他当时真反抗的话，那把锋利的刀一定会毫不犹豫地割掉他的命根的，那他恐怕这一辈子就成了一个废人了，再也不会有女人了。想想都有些后怕！

最初他忐忑不安想到的是那个人永远不要抓到，或者抓到时那人被当场击毙。后一种结果是马瑞水最希望看到的，那样就没有任何人来戳穿他的谎话了。

枪被抢走了之后曾招致全局上下议论纷纷，特别是他们同一届的警校生以前不知道他名字的同学也知道了他的名字。还有人知道了内情又给他起了个外号叫马没尿，一度曾让他有点儿抬不起头来，可是后来他又心安理得了，特别是看到吴兴天因为开枪伤人被关进来，让他有了另一种悻悻的心理，警察干得再好有什么用呢？还不是照样得关进来，这

223

样一想，他也就心安理得了，又恢复了常态。

那个叫马青的犯人是初夏的时候关进这里来的，一般进这里的犯人最多关三个月，三个月审完判刑后就拉到别的地方监狱去了。在众多挑逗的目光中，马青的目光显得很特别。马青并不像别的女犯那样把赤裸裸的目光像苍蝇一样粘在他身上，马青的目光是冷艳中带有一点儿高傲的，偶尔瞄他一眼，也似蜻蜓点水一样，而后转过身去该干什么干什么。哪怕他就站在她身边，她也像没看到他一样。那双默默的秀气的目光是足可以销魂的，她的体形姿态很好。听说曾当过市青少年宫舞蹈教师。丰乳，宽臀，细腰，皮肤雪白，举手投足间都带有一种女人性感的气质。不仅仅是男看守员的目光愿意多在她身上停留，就连两个粗俗的女犯也想着法子和她套近乎，愿意帮她干这干那。

"闪开，拿去你的脏手。"

"别以为自己生着漂亮脸蛋男人就愿意多看你一眼，在这里还不是一样的……"那两个粗俗的女人悻悻地说。

这样做的结果是在夜里她受到了这两个粗俗女犯的攻击，她被她俩捂在被子里，身上被吮得青一块紫一块的，还有脸上由于搏斗受到的抓伤。他看到了，去跟那个女看守说，那个女看守似乎很忌妒地毫不在意地说："她说是自己弄伤的，和别人无关。"

干活时，那两个粗俗的女犯又在抢着帮她干活，他看到了走过去："你们两个真叫人恶心，如果再打她的主意，我就叫人关你们俩的禁闭。"这两个女犯乖乖地低着头走到一边去了。

"谢谢。"在他转身走开时，耳边冷冷地送来一句。

他读懂了她眼神中的渴望是在她进来一个月以后。那天下午放风时，她和往常一样独自站在操场上一个角落里，别的犯人出来时都懒懒地伸伸腰、踢踢腿、呼吸呼吸新鲜空气，而她则利用这十分钟时间做劈胯和压腿练习。她两腿伸开平坐在地上，腰向下弯去。她的腰肢是那么柔软，头贴到了脚尖。这吸引了两个男犯人向女犯人这边靠过来，通常是男犯人放风时在院子西侧，女犯人在院子东侧。中间用石灰画着一道白线。两边的犯人不能越过白线去。可是这两个家伙显然忘记了纪律，悄悄贴近了她的身后去。他看见了走了过去……

"嘻嘻，小妮子的功夫不浅哪，不知床上功夫怎样。"她听到了回过身来，狠狠地瞪了他俩一眼，嘴里说道："滚开，闭上你们的猪嘴！""嘻嘻，别跟老子装啦。"两个光头犯人要进一步调戏时，他站到了跟前，喝道："干什么？"两个犯人听了缩头缩脑退回到白线那头去。"你没事吧？"他问。她抬头看了他一眼，说了句："我没事，谢谢政府……"她目光依旧冷淡，他殷勤地站在那里："有什么事需要我为你做吗？"她转过眼来看着他："我有一封信要交给我弟弟，不知你能不能帮我发出去，我不想交给她……"她是指那个女胖看守员，她在那边与一个女犯在谈话，没有注意到这边发生的事情。一般犯人给家里人写信通过狱方检查后才可邮出去的，她为什么要托他发？好像知道他不会拒绝似的，迅速从兜里掏出那封信来交给了他。"好的。"他的目光与她的目光对视在一起，尽管那目光还是那么冷淡，可是一瞬间却有一种叫他心跳的东西。他的小腹又一阵发紧。他赶紧走开了。他检查过那封信，除了和她弟弟说一些平常的话外，再就是告诉她弟弟下次来探视把她的练功裤带来。再平常不过的一封信，他想不通为什么非得叫他发呢。

一周以后的一天夜里，他认识的那个女胖看守员父亲心脏病犯了，就叫他顶一下岗。女号监区再也找不出别的女看守员。这种差事他以前很愿意干，他痛快地答应了，可这天晚上他接班后，在快到下半夜一点时，突然一个女犯喊起肚子疼，疼得受不了，里面有人喊快把她送医务室去。他不得不打开监号门把她领到看守所医务室，这个喊肚子疼的女犯人不是别人，正是那个叫马青的犯人，昏暗灯光下她的脸的确青黄青黄的。

他带她走出监号来，医务室在前边院子里的办公楼里，要穿过整个大院。可是在他们走到一半时，女犯忽然说疼得受不了，要上厕所。在院子的左侧有一座厕所，白天供看守人员使用。马瑞水只好带她朝那边的厕所走去，在厕所的右门口上他站住了。她走进去。

可是过了一会儿忽然听她说："政府，我疼得实在起不来了。"他就想也没想走进去。一走进去一下子呆住了。她脱得一丝不挂站在里面，他惊叹这副美丽的躯体，圆圆的乳房坚挺耸立，蜂腰宽臀，两条修长雪白的腿像模特一样交叉地站立着。"如果你能帮我减刑，我就给你……"她看着他说，这时他的小腹又突然发紧发坠了起来，下身突突的，他两眼直直的，他想拔腿也拔不出来。她像练功那样弯下腰去了，坚挺圆硕的乳房垂在下面。

完事后，他惊恐地看着她，脸色发白了，"你、你为什么要这么做？"

她镇定地穿好衣服说："我不想在里面待得太久……我母亲活不了多久了，我跟她说我出差了，我弟弟是个智障儿，他需要人照顾。"

"可是、可是……"他还是摆脱不掉恐惧。他了解了她的案底，她是在少年宫三楼教一个孩子舞蹈动作时，那孩子忍受不了她的体罚，从三楼窗口跳下去摔死了。她身上有股像蛇一样的狠劲让他战栗。

"你现在带我去医务室。"

他整理好衣服，照她说的带她去了医务室。那个值班的狱医被从床上叫起来，嘟嘟囔囔说着什么，很不耐烦地给她开了一包止泻的药。

事后，还是从医生那里找到了破绽，女号里有人举报他们去了那么久，医生说他们在他那里待了五分钟还不到。

为了不冤枉他人，看守所还是先提审了女犯人。可是她一口咬定她什么也没做，更别说和那个警察有那种事，打死她也不会做的。

之后又找到的他，可是没等所长问他，他就什么都招了。痛哭流涕地请求所长不要开除他。

震惊之余，看守所长鄙夷地看着他摇摇头，说他还不如那个女犯。

看守所长也要为这事受到处分的。

48

一场冬雪把这个城市染得洁白，好像把城市的污迹也掩盖了去。

在庆城这个冬天到来之际，王文生他们这届警校生中传说着两件事：一件是因吴兴天过失伤人被判刑的事，许多人和王文生、丁陶洁一样为他扼腕叹息。另一件事就是马瑞水和女囚犯通奸被开除公安队伍，这件事在他们这届同学中传开后，好长时间成了一个笑料。不过想想他在警校时的样子，好像他会有这么个下场。

一晃，王文生分到站前派出所来已经一年了。

站里已看不到那台老式"东方红"号机车停在那里了。那台老式机车头已被拖走，拖回到齐铁车辆厂回收车库里去了。站里出出进进的都大多是内燃机车头了。

因为那起抢枪案还没有侦破，所里要求他们还要注意检查上车旅客随身携带的物品。对形迹可疑的人一定要多加小心。想到了这起抢枪案王文生就又想起不光彩的马瑞水来，这个家伙真是给他们这届警校生丢尽了人。

又到了建楼外包民工返乡的季节，车站候车室里每天又熙熙攘攘了，操着南腔北调的民工携带着大包小裹，将候车室的长椅子塞得满满的，有时连下脚的空儿都没有。这个城市倒是因为他们起早贪黑的劳动而建起了越来越多漂亮的楼房，比如车站对面的圆形公共汽车总站建起来了，比如铁东大街上漂亮的百货大楼和崭新的邮电大楼，可是他们带来的麻烦也不少，总能从他们的行李包中翻出成桶的油漆、成卷的电线和不锈钢管什么的。

没事的时候，王文生又关在执勤室屋子里写小说了。自从吴兴天被判刑后，他的心情一直有些压抑。

丁陶洁曾劝过他要想开些："一年会很快过去的，出来后又可以重新当警察了。"

"你以为他还会当警察吗？"王文生反问她。

丁陶洁怔了怔不说话了。也许这件事对他的打击太大了。

他俩本来说好今年要一起回去探亲的，他该怎么写信告诉家里这件事？望着熙熙攘攘赶着回家去的人们，王文生心里涌起一股莫名的悲哀来。

王文生没有想到在这种时候会碰见在警校时他们的班主任教官蔺宝武，他刚刚出差回来。在站台拥挤的下车人群里，他还是板着那张黑黑的脸，一副拒人于千里的样子。听说他已不当军体教官了，已提升当了教导处主任，还没把那张长脸捂白。

王文生走过去，他并没有马上认出他来。

"你……是？"他狐疑地看着这个走到近前来有点儿面熟的年轻警察。

"您的学生，那个走正步总顺拐的王文生。"王文生盯着他说。

"噢……我想起来了，你在这里。"他那副故作惊讶的样子实在让他讨厌，他瞅了瞅他胳膊上的执勤袖标。

"吴兴天被判刑了。"

"我知道了，真是没料到呀。"他失望地摇了摇头，一副很心疼的样子。

"可是他是冤枉的，您不这样认为吗？"

"不能这么讲。"他正色道。王文生讨厌他虚伪的样子。

"那个马瑞水被开除了，你知道了吗？"

"我听说了一点儿……"他脸上不自然地掠过一道难堪的颜色，要走开了。

228

"还有张亚文被提做了派出所所长。"

"噢、噢……真是没有想到呀。"他的脸色已变成了猪肝色，终于走开了。站台上刮起的雪尘卷着那个冷冷离去的身影。

老蔡又给他的二弟弟在货场里找了一份装卸工的活。老蔡每次来上班都带一个保温饭盒，是从家里给他弟弟带的饭。老蔡的饭盒里有时装着他在家里都没舍得吃的红烧肉和咸带鱼。老蔡的老婆做好菜时，总要做出两份来，可老蔡并不在家里吃，老蔡把两份饭菜折到保温饭盒里哄他老婆说带到班上吃。可是到了班上，老蔡只把饭盒里红烧肉里的土豆块或咸带鱼里的白菜片挑着吃了，剩下的拿到货场上去。老蔡说他弟弟干的是力气活，需要多吃点儿好的，而且正是长身体的时候。看得出老蔡对他的弟弟很好。怪不得春天时老蔡送那个哑巴回家去的时候，看到哑巴哥嫂对哑巴不好，老蔡就要掉泪。

老蔡给他这个兄弟换过五六份活了，不是嫌太脏就是嫌太累。什么大街上的清扫工、下水道修理工，饭店、旅店里的更夫……凡是老蔡能找到的活，他弟弟都干过，有的是老蔡不愿让他干了，有的是他自己不愿干了。大热天看见兄弟被日头晒得汗巴流水地扫大街，老蔡就心疼。在旅店里当更夫，年纪轻轻的他兄弟自己觉得憋闷，就借着顾客回来晚了的由头和人家吵了一架不干了。如果要有可能，老蔡甚至想脱下这身警服和他的弟弟换换干干，老蔡真是对他兄弟太好了。老蔡说他的两个兄弟在他们十几岁时父母就双双不在了，他这个当大哥的不能不对他们好，否则都对不起九泉之下的父母大人了。

老蔡曾一度有心思想当上副所长，因为刘家友也曾向他许诺过。可是自从林恒来了站前派出所后，这种许诺就变得遥遥无期了。因为林恒一直把副所长的位置占着。在派出所除了刘家友就数老蔡岁数最大，如果四十岁之前还提不了副所长，他就没啥指望了。

好在老蔡现在也想开了，只要能把两个兄弟照顾好，工作上还能说得过去他就知足了。只是刘家友觉得还有些对不住老蔡，所里开会时提到外勤组时总要表扬老蔡，说老蔡工作任劳任怨……刘家友想到一个词，说"老蔡像老黄牛一样"。刘铁北听了就嘻嘻笑。刘家友横他一眼，说："你笑啥？"刘铁北就说："如果我们警察都像老黄牛一样还不等着人家宰呀。"刘家友又横他一眼，说："总比你家里家外弄得破马张飞强。"刘铁北听了就不言声儿了。刘铁北的老婆常和刘铁北打架，因为刘铁北不管家里的事。

老蔡在站台上执勤时，还照例帮着旅客拎上大包小裹送出站台去。尽管是大冷的天，老蔡在拥挤的人群中还常常忙得一脑门子汗。

这天早上，王文生接班时，老蔡自言自语跟他说起昨天夜里遇到的一件事，他昨天下半夜在送一个一只脚有残疾的人上车时，那人带了一个包裹，在上车梯时脚下滑了一跤，我刚想上去扶他，可是他很快就站起来了，动作利索得一点儿也不像脚有残疾的人。当时他还挂了一根拐杖，可是他拐杖也没用。帮他拿行李时我还纳闷，难道他装残疾人就图在窗口买票优先？

"那人有多大年纪？"王文生一边接过老蔡验好的枪，一边随意地问了一句。

"四十岁左右。"

"身高有多高呢？"王文生停下了擦枪的手。

"他一瘸一拐的，我哪看得那么清。"

王文生迅速从抽屉里翻出一张缉查通缉令来，正是夏天抢枪案那张。

"你仔细看看，会不会是这个人？"

通缉令已压在近期别的通缉令下面好长时间了，再加上照片模糊，老蔡不由得仔细看了起来。

"呀，你别说，还真有点儿像，不过……"老蔡也不由得紧张了起来。

这么说这个人正是利用了装瘸子障眼法再加上春节前旅客人多，才往外走的。他们已等了他大半年了。王文生不由得心跳加快了。

他和老蔡立刻回后屋所里去找林恒和刘指导员。刘指导员刚好在林恒的屋里。

"你能肯定吗？"听完了他俩的汇报，林恒又盯着老蔡问。

"我能肯定。"这回老蔡严肃地点点头。

"你是怎么看的？"林恒又转过头来问王文生。

"我想那趟 318 次列车是开往北边山里去的，我想起来夏天查这个案子，听监狱方面说他有个什么亲戚是小兴安岭山北林业局双丰沟林场的，我想他一定是逃到那里去的。"王文生说。

"可是咱们刑警队的人当时曾去过那里，并没有发现那个人的踪迹，听说这个人好多年都不和他的亲戚联系了，他会去那里吗？"刘指导员一听也紧张起来，不由得这样说了一句。

"我想他会的，他正是躲过那阵子追查正紧的风头，再加上春节探亲的人流多，去那里不会引起注意的。"林恒说。

"那我们现在该怎么办？"刘指导员盯着他说。

"我们现在应该马上派人追踪到山里去。"

"用不用跟刑警队打一声招呼？"刘家友小心翼翼地问。

"事不宜迟，这家伙是从我们这里漏掉的，我们就负责把他追踪到……正好中午有一趟去山里的火车。我带两个人今天就去。"

刘家友想想也是，就同意了，问林恒："你看带谁去好，要不要多带几个人？"

"带两个人就够了。"林恒说。

一听说带谁跟他去，王文生马上接上说："山里情况我熟悉，算我一个。"林恒瞅瞅他点点头。

刚才听林恒对刘家友说这个人是从我们这里漏掉的，老蔡就脸红了一下，现在他也顾不得多想什么了，急急忙忙说："也算俺一个……"

林恒瞅瞅他，他本来是想让刘铁北跟着去的，但看老蔡非要去，就点点头同意他去了。而刘家友呢，还想让刑警队出人。林恒说："算啦，那人是不是去了那里还不好确定，去的人太多就会引起别人的注意了。"刘家友也就作罢了。

上午还有准备的时间，林恒叫老蔡回家去准备准备换一身便衣多穿点儿棉衣来，山里冷。老蔡交班后还没有回家，也想回家告诉家里一声，就骑着他那辆破自行车回去了。

四十分钟后老蔡情绪激动地回来了，他身上穿着一件厚厚的黑棉大衣，头上戴着一顶狗皮帽子，倒像个进山去倒马套子的山外客。他大衣里还揣着一个饭盒，是给他兄弟带的午饭，并在去货场送去时告诉他兄弟，他这两天出门，吃饭时让他自己回家吃去。老蔡的兄弟也到站台上来送老蔡上车，不过他并没有和老蔡多说什么，冷着脸看着他们。倒是老蔡一遍一遍地叮嘱他，天冷了，千万记着把带的饭放在炉子上热了再吃。

刘家友送他们上了车厢，他叮嘱如果有什么情况就往家里打电话。林恒说就怕山里不方便打电话。看得出刘家友有一丝担心。他们三人都没太在意，随后化了装的三个人就匆匆登上了车。

49

挂着满身浓浓寒霜的蒸汽机车"吭哧吭哧"跑了一夜，在次日一早停在了深山老林中一个末等小站上，从车上甩下三个人影来。老式蒸汽机客车还没等停稳，喘了口气吐出一口白烟，又顺着山弯道向山里爬去了，一会儿就爬没了身影……

"这疙瘩的雪真白。"站在雪地里，老蔡往四下望了望，在车上他跟王文生学了几句这地方山里的方言，一下车就对大个子王文生说了一句。

林恒装扮成收购山货的商人，穿着一件狐狸领黑呢子大衣，戴着一副遮雪光墨镜，他抬头往那个被雪埋了半截的孤零零的小站黄房子扫了一眼。

除了他们仨，再就是那个没精打采的车站值班员了。他手里拿着红黄信号旗，打着哈欠，正要缩回站房里去。大个子王文生走上前去问："去熊瞎子沟乡怎么走？"

值班员眼皮并没有抬一下看他，只是把手里的信号旗含糊地往群山包围的小站北头一比画。

大个子不死心，又追问了一句："有多远？"

这回，披挂着白霜棉大衣包裹得有些臃肿的值班员，临进屋时丢过来一句："三四十里路吧，别走迷糊了路，喂了熊。"

听见他这样说，等在雪地里那个年纪大的老客脸上不由得掠过一道不自然的神色。大个子就对他笑笑说："他吓唬你呢，熊这会儿早冬眠了。"老蔡这才松下脸来，回头望戴着墨镜的林恒，他正站在那里想着什么。

空静的雪地里，能听到四周嗡嗡的林涛声，像白森森的山林里埋伏着千军万马。老蔡是头一次进山，在他们河南老家时，他只从电影《林海雪原》里看见过这莽莽大森林，皑皑白雪把天地间压得像个天然大冰窖。他不停地在跺脚。

"走吧。"王文生兴奋地说，一见到山就让他兴奋了，他在前头已迈开长腿了。

他俩望望他虾米一样的背影也挪动开脚步，脸被冷森森的山风吹得已经发麻了。他们向北边山梁中一条模模糊糊的小道走去。

山里的日头像个十足的懒汉，快过晌午了，才从西南边最高的山尖上露出脸来，把雾驱散了，就把前边大个子的身影从模模糊糊的林间很清晰地印到了雪面上来。

山里的路就是这样，说是三四十里的路，其实翻过一道道山梁，比在平原上走六七十里的路程还累人，不是说望山累死人吗？再加上他们坐了一夜零半天的车，这会儿都有些疲惫了。呼哧带喘的，头上的帽子里已经冒汗气了。脚下厚厚的雪地里，单调地响起"扑哧扑哧"的踏雪声。走上山梁的时候，王文生不时停下来回过头去，在等那两个"呼哧呼哧"气喘的人影。下山时那两个人影的腿被埋在雪窝子里了，每迈一步都推着雪球滚下来。

翻过最后一道山梁时，就把不肯多停留一会儿的日头翻没了身影，天色暗了下来。从山顶望下去，山脚下的寒雾里，散落着一些模模糊糊被厚厚的雪覆盖着的房舍，隐隐约约传来几声狗叫……

他们绕了半天摸到乡里，在一间乡场部破屋子里，有一个打更的老头儿守着地上一个火盆在打盹儿。他们叫醒了老头儿。同时在庆幸地想，如果没有这个老头儿，这么晚了真不知该找谁去。老头儿出去了有一会儿，才把乡长找来。乡长看过他们的介绍信，才知道他们是外地公安上来的人，眼里闪过一道不自然的神色，听了他们的来由，方才镇定下来，说："我去叫我们乡里负责这事的民政助理来……"他们坐等了一会儿，乡长领着一个挺憨厚的平脸汉子进来，说："你们的事跟他说吧，让他来安排。"说完就往后退，平脸汉子追出去："我庄上的货得给我留着。"走出去的那个乡长说："放心，一个子也少不了你的。"平脸汉子很诚实地冲他们笑笑："这里是乡下，不比你们城里……"林恒理解地笑笑："都一样，都一样。"接着把他们三个姓啥介绍给了他。平脸汉子就自己介绍了自己，说自己姓陈，是乡里的民政助理，兼管治安。王文生问："没有公安特派员吗？"陈乡助理就说："还特派员呢，有个治安员就不错了，这疙瘩在早也就是一个自然屯，太偏远，哪疙瘩的乡都够不上，上边就叫成立了乡，村长变成了乡长，我这个村治安员就成了乡助理。"林恒觉察到王文生脸红了一下，就从兜里掏出通缉令来，指着上面的照片对陈乡助理说："这个人你见没见过？"陈乡助理拿到火盆前，很认真地瞅了瞅，摇了摇头。 "他有个亲戚住在你们屯……乡里。""叫什么来着？""叫李淑英。"王文生在一边答。陈乡助理又很诚实地摇摇头，说那一定是头些年的外来户，他这里没有登记。

看看时候不早了，林恒就叫陈乡助理先安排他们住下，对外就说他们是县里来的人。陈乡助理很痛快地点点头说他明白，就带他们到屯子里去了。

林恒和老蔡都对这么个穷乡僻壤的山窝子里有家庭旅店感到奇怪。陈乡助理说山里一入秋，进山来弄山货的人就不断，冬天还有进山来打猎的，就有人家把多余的房子倒腾出来做起了这个买卖。姓冯的这户人家就是这个样子的。厚厚的雪坨压矮的院落里，前后三间房，前边两间一间住人，一间开杂货店，后边的一间就做成了旅店。他们走进来时，一个抄着手穿着碎花棉衣棉裤的女人正站在院子里张望。"冯嫂，冯大哥回来了吗？"陈乡助理问。"没呢，这死鬼肯定在外边有相好的了，这不，到年根儿了还不见个鬼影哩。""看你说什么呢？大年根儿的多不吉利……"陈乡助理打断她，叫冯嫂的女人看见他身后跟着生人就慌了一下："你看我，一着急嘴上就没把门的……有客？"陈乡助理说："他们是从县里来的，来摸一下咱乡的贫困户情况，要住几天。"陈乡助理按照林恒路上的叮嘱说。冯嫂麻溜地打开了后屋的门，片刻，又端来了一盆热水叫他们洗洗，吩咐大丫头抱来干柴把火炕点着了。屋里顿时热乎起来。

他们仨人洗毕，冯嫂从前屋过来叫他们吃饭，倚着门框说："你们是公家人，看看伙食费是不是打在宿费里，我们有正规收据。"林恒瞅了她一眼，说："你看着办吧。" "好吧。"冯嫂扭着身子走到前屋里去了。

陈乡助理还站在前屋的屋地上，吸着纸烟。一张圆桌上已摆上了四盘热气腾腾的菜，一盘黑木耳炒白菜，一盘野猪肉炒大葱，一盘炒鸡蛋，还有一盘酸菜炖粉条。走了大半天的山路，这会儿肚子真饿了，看来陈乡助理也没吃晚饭呢，林恒一边坐下一边让道："一起吃吧。"陈乡助理就坐下了，又从兜里掏出两块钱来，叫冯嫂去前屋拿一瓶白酒来，冯嫂就过前屋拿来一瓶兴安白来。陈乡助理给几人的白碗里倒上酒，一语双关地说："乡里条件差，有招待不周的地方，希望县里的领导多担待点儿。"林恒头也不抬地说："哪里哪里。"就举起碗来与陈乡助理碰了碗喝了一大口，几个人就呼噜呼噜吃喝起来。

陈乡助理先吃完，抹了一把脑门子上的汗说："没啥事我就先回去了。"林恒和他走到外边的院子黑影里，小声对他说，要他明天先调查一下屯子里有没有叫李淑英的，然后告诉他们。陈乡助理点点头，说："好的。"林恒又说："回去后和乡长言语一声，这事先不要声张出去。"陈乡助理说："放心，乡长从腊月到正月，心思都在牌桌上，顾不了别的。"想想觉得说得不妥，又补充说，"有啥事就找我，原则上的事咱懂。"说完就急匆匆地走了。林恒知道他急着干什么去。

吃完了饭，他们回后屋去，老蔡和林恒就把疲惫的身子放到炕上去。这是一面能睡六个人的火炕通铺，烧得很热。

刚要宽衣睡时，忽听敲门声，王文生拉开门，冯嫂端着一笸箩炒熟的松子进来："知道你们不能睡得这么早，山里头也没啥好打发时间的，磨磨牙吧。"说完，就退了出去。

林恒和老蔡就坐起身来。"这是什么？"老蔡瞅着笸箩里的东西问。"松子，好吃着呢。"王文生说着抓了一把就嗑起来，他俩望望他，也学着他的样子"噼噼啪啪"嗑了起来。

"香吧？"

"香。"两人同时说。

"等回去时带点儿给俺兄弟尝尝。"老蔡一边嗑一边说。

王文生知道老蔡又想家了，在车上老蔡就说过不知道他们这次出来什么时候能回去，快过年了，家里的年货还得他置办。他们谁也说不上什么时候回去。

松子皮儿嗑了一地。

"睡吧。"林恒说。

"睡吧。"老蔡也说，可老蔡翻了好半天身子才打起了呼噜。

山村里的夜很静。火炕洞里的松木柴火旺旺地烧着，将一明一暗的火苗映到了墙上，让人忘掉了外面的寒冷。

50

第二天上午，陈乡助理过来了，他打了几个哈欠后对林恒他们说，他了解过了，屯子里是有个叫李淑英的，是早些年跟那些山东人闯东北来山里的外来户，她丈夫到屯子来没几年就死了，她一直没再嫁人，后来就跟她闺女在一起过，好几年前李淑英也生病过世了。怪不得陈乡助理想不起这个人来。

"那她闺女家最近有没有人来过？"林恒紧盯着他问。

"好像没听说山外有人来过。"

"那她闺女家里有几口人？"

"这个、这个我还真不太清楚，那些外来户超生的多，家里有几个孩子都说不清楚。"陈乡助理又困倦地打了个哈欠，看来他昨晚一宿没睡。

"你先去她家看一眼……"林恒贴在他耳边小声交代了几句什么。

下午他们到屯子里转了转，这个小屯有五六十户人家，坐落在东面和西面的山坡上，家家院前码着一趟木柈子垛，房顶和木柈子垛上覆盖着厚厚的雪坨，使小屯的房子看上去都矮矮的，像白蘑菇一样散落在山窝子里。

老蔡还从来没见过这么厚的雪。南山坡上有一条蜿蜒伸去的爬犁道，那是小屯人上山拉烧柴压出来的。王文生对老蔡说他在家里时也干过这种活计。

到了晚上也没见陈乡助来，吃晚饭时看冯嫂端菜进来，林恒好像随意说："咱乡里是不是有一个叫李淑英的家里挺困难的？"果然冯嫂听到就站住了，说："啊，你们说的那个老寡妇家啊，她早不在了。""那她家里现在还剩啥人？""就剩她闺女英子啦，也成了小寡妇。说来英子命更苦，年纪轻轻的，一个女人带着孩子难呀。""不是说，早年李淑英家有个外甥在她家寄养吗？……"林恒又问。"唉，说来……话就长啦。她那个外甥叫小山子吧？那可是个好孩子，爹娘死得早，打小就到山里投奔他姨妈家来了。小山子可仁义了，还救过俺家大丫的命呢。大丫四岁那年开春我在山边土豆地种地，把孩子放到山坡地边上玩儿，大丫这虎妮邪性，玩儿着玩儿着就跑到坡下的一个水泡子边去玩儿水，脚一滑掉了进去，正巧小山子采猪菜路过，跳下去把大丫捞了上来，我赶到时大丫正冻得脸都发紫地吓得哇哇大哭呢……小山子在他姨家住可能干活啦，每年冬天都用爬犁拉回来一垛像山一样的柴火。那会儿李淑英的男人还没死，他总嫌小山子能吃，小山子十六七岁正是长身体的时候，又那么能干活，咋不能吃呢？那个酒鬼一喝醉，就拿小山子出气，常常打得小山子身上青一块紫一块的。后来小山子就偷着跑了，跑到山外去了。那个酒鬼死后的第二年，李淑英曾托人到山外打听小山子的下落，要找回来，可是再也没打听到小山子的音信，一晃有十多年了。大丫今年都十七岁啦，唉……"几个人静静地听冯嫂说完，这顿饭就吃完了。

他们都没有想到这顿晚饭会从冯嫂嘴里获得李淑英家这么个情况，回到后屋里三个人都很兴奋，连老蔡都忍不住说："咱们追踪的那个叫于广山的犯人会不会就是这个小山子？"

林恒点点头，说："很有可能。"

"那我们现在该怎么办？"

"我们等等陈乡助的消息，先摸摸情况再说。"林恒想了一下说。

第二天上午陈乡助还没有来，他们又到屯子里去转了一趟，从冯嫂的嘴里他们已得知李淑英的闺女吴英子就住在西山坡下把头儿的那趟草房的第二家，林恒站在高处远远地朝这户人家院落张望着，看得出这户人家缺少男主人，没有像别的屯里住户人家院子里堆起的高高柴火垛，只有矮矮的一小堆枝丫柴棒。房屋的土墙壁也年久失修了，有些歪斜。

到了晚上，陈乡助过来了，说他去过李淑英闺女吴英子家了。现在她家里只有这么一个女人带着两个孩子在过。她先前有过两个丈夫，可是都脚跟脚病死了。至于她家里先前的情况和冯嫂说得差不多，林恒也没有多问。

"那她家里最近有没有亲戚来过？"

"没有。"陈乡助说。

林恒想了想说："那你今晚带我们到她家里去看看。""就现在？"陈乡助听了眼里掠过一道不自然的神色。"嗯，就现在。"林恒说。

这时冯嫂过后屋来送开水，陈乡助犹豫了一下，眼里躲着烟雾说："要不叫上冯嫂一起去吧。"冯嫂问明了情况后说："你不叫我，我还正想去她家呢。我去给她家送点儿酸菜还有黏豆包。"林恒想了想就点点头，看老蔡下午在屯子里转悠脚有些冻得红肿了，他就叫老蔡留在家了。

几个人朝屯西头走去，冯嫂走在前面，一进院，冯嫂就朝亮着一盏煤油灯的窗子里喊："英子，英子在家吗？"几个人稍稍停了下脚，林恒注意到除了冯嫂，他们几个都有些紧张。林恒跟在冯嫂身后，挨着的是陈乡助，王文生走在最后面。

"来啦。"屋里一个三十来岁的女人应了一声拉开了门，看到他们一愣。陈乡助抢上前去说："县里来了两个同志到贫困户家里看看。"这个叫英子的女人这才淡漠地望了他们一眼，她的瞳仁黑亮亮的。

地上堆着一堆松树塔和一小堆松子，再看她脸上渗出的细汗，几个人方才松下心来。"砸松子呢？"冯嫂问。"嗯哪。"她再次漠然地看了他们一眼，又重新蹲下身去捡起了地上的柞木棒，砸起来。两个女娃在炕上烤着一个火盆，看见生人眼里流露出怯生生的目光。

冯嫂问吃了吗，英子头没抬说吃过了。

冯嫂就把挎篮里的酸菜和冻黏豆包拿到外屋的锅台上，王文生也跟她走到外间去。外间有一个土豆窖，王文生故意问了一句："她家过冬的菜主要吃什么？"冯嫂说："土豆。""够吃吗？"王文生说着很小心地拿手电筒顺着敞着一块木板的土豆窖照照，土豆窖不大，里面的土豆却是满满的。里面不少土豆已生出了白白的土豆芽子，怪不得要敞着盖。他和冯嫂又走进里屋来。

冯嫂进屋来，问两个孩子过年的新棉衣做好了吗，没做好拿她那儿去她帮着给做。英子说她做好了，她只是把去年的棉衣拆洗了重新换缝了一下。

趁她俩说话的工夫，林恒和王文生已将里屋外屋端量了个遍，说："这房子够老的啦。"英子听了没再说什么。

走出来，走到半道，陈乡助对林恒说："如果没什么事我先回去了。"看他神色着急的样子，一定又是去赶场打麻将。

林恒和王文生一道往回走，路上，冯嫂说："你们知道陈乡助为啥不愿意来？"林恒听了很警觉，细瞅了冯嫂一眼。

"都说寡妇门前是非多，英子门前灾凶多。这女人邪性，娶她的两个男人都被她克死了，连个打种儿的都没有留下，你们看到了，两个都是丫头片子。屯子里的男人再没人敢娶她，就连两个打野食的后生，也一个被树挂砸断了胳膊，一个上山采药掉到崖下摔断了腿，至今还瘫痪在炕上。所以屯子里的男人平常都不敢和她接近……"

怪不得她瞅他们的眼神有点儿冷，王文生想。

一晃他们三人来这里已经一周了，一连几天在屯子里转悠并没有发现什么动静，就让他们刚开始来时紧张的心里有些松弛了下来。

这天早晨，林恒、老蔡和王文生走到前屋去吃饭，一张圆桌上摆着一盆热气腾腾的饺子。冯嫂说："今天是腊月二十三，吃灶边的饺子，你们公家人过年也不在家，也真够辛苦的了……"几个人这才想起今天是小年，林恒有点儿感动冯嫂想得这样周到，就招招手说："过来一起吃，完了打在我们的账上。"冯嫂和大丫还有冯嫂的公爹，一个干巴老头儿，就一起围拢到桌前"噗噜噗噜"吃起来。吃得兴起，老蔡抹着脑门子上的热汗，哈着嘴说："二十三吃灶边，二十四写大字（春联），二十五做豆腐，二十六去割肉，二十七杀个鸡，二十八把面发……"冯嫂就打断说："你那是老皇历了，现在谁家都不缺面，新嗑是：'二十八把财发'……"老蔡听了就愣愣地瞅冯嫂，看得出他又想家了，昨晚他又问林恒他们什么时候回去。

冯嫂停了下说："俺家老冯小年不回来，就得二十八回来了，二十八是财神爷关门的日子。"几个人听了，就向冯嫂说些"恭喜发财"的吉利话。到来这些日子还一直没见到男主人，听冯嫂说她家掌柜的到山外推销山货去了。

白天，老蔡和王文生又到屯子里去转悠。傍晌午时，从山道上慢慢地移下一个人来，戴着狗皮帽子，肩上扛着少半袋松塔。走近了，瞅清是吴英子。

回来，林恒问："屯子里有什么情况？"

"还没有。"王文生摇摇头。

"晚上我们再到她家里去一趟，去叫陈乡助一下。"

陈乡助来了，看来他这两天手顺，脸上不像头几天他们见到时那样烦躁了。林恒没叫老蔡跟过去，老蔡一天没说话，知道他想家了。

过去时，冯嫂又跟着过去了。屯子里还能听到零零星星的鞭炮声。一走进吴英子的家门，看见吴英子仍蹲在屋地中央在砸松树塔，看见他们进来头也没抬。炕上两个女娃捧着碗在喝面叶汤，盆里的汤能清楚地照着两个女娃的脸。

"过小年啦，也不歇着，英子，给孩子带碗饺子，你也过来吃。"冯嫂把饺子碗从布兜里拿出来，摆到炕桌上，说："妮妮，过来吃。"

两个女娃懂事地你瞅瞅我，我瞅瞅你，并不过来吃。

英子说："吃吧，吃吧。"她俩这才伸过筷来夹碗里的饺子吃，吃得很香。

他们说话的工夫，林恒又里外屋扫视了一下，并没有发现可疑的迹象。外间的土豆窖依旧敞着一块木板盖，里面又多生出了些土豆芽子。

回来，林恒又和老蔡到屯子里去转了。他们晚上换班到那家附近蹲坑守候，很晚他俩才回来，身上披着一身厚厚白霜。王文生还没睡，他还依在煤油灯旁在看书。老蔡一回来冻得通红的脸有些兴奋，嘴里念叨着："……二十六去割肉，二十七杀个鸡……"王文生问他是不是又想家了。老蔡就嘿嘿笑，说："咱头说了，咱们后天回去，后天是二十六。"王文生就拿眼去瞅林恒，林恒站在灯影里脱衣服，没说什么。等老蔡出去到院子里上厕所，林恒才对着他耳边如此这般地说了几句什么。王文生一愣，问为什么不告诉老蔡，林恒眨巴眨巴眼说他怕老蔡着急回家说漏了嘴，再个也需要他的配合……王文生就听明白了。老蔡上厕所回来嘴里还："等咱二十七到家，你俩一起跟我到我家里去，我叫你嫂子把家里的芦花鸡杀了。"老蔡很高兴，他从来没出过这么长时间的门。

林恒回来脱巴脱巴就躺下睡了，老蔡躺半天没睡着，还在炕上来回翻身，看来这个小年夜真叫他想家了。王文生刚要合眼，又忽听他这样问了一句："你说我们当警察的能发财吗？"王文生愣了愣眼，不明白他为啥这样问。

"前晚你们出去时，冯嫂的公爹给我看手相，说我后半辈子能发财……"

"他是怎么说的？"王文生有一搭无一搭地问。

"扯淡呗。他要是知道咱是警察，不定怎么说呢。"老蔡说着话睡着了。

早上起来，林恒没在屋，老蔡又跟王文生说他夜里做了个古怪的梦，身上堆满了白花花的雪，压得人都有点儿喘不过气来……

王文生说："那不是雪，是银子。老蔡，你发了。"

老蔡就很忸怩地笑了："俺要能发还好了呢，俺兄弟就不用出大力了。"

下午王文生和老蔡在屯子里转，在西山坡根边，王文生又看见吴英子背着半麻袋松塔从山上走下来。

他俩望望那条通向山背后的爬犁道，日头下，明亮的爬犁道像一把闪着寒光的刀，上面有一行清晰的棉鞋印。

"明天咱们就要回去了，咱俩是不是也进山捡点儿松树子儿？"老蔡对他说。

早上，老蔡把他们要走的消息告诉了陈乡助和冯嫂。看老蔡这样说，王文生想起林恒的叮嘱，真有点儿不忍心告诉他他们明天不一定回去。

王文生就说："要不上冯嫂那儿买点儿吧。"冯嫂家收松子，往山外倒腾卖。

老蔡听了说："买的能和捡的一样吗。"王文生知道老蔡不想花钱才这样说，也就没再搭他的话。

吃晚饭前，吴英子来冯嫂家卖松子。吴英子对冯嫂说："冯嫂，过年了，没人进山捡松塔了，你看看是不是把价钱提一提，两块钱一斤行不？"

这工夫林恒走了过去，林恒对冯嫂说他们明天就走了，让她把住宿费和饭费有工夫算一下。冯嫂嘴里应着。

51

早晨一觉醒来时，老蔡的被窝空了。

王文生过前屋洗脸，没看着老蔡的身影，就问从前院急匆匆走进来的林恒："老蔡呢？""我也没看见，我正找他呢。"王文生也觉得奇怪，他一大早去哪里了呢？就跟着林恒要出去找找，冯嫂倚前屋门框上拦住了他们，说："你们今天就走吗？"林恒点点头。"告诉你们那个同志，走前把麻袋还回来，要不就在宿费里扣了。""麻袋？什么麻袋？""他今儿个一大早管俺借了一条麻袋。"林恒就瞅瞅王文生，王文生猛然想起老蔡昨天跟他说想进山捡松树塔的话，拉林恒出去对他说了句："糟了，他一个人进山了……"

"什么？快穿好衣服跟我走！"林恒吼道。

他俩直接走上了南山坡的爬犁道，果然就在雪道上看见了一行脚印，是老蔡的。老蔡的鞋码和林恒的差不多，王文生气喘吁吁地在前边大步跑了……

又翻过了两道山岗，来到了一片厚厚的茂密的红松老林子里，他俩一下子怔住了。雪地上的脚印变成了两行，显然不光是老蔡踩出来的。林恒和王文生心里有点儿发毛，林恒从腰里掏出了手枪，端在手里，叫王文生拉开一定的距离跟在他身后，小心翼翼地向前走去。

他俩顺着这两行脚印一直走下去，就看到了一个他俩不愿看到的场面。

老蔡身子跪卧在一处隆起的雪窝子里，身旁放着条麻袋，里面瘪瘪鼓鼓装着有十几个松塔。老蔡的腿上和胸上各有一个枪眼，血都冻住了，把白白的雪地染成通红的一片。林恒和王文生跟跟跄跄跑过去，去抱老蔡的身子，老蔡跪卧的身子硬硬的像一尊塑像，不知是因为失血过多很快冻硬的，还是因为不能动冻僵的。老蔡手里还冲前方握着枪，手里的枪也冻住了，顺着枪口的方向，林恒看到几十步开外的一棵半截老松树下，雪地里趴着一个人，那人后背上中了一枪，身后的树身上有个洞口，那人像个死熊一样一动不动摔在这个洞口下面……林恒端枪走过去把他翻过来，这个人也身子僵硬已经死去了。雪地里扔着一把五四式手枪，林恒把这把枪捡起来看了一眼枪号，这支枪正是他们去年要找的那把五四式手枪。

"老蔡！"王文生抱着老蔡的身子失声恸哭了起来。

林恒返回身来，费了挺大的劲才把老蔡紧握在手里的手枪掰开拿下来。致命的枪伤在老蔡的左胸口上，胸前的血冻住了一大片。从老蔡和这个人相对的位置上看，应该是老蔡先开的枪，这个人刚从树洞里爬出来，老蔡就发现了，可是这么近的距离为什么没有击中他，眼前的情景只有一种解释，那就是老蔡打的第一枪没打响，而让这个家伙回过头来开了两枪。而他刚要回身缩回树洞里去，老蔡的第二枪就响了。他拉开老蔡的枪来察看了一下，发现弹夹里面果然少了两发子弹，而这人身上只挨了一发子弹，老蔡开的第一枪子弹卡壳了，老蔡退掉后这才开了第二枪。他低头察看了一下，在雪地里果然找到了那颗没有射出去的子弹。林恒就蹲下身子去紧紧抱老蔡硬邦邦的身子，嘴里哽咽着说："老蔡，你为什么上山不告诉我们一声啊……你叫我怎么向你老婆和你兄弟交代啊！"眼里滚出了热热的泪水。

　　随后，林恒强忍着悲痛叫王文生赶快下山去找一副爬犁来，再把陈乡助找上山来。他在这里守着。工夫不大，王文生和陈乡助他们急急忙忙赶上山来了，陈乡助说他已打电话通知双丰派出所，过一会儿他们过来处理现场。

　　他们就把老蔡的尸体放到爬犁上，拉下山来。到了屯子里以后，林恒叫陈乡助在屯子里找人打一副白茬棺材。趁几个木匠打棺材时，王文生悄悄把林恒拉到一边说："用不用打电话告诉家里人一声，叫老蔡的兄弟来一下？"林恒听了说："算啦，来不及了，还挺耽误事的，今晚上我们就返回去，我们两个把老蔡送到家。等到了车站上我再给刘指导员打电话把这事告诉他。"

　　等到下午棺材打好了，林恒付给了四个木匠打棺木的钱，就和王文生在陈乡助和冯嫂的帮助下将老蔡的遗体装殓到棺材里。又雇一驾马爬犁，在屯子里围观人凄凉的叹息声中拉着棺材向双丰沟车站方向走去了。

　　离开屯子时在屯外的山道上碰见了吴英子，她正被双丰派出所的人带走。她头发有些散乱，目光直直地瞅着他俩说："……你们说，碰我的男人是不是都得死……哈哈！……"吴英子的笑声在白森森的林子梢头回荡，有些阴森。王文生和林恒都低头并没有去理会她，王文生还沉浸在悲痛中。

到了双丰沟车站，他们又见到了来时见到的那个值班员。那个值班员一见到他俩跟着拉棺材的马爬犁出现在小站上，吃了一惊！他已认出他俩来，就是头些日子在这里下车进山向他问路的那三个外地老客。"……你、你们……那位同、同志……"得知他们是警察，更叫他惊讶不已，刚才在来的路上，林恒已叫半路上赶来问他们有什么需要帮助的那个双丰沟派出所所长跟车站上说说，他们要把老蔡的遗体运回去。这个黑瘦的所长随后就跟到了车站上，同这个值班员讲明了情况。开始他还有些为难，后来他说："半夜里有一列途经庆城方向去的闷罐货车不知道行不行……"林恒赶紧说："行、行。"谢过了那个派出所所长，就叫他回去了。

可是到了晚上，那个派出所所长又来了，他带来了一条云鹤烟、三瓶兴安白酒、一只烧鸡和别的熟食，说路上冷，叫他们路上喝点儿酒驱驱寒。林恒一时不知说什么好，所长又瞅了瞅地上的白茬棺木，又从掖下抽出一卷黄草纸和一捆黄香、一捆白蜡烛，说："这些，还有烟和酒，也是我给这位哥哥准备的，我还不知他叫什么名字，就当是我送送这位哥哥吧。"说时，林恒和王文生已有泪涌出了眼圈，林恒大为感动，紧紧握着他的手，眼里噙着泪说："谢谢，我代表我们所里和蔡永井同志家里人谢谢你！"

"啥也别说了，天下警察是一家，这位蔡同志的家里人知道了还不定有多难过呢，眼瞅就要过年了……唉，唉！"

王文生已背过脸去……

这位黑瘦的所长一直陪着他俩守到半夜。到了半夜时，车来了，派出所所长和那个值班员帮他们用木杠把棺木抬上车，轻轻放下了。这工夫，那个值班员又回身把刚才他们在站里烤火用的火盆端上来，说光板闷罐车厢里冷，叫他们路上烤火用。吕所长又过来叮嘱，叫他们一路上别忘了烧纸，白蜡烛要点一道，否则这位蔡同志的魂就回不去家了，别叫他的魂丢在路上，要好好地把他带到他的家人面前……说得几个人又心里酸酸的。

头半夜等车时，他一直蹲在棺木前替他们烧着纸。

车开了，还看见他站在车下呼啸的寒风雪尘黑影里，举手敬着礼一动不动地站着。旁边还站着那个站上的值班员，他也一直在举着手里的绿色信号灯，在白茫茫黑森森的雪夜中划过一道长长的灯影，直到列车拐弯看不见了为止。

"这疙瘩的雪真白。"

咣当咣当的车厢里突然响起一个声音来，王文生回头四处惊异寻望，结满寒霜的闷罐车内再没任何人影了。棺木随着车厢的颠簸在一晃一晃颤动着。王文生对着棺木前的火盆在一张一张烧着黄纸。林恒把三支燃着的黄香插在一只盛着雪的碗里，地上还点着三支白蜡烛，蜡烛把他俩沉默的身影印到铁皮车厢壁上去。林恒把熟食摆好了，把三只碗里倒满了酒，举起一只说："来，我们三个一起喝一个吧。"他先洒到车厢地上一杯酒后，已泪流满面了："老蔡，你怎么就这么走了呢……回去怎么让我向嫂子和你兄弟交代呀……"

棺木前放着那只烧鸡，看到烧鸡，王文生就想起老蔡昨天临睡着还念叨一句"二十七杀个鸡"，说回去他叫他老婆把家里的芦花鸡杀了，叫他俩一起去家里吃鸡……一行泪青虫子似的又无声冰凉地爬到王文生的脸上。

棺木里的这个朝夕相处一年多的人，怎么就这么走了呢？

52

次日早上，披挂着浓浓白霜的这列闷罐车缓缓地停在了庆城车站上。

闷罐车门一打开，王文生就看见冷飕飕的站台上黑压压站了一大群人，都胸前戴着白花，除了他们所里的人外，市局的宋局长、政治处刘处长，分局的高局长也来了，车站派出所的车所长、老白、申杰明……还有侯站长也站在下面，老蔡的家人都来了，一身素装、腰上缠着白布带的老蔡妻子和他的两个兄弟被簇拥在人群里，老蔡的妻子是一位很朴实的家庭妇女，此时她已哭成了个泪人，她被孙雪云搀扶着，两眼直直地看着棺木从车厢里被人抬下来，不相信棺木里躺着的是老蔡。老蔡的大弟弟则抱着棺木哭得死去活来，老蔡的二弟弟两眼木木地望着天空，就像当初他在站台上送老蔡上车走时那样一句话也没说。大家看到了，过后都说老蔡这个二弟心真硬。

人群缓缓地把棺木抬出了站台，站上的服务员也都列队目送着老蔡。吕巧荔和几个跟老蔡平时熟悉的姑娘哽咽着在默默地流着泪。棺木拉到殡仪馆去，老蔡的遗体从棺木里抬出来，大家同老蔡的遗体告别时，老蔡妻子红肿的眼里已流不出泪来，她嘴里喃喃地说："他咋这么就走了呢？他还跟俺说过年等他回来办年货呢……"王文生听了心里酸酸的。林恒则走上前去紧紧握着老蔡妻子的手说："是我对不起嫂子，是我没照顾好老蔡……"

刚从火车上下来时，在站台上，刘家友就迫不及待地把林恒拉到人群外边问："这究竟是怎么一回事……"林恒看了看他，又看了看那边悲恸的人群，冷着脸什么也没说，只说了一句："老蔡牺牲得很勇敢……"

分局高局长在殡仪馆里主持了追悼大会，宋局长和市局来的人也参加了追悼会。火化完，宋局长走时紧紧握着老蔡妻子的手说："老蔡是个好民警，走得很勇敢，我们会为他请功的，今后家里有什么困难就向组织提出来。"又握着老蔡两个兄弟的手说，"你们要向你哥哥学习。"老蔡的大弟弟抽泣着点点头，老蔡的二弟弟依旧没有吱声，目光冷漠地望着那个高高的大烟囱。老蔡刚刚在那上头化成一股黑烟飘走了。

从殡仪馆回到所里，王文生身心已极度疲惫了。一天一夜的颠簸他都没有合眼，刘家友叫他在宿舍里睡一觉，可是他一丝困意都没有，一合上眼满脑子都是老蔡的影子。过后，王文生始终在想，如果在山里走的前一天，自己要是答应了老蔡跟他一起进山去捡一次松树塔，是不是老蔡就不会牺牲了？还有要是林恒把他们的计划告诉老蔡，是不是他也不会牺牲了？

　　王文生有点儿不敢去看老蔡二弟弟那冰冷的目光，那天在安葬完老蔡回来的路上，趁没人时，老蔡的二弟弟突然问他："我哥临走的时候，说了什么没有？"他望望他……摇摇头。在他们回来的车上，林恒特意叮嘱要他隐去老蔡牺牲的一个细节，就是老蔡那天早上不是上山捡松树塔与那个人遭遇的，是他们上山抓捕时遭遇的……过后他才明白这是为了让老蔡烈士称号批得顺利。他问过丁陶洁了，如果上边正式批准老蔡为烈士，就可以给他家里按烈士发放抚恤金，并且他的一个兄弟按烈士待遇能被招进公安队伍里接老蔡的班。

　　本来今年春节他是打算回家的，因为老蔡突然牺牲，他已经没有回家去的心情和打算了。老蔡的突然离去，执勤组就剩下他和刘铁北两个人，倒班的人手也不够，他就不能回去了。

　　一连几天在执勤室里，他还会看到老蔡的影子，老蔡留下的执勤日记，老蔡验枪时一丝不苟的样子……这件事过后，分局给他们执勤组配备了一把崭新的六四式枪。刘铁北交接班时也学会仔细验枪了。刘铁北曾问过他老蔡当时牺牲的样子，并问到那人当时是怎样叫老蔡发现的。听完他的描述，刘铁北叹息地摇了摇头说："我早说过那把老掉牙的枪有可能打不响的，唉，真是不幸，让我说中了。"

　　王文生心里又是一阵难过。

　　老白在站台上也问过老蔡是怎么死的，他没有说老蔡那天早上是一个人上山去捡松树塔与那个人遭遇的，只说他们在山里追捕时老蔡突然与那人相遇了，两人同时开的枪。

　　"啧啧，想不到老蔡这么勇敢！"老白惊叹地说了一句，随后又叹息地摇摇头，"只可惜他丢下的一大家子人该怎么办呢？"

没过几天，分局为老蔡报请的烈士称号被省厅批准下来了，这起抢枪案的侦破也让站前派出所又荣立了集体三等功，老蔡荣立了个人二等功。老蔡在车站当临时装卸工的二弟弟作为烈士家属，被招进公安队伍里来了。

大年三十这天上午，林恒、刘家友、王文生一起去了老蔡的家里看望，刘家友带去了所里分的鸡和冻肉等年货，林恒和王文生又悄悄地没有当着刘家友的面各自从刚发的这月工资里拿出一半来留给了老蔡家里。

出来，西北风飕飕地吹，街上的行人都急匆匆地往家赶。城区里不时地响起了零星的鞭炮声，日子过得真快，不知不觉一年多过去了。

三十这天晚上，王文生在前屋值班，候车室里和去年这个时候一样，显得异常清静和寂寞，胖胖的问事处女值班员又坐在那里打瞌睡。王文生转了一圈后，就回到值勤室里把门关上了。他静静地坐在椅子上，听着外面此起彼伏的鞭炮声，不知这会儿该干些什么。

他在前天给家里写过信了，告诉家里今年不回去了，家里人一定很失望，上次父亲还来信说盼着他今年春节能回去和家人团圆。他没有在信里写他刚外出去执行一次抓捕任务，也没有告诉同事老蔡的牺牲。他怕家里人担心。从警这一年多来发生了这么多事情都是他没有想到的，去年的三十晚上还是老蔡在前屋执的勤，可是现在他人已不在了。去年的三十晚上，他还和吴兴天通过一次电话，吴兴天在那个偏僻的乡下派出所里虽然寂寞，可却是一副兴冲冲的样子，可现在他却被判了刑，恐怕是得在监狱中过年了，本来那会儿他俩说好今年一起结伴坐车回家过年的，可他现在在哪里呢？想想老蔡，想想吴兴天，他心里既难过又悲凉起来，也许警察就是这么个叫人捉摸不定的职业。

听见敲门声，他起身去开门。见外面站着丁陶洁，他不由得一愣。

"你怎么来啦？"

"我在家不愿看那没意思的电视晚会，就过来看看你。"丁陶洁说。

他把她让进了屋里。丁陶洁看了看屋里，又看了看他的神情，说："你一个人坐在屋子里发什么呆？"

看看桌上他打开的一本去年值班日记本，上面有老蔡工工整整的笔迹，说："你是不是又想起了你们老蔡牺牲这件事？"

王文生承认地点点头，并说："如果我要那天和他一起上山，他也许就不会牺牲了……"

"你不要那么去想，全国每年有三百多名警察牺牲，这也是很正常的，既然我们选择了干警察这份职业，就要有这个心理准备，你不要太难过了。"丁陶洁安慰他。他知道她是听他父亲讲的，他父亲开会时常讲警察的工作在和平年代是最具危险性的工作，全国平均每天都有一个民警牺牲。

看他情绪好点，他们又聊了一些别的，看看时候不早了，王文生说："你回去吧。"丁陶洁这才站起身来，王文生出去送她，他一直把她送过天桥。走上天桥时她突然问他："文生，你有没有对当初选择警察这个职业后悔过？"

"……我没有。"他不知道她为什么这么问他。

她眼睛定定地看着他，没有再说什么，转身走了。

站在天桥上，鞭炮声"噼噼啪啪"地响着，礼花将城市的夜空燃亮了。这万家团圆的时刻，恐怕只有他们这些穿警服的人知道这安宁的背后付出的是什么……他突然明白丁陶洁为什么那么问他了。

回来刚坐下不久，吕巧荔敲门进来了，她也今晚值班，她来给他送饺子，又是她们值班的服务员在值班休息室里包的。

想起去年大年初一的晚上，她也给他送过饺子，不由得一阵感动。

"刚才你的那个警校女同学来看过你了？"吕巧荔随意地问了一句。

显然他刚才送丁陶洁出去时被她看到了。他点点头。

"你真的不打算调到区文化馆去了吗？"

他迟疑地看了看她……摇摇头："现在我已不去想这个事了。"

春节过后第三天，他刚刚下夜班没等交班时，刘家友带一个人走进执勤室来，他迷迷瞪瞪刚想脱口喊出"老蔡"，细瞅那人却不是老蔡，那人是老蔡的二弟弟。他穿着一身崭新的警服，有点儿肥大。看王文生发愣，刘家友就说："这是老蔡的弟弟蔡永利，他分到我们所来当民警，就在你们执勤室干吧。"他瞅瞅他，他的脸上还是像以前他见过的那样面无表情。

"你带他先熟悉一下环境。"刘家友像一年前他刚来时交代老蔡时一样交代他说。刘家友还把他悄悄扯到门外去，小声说："他可是英雄的弟弟，你要好好照顾一下他。"王文生点点头。

刘家友走后，趁刘铁北还没来，他先在执勤室里向他讲了执勤组的日常工作怎么做，并把执勤日记拿给他看，又特意翻出去年的执勤日记本来，那上面还有老蔡写的工作日记。工工整整的字迹让他眼前一下浮出老蔡的面孔来……可是老蔡的弟弟却听得心不在焉。后来他又把执勤公用枪从枪套里拿出来，交给他怎么验枪。老蔡的弟弟一看到枪，冷漠的神色闪了一下，问："枪会不会走火？"王文生说："只要关着保险，枪是不会走火的。"可老蔡的弟弟还是眼神冷冷地瞅着它，大概他这会儿想起他哥哥是怎么死的了。

过了一会儿，刘铁北来了。这老蔡的二弟弟在车站上干活时他也见过，只是今天换了崭新的警服像换了一个人，刘铁北瞅了瞅他身上崭新的警服说："你可要好好干，要对得起你哥哥。"老蔡的二弟弟就眼神有点儿冷漠地瞅瞅他。等他先往外走，刘铁北又在背后叹息了一声，对王文生小声说了一句："唉，他这身警服可是他哥哥用命换来的呀。"王文生一想可不是，如果老蔡不是烈士，他还得在货场里扛大包呢。

老蔡这么走了，也算值了。

53

春节过后没多久，林恒就被调到分局刑警队当队长去了，王国田则被降到治安科当副科长去了。

站前派出所就由刘家友指导员兼代理所长。王文生则被任命为执勤组长。

刘家友让他当执勤组长时，王文生则谦虚地说："还是让老刘干吧。"刘家友一横眼睛说："他整天迷迷糊糊的，我还怕他误事呢。"刘铁北也有自知之明地说："王文生，你就干吧，我这人吊儿郎当惯了，当不了领导。"

刘铁北一下班还常去找温金山喝酒，王文生几次想把他跟吕巧美有一腿的事说出来，可是忍了忍他还是忍住了，最主要的是怕他嘴上没个把门的，当谁都说，让吕巧荔知道了难堪。

蔡永利刚来那几天上岗，王文生负责带他到站台上去，有人问他这个新来的警察是谁，王文生就说是老蔡的二弟弟。有认识老蔡的，就嘴里叹息着，说："老蔡是好人哪。"老蔡的二弟弟听到了，脸上依旧是冷漠的表情。王文生像当初老蔡带他熟悉站台上的环境一样把站台里的每个角落都走了一遍，也把老蔡的弟弟向人介绍了一遍。在货场里有和蔡永利一起干过活的工友，见了蔡永利就说："哟嗬，几天不见当警察啦?"有知道他这份工作是他哥拿命换来的，就说："小子好好干，别给你哥哥丢脸。"

在站台上碰到老白，老白没等他介绍，就说："是老蔡的兄弟吧?"

王文生点点头说是。

老白就叹息一声摇摇头。老白说他再过些日子就退休了，退休之后他就回家哄孙子了。老白说他干一辈子警察最大的愿望就是能落个平平安安。

老蔡的弟弟蔡永利步子走得松松垮垮的，王文生小声提醒过他几回，可是他走走就又忘了。

王文生就想，他怎么一点儿也不像老蔡呢？

老蔡的弟弟字迹也写得像蟑螂爬的似的，后来才知道他在老家仅仅念完小学就不念了。

蔡永利除了举止仪表不像老蔡外，在工作上也缺少老蔡的那份热情，在站台上执勤时他的眼睛里时常流露出一种冷漠和麻木。无论是所里还是站上的人当着他的面说起老蔡助人为乐的事情时，蔡永利都听得无动于衷，仿佛别人在说起一个和他无关的人。他眼睛空洞洞地望着天空或如蚁的下车人流，面孔麻木得如一张没有任何内容的白纸。

有一回他私下里问过王文生："俺哥做这些事有鸟用呢？既不多挣一分钱又不当饭吃……"他是指老蔡在站台上帮人拎包送行李这件事。

王文生就愣愣地看着他。

过后他把蔡永利的话反映给了刘家友，刘家友听后说："他毕竟没上过警校，你要帮帮他，他毕竟是英雄的弟弟。"

后来刘家友又说："等有机会把小蔡送到警校去培训一段。"

王文生也听明白了，小蔡毕竟不是老蔡。他怎么总拿他和老蔡比呢……有时他还在交接班记录和月总结上不由自主地把蔡永利的名字写成了蔡永井，发现后改过来了，好在蔡永利没有看到。

王文生在站台上又见到了王艺副馆长匆匆忙忙坐市郊车回家的身影，有一回见到他时，王艺问他最近在忙什么，写什么东西没有。王文生就回身走到执勤室屋里，从抽屉里抽出一本刚给他邮来的《鸭绿江》文学杂志，那上面有他新近发表的一篇短篇小说《枪》。王艺副馆长抓过来，一边等车一边飞快地翻着看，看完问他，还想不想调他们文化馆来，他们创作辅导部还没调别人进来。

王文生说老蔡牺牲啦。

"老蔡……哪个老蔡？"王艺猛丁问。

"就是和我一起在站上执勤的老蔡，你见过的……他常在站上帮人拎包什么的。"

"噢……我想起来了，就是那个待人很和善的老同志，他是怎么牺牲的?"

"年前……我们一起去的山里抓人，结果把他一个人扔下了……老蔡就是这篇小说里的主人公。"

"噢、噢……可惜了，太可惜了。"

王艺连连摇头，甩着飘逸的长发走上车去。早春的太阳隐在寒雾中，冻得他耳朵发红。

过了两天，王文生收到了这篇小说的稿费八十余元钱，刘家友知道了，眼神怪怪地瞅他，说:"你写文章还这么挣钱。"孙雪云听到了抢白了他一句:"你以为光你老婆卖水果挣钱，这可是挣的文化心血钱。"他休班在寝室里爬格子，孙雪云都看到了。

40 次车进站后，王文生掏出八十块钱叫毕乘警给他捎一条万宝路烟和一盒北京点心来。隔日，毕乘警就给他捎回来了。

王文生问过蔡永利:"你哥哥是不是没去过北京?"

蔡永利说:"他没有去过。"

王文生又问:"你哥哥是不是想去北京?"

蔡永利说:"他很想去一回，那年他把俺兄弟俩带到东北来，说好车在北京停车时领俺们到北京站台上站一站就算来过北京了，偏偏赶上俺二哥拉肚子，他就留在车上照顾俺二哥没下车来，只让俺到站台上站一站……"

这天休班，王文生就带着万宝路烟和点心去了老蔡的墓地，王文生在老蔡的墓碑前坐下来，把那盒北京点心打开，一块一块拿出来摆到老蔡的墓碑前，又点上几支烟摆在墓碑上，对着老蔡的遗像说:"这是从北京捎回来的点心和烟，老蔡，你吃吧，你抽吧，就当你去过北京了……"

停了一下，又说:"老蔡你还怪我没有跟你一起进山捡松塔吗? 要知道这样我就跟你上山去了……老蔡，你别怪我把你丢在山上了，别让我老是梦见你，我很难受……"他也点了一支烟吸了一口，抬起头来透过缥缥缈缈的烟雾，似乎看见墓碑上老蔡照片的脸上冲他微笑了一下。

他在那里坐了一会儿，站起身来时，看见一个身影远远地朝这边走过来。等那个身影走近了，他才看清是蔡永利，听他突然说道："俺哥临死的时候说了什么没有？"

王文生看了看他，说："你哥他什么也没说。"就掉头走开了。

"俺不相信俺哥一句话也不说就这么走了……"

他想说出实情来，可是这样说对他有什么好处？想想他还是忍住了，就当是为了老蔡。

丁陶洁到车站上来看他，王文生一见到她就问林队长在他们刑警队里工作开展得还顺利不。丁陶洁说挺好的，林队长刚刚带队里的人破获一起积案。

坐下来她看到桌上那本登有他这篇小说的刊物，就抢过去看，看着看着眼圈就红了起来……放下来说："王文生，没想到你把老蔡写了进去。"分局在年初刚破获这起案子时出过一期简报，简报是丁陶洁写的。看了王文生小说，她感动中自愧不如。

"其实你应该到刑警队当内勤的。"

王文生见她这样说，就说："这是小说，两码事。"

"林队长说你要是到刑警队来，也许会成为一个出色的刑警的。"

"他真是这么说的？"

"不过他又说你这人心思太重了，什么都走心，当作家可以，当刑警可是大忌。"丁陶洁看着他的眼睛说。

他不得不承认林恒说得对。

丁陶洁临走时，他从抽屉里掏出两盒万宝路烟，叫她捎给林队长。

256

54

　　站台上的雪又化光了，春天渐渐露出暖和的面孔来。站台上的那两棵老榆树又柔软了腰身，不几日就从弯弯曲曲的树杈上萌发出细小的嫩芽。带着暖意的风吹拂过它苍老的树身，龟裂的树皮被烟气熏得更加漆黑了，更像是一张饱经岁月沧桑的老人脸。

　　老白终于退休了，走的这天，车所长和铁路派出所的人到站台上来送他，老白整整齐齐穿着一身摘去领章、国徽的警服，在那趟市郊车还没过来时，老白突然走到那两棵榆树跟前，抱着一棵榆树的树干呜呜地哭了……这让大伙一愣，车所长走过去，拍拍他的肩膀拉起他来说叫他不要难过，什么时候想所里人了就再回来看看。老白说他不是难过，他只是……老白欲言又止地说，他的目光往人群后面扫了一眼，他的目光远远地落在了王文生身上。王文生没有走上前去，他默默地站在人群后面。

　　老白的心思恐怕只有王文生一个人知道，他想起昨天晚上和老白在一起喝酒的情形，让他看到了老白的另一面，另一个不为人所知的老白的内心世界。

　　昨天晚上在公寓食堂吃饭时，老白叫上他和他在一起喝的酒。他有点儿奇怪老白这个时候怎么会自己一个人坐在这里喝闷酒。老白值的是最后一个班，那个食堂厨师知道老白明天就退休了，特意炒了几个好菜。老白为自己斟了一盅酒，又给他倒了一盅酒，一口干了，抹了一下嘴巴说："小王，你说我是不是一个好警察……"

　　王文生怔怔地瞅着他，瞅着面前的酒盅，不知道他为什么这样问。

　　老白又给自己倒上一杯酒，呷了一口，说："我知道你不好回答我，我知道你们这些年轻人看不起我，其实有时连我自己也是看不起我自己，你要说我是一个好警察呢，可我一辈子连一起案子也没破获过……连一个真正的坏人也没有抓到过……"

老白又将酒盅里的酒一口喝干了，他的脸已经喝红了。食堂里的人都走光了，桌前就剩下了他俩。

"别这样讲，您这样辛辛苦苦在站台上干了一辈子，执了一辈子勤，也是我们年轻人做不来的。"王文生不知是挖苦还是诚恳地说，想想老白在站台上风雨无阻地干了一辈子，也真挺不容易的。

"你不要这样安慰我，我知道你在心里是瞧不起我的……你才刚刚当上警察一年多，就参与破获两起大案，尽管不是我们这样的警察该做的，可我还是从心眼里佩服你呀……唉!"老白又与他碰了一杯酒，干了。看来老白今天有意要把自己喝醉，他已经超出了他平时喝酒的量。平时他喝酒总是能把持住自己的酒量的，从喝酒这件事也能看出老白做事的分寸。

"我不是个好警察……"老白瞪着红红的眼睛，摇着花白的头说。

老白这样讲让他有点儿惊愕，平常老白总是自满地叨咕在自己的职责范围内没出过任何差错，包括那一年运送苹果的专列通过小站时掉下一只苹果的事，老白宁可饿晕也没有去动那只诱人的苹果……

"您不要这样讲……并不是所有的警察都能赶上破案子的，何况我们这样的站台上的执勤民警。"他又想起了《我这一辈子》里的那个巡警，看来哪朝哪代都有这样平平淡淡一辈子的警察。这样一想，他也理解了老白。

"不，你不了解我的心思……你知道我这一辈子做过的最后悔的一件事是什么吗?"老白痛苦地打断他，依旧嘴里喃喃地说。

"是什么?"他吃惊地不解地望着老白。

老白又呷了一口酒，嘴里喃喃地喷着酒气说道："……这件事在我心里搁了十年了，我老想忘掉它，可是我老也忘不掉，特别是近来，老让我想起那个死去的怀着孕的妇女……"

"这是怎么回事?"王文生睁大了眼睛。

"唉，你听我慢慢说，"老白深深地叹了一口气说道，"……那是十年前一个初夏的下午，我在站里值班，刚刚接完一趟车从闸口上走出来，穿过广场上的人群就要走回所里去，衣角就被人扯了一下，我扭过头去，见是一个怀着孕的妇女，她神色慌张地对我说有人要杀她。我吓了一跳，问她谁要杀她。她往热热闹闹的人群里一指，我顺着她手指的方向一看，并没有什么人向她追来。她嘴里也在念叨：刚才还感觉有人在跟踪她，这会儿咋没有啦？我问她是什么人，她也说不清。我怀疑她精神有问题，再说如果真是在广场上发生凶杀案，应该找地方警察管。我就是这样告诉她的，叫她到地方派出所报案。当时你们还没在站前设派出所，我指给了她怎么去分局。她的眼神告诉我她不想这么走去，或许她也拿不定主意是不是有必要去分局报案。我就懒得搭理她了，随后就走回了后院屋里去。到了晚上交班时，忽然听人说在铁西的天桥下有人杀人了，有个妇女身上被人捅了三刀。我一听头就大了，就跑去看了。你们分局的人已将现场围了起来，不过我还是在分局的人把她抬上担架时认出了她，她正是下午出现在广场上的那个妇女，她肚子上被捅了两刀……她的眼睛惊恐地圆睁着，血染湿了她的头发，围观的人都不敢看，吸着气叹道：太惨啦，两条人命啊。后来打听才知道杀她的是她丈夫结下的一个仇家，那天下午她本来是从铁东她家里出来想躲到铁西她娘家去的，走到天桥附近恍惚感觉有人跟踪，见站前广场上人多就拐到人堆里来……事后我自己安慰自己想，她应该到分局去报案，这的确是一起地方警察管的案件，她怎么不报案呢？她的丈夫闻讯赶来后扑到她身上哭得死去活来，说是他害了她和孩子……"

"这真是太惨啦。"王文生不由得惊讶道。

"后来听说那个凶手很快就被抓到了……不过我还是忘不了那个女人临遇害前的眼神，如果我再详细地问她一下，如果我把她送到分局去，这一切也许就不会发生了……唉。"

王文生没有想到老白在退休之前会说出这么一个秘密，让他深深地震惊了。良久，他看着他喝得趴倒在桌子上醉过去……

这晚是王文生把他架起来，扶他到所里宿舍去的。

市郊车进站了，老白在车所长他们的簇拥下走上了市郊车，老白光荣地退休回家了。老白临上车时还没忘记同他招招手，老白手里捧着一面大镜子，那是他们所里给他的纪念品，上面有车所长用红漆写的几个字：勤勤恳恳从警一辈子，甘当忠诚人民卫士。锃亮的镜子面反射的一束束阳光刺得他眼睛发痛……老白一早上见到他时，还有些难为情地问他说："我昨晚是不是喝多啦？"他说："您没喝多。"老白不相信地说："没喝多啥，我都吐了一地。"

老白一句也没提昨晚说过的话，老白又恢复了常态，衣着整理得一丝不苟，皮鞋擦得黑亮，只是帽子上和衣领上再没有领章和国徽了。

市郊车在夕阳的余晖中缓缓开去了，老白在窗口再也没转过头来。

车所长轻轻地舒了一口气说："再过两年我也要这样回家啦……"

"难道这就是一个警察的一辈子吗？"王文生在旁边听到了，自言自语叨咕了一句。

"怎么不是？别以为自己破了两个案子就不知道天高地厚了……"刚要离去的车所长听到了，回过头来白了他一眼。

55

春天的阳光像一只美丽的花蝴蝶扑落在站台上，脱去厚厚棉装的人们都感受到了一丝浓浓的暖意。无论是机务段的男机车修理工还是站内女服务员，干完活后，都愿在站台上多待会儿。

吕巧美又把自己打扮得花枝招展起来，衣服几乎是一天一换，衣裙、皮靴越来越薄，而质地却越来越好。这个骚货，她哪来的这么多时髦衣服呢？这些时装有些只能从外地买到，这显然并不都是那个酒鬼大胡子司机从外地捎来的。再说他也不可能有这么多的钱来给她买衣服。

她婀娜走过的身姿和漂亮的时装自然要遭到别的女服务员的忌妒和猜测。有时候这种忌妒和猜测会变成可怕的东西。

"瞧瞧人家也是女人，衣服调着样穿，这辈子就是躺进棺材里也不亏了。"

"你眼气什么，你长人家那副撩惹男人的身子骨了吗？"

"啧啧，那么超短的裙子她也能穿得出来，呸，真是一个骚货！"

"男人都是一个样，没有不沾腥的猫……"

……

温计划员就在这一年初夏开始闷热起来的季节里，被齐铁分局纪检处来的人带走了，坐在闷热的车厢里，温计划员看到站台上的吕巧美还像一只轻盈的花蝴蝶一样在展示她漂亮的羽翼。他很惊讶地发现这个女人有着强烈的嗜穿欲，其实在他眼里，女人，特别是有着一副漂亮身材的女人，还是什么都不穿的好。一想到和她在床上的样子，温计划员心就不禁咚咚跳了两下。不管怎样，能和站上这个美人一起度过那些快活销魂的时光也值了，他深深垂下头去。

事情很快就败露了，温计划员因为贪污和受贿罪被齐铁分处检察院逮捕了。他和吕巧美的关系也被揭了盖子。可是这个女人像什么事也没有发生一样，依然能够在站台上看到她的身影，倒是她的妹妹一连请了半个月的假没来上班。

"我早就看出来他不是个东西啦。"侯站长在站台上当着人的面，提起温计划员时痛心疾首地摇摇头说。

站台上，申杰明的身影也显得沉重了些，他好像瘦了许多。

过了几天，她的丈夫郭司机跑车回来了。一个多月没见，他的胡子又长得盖住了脸。这天傍晚，申杰明把他拉到小酒馆里，让他有点儿惊异。

"你都听到了吧？"

"听到了什么？"郭大胡子愣愣地看着他，两眼由于缺少睡眠红红地瞪着，两腮的胡子多日没刮，黑蓬蓬的。不知道他真的不知道他在说什么还是在装糊涂。

"站里那些对你老婆的议论。"

"听到了一些……"他口气软了下去，眼睛闪闪烁烁地躲开了他。

"你在恨她吧？"

"不……"郭大胡子摇摇头。

申杰明一愣，吃惊地看着他。

"这不怪她……是我对不起她……"他喃喃地低下头去说，他毛乎乎的脸上极具复杂意味地变化着，现出一副痴痴无奈的表情。

郭大胡子并没有去看他，他一连自个干了三大碗酒，将自己的一张黑脸烧得像通红的火炭，瞪着一双迷醉的眼睛，干干地咂巴了一下嘴巴，这才向申杰明讲起另外一件更叫他吃惊的事来。

那是他和她刚刚新婚不久，他跑车到大兴安岭山区去拉木头，有一天夜里，火车在穿过一个山洞出来时，他发现在前边二十米的铁轨中间卧着一个黑乎乎的东西，他以为是从山坡上滚下来的山石，就停下机车头跳下车去看个究竟。不想他刚刚走到近前，那个黑影"嗷"的一声站起来把他掀倒滚落在路基下。原来是一只走迷路的熊，黑熊躲避着通亮的火车大灯向山林中走去了，他当时晕了过去，苏醒过来时只觉得下身一阵剧痛。他是被巡道的人发现送到就近的一家林业局医院的，伤好后回来他就发觉自己那东西不行了，原来是黑熊爪子抓伤了他的胯部……

"这么说你们从那时起就再没行过房事？"

"是的。"

"那你为什么不同她离婚？"申杰明瞪着红眼珠，几乎是同他喊起来。

"我不想让站上的人知道我不是个男人，我求她别离开我。"

"她答应了你，因为你救过她的命？"

"是、是的……"

"可是你知不知道你这样做给她造成多大的痛苦……"

"我知道、我知道我对不起她……"他一口接一口地喝着碗里的酒，直到把自己喝得烂醉卧倒在桌子上。

申杰明怔怔地看着这个烂醉如泥的男人，好像被什么东西击中了，目光有些僵硬。

后来他打电话叫王文生过来把这个软软的男人送回去。他不想再见到这个男人，更害怕去见那个女人！

次日一大早，这个男人就出车了，他的眼睛似乎还在醉着，他蔫头耷脑地走到机车头前，眯着眼睛抬起头往老刘头常蹲的那个地方瞅了一眼，在那块空地里他没有再看到老刘头的身影。他弓着虾米一样的水蛇腰爬上了驾驶室里，宽大的驾驶室玻璃透进来的阳光又让他的眼睛眯缝了起来……这个时候站台还很宁静，还看不到任何一个人的身影。只有夏至的阳光比每天都要早地顺着两条闪亮的铁轨伸过来，让他周身都感到了一种奇妙的温热，让他通体都透明起来，他听到了血液在身体里流动的声音，他拉动了拉杆，缓缓地离开了月台，开进了透明的阳光里……

半个月后，这个男人在返回来的时候出车祸了。他开的货车同另一列货车相撞了，更准确地说是他开的货车在进一个小站时，进错了道岔，与另一列相向驶来的货车车头相撞在了一起。当他发现这一点时，他刹住了闸，跳下车去迎头向对面驶来的车头跑去，拼命挥动着手，结果他被撞飞了。

吕巧美去那个叫扎兰屯的小站给他收尸骨。据当时在场的扳道工讲，他的尸骨当时被撞得满道岔都是，胃肠里还散发出浓浓的酒味儿。"他喝了多少酒呢？"那几个当时帮着捡的扳道工一边捡一边还这样向人说。

穿一身黑纱裙的吕巧美嘴里说："他出车回来途中是从来不喝酒的，他怎么破了自己的规矩呢？"这个女人说时已经两眼失神了。

56

日子一天一天过去，天气渐渐热了起来。蔡永利除了仪表有些吊儿郎当外，开包检查倒还认真，渐渐地王文生也把他当一个值班民警使了。

在检票口上，他看到吕巧荔来上班站在那里工作了，不过她好像消瘦了些，神情也郁郁寡欢，剪完票她不再和那些姑娘待在站台上说笑了。她姐姐家里发生的事情一定叫她感到难过和难为情。自从她姐夫死后，她姐姐也变得沉默了许多。从站台上走过，不再是一天换一套薄纱裙了，而是始终穿着那套黑纱裙。那个铁路司机的死对她的打击挺大，她不再是站上那个招人注目的美人了。

安葬那个火车司机时，申杰明也跟她去了郊外墓地。她对他不再那么刻薄了，王文生听申杰明讲，那天在回来的路上，吕巧美曾经这样问过他："你是不是很看不起我？"申杰明低着头说："我并没有这么去想……"

"我是个坏女人，老天爷在惩罚我，所以让我做了寡妇，我对不起我的丈夫……"

"你不要这么去想……"申杰明在安慰她。

其实，王文生看出来他心里对她的内疚一点儿也不比她对郭大胡子轻。

上午，王文生刚刚回到执勤室坐下，听见门上有敲门声，他拉开门一看，吃了一惊，见门外站着的竟是去年见过的那个哑巴。

哑巴一见到他就高兴地比比画画起来，哑巴衣着整整齐齐，比去年见到他时干净利落了许多，头发也是理得很整齐的平头，看来日子过得不错。

他从哑巴简单的手势中明白过来，哑巴是特意趁农闲时从家里出来看看他们的，看看老蔡……一听哑巴比画着找老蔡，他的心忽悠地沉了下来。他一时愣着不知说什么好，他不想马上告诉他老蔡牺牲的消息，让哑巴一下车就伤心……

他把他领到后屋所里去，大家一见到哑巴都很高兴，不过一看到他脸上焦急寻找的神情，又纷纷回避了。直到他在刘家友的屋里坐下来，又一次向刘家友比画找老蔡，刘家友才不得不阴沉着脸向他比画说，老蔡牺牲了。哑巴一愣，不相信地看看众人，嘴里"啊啊"着张大了嘴巴，瞪大了眼睛望着刘家友。刘家友不得不又告诉了他一遍，老蔡牺牲了，就在年前出外执行任务时……哑巴这回看明白了，红红的眼睛里滚出了泪珠，嘴里"呜呜噜噜"叫着握紧了双拳捶着胸膛，将胸膛捶得"咚咚"直响，看得叫人心痛，孙雪云也跟着掉起了眼泪。

这工夫，刘家友已打发人叫来了在家休班的蔡永利，刘家友跟哑巴比画说，这是老蔡的兄弟，他现在接了老蔡的班。哑巴就停止了捶胸，迎上前，一把抱住了蔡永利，将他身子箍得紧紧的，悲痛欲绝地"呜呜"哭了起来。

下午，在哑巴的要求下，蔡永利又带哑巴去了老蔡的坟上，他在那里给老蔡烧了纸，又把给老蔡带的新小米在坟墓四周撒了一圈。

哑巴回来，他们才从哑巴比画的"讲述"中知道，老蔡去年送他回家后，又给他家写过两封信，主要是写给他哥和嫂子的，叫他们要对哑巴好一点儿，否则他会叫当地派出所出面去管这件事的。哑巴的哥嫂这才对哑巴好了些……王文生和刘铁北从没听老蔡提起过这事，就在心里唱叹老蔡心可真细啊……

哑巴在所里住了一晚上，他们挽留哑巴再住两天，可是哑巴第二天还是回去了。临上车前，哑巴又把蔡永利拉到身前拥抱了一下，又向他竖起一个大拇指，向他指了指，意思是要他像他哥哥一样。蔡永利冷着脸什么也没说。

哑巴的到来又让大家想起老蔡来，这天早上开早会时，刘指导员要大家都应该向老蔡学习，多给单位添彩，少给单位添堵。刘指导员说这话时还特意瞅了瞅刘铁北和孙雪云，两人脸上都瞅不出什么表情。

原来这一阵子有两件事让刘家友挺闹心的，先是刘铁北和他老婆打架，被他老婆找到派出所来，原因是他一下夜班就出去找人喝酒，家也不管。接着孙雪云的丈夫也找到派出所来，请求允许他回家看看孩子。至于为什么不允许他回家看孩子，他却脸红着没有说。原来今年春天，孙雪云已经私下里同他协议离婚，孩子由孙雪云抚养，不过由于他的过错，孙雪云暂不允许他探望孩子。他找到派出所来，大家才知道这回事。最后刘指导员客客气气地把这位文教科长送出门去。对于刘铁北的老婆，他是左劝右劝才把她劝走的，她走时还哭哭啼啼地对刘指导员说："如果他再打我，我就和他离、离……婚。"

刘指导员把刘铁北、孙雪云叫到他的办公室谈话，黑下脸来说："你们都是老同志了，能不能叫我省点儿心哪，嗯！"

刘铁北流露出一副嬉皮笑脸的模样，一个劲儿地点头，掏出烟来给他点，说："刘所，给领导添麻烦了，不过您放心，下不为例了。"

孙雪云则委屈地小声嘟哝了一句："你知道什么呀……"

"嗯？"刘家友回过头看了她一眼，她就住了嘴。

"我就知道两个人过日子没有舌头不碰牙的。还动不动闹起了离婚……"

孙雪云当然没有告诉他文教科长在外面和女下属的风流事，只好打碎牙往肚子里咽了。

这刘铁北的老婆王文生见过一次，生得人高马大的。有一天刘铁北下夜班没有回家又在外面喝酒，她找到站前饭店门口，叉着腰，隔着窗子冲正独自在里面喝酒的刘铁北喊："刘铁北，你再不回去，再在这里灌猫尿，你就永远别回去啦！你就喝死在外头好啦，呜呜……"正好被王文生撞见，王文生后来就问孙雪云，那个人高马大的女人是谁，孙雪云就说她是刘铁北的老婆，王文生随口说了一句："怎么警察的老婆都这样啊？"孙雪云就随口问了一句："还谁这样？"王文生也顺嘴一说：

"还有咱林所长的前妻……"看孙雪云有些走神，王文生自知说得不是地方，就住了嘴。

本来刘铁北的老婆以前是不太管刘铁北喝酒的，管也管不住。自从温金山出事后，刘铁北的老婆就管他喝酒了。因为那天铁路检察院的人也找到刘铁北家去找他谈话。他老婆真担心刘铁北也跟着受到什么牵连栽进去。当然调查的最终结果是刘铁北除了和他在一起吃吃喝喝外，并没有什么瓜葛，对温计划员收受贿赂批条子批车皮的事也基本一无所知。即使这样也着实叫这个女人惊吓得不轻，她不想再让她的男人因为喝酒惹出什么麻烦来，她还要靠他的这份工资养家糊口。刘铁北的老婆没有正式工作，她只在车站铁路公寓里做临时清洁工。

刘家友听说刘铁北的老婆找到站前饭店里来骂刘铁北喝酒，就叫王文生看着点儿，如果再看着刘铁北下夜班不回家和别人去喝酒，他不好意思说，就报告给他，他来管，也不怕铁路派出所笑话咱。刘指导员最后说了一句。

"别看她人高马大的，其实一身的病。"刘铁北在向王文生诉说自己妻子时，还莫名其妙地叹息着摇摇头，说，"这个女人都是生孩子生累的。她一口气生下了三个孩子，老大是个女孩，她非要个男孩，说不能给咱刘家断了后，结果第二胎一生下来是个龙凤胎，第二胎是超计划生育指标生的，交了超计划生育罚款不说，还让家里本来就紧巴的日子更紧巴了。拉扯孩子苦熬日子这些年她也得下了各种病，结核性脑膜炎、三型肺结核、甲状腺亢进……一生气脖子像气吹似的粗。那天你也看到了，我不愿和她一般见识，主要是怕她犯病，她一犯病好几天缓不过劲来，花掉大把医药费不说，我还没时间伺候她。我曾叫她把那个洗厕所、倒痰盂的活辞了，可她从来不听我的，我甚至发誓说我可以把酒戒掉……可她不但不听，还在拿那个姓温的来说事，那天我一急眼就忍不住动手打了她一巴掌。唉，她就是这么个臭娘儿们！"

看来打人不打脸，揭人不揭短，平时看起来什么都不在乎的刘铁北也是有自尊的。

夏天到来后，刘家友的女人又在站前广场上摆水果摊了，常常摆到天黑以后才收摊。刘家友的儿子也两岁多了，刘家友的女人摆摊时就把他们的儿子带出来，放在一边玩儿。

他们从广场来回走过总要逗逗成成，或把他抱起来举到头顶上去，或问他："你爸在家欺不欺侮你妈？"成成是个不太爱说话的孩子，黑溜溜的眼睛盯着人看。刘铁北就启发他："你妈睡觉时和谁在一起睡？"成成就转动一下眼珠说："和我。"后来呢，成成又转动了一下眼珠说："和我爸。"问的人目的达到了就嘻嘻笑。若是这会儿被刘家友碰到了，刘家友就会笑骂一句："兔崽子，在孩子面前也没个正行。"

王文生发现申杰明也很喜欢孩子，他还给成成买过几次雪糕和冰激凌。就想，他若是要结婚，孩子也应该这么大了。真不知道他这个人是怎么想的。

前几天，他看见习车长休班特意从齐市赶过来找申杰明，申杰明倒是客客气气地把她让到他的宿舍里，不知申杰明向她说了什么……习车长走时，他在站台上看到习车长眼圈红红的。

过后没两天，40次特快车路过站里，他看到毕乘警从车上走了下来，那天申杰明不当班没在站上。他走到王文生跟前说："你们那个申警长太牛气了，不就是仗着他爸爸当局长吗？要说我们习车长找什么样的男朋友不能找？都有京城户口的帅哥在追求我们习车长呢，还非在他这棵歪脖树上吊死？"看得出这位毕乘警在乱发着邪火，不知道他心里究竟想说什么。不过王文生已听出个所以然来了。

那个毕乘警临上车前，又这样问了他一句："听说他以前处过一个女朋友也在这个站里？"

"对不起，我不知道……"王文生不知该点头还是该摇头。

他这段时间的确看见过两回申杰明去吕巧美家里，不过是帮她换煤气罐……

吕巧荔下夜班时，又来找他送她回家了。这是她姐夫出事一个月以后的事情，她现在和她姐姐做伴住在她姐姐家里。

"你不会和别人一样看不起我姐姐吧?"

"不会的，我很同情她的遭遇。"

"谢谢你能够这么去想，现在在站上我得天天去忍受别人的议论……有时候我真想离开这里，到一个谁也不认识的小站上去工作。"

"别这么去想，这一切都会过去的……这不是你的错。"

"看来以前我姐姐是错怪你了，你不会怪她吧?"

"不会的，她也很可怜。"

夜风习习，送她回去的路上，她的手不知不觉地插到了他的胳膊弯里，他并不觉得惊异，这是一双渐渐温热的手……如果没有去年夏天天桥上发生的那件事，他们也许早就会像身边走过去的情侣一样，经常走在这深夜中的街头卿卿我我散步了。

有一天晚上他送她回来，刚刚走到她姐姐家门口，听到院子里有说话声，他俩不由得在院外停住了脚步，闪在了一边。

"……你走吧，我不需要你的同情。"这是她姐姐吕巧美的声音。

"我不是在同情你，我是在请求你原谅以前发生的事情……我是真心的，请你认真地考虑一下我的请求……"站在黑影里这个人有些哀求地小声说，他们听出来了——是申警长，不知他什么时候来的，在这里站了有多久了。

"不，我不会考虑的，你还是去找那个好姑娘成家吧，我不是一个好女人……你快走吧，我妹妹快回来了。"

那个人听了，就低着头默默地从院子里走出去了。王文生拉着吕巧荔闪身躲在了邻居家菜园子里豆角架子后面，他没有看见。

269

白天在站台上，听站里的那几个道班工人讲，有人看见吕巧美休班时坐市郊车到下一站地的喇嘛甸喇嘛寺里去过两趟了。

"她在干什么，难道她想当尼姑吗？"

"可惜喇嘛甸上没有尼姑庵。"

"就是有她也不会去当尼姑的，她会耐不住寂寞的，哈哈……"

申杰明听到了，走过去低声说道："闭上你们的臭嘴，谁要再在这里胡说，让我听到了，别怪我对他不客气。"

几个工人愣眉愣眼像不认识似的瞅瞅他，灰溜溜站起身来干活去了……

这天下午，侯站长走到站台上，告诉申杰明，说他父亲刚刚打过电话来，叫他回家一趟。申杰明听了，脸色阴沉了一下，不过在晚上交完班后，他还是坐车回去了。

侯站长在窗子里看到了，摇了摇头："多好的小伙子呀，怎么会在这种事情上犯糊涂呢……"

丁陶洁好久没有到车站上来了，这天傍晚下班一到车站上来，就在执勤室里对王文生说："王文生，你在谈恋爱？"

王文生脸立刻红了，说："哪、哪里……没、没有。"

"还说没有，看看你脸都红了……"丁陶洁盯着他认真地说。这一说王文生脸就真的红了起来。

"说说是不是2号闸口上的那个姑娘？"

"我只是晚上送过几回她回家……"王文生想一定是刘指导员告诉她的，有两回在送她回家时被刘家友的女人看到了，可是刘家友为什么告诉她这件事呢？

"就是恋爱也没什么的，我不过随便问问罢了……"丁陶洁挪开眼睛，故作轻松地望着别处，不过她话说出来声音涩涩的，像刚吃过酸梅一样。

"你还没吃饭吧，我请你到站前饭店吃饭？"王文生岔开话题。

"不啦，我可不想让人家看见了吃醋。"丁陶洁又是涩涩地一笑。

王文生送她过天桥时，丁陶洁想起了什么说："去年你和那个姓吕的姑娘就在这里演了一出'英雄救美'吧?"一听她提到这事，王文生又羞涩地脸红了。

"你说咱们警察婚姻是不是都不会太幸福?"过了一会儿，又忽听她这样说道。

"为什么这样说?"

"你看看林队长这么优秀的男人不也是婚姻不幸福吗……你们所里的孙雪云以前是他的警校同学吧?"

"是的。"

"也许咱们警察天生就不太适合给人家当丈夫当老婆的。"不知为什么，丁陶洁叹息了一声，又听她这样说道，"那个姑娘不错，你要好好对待人家。"

58

分局刑警队林队长来到站前派出所，交给刘家友一份协查通缉令，说是 C 市公安局发来的，有两名持枪杀人犯在 C 市作案后逃跑了，要求周边市县给予协查。通缉令上的照片印得很模糊，倒能看清一胖一瘦，胖子三十多岁，瘦子二十多岁。那个胖子还是一名复员军人，杀人的起因是在工厂里涨工资没涨上，就起心对厂长进行报复，伙同他的表弟（照片上的那个瘦子），先杀了厂保卫科长，抢得一支五九式手枪，又击伤厂长后逃跑了。

"人为财死，鸟为食亡啊。"刘家友看了后摇了摇头。

林恒交代完刘家友，又把通缉令拿到铁路派出所交给车所长一份。车所长一看见林恒走过去的身影，就说："哟嗬，什么风把林大队长给

271

吹过来了？"林恒就把手里的通缉令交给他，车所长看了一眼就把通缉令放在一边，阴阳怪气地说："这样的重犯，你们刑警队可不要放过立头功的机会呀。"

林恒听了，什么也没说走了出去。心里在想，车所长还在为前年那起杀害工程师的案子叫他们破了耿耿于怀。

胖子有个远房亲戚在庆城，所以上边担心他俩会流窜到庆城来落脚，更担心他俩流窜到这里会继续作案。所以在火车站、长途汽车站都做了布控。当然这样的事情都是出力不讨好的，往往是做了布控最后案犯并没有逃到这里来，人困马乏不说，到头来抽出的人力、精力还耽误了自己这边案子的侦破，所以林恒不愿意刑警队抽出更多的警力干这事的。这是那边来人了找到了分局协助，他才不得不做这样的布控。

从车所长屋里出来，他又回到了站前派出所，见刘家友到前边去布置了，他就走进了内勤屋里去看孙雪云。刚才他来时孙雪云没在屋里，到前边候车室里水房打水去了。这会儿刚好一个人在屋里，冷不丁看见他进来，既意外又惊讶。自从他调到分局后，有时孙雪云到分局送材料也难得见到他，他们刑警队的人总是在外面忙着跑案子。

"哎，你怎么有空过来了……"

"我来送两份协查通报，也顺便回来看看你们。"他把"你们"咬得挺重。

"在刑警队干得还顺手吧，看看你都累瘦了，也黑了。"孙雪云盯着他。

"不瘦不行，王国田扔下的积案太多。"他一脸倦意地说。

"军军还好吧？"

"我都有两个月没看到他了，忙得也顾不上接他回来了。"冷不丁听到她提到儿子，他就想这个月的探视日一定要把他接回来一次。

"月月呢……听说你和她爸爸已经办理了离婚？"他眼睛瞅着窗外问。

"是的。"她也把眼睛移到别处，心里在想，他一定是从刘家友那里听说的。

他在心里轻轻叹息了一声，从敞着的窗上看到刘家友从站前广场走回来的身影，他就跟她说了一句："我走了。"

由于有了这份通缉令，王文生就特意交代他们三人在前边站台上执勤时要特别注意下车的可疑人。蔡永利听了神色有点儿紧张，他似乎想起他哥哥是怎么死的了。而刘铁北对这一切都习以为常了，他说："如果真能让我瞎猫碰上死耗子，那就算我走运了，嘿嘿。"他寻思着还想回刑警队去。

林恒刚到刑警队那阵，他还跟林恒磨叽着想到刑警队去。林恒说你到刑警队能干什么。刘铁北说他还想着便衣抓扒手。林恒就说那你就先把酒戒了才可以考虑。一句话把他噎得啥也说不出来了。

刘家友叫治安组的人也过前边来配合他们，接每趟车时检票闸口上站两个人，治安组的人着便装。大热的天他们晒惯了，治安组的人却总往房檐下溜。大李白白净净的脸还戴了个墨镜，头戴一顶凉帽，像电影里的便衣汉奸。

"你们有任务？"吕巧荔看王文生总站在自己身边，就一边检票一边问。

"没有。"他怕她紧张就没有跟她说。

"没有你为啥总站在这儿？"

"喜欢看你检票的样子……"

"去你的，什么时候学会油嘴滑舌了……"吕巧荔脸微微一红，露出了两个酒窝，好久没看见她笑了，自从她姐姐家出事以后。

不过在吕巧荔晚上过执勤室来找他送她回家时，还是在桌子上发现了那张通缉令。

晚上送她回去的路上，她神色关切地问他："这两个人会逃窜到这里来吗？"

"不好说。也许会来落脚，也许会逃到别的地方去……"王文生模棱两可地说。

273

"如果真在下车的人群里发现了他们，你们会怎么样？"

"扑上去，把他俩抓住。"

"他们手里可有枪……"吕巧荔揽着他胳膊的手紧紧地抓住了他，把他的胳膊都箍痛了。

"不怕，我们人多。"王文生这样目视着前方在夜幕里说道，夏夜里温热的风吻过他俩的脸庞。王文生半边胳膊有些僵直地不敢动了。

"文生……"

"嗯？"

"你参与了这几次抓捕行动，就没害怕过吗？"

"害怕过，说不害怕是假的，其实警察工作还是挺危险的，说不定哪一天我也会像老蔡一样死去的……"

她一下上来一只手捂住了他的嘴巴："快住嘴，我不许你这样胡说。"另一只手又紧紧地箍住了他的胳膊。

走了一会儿又听她这样说道："那天我又碰到王副馆长了，他还向我问起你……"

"噢，是吗？"王文生心里在想着别的事情，不在意地应道。

"文生，你为什么不愿意调到文化馆去呢？"

"我没有不愿意，只是现在还不想。"

……

王文生有时真担心蔡永利把枪弄走火了，他总是很不正规地验枪，这两天当班时又总是把手紧紧地捂在枪套上，生怕谁抢了去。

白天的燠热到了晚上才消散，晚上刘家友和孙雪云又着便装到站前广场上来了。王文生也穿着短袖便衣坐在候车室门口的台阶上，看着蔡永利走出来走进去。他晃晃荡荡的身姿，让他想起刘家友说过的话，等有机会送他到警校培训班学习一段。刘家友看见王文生坐在台阶上，眼睛流出满意的神色。孙雪云过来时还到他女人的摊前站了一会儿，同那个晒了一天的女人说了一会儿话。

接夜里十一点钟的车时，从下车的人群里，他们看到了林恒。他刚从海拉尔调查个案子回来，坐了一天零半宿的硬板，一身的疲倦。看见他们倒精神了一下，他把刘家友拉到一边没人处问："还没发现什么吧？"刘家友摇摇头。"用不着这么兴师动众的，有他们执勤组在前边就行了。"林恒瞅了一眼孙雪云说。刘家友就跑到他女人的摊前抱来一个大西瓜放到台阶上，说："吃西瓜吧。"林恒就一屁股坐到台阶上，放下手里的一个黑革提包说："正好我也累了也渴了，就歇歇脚。"接过刘家友递过来的一块西瓜呼噜呼噜吃起来。

大家吃完西瓜，刘家友就叫大家回去了。他也过那边去帮女人收摊。临走时跟孙雪云说："你跟林队长走吧，让他送送你。"孙雪云就跟林恒走了。

在路上一边走，林恒一边问孙雪云："你回去这么晚孩子怎么办？"孙雪云说孩子送她妈家了。林恒就不再说什么，一边走一边嘴里不停地打起哈欠来。

"你几天没睡觉啦？"孙雪云瞅瞅他。

"两天两夜没合眼了。"

快走到孙雪云家门前时，孙雪云又问他："你晚上是不是还没吃饭？看你刚才吃西瓜狼吞虎咽的样子，像是饿了几顿似的。"

"你还别说，这两天就在车上干嚼了一包方便面，这破车连开水都没有。"

"那到我家去吧，我给你下碗面条，你吃了面条再回去。"

"这……太晚了吧？"林恒瞅了瞅她，又瞅了瞅黑漆漆的夜幕说。

"晚什么晚……反正孩子没在家……"孙雪云不由分说，替他拿下手里的黑革包来。林恒就拖着疲惫的身躯跟她走进门去，他的确又饿又困，两腿发软。

孙雪云让他在里屋沙发坐下，她一会儿就好，就进厨房忙乎去了。

等她端着热气腾腾的面条从厨房里走出来，屋里的人已歪倒在长沙发里睡了过去。

看着他疲倦的睡相，孙雪云不知怎么是好，模糊的眼睛心疼得有些

275

眼圈发红，她放下面条碗，走过去轻轻给他搬正了两腿，又把他的鞋子脱下来，从柜子里拉过一条毛毯子给他盖上了……

这一晚上林恒是在孙雪云家沙发上睡的，一觉到天亮。

59

站前广场北头的两家旅店是站前派出所管辖的范围，每天一早一晚都过派出所来送旅客登记簿。大众旅店是一个老头儿来送，上面的旅客姓名有的还被他写成繁体字。告诉了他几次他也改不掉，也就随他了。总不能为这事叫旅店把他辞掉。火车头旅店来送登记簿的则是一个姓孟的姑娘，孟姑娘长着一副姣好的脸盘，白白净净的，两只月牙形的眼睛见人就笑盈盈的。只是她的字不如她的人漂亮，字写得很潦草。听说她家和刘铁北家做过邻居，是铁路上的子女，因为不愿念书，初中没毕业就待业在家了。后来就自己到旅店里做了服务员。火车头旅店是一家集体旅店，由于老板经营有方，生意总是比大众旅店要好。不过曾有人到派出所来举报说火车头旅店曾利用服务员的色相到火车站前来拉客，甚至有容留卖淫的嫌疑。接到举报，站前派出所曾到火车头旅店去查了，结果什么也没查出来。但这却引起过派出所注意，他们也在暗中观察过。

这个叫孟红的女子每次来脸总是擦得白白的，嘴唇口红也抹得红红的。她一进门就"王哥""刘叔""刘伯"甜甜地叫。叫得不用说刘铁北，就是刘家友也舒舒服服的，这闺女嘴这么甜。不过王文生却对她有些反感，他在站上的确看到过她生拉硬拽过下车男客。心里在想，一个大姑娘家怎么能这样呢？

"大哥，住店吗？"夜里刚刚走出站台的男旅客一走出闸口，她就凑过去。

276

"多少钱一宿？"有的人回头看到身后冒出个漂亮女子，不由得停下了匆匆忙忙的脚步。

"四十元一宿。"

"太贵了……点儿吧。"问的人有些犹豫。

"大哥，住一宿吧。"她不由分说地拉起了人家胳膊，犹豫的人腿就停下了，随后跟着她往广场外边走去，在广场她把他交给另一个举着牌子的服务员。冲懵懂不知所措的男旅客挤眼一笑，又朝站里走过去。

这天早上她过来时，嘴里还在打着哈欠，看来是昨晚到广场上拉客拉得太晚了。王文生也刚刚起来，他本想再多睡一会儿，被她的敲门声敲醒了。她头上还戴着一个网着黑纱眼面罩的白色小凉帽。进到治安组的办公室就在椅子上坐下了，嘴里还在嗲声嗲气地说："昨晚可困死我啦，瞧瞧王哥你们多好，天都这么亮了还在睡觉。"王文生没理她，接过黑壳本子细细地看起来。

"这个叫张什么的是从哪里来的？"

"张平……是从×县来的。"她将张平的平字写成了干字。

"这个叫李东的是和他一起住进来的吗？"

"是的，他俩是一起的。"

"他俩有多大年龄？"

"那不是写着呢吗？"年龄一栏写着的是四十二岁，另一个四十岁。

"我问你呢。"

"我看最多三十五，你们男人都愿把年龄往大了说。"

"他俩是干什么的？"王文生又问了一句。来庆城事由一栏写的是推销。

"说是什么厂的推销员。"

"有工作证吗？"

"他们说忘带了，只带了介绍信。"

王文生在这屋里有一搭无一搭问着，刘家友早上过来上班进来了，看着孟红扭着腰肢走出去，随意问了一句："她们旅店昨晚住进了几个

277

男客人？"

"有七个男客人。"

"有两人一起住进来的吗？"

"有，有两个推销员。"

"问过了吗，从哪里来的？"

"×县。"

刘家友就走进屋刮胡子去了。过了一会儿又出来说："等会儿我们吃完饭到火车头旅店去看看。"

吃过早饭，他俩就朝火车头旅店走去了。到了那里，刘家友朝老板要旅店登记簿，老板一边给他拿一边说："小孟不是给你们送过去了吗？"刘家友没理他，找到张平、李东登记的那栏问他："这两个人在不在房间里？"老板说他俩吃过早饭就出去了。刘家友又问到昨晚来住的别的客人的情况，又到房间里去看看。"有事？"走出旅店门时老板跟在后面问。"没事，随便看看。"刘家友就和他走回去了。

"等晚上我们再过来看看。我看他俩的东西还在，如果真是推销员，到晚上还会回来的。"走在回去的路上，刘家友又这样说了一句。这一阵子王文生已感觉到了刘家友对协查通报上的两个逃犯十分上心，也许是吸取了去年那个抢枪犯从站上溜走的教训吧。刘家友曾说过："如果我们当时上点心，老蔡就不会牺牲了。"

到了晚上，他俩又过去了。他俩刚一走进旅店院里，在堂厅里站着的老板眼神掠过一丝不自然的神色。迎过来挡住了他俩的脚步："哎哟，两位警察大哥、老弟，你们早上不是刚刚来过吗？又来有什么公干呢？"平时见面老板总是直接称呼刘大哥和王老弟的，这会儿咋变了？稍一愣神的工夫就听见拐弯的门廊里有人跑动的脚步声。刘家友一把推开了他，也朝走廊里后面跑去。眼见那个女服务员跑到走廊上最把头儿那个房间刚要敲门，他就推开了她踹开门闯了进去。屋里床上的一男一女听见响动惊慌地要滚下床来，看见闯进来的是警察，惊叫了一声，两人身子一丝不挂，那女人抓过被单遮住上身乳房。男的则跪在地上："大哥，饶了我吧，我是到这里出差，头一次做这事……"王文生别过头去命令道："穿上衣服！"

刘家友走出来，老板紧跟了过来，一脸惶恐不安地看着刘家友，嘴里小声地说："刘哥，是我们不对，我们知道错了。"刘家友说了一句："等一会儿再处理你们这事。"就又推门出去朝另一个房间走去，老板不知所措地跟在身后，走到早上他来过的109号房间门前，门虚掩着，他推门进去，屋里开着灯，却空无一人。"人呢？"他问跟在身后的老板，老板说："刚才还在房间里，是不是上厕所了？"赶紧打发人去看，厕所里也没有人。

刘家友意识到什么，突然紧张起来，对王文生使了个眼色，大声说："走，我们把那个嫖客带回所里。"他俩带人走出来，在外面刘家友咬着王文生的耳朵说，他到所里往分局打电话叫人，叫他留在这里观察旅店的动静，他不带人来千万别进去。并把他手里的枪交给了他。

王文生躲在了马路对面十米开外的一棵柳树后，眼睛紧盯着旅店的门口。工夫不大，刘家友就带着在站里执勤的蔡永利赶过来了，蔡永利脸色煞白，枪已拎在了手里。刘家友一见到他就问："看见有人出来吗？"王文生摇摇头。刘家友又说，"分局刑警队的人马上就到。"

果然刚站了一会儿工夫，一辆吉普车黑着灯开过来，林恒带着人来了，看见刘家友他们在黑地里，跳下车匆匆说："走，我们进去！"

老板见刘家友又带了这么多人返回来，脸色就变了，腿也直打哆嗦。刘家友一见他就问："那两个住店的旅客回来了吗？"老板结巴地说："没、没有。"林恒叫老板带他们到各房间搜索一遍，这工夫后院也搜索了，还是没有见到那两人的身影。又回到房间里，房间留下那两人的一个旅行包。一看见旅行包，老板就放心了，说他俩还会回来。林恒拉开旅行包查看了一下，里面除了牙具和两件衣服、两双臭袜子外，什么也没有，看来是有意留在这里的。林恒一下子意识到情况严重。林恒又朝不明就里的老板问了问那两人的情况，并从兜里掏出了那张被揉搓得皱皱巴巴的通缉令给老板看，老板一看就惊呆了，说这两个人正是他们要找的那两个人。

　　走出来，林恒回头问跟在身后的王文生："你说说看，这两个人会是什么时候从旅店里逃走的？"王文生说："应该是我和刘指导员进那个嫖客房间时逃走的。""我也想正是那个时候。"随后王文生又问那两个追捕对象的亲戚家布控了吗。林恒说他们早就已经布控了，我想他们这种时候是不会逃到那里去的。随后他又问王文生从刚才到现在这段时间，有火车通过吗。王文生说还没有。"那好，你们就赶紧回到站上去，这一宿要在站台上严加防范。我再叫市局在全市范围内进行布控，我想他们是不会这么快逃出我市的。"布置完后，他马上回到派出所打电话把这里的情况报告给了市局，市局立刻在全市各个路口也进行了布控。"那两个通缉的逃犯就是插翅也难逃出庆城了。"他在电话里这样听到值班的副局长说。林恒才稍稍松下心来，撂下电话，他又带着刑警队的人向铁路家属区方向搜索去了。

60

　　一大清晨，车站广场上还笼罩着淡淡的晨雾。刘家友的女人就把水果车推到站前广场上来了。这个时候照例还没有别人的水果摊床摆出来。昨夜里刘家友没在家，她起得比往常还早些。她一个人倒腾完水果筐后，汗就湿透了她身上的碎花粉格子衬衫。细蒙蒙的雾沾在她脸上、露出的胳膊皮肤上，凉丝丝的。她摆好筐后，卖了一会儿。看看太阳升得老高了，成成一个人在家她不放心，她就把水果摊交给旁边摆摊的老大爷照看，回到家去把还在睡懒觉的成成叫起来，给他做了点儿吃的，吃完饭就像往常一样把他带到广场上来。

　　上午她站在那里卖水果，看到站台里比平时多了些所里的民警，她丈夫也站在检票口上，刚才她走过去问他在执行什么任务，他也没说，问他吃过饭了吗，他也疲倦地摇了摇头，她就走到茶叶蛋摊前买了四个茶叶蛋，用纸包着拿给了她丈夫。

上下车出站进站的旅客渐渐多了起来，站前广场上也拥满了人。这工夫是她的生意最忙活的时候，她不再去管她丈夫他们干什么了。成成也自己蹲在一边玩儿去了。

"大姐，称点儿苹果。"

"要多少？"

"五斤。"她把苹果盛进盘子里，称好刚要倒进这个人递过来的一个尼龙网兜里，这个人戴着的鸭舌帽压得低低的，眼睛似乎往闸口上扫了一眼。

在没人来买水果时，她才想起成成，直起腰来踅摸了一下四周，发现成成并没有像往常那样还蹲在那里玩儿。问邻摊都说没看见。她以为他跑进候车室里去玩儿了，就到候车室里去找，正好碰见申杰明从执勤室里出来，她问他："你看见成成了吗？"申杰明说没看见。她找了一圈没找着，又跑到闸口上去，见到刘家友就问："你看到成成了吗？"刘家友说："没有呀，他不是跟你在那边玩儿吗？"刘家友疲惫的脸上有点儿不耐烦，显然此时他不想被任何事打扰。她说成成不见了……她这时才着急起来，急得额头上已冒出汗了。可她的男人像没听到一样，他也好像在找什么人，可并不是他们的儿子。她只好一个人又在广场四周找了起来。不知急的还是热的，汗珠子一个劲儿从她黑红的脖子上往下掉，她都顾不得用手背去擦一下了。她腿下像生着风。

"你见到俺成成了吗？"她在人群里跌跌撞撞寻找着，向见到的每一个熟人发问。王文生、刘铁北、孙雪云……均像她丈夫一样神色恍惚不定地摇摇头。

"别着急，成成跑不丢……"

直到她问到蔡永利头上时，蔡永利告诉她刚才看见成成让他舅抱上车了。什么？他舅？他哪来的舅——她这才预感到成成要出事。她赶紧去找自己的男人刘家友，把刚才蔡永利告诉自己的话又说了一遍。

原来蔡永利是被安排在站台北边一个小门附近担任警戒的，这个小门平时不打开，只有机务段的检修工好走这个门。他站在这里时还在想着，但愿那两个人不会从这个很少有人知道的小门走过。不知是由于紧张的缘故还是别的原因，上午他跑了好几次厕所。最后一次从贵宾室的厕所出来时，看见小门打开了，有个检修工走了进来，他还看到了他身边一个抱着小孩儿的男人，可是不等他上前问，这个检修工就说，刘所长孩子的舅舅没买票要从这里上车。那个检修工嘴上叼着一根烟，耳朵上还夹着一根烟。成成在那个男人怀里睡着了，他的睡相也让蔡永利感到了一丝困意，他是昨晚夜班，今早还没回去休息就被所里的统一行动留了下来，他看出那个孩子是成成，就没有去多想什么。

　　"他上的是哪趟车？"站内正有一南一北的两趟车已经启动走出了站台，站台上下车的人很多。刘家友急急地问蔡永利。

　　"是、是往北的那趟……从尾车上去的。"蔡永利慌慌张张地说。

　　"我们去追！"刘铁北说着就往那已经开动的列车尾部跑去。

　　"来不及了……"这工夫，林恒已带人闻讯从站外赶到了站里，听说了情况后，看了一眼焦虑得不知所措的刘家友，此刻，那列火车正咣当咣当加快速度开出了站外去，刘铁北已向那趟车追去，在尾车快要没影时，他飞身抓住尾车把手跃了上去，想不到他还有这功夫，看到的人不由得为他捏了一把汗。"先盯住他们，不要动手。"林恒大声朝他喊了一句，快步走到那个拿着信号旗要走回去的调度员跟前，问了一句："这趟车下一站在什么站停车？"

　　"喇嘛甸。"这个调度员告诉他。

　　"请你通知前方车站车上有两名罪犯绑架一个小孩儿，让这趟车停在那里，我们这就骑摩托车追过去。"林恒果断地说，说完就带人走出了站台，到站外发动起摩托车，风驰电掣般地向城外开去。

　　喇嘛甸站是个末等小站，这趟车只在这里停车一分钟。喇嘛甸是个只有十几户人家的小镇，镇上有一座古老的喇嘛庙，四外就是一望无际的荒野甸子了。那十几户人家以养牛放羊为生。林恒和刘家友带人骑摩托车赶到这里时，那列火车已停在这里了。一个站上的值班员匆匆跑过来报告说，他们往北边甸子上跑去了，刚才车一停在这里不走，就从车厢里先跳下来两个男人，后来又从后一节车厢跳下来一个警察。先跳下来的两个男的抱起孩子拿着枪不让站上的人和跟下来的那个警察靠近，出了站就向北边跑去了。"他们跑了有多长时间？""有二十多分钟了。"

他们一听就掉转了摩托车，照刘铁北交代给那个值班员说的方向追去了。

追到了镇外五里地远的时候就看见了三个黑点在草甸子上趔趔趄趄地跑着，跑在后边的果然是刘铁北。林恒老远认出了他，就说了句："是他们。"摩托车在草甸子上狂奔，只是这里的草长得很高，一会儿就遮挡了视线。

天空阴沉着，一朵朵厚云也从草甸子上空急速飞过。

"快上来！"跑在最前面的林恒摩托车追上了刘铁北，气喘吁吁的他就扎进了林恒的摩托车挎斗里。

"小心……他们手里的枪子弹都、都顶上了膛……"刘铁北已跑得气喘吁吁，上气不接下气脸色煞白地说。

大概听到了后边的摩托车声，前边的那两个男人抱着孩子一头跳进了一处沙坑里伏下了身。在看清楚是骑着摩托车的大队警察追来时，那个瘦子就把刘家友的孩子高高举到沙坑沿上来，穷凶极恶地叫喊道："站住，你们不要过来。再靠过来我就杀了他。"

"成成！"刘家友一看到儿子腿就软了。

早已惊吓得忘记哭了的孩子，一看到刘家友就哇哇大哭了起来："爸爸，我要爸爸！"

"你们不要胡来！"林恒一把拉住了要冲过去的刘家友，又冲着前面喊了一句。

林恒叫大家停了下来，冲瘦子喊话："不要伤着孩子，你们想怎么样？"

那个瘦子又把刘家友的孩子放回沙坑去，过了一会儿大概同坑底下的那个胖子商量了几句什么，又站出来喊："你们给我们送一辆摩托车来，让我们走，我们才放了他。"

林恒想了想说："好吧。"

"不过你们可不许要花招，只许一个人不带枪开过来。"那个瘦子又说。

这边草丛中，刘家友一听就说："我去吧，都是我那个娘儿们惹的麻烦。"

林恒说："不，还是我去吧，这是两个亡命徒，什么事情都可能发生。"

"不行，我不能让他们伤害到我的儿子。"刘家友焦急万分地说。

"你放心，我们一定要想办法先解救下孩子再说。"他又回过头来对后边的众人说，"没有我的命令谁也不准开枪。"

远处被风吹低的草浪上空，传来几声闷雷声，遮去了焦急的人们的说话声。

这边正争执着时，那边坑里的两个家伙也在悄悄贴着耳根子嘀咕："他们就是把摩托车送过来，也不能把孩子给他们，我们只有带着他才能逃到安全地带，这是那个派出所所长的儿子，我们让他们躲开。"

这时候听到上边的林恒冲他们喊道："那边的人听着，现在我把摩托车给你们开过去，你们上来人接车把孩子带上来。"

瘦子刚要上去又被胖子按住了肩，说："你看清楚点儿，是他一个人过来吗，身上有没有带家伙？然后我们再上去。"瘦子点点头。他先爬出了坑沿，喊道："你开过来吧，不过不要靠近坑沿，到这边后你放下摩托车就走开。"

"那孩子呢？"

"你放心，我们坐上摩托车后就会把孩子交给你们的。"瘦子学着刚才胖子交代给他的话说。

一阵摩托车的引擎声响，林恒把摩托车开到近前来停下了，瘦子命令他跳下车站到五米远处转过身去。坑下的胖子这才把孩子举上来，交给瘦子。他也举着枪要往坑沿上爬。

轰的一声，从旁边的草丛里突然响起摩托车的声音。

说时迟那时快，一辆摩托车蹿出来。坑上坑下的人都一惊，还没明白过来是怎么回事时，一辆摩托车风驰电掣般从背后坑沿上的草丛里飞了出来，直挺挺地朝坑下那个仰头朝上举着枪的胖子头顶飞过。

"啊——"胖子喉咙里发出一声绝命的惊叫，手里的枪同时也响了"啪!"随着"轰——"一声，摩托车重重地砸在了坑底下，巨响之后，坑下沉默下来。

"申警长!"看到的人都不由得大声惊呼起来!

那个瘦子见事不妙，扔下成成刚要蹿上摩托车斗里逃去，被林恒一个扫堂腿绊了下来，重重地跌倒在地上。后面上来的人把他摁住铐了起来。

王文生和林恒跑到沙坑下面去，摩托车上和摩托车下躺着两个人，砸在车下的那个胖子已经没有了气息。伏身倒在摩托车把上的申杰明也奄奄一息。他头部也跌出了血，林恒把他抱在怀里，他的身上中了一枪，枪打在了他的胸膛上，血正在汩汩地往外流。王文生小心地给他用手捂住了，流着泪嘴里在喊着他的名字："申杰明、申警长，你醒一醒……"

申杰明慢慢地睁开了眼睛，看了看王文生，又看了看林恒，艰难地动了动嘴……

"申警长，你要挺住! 我们这就送你回去。"林恒冲他喊。

申杰明困难地摇了摇头，挤出一丝笑说："我不行了……"又用眼睛示意王文生把头靠过去，"代我跟吕巧美说，我、对不起她，要她好、好地生活下去……"

"你为什么要追过来呢? 这儿本来没有你们的事!"林恒痛心地说。

申杰明听了露出一丝笑，又从嘴里艰难地挤出几个勉强听得到的颤音："天下……警察……是一家……"

说完头一歪，像睡在了林恒怀里。

61

列车缓缓地开进站来，站台上不知什么时候飘起细细的雨丝来，得知消息的车所长带着所里人神情肃穆地站在站台上，任凭雨丝淋在头上和脸上。申杰明的担架被从后面的一节车厢里抬了下来，他头上、胸上裹满了纱布带，几名神色紧张的身穿白大褂的医生匆匆跟随在担架旁，刚一抬下车，一个女人的身影发疯地跑了过来："杰明，杰明，你怎么啦？杰明，你醒醒……"跑过来的人是吕巧美，她抱着白被盖着的担架失声喊叫，侯站长和站上另外几个服务员用力把她拉开了，一行人匆匆向站台外走去。

"你怎么啦，你不会就这么走了吧？老天爷为什么要这样惩罚我……"那个神情恍惚的女人被丢在站台上人群后面，嘴里喃喃地说。

一辆救护车早已停在了出站口上，市公安局的宋局长也赶到了，他和一群人站在出站口，抬着申杰明的担架出来时，他走上前去掀开被子察看了一下，又迅速掖好被子。叫担架抬上了救护车，几个穿白大褂的身影匆匆上了车，救护车蓝灯闪着，尖厉地叫着开去了。

宋局长在车开去后，紧紧地握住了车所长的手，动情地说："我们一定全力抢救他的生命！谢谢铁路公安上的同志配合，我要代表市局为他请功。"

那边广场上，刘家友的女人发疯地紧紧抱着刚接到怀里的成成，流着泪追着救护车喊："求求你们要救活他呀，老天爷保佑俺的恩人啊……"

刘家友追过来抱住了他的妻子，成成似乎还没有从这一天的惊吓中缓过神来，他在刘家友女人的怀里一直哇哇大哭个不停，双手紧紧勒住那个女人的粗脖子。"妈……妈……爸爸……爸……我怕……"

等站台上平静下来，人都散去了，只有一个人影还站在站台雨幕里，任凭雨淋湿了她的头发、她的衣服，嘴里流着雨水还在发狠地说："……你不能走，你不能丢下我不管……老天爷，你开开眼吧……"

她在站台上双手合十面孔冲北，身体瘫软地跪下去了……

两天后，一列直快列车缓缓地停在了庆城站台上。从软卧车厢里走下一位两鬓斑白穿铁路呢制服的老者。他身后还跟着铁路公安分处齐处长等人。早已等候在站台上的侯站长和车所长走上前去，敬了个礼，他俩同时哽咽着嗓音说："申局长，是我们没有照顾好杰明。"申局长与迎候在站里的人并没有说话，径直走出了站台，站台外贵宾候车室门口站着刚刚赶到的宋局长，他一见到申局长一行走出来，就上前与他郑重地握了握手，随后把他让进自己的车里，陪着他一同向市中心人民医院驶去。

"他一直没醒过来吗？"在车里他扭过头去问宋局长。

"是的。"宋局长轻轻地说，"我们已找了全市最好的医生对他全力进行抢救……他的伤势太重了，我们已经尽了最大的努力。"

轿车驶向了市中心医院的住院处大楼，下了车他们就直奔二楼重症监护病房。在房间外其他人停下了脚步，房间里静静的，躺在病床上的申杰明插在身上的插管刚刚拔去。老者看到后，肩头微微颤抖了一下，随后俯下身去轻轻地叫了两声："小明，小明……爸爸来看你了。"随后他掏出手帕来擦了擦眼角……望着这张熟悉的还略显稚气的面孔，这就是那个和自己赌过气的儿子，不久前他们还为他的婚事争辩过。他的心不由得又颤抖了一下。

申杰明的遗体被轻轻地抬上了挂着白花黑纱的灵车。申局长在别人的搀扶下坐了上去，灵车缓缓地开动着，向火葬场驶去。白发人送黑发人，有泪缓缓地从他眼角滚出……

一路上许多交警都在向灵车举手敬礼垂立默哀。因为这个城市的报

287

纸已报道了一位普通铁路警察在抓捕两名逃犯的行动中为救一名遭绑架的儿童舍身牺牲的事迹。当然神通广大的记者并不知道这位铁路民警的父亲是齐铁局局长，至少在事发前还不知道。

宋局长带着站前派出所的一行人早已等候在火葬场里，看见申局长从车上下来，宋局长走上前去，紧紧握住他的手说："您培养了一位好儿子，对不起，是我们工作没做好，让他牺牲了，希望您节哀。"

申局长阴郁沉稳的脸上动了动说："这是他应该做的，他是一名警察。"

申杰明的遗体安放在告别厅的鲜花丛中，葬礼由车所长主持，公安分处齐处长致悼词。

从申杰明的葬礼上大多数人才知道申杰明的父亲是齐铁局局长，更叫人不知的是，申杰明警校毕业时本来可以分到齐铁公安分处的，是申局长非要他到下边派出所来的，说派出所更适合年轻人锻炼。而且到庆城派出所来时他父亲告诉他不要向人说他是齐铁局局长的儿子，他的家庭出身只有车所长、侯站长等少数几个人知道。难怪站里来的人一见到齐铁局局长原来是申警长的父亲时都有些吃惊，看着他走过来同大家一一握手，大家竟然一时不知道说什么好。看着他慈祥沉痛的面容，每个人的心里都多了几分难过。

申杰明的骨灰安葬在了庆城市郊的烈士陵园里。这是宋局长建议安葬在这里的，市局向省公安厅为申杰明追记的个人一等功已经批下来了，已经定为了烈士。老蔡也安葬在这里，和申杰明的墓挨着。

墓碑前站满了警察，安葬仪式结束后，申局长走到泣不成声的抱着孩子的刘家友女人身边，轻轻拍了拍她的肩，要她不要太难过了，说："小明这么做是对的，他尽了一个警察该尽的责任，我这个当父亲的为他感到骄傲。"

而后在宋局长、侯站长等人的陪同下走开了。

等申局长、宋局长他们一群人离去后，陵园里就剩下了两个人，一个是王文生，一个是林恒。两个人默默地垂头站立在那里，好久才听林恒这样问道："你在想什么？"

"我在想他说过的一句话。"

"什么话？"

"就是他临终前说过的那句话，天下警察是一家。"

两个人的肩头都不由自主地颤动了一下，脚下陵墓旁边的草丛里开满了不知名的小花，在夏日里的轻风吹动下微微地摇着头……

申杰明的牺牲，让林恒想起了前年冬天他们一起到齐市办案时孙雪云说过的话，当时孙雪云看了申杰明的手相，说他三十岁前后生命会有一劫。当时他听了还没在意，想不到真的这么巧，申杰明今年刚好二十九岁。那天在墓地上看见孙雪云神情悲痛的样子，他本想走过去安慰她几句，可是突然吕巧美也跑到墓地来了，哭得伤心欲绝。车所长看到后怕影响不好，就叫孙雪云过去把她从墓碑前拉开了，孙雪云和那个泣不成声的女人远远站在人群后面。令他没有想到的是，申局长在离开墓地时，走过她身边特意停了一下脚步。他看了她有几秒钟，而后问道："你就是那个吕巧美？"

吕巧美停住了低泣，点点头。

"是杰明的同学？"

她又点点头。

申局长又看了她一眼，什么也没说走过去了。脚步略显沉重……

过后他问过孙雪云："你说他当时在想什么？"孙雪云说她不知道。

今天是周末，又是二十号。晚上下了班，林恒早早离开分局刑警队，去小学校里接军军。刚刚走到实验小学校门口，就看到孙雪云已把军军和月月一起接了出来。就想起月月和军军从幼儿园出来后一起在这个小学里上一年级。

"我以为你没时间不能早来，正想把军军先接到我家去再打电话告诉你。"孙雪云说，"你来了正好，一起过去吧，晚上说好给军军包馄饨吃。"

"晚上吃馄饨喽!"两个孩子在前边欢呼着跑了起来。林恒就只好和孙雪云落在后边跟着走。

由于前几天忙着抓那两个逃犯,似乎让他忘记了那天夜里在孙雪云家里的尴尬,现在想起来还叫他觉得有些脸红。

"雪云……"

"嗯?"她好久没听到他这样叫她了,她回过头去看了他一眼。

"那天晚上真不好意思……"他说。

那天早上他醒来时,看到自己捂着毯子睡在孙雪云家里,一下子愣住了。

"我在你这里睡了一宿?"他当时惊讶地问。

"怎么啦?"孙雪云仿佛没看到他坐在沙发上发愣,该干什么干什么。

……

一朵红云落在了孙雪云的脸上,在夕阳下,这张脸看上去比平时俏丽了许多,不过那望向天边远处的目光却含着淡淡的忧郁。

"你在想什么?"

"我想起小申来,人的生命真的很脆弱,吕巧美说小申走之前她曾答应了他要娶她的请求。"

"哦,真遗憾……"他沉吟了一下说。

一双手轻轻地抚上了她的肩头……前边那两个孩子已在夕阳里跑没了影。

尾　声

四年后,庆城车站候车室重新翻建了后焕然一新,车站由原来的三等站变成了二等站,候车室变成了一座漂漂亮亮的二层大楼,站台也往外扩建了许多，不过那两棵老榆树还留在站台上。据说是侯站长和刘铁北的父亲要求保留的，黑粗的树干上常常被挂上许多红布条。候车室大厅立式茶色玻璃外面上方竖着一块巨幅广告牌，一条十分性感的女人大腿，呈"之"字形踩在广场如蚁的人群头上，"千里之行，始于足下"，是一个名牌女式皮鞋广告。

在站前广场对面的一个巨大广告牌上，一个风尘仆仆的女人倩影驻足在蓝天、大海之间，女人的秀发在空中飘舞，艳丽女人的眼神和表情都十分诱惑——"火车头之旅，伴君温馨浪漫之旅"。火车头旅社还在车站北路口拐角上，不过老板已经换了。

候车室里的执勤室也宽敞明亮了许多，窗玻璃上不再是脏兮兮的了，苍蝇也不见了。刘铁北因为上次抓那个逃犯表现得勇敢，又被林恒调到刑警队反扒队打现行去了。执勤组就剩下王文生和蔡永利两个人了，蔡永利也像换了个人一样，不再是吊儿郎当对什么都冷漠了，上班来警服穿得板板正正的，验枪时也像老蔡一样验得一丝不苟的了……那天蔡永利又问他，他哥哥当时是怎么死的，他就把老蔡牺牲时的真实情况告诉了他。

"你是说俺哥哥是到山上捡松树塔才死的？"

"是的。"他冷静地点点头。

"他为什么要去？"

"他是想带点儿山货回来给你们尝尝。"

蔡永利听了半晌没说话。他眼里有什么东西在慢慢融化……

林恒和孙雪云结婚了，那天他们所里的人都去参加了他们的婚礼。令王文生没有想到的是，他们警校的老校长也来参加了他俩的婚礼，并在婚礼上讲了话，他情绪激动地说，他这一生做的最遗憾的事，就是拆散了这对儿有情人……可是谁叫他们是警察呢？他为他有这样出色的学生感到骄傲，并为他们十年之后又走到一起感到高兴。随后他两眼湿润地走到林恒和孙雪云面前，分别与两人碰了杯，并把杯里的酒一口干掉了。林恒和孙雪云也仰头把杯里的酒干掉了。看来他们已经从心里原谅他了。

"喂，作家，你什么时候结婚呢？"坐在下边他身边桌旁的丁陶洁悄悄问他。

他扭过头去，看见她眼里有一种说不清的东西，让他不敢与她对视。

孙雪云过来敬酒时，也问他和吕巧荔的关系进展得怎么样了。

自从申杰明牺牲后，吕巧荔又劝他调到文化馆去。他知道她还在为他的警察这个职业担心着什么，可是她为什么不能像丁陶洁一样把这些看开些呢……

吴兴天三年前刑满了后，又回到了三肇分局，并且调到了三肇分局刑警队，他在车站上见到过他两次，他和人到外地执行任务。他没想到他还会选择当警察，而且还当了刑警。他很想问问他这一年是怎么在监狱里度过的，可是当着别的刑警的面他又不好问。

那回他从外地回来下车，王文生留他在所里住的，晚上他领他到站前饭店里吃的饭，他这次是从新疆跑案子回来的，胡子有多日没刮了，带着一身的疲惫。坐在单间脱去外衣，不经意间露出斜插在左胸掖下的牛皮枪套，是一把小巧的六四手枪。他俩坐在那里喝到很晚，王文生这才把话题提到他在看守所里面的那些日子。吴兴天说着说着就哭了，他说他曾经绝望过，判决书下达那一刻他几乎崩溃……他说："你别以为你们到看守所去看我时我又说又笑装作没事，其实我心里恐慌得要命，每天一觉醒来看到铁窗外面蹦跳的小鸟时那种心情你永远体会不到，别看你是个作家……到了那里边后，所有人的想法都是一样的，不管你是警察还是杀人犯，所有人的渴望都是一样的，那就是重新回到外面的世界来。你知道我每天早上起来看见窗外电线杆上的麻雀时是怎么想的吗？"他瞪着一双被啤酒熏红的眼睛问王文生。王文生说他知道。"不，你不知道，你永远也体验不到，作家！"他趴在桌子上"呜呜"地哭了起来。

他俩从饭店出来回到宿舍，一直唠到天快亮了才睡去。王文生听着他响起了均匀的鼾声，经过一夜的宣泄他畅快了不少。王文生没有想到那件事的阴影还一直在跟踪着他。他说他想调出刑警队。王文生一听不由得愣住了，他知道他在警校时最想去的地方就是刑警队。他现在如愿以偿了，为什么会想到调出来？他说他尽管已破获了两起漂亮的刑事案子，可是每次去抓捕犯罪嫌疑人，他掏枪时手总是在发抖，还有一次他掏枪慢了些，犯罪嫌疑人的一颗子弹就从他的耳边擦过。他不是怕死，他怕他死了后亚梅怎么办……

王文生猛地问亚梅是谁。

吴兴天说是张亚文的妹妹……王文生一下子怔住了。

王文生这才第一次从吴兴天嘴里听说他真的要娶了张亚文的妹妹……

他已经好久没有张亚文的消息了。自从他不再帮他妹妹往城里来倒腾水果了，他就再也没来过庆城派出所找他，听说他倒腾水果的事被人反映到局里，那年还受了个处分。

他是从吴兴天嘴里渐渐知道了这几年张亚文家里发生的一些事情，有些事情真是无法预料的，自从张亚文的妹妹过去被人奸污的事在村子里传开后，张亚文的父母精神上受到了很大的打击，两位老人终日不出门，害怕见到村子里的人，特别是张亚文母亲还时常精神病发作，不久多病缠身的张亚文的母亲先病逝了，不到半年他父亲也过世了。家里只剩下张亚文的妹妹一个人了。村子里传出那事后，再也没有上门提亲的人了，张亚文整天为他妹妹的婚事发愁，还有他妹妹一个人在村子里他也不放心，他也无法安心所里的工作，时常跑回去看他妹妹，后来干脆搬回去和妹妹在老房子住了，天天骑自行车跑三十多里远的路来上班，迟到早退是常有的事，为这已受到分局领导的点名批评。

有一次吴兴天办案来他所里时，他向吴兴天诉说他的苦闷，说他最担心的是他妹妹将来可怎么办呢。吴兴天想了想说了一句："你放心，将来有我呢。"

张亚文怔怔地看着他没听明白。吴兴天又说了一句，他才迟迟疑疑地问："你是说你要娶俺妹妹？"吴兴天郑重地点点头。张亚文的脸上一下子阳光灿烂起来。打那以后，张亚文工作上又兢兢业业了，看到他这个样子，吴兴天也很高兴和满足。这件事就算定了下来。

王文生把吴兴天要娶张亚文妹妹的事情还跟丁陶洁说了，丁陶洁对吴兴天要娶张亚文的妹妹并没有表现出多吃惊，倒是对吴兴天说过不想当刑警的话有些吃惊："他真的说过不想当刑警了？"丁陶洁从市局的简报上也知道吴兴天当刑警后也破过不少案子了，她还消除了以前对他出狱后的担忧呢。

"你说一个人在成年时形成的心理障碍会比少年时期形成的心理障碍容易克服吗？"王文生又问她。

丁陶洁刚刚拿到公安大学法律学和心理学两门自学证书。

"从理论上讲是这样的……"丁陶洁说。

"但愿他能很快克服……"王文生宽慰地想，又不无担忧地说。

站前派出所要变成中区公安分局铁东治安巡警队了，并且在天桥东侧给他们盖了一幢二层小楼，他们秋天要搬出那幢陈旧的黄砖拐角平房了。

这些日子刘家友都是一脸的高兴神色。从分局内部传来的消息，治安巡警队成立后，刘家友当队长。刘家友这两天过前边来跟王文生说过："以后你们再不用上站台了。"初听到这话，王文生心里一紧。刘家友又说一句，以后咱也不用跟铁路派出所一锅搅马勺了。

看他高兴的样子，王文生想起那年他孩子被持枪逃犯绑架后，刘家友再也不叫他女人在站前广场上摆摊了，而且他家孩子成成再也没有到站台上来过。据说成成长到十岁了，一见到火车就哇哇哭，找了几个神医郎中给看也没看好。

中区分局治安巡警队正式挂牌搬到天桥东侧那幢小二楼的那天，刘家友还在站前饭店摆了两桌，除了请了分局的高局长、刑警队的林队长，他还把铁路派出所的人也都请来了。车所长一见刘家友就酸酸地说："刘所长，不，刘队长，你们是鸟枪换炮了，不知以后站前地界你们还管不管了。"刘家友就嘿嘿笑："哪能，哪能不管呢。"嘴上是这么说，心里却是另一番得意和想法了。

从车站执勤室搬出时，蔡永利是乐颠颠地往外搬东西的，他从货场借来一辆搬运货物的推车，两趟就把东西搬走了。王文生捡起几个被他丢在地上的黑本壳执勤日记本时，他还说，要这破玩意儿干啥，以后再也用不着了。他走出去，王文生仍默默地呆站在满是灰尘的屋子里，翻看着这几本旧执勤日志。那上面还有老蔡和刘铁北写的字迹，老蔡工工整整的字迹，让他一下子又看到老蔡着装板板正正地站到面前来……时间真是快，老蔡走了快五年了。蔡永利说得对，他们以后再也不用到站台执勤了，他们成了街头上一名巡警。他好像也巴不得逃离这个站台。蔡永利跟他说过，在站台上别人总把他当成老蔡，可是他不是。

最后一天到站台上执勤，是王文生到站台上去执的。他特意穿了一身新警服，胳膊上的袖标让他戴得整整齐齐，皮鞋也擦得锃亮。

"你……你们要搬走了吗？"吕巧荔目光热辣辣地直直地盯着他。

"是的。"

"时间真是快啊……你以后还会想起这里来吗？"

"会的，怎么不会呢？"他看到她眼里有什么东西闪动了一下。

他沿着站台从北向南走了一圈，就像他刚到这里时老蔡带他走过时一样。秋天的阳光跟着他的影子，那两棵老榆树又开始往下飘落斑黄的树叶了，一片一片落到他的脚前……只是在站台上再没有当初他见过的那些人影：老蔡、老白、申警长……一趟内燃机头旅客列车进站了，他站在安全白线上，举手敬起了标准的警礼。两道锃亮的铁轨在秋阳下闪着炫目的光伸向远方……

北方的秋天总是显得很短促。雪花飘落的这一年冬天的一天下午，吴兴天披着一身新落下的雪突然来到他这里，告诉他说："张亚文出事啦！"

"他怎么的啦？"

"他疯啦。"

"啊，他疯啦？"

"是的，他开枪打死了他们指导员。"

"什么？"这个消息又让他浑身汗毛直竖，大吃一惊。

"这、这是什么时候的事……"

"就是前两天的事……开枪打死的是你也见过的他们所那个魏指导员。"

王文生脑子里模模糊糊浮出头几年那次去张亚文那里见过的那个姓魏的指导员，是有些印象的。不过他对那个姓魏的指导员印象并不太好……雪花在窗外迷乱地飞舞，搅得他脑子里也乱糟糟的。他痴痴地望着吴兴天。

接下来，他才详细听吴兴天讲起出事的经过，据吴兴天讲，事情是这样的，那天上午张亚文一起和老魏从分局开会回来，一起在所里召集全所民警开会传达分局的会议精神。分局的会议精神有两个，一个是把近期各乡镇派出所辖区发生的各类治安案件上报给分局治安大队；再一个就是涉及个人的事，分局给他们派出所一个奖励涨工资指标。上次分局给的奖励指标给老魏了，这回本应该给张亚文，可张亚文在会上表了态，说自己这两年因家里的事耽误了工作，就不要这个指标了。这样就有了两个竞争对象，一个是治安组长，一个是外勤组长。张亚文本来是想让给外勤组长的，可老魏偏偏同意给治安组长，在支部会上大家争论不休时，老魏就一锤定了音。

散了会后，张亚文在走廊上碰到外勤组长，本想安慰他几句，要他发扬风格，工作上不要有什么情绪。

这时老魏从他办公室出来看见了，就说："小张，你有完没完，会上已定了的事，你还在私下议论什么？还有没有点儿组织纪律啦？"

张亚文一听就愣住了，张了张嘴刚想解释句什么，可是干张了张嘴

296

说不出话来。那个外勤组长扭头就走了。

老魏又说："你快把分局要的治安案件发案率统计报表抄完给我送过来。"

张亚文就回他的办公室去了。

过了一会儿，他从办公室出来，手里拎上了他的那支枪，径直走进魏指导员的办公室去，接着从里面传出老魏惊讶的声音："我要你拿报表，你拿枪做什么？"

话音未落，只听"啪啪"两声枪响从屋里传出来，顿时让所有在所里的人都大吃一惊，随后张亚文空手舞舞扎扎跑到院子里来："我杀人啦，我杀人啦！"别的屋探出头来的人都惊呆了。

有人闻声跑到所长室一看，老魏已捂胸倒地，当场就没了气。

从屋里冲出几个人从后面抱住了张亚文的腰，有人向分局刑警队报了警。

张亚文被闻讯赶到的刑警队的人带到分局去。后来听说在分局审问时，预审科长问他为什么杀人。

他一会儿瞅着预审科长大笑，一会儿瞅着预审科长大哭，说："工作压力太大，大脑一片空白。"预审科长被弄得莫名其妙。

"他会怎么样？"王文生听完紧张地问吴兴天。

"……市局正在请省厅精神病专家做鉴定，如果他是精神病发作，不会被判刑，但如果……"吴兴天叹息了一声没有说下去。

"我想去看看他可以吗？"

"现在还不允许任何人探视。"

吴兴天走时，他在站台上临上车前，突然说了一句："你知道当年他妹妹被强暴后他家里人报案到派出所，派出所受理的那个人是谁吗？"

"是谁？"

"就是那个魏所长。"

"啊……"吴兴天走后，他隐隐为张亚文生出一些担心来。

没过两天吴兴天打电话来，说省里来的专家做过鉴定了，张亚文是突发性精神分裂症。他的家族有精神病遗传史。说张亚文一周后要被遣送到省里公安厅监管的一家精神病医院去了。

走的这天，吴兴天也过庆城车站来送他了。王文生和他站在站台里，天空中不知什么时候飘起了零零散散的雪花，稀稀疏疏地落在站台上来来往往的人头上……

过了一会儿，张亚文在三肇分局的人护送下走向站台来，他看上去很憔悴，人也消瘦了许多。王文生和吴兴天走向前去。

"亚文，亚文。"王文生叫道。

他像不认识似的看看王文生，又瞅瞅吴兴天，面无表情。

"我是王文生呀，你不认识我了吗？"

他目光空洞无神地望向天空，那上头迷乱的雪花像无数只蝴蝶在乱飞。

火车进站了，带着他的人向车厢里走去，他看到吴兴天也跟着送上了车，透过车窗看到他在向张亚文说着什么，可张亚文还是一副无动于衷的表情。

列车缓缓地开动了，站台上的人渐渐地走了出去。

吴兴天跳下车来，他刚才交给随行的民警一件新织的枣红色粗棒线毛衣，说是张亚文的妹妹要他带给她哥哥的。

"你刚才在跟他说什么？"

"我告诉他我春节就要娶他妹妹，并带他妹妹回家结婚，我会好好照顾他妹妹的，叫他放心。"

"他妹妹怎么没来？"

"是我没叫她来。"

王文生一时不知说什么是好，这至少对张亚文是一个安慰。

"你说人生像不像……"

"像什么？"火车头喷出的白雾像个巨大的问号，卷起的雪尘淹没了他的声音，那列火车渐渐地远去了。

"像经历过的一个又一个站台，说不定命运会停留在哪个站台上。"

吴兴天望着空荡荡的站台说。

王文生想起了当初他和他就是在这里下的车，他们一同来上的警校，没想到几年过去了，会发生这么多的事情，还有多少事情会在前方车站等着呢？

"走吧。"吴兴天说。

他俩挪动了冻得发僵的双脚，嘴里哈了几口热气，离开了站台，向站台外面走去……